民国武侠小说典藏文库

文公直卷

民国武侠小说典藏文库

文公直卷

碧血丹心

平藩传

文公直 著

中国文史出版社

序 一

　　有死君，有死国。弘演纳肝，王蠋绝脰，死君者也。死国之事，含义较广。稽之往史，宋明之季，死国者众而且烈。斯盖民族存亡所系，与所谓君臣之义，易姓改朔，稍稍殊矣。宋之岳忠武、文信国，明之于忠肃、史阁部，皆于民族垂烬、神州陆沉之际，奋起努力，以与异族抗。岳公于公，皆不死于前绥，而死于冤狱，悲惨壮烈，尤同为后世所悼痛。近顷文君公直编《碧血丹心》一书，叙述忠肃故事，体虽演义，而文则详于正史，姜君侠魂从而为之评，以旧史料为新小说，相得益彰，其两君之谓乎？昔褚人获作《精忠传》，抒写岳公忠义，至今妇孺贩竖，鼓书弹词，演者听者，不自知其歌泣之何从，信夫扬先烈之光，作民族之气，小说之力，较正史为大。忠肃死，而其沦浃血气，耿耿忠烈之精神则不死，然则两君之力亦伟矣哉！

　　民国十九年五月，三原于右任叙于沪寓，时则我东方天竺民族之领导者甘地就捕之后五日也。

序　二

文公直

　　迩近民族精神之衰颓，适与国难之严重成正比例。忧时者莫不认为危国害族之最大病根，试一夷考其故，则实以文化之衰颓为其重要之原因。盖自革命北伐清党以后，国内文潮之趁势显分二大途：一为所谓"幽默派"，一为自号"普罗文艺家"。此二派孳乳繁殖，骎骎乎有满布中国文坛之势。至彼二派之主旨内容，则诚不能辞"亡国文化"之咎。盖倡幽默者，抱不负责任之态度，恣意谩骂而一无办法。结果唯使一般浅识者群趋于空谈乱骂之途，于国家民族有百害而无一利。试叩彼辈，汝所讥讽者固是当前之弊，然而倘使汝为之，将如何兴革尽善？则彼辈瞠目不知所答，其"说风凉话"流毒之深烈，于此可知。衰颓民众之影响尤为显著。至所谓普罗文艺家，则高坐柚木台前，口饫甘肥，身衣呢绒，而高喊"劳工痛苦"，拥三五情人，深宵跳舞，旅馆宣淫，而侈谈"恋爱神圣"。试问此等人能知工农生活否？能明恋爱真谛否？在彼徒以此期诱青年学生之薄弱意志，为心理的蟊贼。结果则使青年咸受其愚，而群趋颓废之途，而彼普罗文艺家之腰囊满矣！一般书贾为求免恐慌之侵袭，不惜流毒遗害以重金购此等毒人之文，如毒瓦斯之散布民间，使全民咸染荒淫懒惰之重症。其害远甚爆弹，其情无殊助敌。言念及之，令人发指。

　　方今外侮日亟，侵略者公然高唱实行独占亚洲大陆，同时内患纷起，盗匪草寇，荼毒数千里。处此内外交迫下之中华民族危亡之冠已临头上，尚何暇讥讽？更何心谈风月？吾人夷考历史往迹，在中国古代，如汉武帝、唐太宗、明太祖等极盛时代，莫不为举国皆兵，武功极盛，民志极发皇之时。反之，如晋之清谈、宋之理学、明之党祸，莫不招致外祸，如五胡元清之蹂躏中土。此皆所谓"亡国文化"实阶厉之。即就泰西及远东诸小国窥之，亦莫不因国人之敌忾同仇，群力结抗而兴，亦无不因亡国文化滋蔓而灭。吾人惩前毖后，睹此前车殷鉴，其能不悚然而惧，憬然而悟乎？

民国以来，忧时之士提倡民族武侠性，以为挽颓救国之基法，法至良，意至美也。乃以书贾不仁，唯利是视，利美名以行奸，以神怪飞剑为武功，以系派私斗为侠道。驯至毒世祸民，为识者所诟病。然而此书贾之罪也，非民族武侠性之不宜恢宏也。吾民族自来坚忍刻苦，耐劳负重，急公好义，服从和平之侠义天性，固五千年卓立，四万万和同之基础也。断不能因无聊书贾文氓之厚诬而不谋复振，彰彰明甚。

公直才不及人，力不如众，救国有心，回天无力。唯感于"认为当为者，则竟为之，无馁无懈"之旨，从事于古民族性之发扬，以期唤醒国魂，救兹末劫。区区"请自隗始"之微忱，倘荷读者赞许而倡行之，则固"抛砖引玉"之始愿也。

中华民国二十一年十月十二日

目　　录

1

功成拜命归省完婚
矢志出师捣巢挞逆

话说汉王朱高煦因带兵劫夺大行皇帝（明成祖朱棣）的梓宫，要想效他父亲所为，窃据神器。不料太子朱高炽（明仁宗洪熙帝）先得信息，率同御史于谦连夜奔驰，抢在汉兵前头。朱高煦虽然劫得梓宫，却被于谦领着一班侠义英雄半途截住。朱高煦部下小卒一颗珠钟强临阵归降，弹落朱高煦的金盔，并将朱高煦秘匿梓宫的所在禀告于谦。于谦立即调派大将丑赫、文义、凤舞、王通、孙安、归瑞、凌翔、骆朴、庹健、龙飞、庹忠和钟强，一共十二员大将，奋勇杀入汉营深处，奉迎梓宫，高唱凯歌，回到御营来。朱高煦得报，知道前功尽弃，气得血往上涌，伤口迸裂，痛彻心脾。顿时头重脚轻，神昏目定，仰身后倒，滑离雕鞍，摔躺地下。当下，汉营长史钱巽，大将石亨、石彪、胡远、陈刚等，正在朱高煦身旁随护，见主公急昏落马，吓得连忙一齐翻身下骑，和随侍材官、太监等人连忙将朱高煦搀起。钱巽心中一动，知道大势已失，再不收兵逃走，必致全军覆没。且是这时，第一要招是保汉王的性命要紧，便连忙向石亨道："石先锋，请您快传令向金鸡岭退！并请小石将军快会同众位将军，分途退走。一面走，一面回头迎杀，使那厮们猜测不透，才能逃得脱身。"石彪、陈刚等齐声答应，转身传令照行。

这里，钱巽、石亨二人统率朱高煦的亲军，狼狈窜走，好容易绕过几丛树林间草径小路，才到了金鸡岭下，扎住营盘。钱巽、石亨护着朱高煦入帐，卸去铠甲，扎裹了伤口，躺着歇息。钱巽见朱高煦精神还好，不致有碍，便出外去料理屯营散粮、集溃兵、查伤亡等事。喜得御林军只以护奉梓宫要紧，并不追赶，汉兵才得从容收拾，悄悄收兵，仍绕道潜回乐安。

太子朱高炽迎得梓宫，心志已安，不肯再和朱高煦手足相残，立时传谕全军，护奉大行皇帝梓宫回京。到了京城，自有一切丧仪大礼，哭临奉安等事，不必细说。朱高炽久已备位东京，这时朱棣既已大行，自然是朱高炽嗣位登基。即位以后，尊朱棣为"成祖"下诏改元"洪熙"，大赦天下，封赏百官。这些皇帝家照例文章，一一都照行过了。

于谦奉着圣旨，命他巡按河南。便上朝谢恩，回到宅第，预备起程赴任，朱高炽因他是有功之臣，特命给假两月，在第修养再行赴任。恰巧这时，于太公专人进京，召于谦请假回家完娶。于太公给儿子聘定的是董氏女儿，原是杭州有名的淑媛。于谦是个不违父命的孝子，接着信，便上疏陈情。没几天奉旨准予给假归娶。于谦谢过恩，便整装南下直回钱塘。

伍柱等一众好汉，助击朱高煦以后，便由丑赫带领着一班健卒，回卧牛山去。只留伍柱、文义等一班猛将随着于谦暗中护持到京。住了些时，听得于谦要回家完婚，便商量着同到杭州去道贺。正待拾掇一同起程时，忽接着友鹿道人来信，说是霞明观白莲教首徐季藩、徐鸿儒父子已经聚众集匪，约期起事，助朱高煦报仇夺位。擎天寨中众好汉决计乘他聚徒会商时，去破霞明观，给他个一网打尽。要文义、伍柱等赶紧出塞回卧牛山，好分派去攻霞明观。因此于谦南归时，只有伍柱算是代武当众好汉南下道喜。其余文义等一班人连汤新、钟强等都一齐出塞，往擎天寨听候调派。

众人回到擎天寨时，武当门下和众好汉结盟好友都已得信赶到了。闻友鹿等已经计议停当。原来徐季藩聚集了他手下三十六个总会，预备借着五月初五做会的名儿聚众起事。这消息给擎天寨探得，怎肯怠慢？友鹿道人便和丈身和尚等商量先期赶到河间去，杀他个措手不及。却是这一趟厮杀，不是对阵攻城，全是对付一班妖匪邪法，用不着兵勇。全山健卒，除却挑选十几个伴当照料行李牲口以外，都不带去，只就山中众好汉调派。留下飞霞道人率同沈刚、刘福、李隆、奚青、徐建、欧弘等把守擎天寨。杨洪仍旧屏藩山前，不离职位。所有全寨众好汉分派作九队：

一队　领队：虎头孔纯。率万里虹黄礼、小活猴邓华、红蜈蚣查仪、怒龙徐奎、恶虎徐斗、莽大虫陈曼、红孩儿火济、金戈种元。

二队　领队：赤虹白壮。率小游龙何雄、草上飞常洪、追风鸟承秉、小罗通蒋庄、赛周仓周吉、一颗珠钟强、山字儿季寿、镇南天汤新。

三队　领队：铁狮子魏光。率浪里龙龙飞、石狮子王通、黑大郎孙安、云中凤凤舞、猛大虫虔健、石灵龟归瑞、俏二哥骆朴、金麒麟凌翔。

四队　领队：玉狮子文义。率镇泰山潘荣、镇华山钱迈、镇嵩山杜洁、镇衡山许遂、镇恒山沈石、镇巫山韩欣、镇黄山弓诚、镇庐山弓敬。

五队　领队：铁臂施威。率金刀茅能、铁枪刘勃、赛由基赵佑、赛李广唐冲、黑飞虎范广、小铁汉聊昂、莽男儿薛禄、千里驹武全。

六队　领队：豹子程豪。率小大虫皮友儿、一朵云岳文、金狮子于佐、铁头冯璋、赛雄信林慈、没毛虎董安、震天雷卫颖、螭虎雷通。

七队　领队：一阵风度忠。率八哥儿王济、飞将军柳溥、乌鹞子彭燕、穿云鹤秦源、急三枪吉喆、劈破山余鲁、好人儿袁琪、铁香炉左仁。

八队　领队：牛儿丑赫。率冲天孙孝、铲不平尤弼、盖湖广成抚、满天飞金亮、闯三关覃拯、铁戟干戬、火流星关澄、大老虎车宜。

九队　领队：混天霓章怡。率玉麒麟凌波、双尾蝎丽菁、分水犀李松、铁爪鹰史晋、黄虎魏明、闯天雁奚定、浪里花姬云儿、渔船儿华菱儿。

传令：毛头星梅瑜、过天星梅亮。

四面救应：闻友鹿、张三丰、丈身和尚、周癫子、自然头陀、大通尼、凌云子。

总计八十三人。各自随带军器、行李、银两和一切应用物件，依次下山出寨。各队由领队管领，路上改扮行走，都由领队随时定计。统限五月初三日以前赶到河间城外五里凌虚观里聚齐。一、二、三、四各队扎在观内；五、六、七、八各队到观时听候分派，九队和传令另外听候派定住所。分派已定，各队纷纷下山，迤逦长行，直奔河间。友鹿道人、周癫子、张三丰、丈身和尚、大通尼、了了和尚、自然头陀、凌云子等，都已各个约定到河间会齐。并由飞霞道人寄信觅请铁冠道人张中来帮助灭却妖教。众好汉起程后，友鹿道人、丈身和尚等一派在擎天寨的大侠，也都动身前往。飞霞道人送到杨洪营里，方回卧牛山，代守大寨。

这一番武当、五台门人，和擎天寨众好汉倾全力攻打霞明观，原是养精蓄锐了许多时，到这时才破釜沉舟，拼个存亡，分个邪正。却是擎天寨虽然日渐兴盛，聚得许多英雄，又灭了青草山，免却后顾之忧，养成这大势力。那霞明观有了这许多时日，也就一天扩展一天，大非昔比了。在霞明观白莲教初立时，友鹿道人和丈身和尚就想召聚门下弟子去砸了它。不料中间因朱高煦生出许多事故，而且青草山在后，不能轻动。武当门下也纠葛重重。直到灭了青草山，败了云漫天，才得全力去铲这妖教窠巢。这时恰遇着中原天子已定，妖教大聚会，想谋不轨之时，更是刻不容缓。所以虽知妖教力量远胜前时，也就顾不得许多，只好尽其所有和他拼个死活存亡。

且说那卧牛山擎天寨灭妖第四队玉狮子文义，和潘荣、钱迈、杜洁、许遂、沈石、韩欣、弓诚、弓敬等一同扮作镖局达官模样，离了山寨，向杨洪取得入关文书，径奔关内。这一行人，除了文义以外，潘荣等八人全是友鹿道人的门下。韩欣和弓诚、弓敬更都是丈身和尚引投友鹿道人为弟子的，因此和友鹿、丈身两人都分外亲近。文义虽是五台宗

4

了了和尚传授的武艺，却是原共一根，所以和这八位都很亲热。

九个人一路行来，晨起夜宿，走了几天，已到了怀来。落店吃喝已毕，钱迈心里想着：五队里一行人全是些莽汉，不要在路上闹出岔子来才好。这心事一路憋了好几天了，这时身已入关，更加担心，便把这话告诉文义、潘荣等，想商量个办法。文义道："这事虽是有些可虑，却是师伯这般调派，一定有个道理在里头。我想师伯的心思一定比我们强，断不致有什么岔事的。我们只留心照应点儿就得啦。"钱迈道："我就为这想稍许耽搁半天，让他们上前去，咱们落在后头，不是有个什么事就好办了吗？"文义点头道："也可以。"

当下商量停当，次日便在怀来耽搁半天，闲待着，很是无聊，便出城到大路上溜达一回解闷儿，且带着瞅瞅五队过去没有。顺大道走了一会儿，忽见那面树林旁一条黄沙阔路上一团尘雾滚滚而来。韩欣指着向文义等道："瞅，许是他们来了。"钱迈忙道："咱们闪一闪，让他们过去，要撞着时不好说。"文义等便一同回身向路旁一丛茅屋后面疾走。到了那茅屋后面，掩住身子，偷眼觑着，刚才立定，已听得一阵蹄铁乱声分外刺耳。待得那大阵牲口近前时，那牲口上骑着的人竟不是施威、茅能一班人，文义便格外凝神瞅着，只见那打头一个，银须拂胸，精神矍铄，光着个白鬖儿，一顶范阳斗笠抛在颈后，敞着胸膛，挺腰凸肚，骤马当先，鞍鞯上挂着一条黑铁棒，约有碗口来粗细。后面一连跟着九骑马，有四个军官打扮，那几个却是书生模样，还带着几头驮骡，驮着许多行李、弓箭等东西。

文义悄向潘荣道："您认识这班人吗？我瞅，都是些尴尬人儿。"潘荣正待答话，钱迈早挨身过来，低声道："那打头一个不是河洛大盗郑天龙吗？您也在南京汉邸里会过他的呀。"文义猛醒道："着，着。果然是他！我正疑想着似在哪儿瞧见过的，既然是这老家伙，那伙人甭说，一定全是朱高煦手下的。只不知他们到这条路上来干吗。"潘荣道："这伙东西还能干出好事来嘛！兴许就是探咱们消息的。最好是咱不放他回去。"文义接答道："对！咱们就跟下去。"弓诚攮言道："不要忙！那厮们已经过去了。咱们趱上去明干，就透了风了。不明干，就得暗中

5

打探。须得先商量定怎么办，再去不迟。要不，跟上时怎弄呢？"

文义正待答话，猛然又听得一大阵銮铃声响，当是郑天龙还有党羽在后，忙藏身外觑时，却见茅能、刘勃两马当先飞驰，金刀铁枪并举。施威挺着点铜钢管凤翎枪，须髯戟张，随后骤骑继进。两旁是唐冲、赵佑各自挽弓捏箭夹着施威同奔。再后便是范广、聊昂、薛禄三马同骋，刀戈跃目。只剩武全独挽钢叉断后，瞅这一队人似是正在趱逐前面一伙教匪，各自睁眼前瞪，全没留心路侧。文义连忙一拉钱迈道："快去，他们要闹出来了。在这儿露脸硬干，可得坏大事。"钱迈来不及答话，连忙随着文义飞步迈向前去。仗着腿脚功夫，抄小路，赶过头时，才横抄到当路，闪身冲出，便一人带住一骑马的嚼环，硬将茅能、刘勃两骑牲口挺住，不让前走，口中大叫："茅金刀！——刘铁枪！——是我！——快停！"这时韩欣、潘荣、杜洁、沈石等都随后赶到，拦路挡道，齐叫："施铁臂！且停一停，我们都在这里。"

茅能、刘勃初时没瞧明白是谁拦路阻骑，还当是遇着奸细。幸亏文义、钱迈开口先叫他俩绰号，才知是自家同道，没使刀枪劈扎。及至低头定睛瞧出是文、钱二人，又见四队里众好汉一齐在此，武全也忙上前来帮着大叫："别动手！是四队同道！"施威也瞅明白了，才各个勒马相见。

文义劈头便问："你们可是追赶郑天龙？在哪里遇见他的？可曾和那厮们打过照面？曾动手吗？"施威答道："可不是赶那伙兔崽子！你瞅见过去没有？"文义道："瞅见的。你快告诉我，和那厮们对过面吗？"施威摇头道："没有。"文义喜道："那就好了，咱们到前面小店里去歇着细谈。"茅能接声道："走吧！趱贼要紧，不要瞎耽搁。"钱迈答话道："你要趱贼，也得准趱着才行啦。去，我教给你个手到拿来的法儿。"茅能、刘勃素来都是佩服钱迈心思细有主意的，听得这话，连刘勃也不开口说什么了。施威便下马来牵着牲口，请文义领路。范广、茅能等都下骑，一同步行；文义引他们一行人径回小店。

文义、钱迈究竟有什么话和施威、茅能等说，且待下章再详细叙述。

第二章

骤睹游骑同心密计
力夷秘窟锐志降妖

话说文义等邀着五队施威一行人回到小店里。施威等在外面，大伙儿胡乱擦了一把脸，便和文义等一同到他们歇着的大统间来，沏了一大壶茶，彼此落座。

茅能首先开口问钱迈道："二哥，您说有好法儿教给我，什么法儿？请您快说吧！再迟宕可趱不上了。"钱迈正色道："你是来趱这几个贼的，还是去河间捣贼巢的？在这儿打草惊蛇，让那厮得着信，防备周密，要是有个不得劲，不是白忙吗？怎对起各位宗师？就说你要宰贼，到了河间，还怕少了给你宰的吗？哪在乎这几个呢？你忙什么？"茅能听了这篇言语，顿时目瞪口呆，答话不出。

范广在旁听着不服，接声矗言道："依您说，难道眼睁睁瞅着那一伙贼，硬放他逃走吗？这怕贼的名声，俺却不愿背。"钱迈正待解说，武全早接言道："范大哥，这话不是这么说的。那厮们既是和我们同在一条路上走，一定是出塞探我们的消息去的。他能探咱们，咱们不能探他吗？何妨给他个'依样画葫芦'呢。"聊昂在旁摇头道："您又说这个，待俺们探着时，那厮们早到家了，俺们的事儿也全给他们探去了；俺们却连那厮们的毫毛也捞不着半茎。到那时才不探了哪！"钱迈忙答道："不是这样说的。您想：咱们马上给他个大白日拦路大杀，不见得能个个杀完。要是有一两个逃走了，赶向他寨里去一报信，那么，咱们就算明告诉他：'擎天寨的人都动身来了。'那厮们马上防备个周密，

7

我们还去打什么呢？不是自搬石头砸自己的脚嘛！你想：能不能马上和那厮拦路明干？”

施威低头想了多时了，到这时才羼言道："镇华山说的道理虽说是不错，可是咱们要是让郑天龙那厮在我们前头回到霞明观去，不是让那厮探得信息去禀报了，好做准备吗？"钱迈才待解说给他听，文义已经接上了说道："这不是钱二哥一个人的意思。一来我们决不能半路上没得师父传谕，和人露面乱打；二来我们要干就干他个尽绝。这条路上站门不多，那厮们这时才打此地走过，今晚宿处一定在屯粮庄。咱们一面就此跟去，到夜里乘那厮们冷不防时下手。一面分人前后送信，让咱们前头孔虎头、白赤虹、魏狮子和咱们后头程豹子等各队同道，全知道有这么一回事。咱们那时着手给他个一网打尽。即使有一两个逃脱了，反正前后都得信防备了，任他插翅也难飞脱。这可比拦在路上傻干的强。"茅能听了，双手一拍道："这法儿不错！"钱迈笑答道："我说有好法儿教给你，这可没冤你吧！"范广也笑道："你们心眼儿真多，真会思忖，也真能拿主意！可是你们想的法儿，终是撇三扭四的不痛快。你瞧：正大光明，大刀阔斧地干不好，倒去爬墙挖壁，贼似的干去？"聊昂也笑道："可不是嘛！老是不干痛快的事，一想法子，就得耽搁许多时候，这就叫'用计'，你可明白？"说着，众人都笑起来。

一会儿，钱迈去叫店家拾掇了酒饭来，大家吃了个饱。刘勃、薛禄两人同时吃完，一同扔下筷子，同声嚷道："这可该走了。"施威也道："该趱上去了，再迟可要赶不到地头。"文义等九人便去拾掇行囊、刀、马。没多时，都装扎好了，给过店饭钱，便各拉牲口，离了怀来，上路长行。两队合一，十八骑战马成阵奔驰，荡起一片尘云。各自骋辔飞驰，一心赶路，眨眼间已走了十多里路。施威等满心挂念着屯粮庄，不问马力怎样，一个劲儿猛趱。众人只得跟着他不停不歇，一口气，放长趟子，倒跑了四十里才松缰缓行。许逯道："这儿叫'铁叉营'，再过去六里地，就是屯粮庄了。咱们还是径到那儿，还是就在这儿住下？"范广、薛禄齐声嚷道："赶到地头去。"武全忙接言道："不成，不能去。这一大伙人奔去，给那厮们瞥见了，事就得糟。"文义、钱迈都点

8

头说："这话有理。"施威愕然道："你们准知道那厮们一定在屯粮庄吗?"钱迈答道："歇定了，再去个人瞧瞧，不强似大伙儿跑去露相吗?"施威等听了这话，才点头停缰，下了牲口。

文义、钱迈当先去打店。一进路口，早有车店伙计装着笑脸儿迎上来，爷长爷短，一个劲儿邀着。文义说明有二十来个人，问过确有大屋子，才把牲口递给那伙计。那伙计接过缰来，直嚷直蹦地关照柜上，一面引文义进店。钱迈瞧明白了店门，便回头来引众人一同落店。到了店里，伙计卸下驮载，送过茶水，问了饭菜，自去拾掇。杜洁便起身道："我上屯粮庄瞧瞧去。"众人齐声说"好!"

杜洁走后，众人一面拾掇，一面闲谈等待着。茅能等一班性急人更是瞪着眼、翘着脸傻望。幸亏没多时，便见杜洁甩着大袖，飘然回来。范广、聊昂等连忙一窝蜂似的拥上去乱问。武全急拦道："别忙，别忙。有话上屋子里说去，干吗待在外头乱嚷!"众人这才觉着，便簇拥着杜洁到屋子里来。茅能顺手嘣地把门推上，瞪着眼睛，伸长脖子，低声问道："三哥! 您快说，可瞧见那伙兔崽子?"杜洁点头答道："瞧见的。"一伙莽英雄听这句话，便如拾得异宝一般，一齐心头石落，喜笑颜开。武全凑近杜洁身边问道："那厮们是落店，还是在窟里?"杜洁摇头道："那屋子不是店，却也不像是他们的窟。我刚到屯粮庄，一脚跨进那庄北墙门，便见那先时撞见九个中的一个。先在路上大阵人马里没看得明白，这时打单儿一瞧，却认得是白莲教里苏青元。这小子从前在河北路当恶花子头，如今是打扮得公子哥儿似的。那年在黄河边，为救一个孤客，我曾揍过他一顿。如今他不认识我，我却还瞧得出是他。既见着了这小子，我就料定那伙人一定在这庄子里。乘那小子买了些鸡肉等项回头时，悄地跟踪在后头，瞥见那小子转进一条小胡同处，向一扇白木门里踅进去了。我还疑着这白木门里是那小子独个儿的私路径。在胡同口待了一会儿，又见个大丫头拉着许多牲口出来溜着，全都是那厮们的坐骑。这我才定了心，知道全在这屋里了。便围着那屋子周遭绕了个圈儿，仔细瞅去，这屋占地不大，且是十分破败，顺墙根里外都有大树，全没斩去，足见不是个窟。这屋子究竟是个什么所在，委实叫我猜不

9

透，人却敢保全在那里头，一点儿错不了。”

施威接言道：“管他是个什么所在，反正杀进去了终会知道明白的，这时瞎费心思猜他则甚！”武全笑道：“这话不是这么讲的，这屋子是个什么所在，有时和事有很大的关联哪！施大哥，您忘了南京汉邸吗？宁要不是先知道是朱高煦的秘窟，冒冒失失冲进去，有不上大当的吗？”施威道：“这可不能和那儿比，俺从来不曾听说这地方有那么厉害的秘窟。就算它有些鬼怪在里头，难道咱们有这许多人还怕它不成！任什么巢子也得给它捣个精光，绝甭顾虑许多。”茅能、薛禄等听了，齐声赞道：“着呀。”钱迈笑说道：“咱们固然不怕什么，可是也不十分大意，终不上人家的当就是了。”文义恐怕他们闲话多，走了风声，忙岔开道：“得啦，别尽坐着谈哪。天也夜了，众位也该拾掇拾掇了。”这句话却是人人听得高兴起劲，当即各个起身，整备暗器兵刃，换衣扎束，拾掇零碎，佩带应用物件，全都忙起来了。文义、施威俩一面拾掇自己的东西，一面提察众人该带的东西莫忘了。一霎时，都弄齐整了，便悄地出屋，觅个暗处，轻身越过矮围墙，如飞而去。

铁义营到屯粮庄只得五里地。众好汉各展快腿，眨眼间，已瞅见前面黑森森大兽伏地似的大丛房屋，涌在一条黄漾漾的大路旁边，杜洁当先领路，轻声到了庄外。停步细听，静悄悄不见半点儿声息。文义便向施威低声说定，仍照原来两队分攻前后，免得走脱妖匪。施威便领着茅能等一共九人，绕向那小屋前面去。文义和钱迈相定了方向，便择那靠近围墙的大树缘上去，轻身跨在树枝上，树叶儿微微碎响。凝神细听，屋里没甚声响，也不见灯光。心中有些疑惑，忙招手招呼潘荣、杜洁等七人都上了墙头，仍不见屋里有一丝声息。钱迈心中大疑，恐防这屋里有什么尬尴情形，不肯贸然下去，文义便掏出一颗石了来扔下去问路。只听得秃的一声，确是掉在实地上。杜洁轻身翻到钱迈身边，低声道：“没甚紧要，下去吧。”钱迈也想着只有先下去探察明白的一法，却不想大家全下去，便道：“我和你先下去瞧一瞧。”

话未毕，猛听得底下屋里一声大喊，接着锵啷哐一片兵器相撞的声音。文义惊道：“前面已经干起来了，快下去！”说着，双脚一起，甩了个燕子穿帘，飘落下地。钱迈等不敢怠慢，连忙腾身落地，随着文义冲过一方草苑，劈开一方小矮门，便舞动兵器冲将进去。

里面房屋不多，只转过一间正屋，便见前面院里有月光照着，满院子刀剑乱舞，成团厮杀。文义连忙约住众人，定睛细瞅时，正是施威、茅能等九筹好汉和二十来个汉子杀在一处。文义瞅明白了敌我两面情形，才向潘荣等道："各位弟兄，先分清楚了人，再杀上前相帮去。"

这时，已经揭破来明干了，潘荣等呐一声喊，直扑过去，乱杀起来。茅能等正斗得高兴，陡然又见许多帮手赶到了，更加神气飞扬，越斗越勇。许逵、韩欣二人瞥见赵佑和一条肥汉拼斗得很是吃力，便赶过去助赵佑夹攻。两人齐到，双剑并举，径向肥汉进攻。肥汉急忙拦开赵佑的刀，回转花枪架扫这交叉劈下的两口剑。不料赵佑得了这个空隙，掣回刀来，乘那肥汉全神贯注对付许、韩二人时，唰地飞起个刀花，接着欻地一刀径劈肥汉左腰。恰遇肥汉拧身转向，才挪过一半时，嚓地一刀正砍中左股。痛得那肥汉大叫一声，向前一跟跄。许逵见了，连忙横磕一剑，打去肥汉手中花枪，韩欣腾起一脚踢去，一连几下把个肥汉打倒在地。赵佑正待举刀劈下，文义一眼瞥见，大叫"捉活的要紧！"三人听得，才按住肥汉，掏出绳索，将他捆了。那院中和众好汉拼斗的一共有十四个人，要数这肥汉最厉害。这时，肥汉被擒，劲敌已去，其余的一班毛头小子怎当得众好汉艺高人勇。没多时，连劈带捉，闹了个干净。点一点数：砍死的九个，受伤捉住的四个，活捉的一个。总算半个不曾跑掉，一总都在这里。文义便掬取灯儿，引燃屋里油灯，率潘荣等持灯向前后搜寻了一遍，只搜得许多金珠、刀剑和粮食、文书等物；直搜到厨下，才在柴草堆下拖出两个老妇、三个年轻女子，一并绑了拖到前面屋里来。

文义细瞅情形，那受伤被捉的肥汉似是这一伙人里的头目，便提那肥汉近前来，扔在当地，杜洁、唐冲跟着将捉住的人都拉了进来。就灯光之下细瞧，这一查点，不但是没见郑天龙，这一伙人竟没一个是白天长行那一伙里的。众好汉都吃了一惊，杜洁更加满心惶急，便起身拿一盏灯向那院子横七竖八躺着的九个尸身上细细照着，端详一会儿，瞅那衣服面貌，显然全不是日里所见的那伙人，不觉大愣，心里想道：难道我见了鬼吗？……明明瞧得实实在在的，怎么会一个也不是呢？

钱迈遥见杜洁待在院里，心知他是为着这些人不是日里瞧见的那一伙，心下狐疑，在那里愣想。便叫道："杜三弟，您过来。咱们一问这小子就明白了。"杜洁懒洋洋地进屋里来，道："这不奇怪吗？怎么全换了个儿呢？"钱迈道："您坐下，不要忙，让文狮子一追问，不就明白了吗？"说着便拉杜洁同坐在一条长木凳上。

文义却毫不疑心是杜洁瞧走了眼，回报不实，心知这里头一定有个道理。便要赵佑、唐冲上屋去，四面望风。才把那肥汉提到身边来，喝问道："小子，你姓什么？叫什么？在这儿干什么事？快说，我便饶你！"肥汉躺在地下，哼着答道："你杀了我好不好？我没气力说话了。"施威大怒，喝道："你这厮要不赶快实说，爷就不让你痛快死！再不实说，马上就给你好的，叫你受受瞧。"说着，便向腰间拔出一条连环软鞭来。那肥汉见了大惊，知道这软鞭一段一段铁楞儿打在身上，可比杀头还难受，只得挣扎着实说道："俺叫'青竹蛇'王苏，大同人氏。在这儿住了十多年了。"文义又问道："你怎么和白莲教来往？那黄昏时，到你这里投宿的郑天龙一伙人到哪里去了？"王苏翻着两只白眼，咬牙不语。文义再喝一遍，王苏仍是不答。施威大怒蹿身离座，扬起软鞭来，唰地一鞭，喝道："兔崽子，你敢别扭，揍死你！"王苏痛得筋骨寸折，泪如泉迸，大嚷道："莫揍，莫揍，俺说，俺什么都说！"施威扬鞭喝令："快说！有半句假话，可小心你的贼骨头！"王苏忍痛挣扎着，说道："俺是白莲教徐教主座下的小总，原是此地大车户头。教里朋友入塞出塞的，多在俺这儿落脚。时常还有些番子来去，俺多少有些好处，便整年地干这个。家里只有个媳妇，那几个老少娘儿们，全是教里派来的。就是这些死伤的伙伴，也全不是俺家人，教里有事时，都是他们沿途按站递信。今儿傍晚时，曾有一班出塞探信回头的大总们到这儿落脚，只吃了一顿饭，便连夜趱路去了。这就是俺的实话。要杀就快点儿，这痛受不了。"

文义听了摇头道："不见得吧！那伙人只吃一顿就趱路去了吗？我

瞧你还是实说的好。要不，可别怪我！"施威听得文义这般说，怒道："哪有精神和这兔蛋说理，揍！"说着，唰！唰！唰！一连几软鞭，打得王苏哇哇地直似鬼叫。钱迈恐怕竟打死了没处问详供，忙拦住施威道："且饶他片时，待他实说便罢。"施威喝道："你敢不实说，我偏不叫你死，让你痛成个'碎骨酱'！"

王苏究竟说出实话吗？下章再叙。

第三章

得途径独探邪魔窟
惊贼人初试雷霆箭

话说王苏受不住痛，只得实说道："俺这只是个小打住，离这儿三里有个马鸣岗，那儿有个高家窑子，那才是郑天龙等歇脚处。黄昏时，老郑一行人到这儿时，说是路上瞅见有许多人走动，很像是擎天寨里的人，恐怕被识破了形迹，所以都不在这儿多屯住。只歇了一会儿，四面觑过确实没人跟探，才一齐上马鸣岗去了。"众人听了这段口供，才得知底细。

当下文义等彼此商量，就此赶向马鸣岗去。便拾掇了搜得的紧要东西，将活捉住捆绑了的王苏等五个，全撂在屋子里桌上，再就灯上放起一把火。文义、施威仍领了一众好汉越檐而出。

这条路上施威和弓诚、弓敬兄弟等都是熟透了的，知这朝南去五里地，略岔一点儿路便是马鸣岗。众好汉前后紧接着，飞也似急急奔跑。转眼间，已到了岗下。施威指着岗上道："这岗子天生个贼巢模样，一定有人在暗处守着，咱们这许多人要想暗地上去，咱们没见他，他先瞧见咱们了，不如径自明干吧。"文义仔细瞅瞅，果是林菁草密，要是步步细探，到天明时，还不能探到岗上情形。便点头道："就这么上去吧，也嫑大惊小怪地嚷唤。"

众人寻着上山的路，各自擎着兵刃，施威当先领路，一众好汉紧随继进。一路上留心细察，竟不见有个人影，施威一口气奔到岗顶，见一座古庙寂然屹峙。便上前推一推庙门，哪知随手一使劲，那两扇斑斓剥落的庙门便"呀"地闪开，倒把施威愣住了。茅能却不顾这些，拦上前去，耍开金刀，盘顶护身，直蹦进去。闪眼一瞅，四面静荡荡，只夜半月光映着草地，寂然没半点儿声息。

众人跟着进去。见这般情形，便分作两路，从左右两庑沿廊细搜上去。从前殿直到后殿，只见些破碎东西扔得满地。再抄到后面寮房里，也不见僧人，却有一堆燃着才熄的柴烬，一星星闪闪发光。旁边一只大瓦罐，盛着一罐水，还有些温热气。众人急向两面房里细搜，也没见个人，彼此重复到厅上会齐。

文义道："这一定是先漏了风，那厮们都逃走干净了。"沈石道："您瞧这火，那厮们一定逃走了许多时候了。要是刚逃动身，这火一定没熄得这么快。"弓诚道："那边屋里，还剩下许多椅凳和箱架面盆等杂碎东西，都能瞅出方才不久还有人使过的痕迹，这屋里人一定逃得不久。"文义道："不管怎样，如今那厮们总是逃走了，我们今夜想寻着或是趱上那厮们，却是不容易了。一来，他们牲口快，咱们牲口还在铁叉营；二来，不知那厮们是另有藏躲的所在，还是径自往河间去了。如今我们只急回铁叉营去，取了行李、马匹，再骤马径追，许还能趱上。众人一想，也只得如此。便又在这古庙里细搜了一番，确没见人踪，更没细软，便离了庙里，径回铁叉营，悄回店里。

次日清晨，文义等由铁叉营起程，径奔河间。沿路打探郑天龙一伙人的消息，终得不着确信。便是托梅瑜、梅亮两人前后送信，也不曾得着实在回音。只有一队虎头孔纯捎来个口信说："已到了河间，曾在街上瞅见过郑天龙。"文义等才知那伙贼已抢先到了地头。便赶紧连夜破站趱行，径到河间城外，离城九里地一所道观里会齐。

那道观名叫"凌虚观"。住持道人道号眠云，和张三丰是最相知的道友。眠云虽没什么高深的道行，也没甚武功本领，却为人耿直忠信，张三丰很器重他。他原为瞅不惯白莲教假道愚民，横行作恶，才拼着苦行募化，在河间建立这凌虚观，传扬正道。白莲教徒却拿他当个呆子，并不理会他。这趟张三丰因为要破霞明观，先自和他说明白，借他的凌虚观屯住。眠云本来深恨白莲教，听得老道友为着灭妖教，欲来借观暂住，真是喜之不尽，满口答应。自那天起，便吩咐所有观里道伴、道童以及火工等人，一概不准外出。凡是买办物件出进等事，都是眠云自己走动。只此一端，就可见眠云道人的心肠了。张三丰先就到了凌虚观，料理一切。及至众好汉一队、二队的赶到，都已准备齐整，只候厮杀。从五队到八队都在观外两旁新造屋子里住下。那些屋子都是造来预备佃给人开店的。还没佃出，且拿来暂住，外面人自然不会知觉的。九队里和两个传令都是女子，观里不便，全住在观后菜园余屋里。

张三丰亲自在观内督率众好汉不许无故出观，每天只派两人出外探察，到晚回观。这时，众好汉都因养精蓄锐、摩拳擦掌了许多时候，一旦得了这道令旨，各个精神旺盛，无不破站急赶，原限五月初三日以前要齐到河间，不料才到初一日，连第九队都赶到齐了。上辈宗师却只有张三丰、闻友鹿两人到了。因此大家都憋着，等待丈身和尚到齐时，再按期动手。

一连待了两日一夜，已是初二日夜间。文义、孔纯、章怡等一班领队，都担心日子长了，众好汉沉不住气，闹出岔子来，都来和张三丰、闻友鹿两位宗师商量。闻友鹿切嘱孔纯等："无论如何必须耐住这两天，不要闹出岔子来。"

正在说着，听得窗前飘然一声，如落叶沾地一般，众好汉齐都一愣。友鹿道人摇手道："是笑菩提来了，别乱。"众人才准备出迎，忽见门帘一动，果然是丈身和尚满面笑容，掀帘走进。闻友鹿、张三丰起身相见。众好汉都上前见过礼，才一一归座。

丈身和尚略问了问此地情形，便问："可要待到哪天才动手？"友鹿道人笑道："谁要你们大姑娘似的，姗姗来迟，自然要待到那天了。"丈身和尚笑道："你瞅这话奇怪不奇怪？一定要我们来，那么，你俩坐在这儿干什么的？难道只有我们能干事，你俩竟是活古董不成？"友鹿道人摇头笑道："你这秃厮太放肆了。人家在这儿正说着正事哪！"丈身和尚抢答道："谁问您正的歪的。您为什么不动手干？照这坐着说说，这就算是正事吗？"张三丰忙孱言道："不要尽着打哈哈啦。笑菩提您在哪里耽搁到这时才来？"丈身和尚道："那贼窝子里虽是我的熟地方，却闻得近来改变了不少。咱们既然要去破它，必须先明白它内里情况才行哪。我到这儿两夜了，就在霞明观里暗地察探了两整夜，差不离全知道了。您道我是玩儿吗？"张三丰笑道："我又没见您去，这儿也没谁和您同走，不是由得您说嘴吗？有谁来质证？"丈身和尚大笑道："疯子，别瞎嚼舌头，这不是信嘴乱吹，糊得过去的。我只为先到这里时，一定有人要跟着同去，那里头着实艰险，要再有人牵挂着要我照顾时，连我也探不着什么，还许要坏事，所以没到这儿落脚，就去探察去了。您当我乱说吗？一来，您几曾见沙门说谎；二来，我有实证给您瞧，您才服我啦。"友鹿道人笑劝道："别尽着斗嘴耽搁时候了，您探得怎样？快说给大家知道，才是正经，咱们正要参详个善处之方，好操个知己知彼的胜算。您能先得妖贼情形，那还不是奇功居首吗？"丈身和尚道："这也不是我独个儿有这功劳，虎面沙弥也在探着，大概他明日就到这儿来了。"说着掏出一方小折儿来，递给友鹿道人瞧。

友鹿道人接过小折儿来，便和张三丰一同展开，并召孔纯、章怡等一班在座弟子、同道趋前一同瞅看。只见那小折上面所载，全是霞明观内的路径、墙壁、消息、暗道种种情形，还有许多画着形势的细图，标明往来的道路。众人见了这幅东西，都大喜过望。张三丰道："知己知彼，百战百胜。我们如今有了这个，那妖教窠巢就算是在我们掌握之中了。这真是破霞明观的奇功一件。只是这东西是那厮们的性命根子，您怎么轻易就把它拿来了呢？"丈身和尚答道："哪里是我轻易拿来的，这幅图搁在我们擎天寨多时了，不过咱们全不曾知道罢了。"凌云子抢说道："笑菩提又说疯话了，咱们擎天寨有这么一件东西，搁上多少年，咱们能一点儿影儿也不知道吗？"丈身和尚笑道："说来您不相信，却真有这样的奇事。好叫您得知，这幅图就是咱们寨里金狮子于佐画的。"凌云子摇头道："这话更没根了。于佐在寨里这许多时候，又不是外人，怎么他知道霞明密图的事，从来没听得提过呢？"

丈身和尚道："您别急呀，待我告诉您，您自然就明白了。于佐的爸爸是个木匠，他自己也是个小木匠，这是大家全知道的。当他跟着他爸爸做手艺赚钱养命时，年纪虽小，却是一切木匠的本领，他都学会了。他爸爸被人招去起造霞明观，当了个上等工匠，管着铺排布设等事，他就帮着弄。他爸爸因为他着实懂得，落得占占儿子的便宜，许多事全是叫于佐代做的。后来霞明观造成了，徐季藩那厮提防工匠走漏消息，便把那些管工、理事知道些大势的工匠，全给毒杀了。于佐因为是个小孩儿，原没在大工匠数内的，而且他生性机灵，所以他爸爸虽然遭了毒手，他却保得性命。后来，他想着他爸爸死得惨，决志复仇雪恨，拼命学武。近几年来，他到擎天寨，知道是专和霞明观作对的，欢喜得什么似的，死心塌地一个劲儿练功夫，待报大仇。自从灭了青草山以后，他知道将要打霞明观了。便想着：'要打霞明观操胜算，必须先知道它的内情才行，那内情自然是以霞明观埋伏的消息为最要紧。那起造时，知道消息的人既然全被那厮弄死了，喜得还剩下我一个，我如果把这记得的绘画下来，那么，除了徐季藩，真没人能知道霞明观的内情了。如今我把它密情绘画出来，那么，破霞明观就容易了，我的不共戴天之仇也可报了。'这一来，他便镇日价独个儿干这个，凭他所记得的全部画下，想起来，又修改添补，弄了不少日子，也不知换过多少底子，直到近时才画成。前天在路上，我遇着六队，于佐拉我到暗地里，把这个交给了我，并说：'这是霞明观初造时的全图，凭我几年来细思苦索，自问是没有遗漏的地方了。不过这些年来，那厮们有没有改动加增，却不敢保。望师父和各位宗师仔细参详吧。'我得了这图，很赞他细心。便细瞧了一天，又亲照着那图暗入霞明观踏勘一番，觉得没有甚大不对处，这图很有可取，所以才拿来和你们大伙儿参详。"

闻友鹿等听了，才知这图的来历。便马上命程豪即刻去寻了于佐来，对着图，一一地问明白了些暗消息儿和小路秘道。于佐把图上没注明白的处所都详细解说清楚。张三丰便和丈身和尚等仔细参详，觉得霞明观布置极其周密，全观和蛛网般的筋络贯通，异常灵动，也异常紧密。若不同时下手，攻它全观，绝不能伤它要害。必须使它各处都不能分力来接应援救旁的处所，才可以各方击破，荡平全窟。当下便照这个思虑，议了个全盘计策。又将自家人数和各人的本领才情全盘计算，再照霞明观的情势分配停当。待到夜里，察探得确没人暗中窥探，才聚集了各队领队和各队好汉，一齐到凌虚观后面寮房中来听候分派。当下七十二位好汉，连传令的两位，共计七十四人，全都到了寮房。

友鹿道人先派赵佑、唐冲率领梅瑜、梅亮分守四方屋角，轮流巡哨，提防有人窥探。四人得令，出外，飞身掠檐上屋，分向四面逡巡，仔细查察一周，确没半点儿踪影，方才各到对面屋上，向屋内打手势，报说平安无事，再分途去防守。

屋里得着巡哨报说没事，友鹿道人方才展开画图来指点着，和众好汉细说，并由于佐在旁一一补解明白，众人都默识了。友鹿道人开言道："咱们这一趟来攻霞明观，原是倾寨而出，破釜沉舟，以全力拼妖教。咱们大家是有进无退，胜则国泰民安，大家无愧于'义侠'两字；败则有死无生，决不能屈辱在妖匪跟前。大家必先记清楚这番举动是为什么，并明白我们应当如何，然后才能如愿收功，不愧我宗风武道！"众好汉凝神屏息听到这里，闷雷似的齐声哄应。友鹿道人又说道："这回去攻霞明观，分派职事，必须遵守，切不可乱来。因为这霞明观不比旁的所在，一步错了，便满盘都错，而且乱动一步，便有陷身丧命的险难。大家最要紧的是记清自己所应做的事，没做到时，舍生忘死，必须做到；既做到了，便停息着，一面飞报，一面待令再动。切不可擅自改变！要知道霞明观路径繁复，一移动，便不能照原定计策通气，立刻就陷入孤立无援之境。我们也无从跟寻援救，甚至牵动他队，紊乱到不可收拾，还许全盘败尽。如今我和各位宗师多拟了一个单子在此，大家每队再分领一封简帖去，照着单子和简帖内所叙的做去，便万无一失了。"众人又齐声应"是！"友鹿道人便取出一张长纸单来。众人都向前来观看单上写些什么，各自心中全都惦着自己的职事不知是怎样的。哪知道在这时，忽听得屋上暴雷似的一声大喝，接着轰硠轰硠几声巨响。众人齐吃一惊，便都回头急要奔出去。张三丰忙拦住道："别乱，待我去看来，再和你们说。"

这喝声和响声自何而来，且待张三丰出去看明再说。

第四章

擒六妖仔细推贼情
调九队慷慨征魔道

    话说张三丰翻身赶到院中，闪眼一瞧，只见赛李广唐冲手挽铜胎铁背鳌扣龙筋弓，嗡嗡不绝，连放风琢狼牙画杆雷霆箭，朝着东头，振臂连射。张三丰心里明白一定是有了猝不及防的贼人探子，来不及抵敌招呼，只得放箭，便急忙回身关照屋里众人不要乱动，都悄声待着。转身顺手向丈身和尚一招道："咱们去瞧瞧。"

    说着，二人先后紧跟着出门，同到当院天井里，一跺脚，蹿上檐口。只见赵佑立身正屋脊上，弯弓搭箭，也向着东方急急连射。张三丰便就近拦在唐冲左前面，问道："瞧见什么了？"唐冲答道："大概射倒几个了。"张三丰听了，一想：既射倒了，一定倒在墙外，要给旁人瞅见，可不是耍的。便道："咱们快到墙外面瞧瞧去。"

    丈身和尚已到对面屋上，拉了赵佑过来，便一齐蹿上墙跺，向下一瞧时，便见一大堆黑影，瞅去似不止一两个人，而且是伴墙根站在那里。还是张三丰眼快，先瞧明白，是梅家姊妹俩在那里缚人。丈身和尚仗夜眼也瞅透个九成。赵佑、唐冲虽没得明白，却见三丰和丈身俩师父已经纵身跃下，料来没大凶险，便也照着俩师父落脚处，先后跳落平地。

    张三丰问梅瑜："拿住了几个？"梅瑜一面捆缚着个壮汉，一面回答道："逮住了五六个。"果然，倚着墙根，竖着好几个被绑缚的人。丈身和尚上前逐一瞧去，认得这几个人里面有一个名叫活蟹张宽洪，便过去和张三丰说："带进里面去问吧。"张三丰点头答应，便率领着赵佑、唐冲和梅瑜、梅亮押定那擒缚着的六个汉子，转向凌虚观侧门来。

丈身和尚便飞身蹿起，仍打墙上翻进里面，忙转到侧门后面，开了门，让张三丰等一行人押解那六个汉子到后面来，进侧门后，仍关了门，插上门插管儿。丈身和尚便命赵佑、梅亮仍上屋巡望。由唐冲、梅瑜押人往后面屋里来。

屋里众人见带了这许多贼进来，都起身出外，下阶迎着，一同回到寮房。友鹿道人先问："怎么拿住了许多？"张三丰道："我因为省麻烦，还没问过。如今叫赛李广说吧，大伙儿一齐都听明白了，不省事吗？"大众听了，全都望着唐冲、梅瑜，急待他俩说出。唐冲先招呼众人坐下，才说道："咱四个奉令巡哨，分四面转着，初时没听得半点儿动静。却是不敢大意，仍是提心吊胆地各处穿着。不料绕了几个来回，忽见一条黑影一晃，忽地蹿上墙来。这时，咱四个全伏在瓦沟里，那厮们不曾觉着，一连蹿上来六个。咱这时仍就暗地待着，一时不好露面。想待那厮们后头的人或是正主儿上来时，再给他个猛虎洗脸，一网打尽。不料这伙东西，一上来，稍许立了一霎，便也四面分布开来，并且分散得很快，眨眼间便到了咱跟前。离得近时，那厮便瞅见咱了。咱顾不了许多，只得抽箭就射，喜得赛由基帮着放箭，才逮住这几个东西。梅家两姊妹都是在箭雨下舍生忘死跳下追去的，不知可有箭头误伤吗？"梅瑜摇头道："没伤，没伤，连衣服也不曾剐着。"

丈身和尚叫："先押张活蟹上来问话。"说着，便朝那六个贼汉中一个巨眼羊须的汉子一指。梅瑜心里一机灵，便迈步抢过去，一手把那个活蟹张宽洪提小鸡儿似的提了过来，朝地下一掼，掼得张宽洪鬼也似的直着嗓子怪叫唤。丈身和尚也不理会他，只喝问道："张宽洪，你可还认得我吗？"张宽洪先时低头贴地，听得有人叫他真姓名，问他的话，才昂起脸来一瞧，陡然一惊，认得那问话的胖大和尚，就是曾经救过自己性命，自称"笑菩提"的大恩人。回想到自己现在的行为，顿时良心发现，羞惭无地。

原来张宽洪本来是个大家奴仆出身，积攒了几文钱，便逃离主家在外，到漳州开一爿酒店，自称福州人。生涯倒也不恶，混了十多年，居然家成业就，且闯出个"张活蟹"的字号，很有些面子。不料那旧主家小白猴张三槐考中武举，做了个泉州守备，因为勾结白莲教，残害地方，被绅士拿着凭据，上院一状告了，革职丢官，便绕道转路，四处打秋风回籍。那天走到泉州，恰巧撞见了张宽洪，想起他卖身为奴的契纸还在身旁，量他不敢不认主人。再一打听，知道张宽洪已发了财，便径到他酒店里去，大摆其主人架子。张宽洪因为卖身契在张三槐手里，没奈他何，只得任他铺排。供用供吃，前后伺候还不算，竟连妻子和十四岁的黄花大闺女都赔上了。张三槐和泉州武官原算同寅，虽是革了职，究竟还有个交情，张宽洪哪里敢得罪他？忍不得的也只得强忍，瞧见的也只当没瞧见。张三槐自然愈来愈胆大，益加无所不为了。有一天，白天里张宽洪的二闺女才十三岁，也被张三槐瞧中了，强搂着，按在床上，剥得精赤条条地硬行强奸。张宽洪虽是明明瞧见，哪敢作声？恰巧丈身和尚云游到泉州，听得街坊上谈论这件事，满心代张宽洪抱不平。便暗地里跟定张三槐，觑个空，卡在没人处，从他身上搜得那纸卖身契，竟交给张宽洪毁了。从此张三槐失了把本，没法作难张宽洪了。却是张宽洪仍旧怕受暗害，且敌不住张三槐有官府势力，想着和官府作对的只有海盗，便在泉州入了海盗伙。这时正值徐季藩使邪法弄得海盗都敬他为神仙。张宽洪是自己有钱成帮的一路盗首，自然成了徐季藩手下一路头目。哪知张三槐自从丢了张家酒店，混来混去，也混入了白莲教，做了许久的强盗，遭官兵打散一次，又被江湖好汉打破一次，只得投奔徐季藩。徐季藩见他是个武举，兼之生性聪明，便收作身边弟子。白莲教的规矩是不许记入教以前的仇隙的。张三槐和张宽洪这时都是离了妖教就不得活命，自然只好遵守教规，不提前事，各自充着他们的圣教圣辅。张宽洪这时陡然见了丈身和尚触起前情，不觉心头生痛，额上淌汗，拼命低下头去，恨不得把脸儿闯入泥里。

丈身和尚跟着追问："你怎么也混到妖教里去了呢？快说实话，我能救你。"张宽洪这时入教已久，头领也做了多时，早已被迷得极深，死也不回头的了。丈身和尚虽是一片好心问他，他竟是咬牙结舌，一字不答。张三丰便命把张宽洪押过一旁。

丈身和尚再问那五个的姓名，一一都直说出来：黄鼠狼郑必得、瓦上飞吴占魁、大鲤鱼苏青元、丧家犬罗直德、千斤闸宋振顺，都是白莲教中一路的头领。张三丰追问："你们大伙人来这儿干什么来了？"初时五个人一齐不答。旁边擎天寨一众好汉见了个个发火，当有汤新、钟强、韩欣等有内功的几筹好汉上前，使龙爪拿法，拿得那五个妖贼如上夹棒、敲拶子一般，痛不可当，热汗直淌，委实熬不住了，才实肯招供。

却是五个妖贼全都被拿昏了，说不上话来，都要张宽洪代说。张宽洪眼见五个同党受罪，量自己本领及不来，更受不了，只得实说道："咱们观里，近来正准备建罗天大醮，超度幽灵，祖师爷召聚天下教友、头领齐都来观参拜，已经聚了几百大小都总、头领。今儿得报，说是有武当山妖道聚了许多人在城外，要和咱们圣教作对。祖师爷上殿占卜，得知这伙武当妖人今夜到齐，都聚在城外凹角有菩萨的处所。所以命我们分作三班向这城墙凹角处的庙里寻找。我们六个是一班，方才找到这观外面，打听得这观里忽然来了许多人，所以进来瞧瞧，不想果然是你们在这儿聚会。咱自不小心，被你们拿了，要杀要剐，就请快点儿动手，不必多麻烦。咱们好汉子死不皱眉，丢了性命，自有人来找你们算账的！你们待着吧。"

丈身和尚笑道："好，真是铁铮铮的汉子！只可惜一遇着张三槐就成了只死狗儿了。"张宽洪听了，顿时羞得颊耳绯红，心上陡起一阵恶念，恨不得立时奔上前去宰了丈身和尚，才消得心头这般恼羞成怒的狂焰。丈身和尚瞅他咬牙切齿、横眉勒眼，知道这小子中了妖匪的狂迷，将恩作仇。瞅着他微叹道："唉！罢了，中毒已深，无可救药，为救苍生，不能姑息你们这群蛇蝎了！"

施威在旁听得，便拔剑上前，待要排头儿砍去。丈身和尚忙拦道："别忙，留着还有用他们处。"便叫汤新、韩欣把这六人提到空房里守着。白壮在旁瞧着，忍耐不住，上前问道："这伙妖徒，祸毒民间，死有余辜。杀了那厮们，便是救百姓。大师慈悲，当从大处想，为什么留

23

下这几条恶狗的凶命?"周癫子抢答道:"白赤虹,你当这几个东西凶吗?不成!离凶字差得远哪!你瞧,只那么一拿,就妈妈爸爸全说出来了,还能搁得住大疼吗?留下他们来,让他们给咱领道儿,要别扭,便给他个疼。那么,比什么向导都强,你是个老手,难道没想到吗?"白壮恍然大悟,仍退在一旁不再开口。那旁九队里的闯天雁奚定朝着那白壮瞪了一眼,转引得站在西头一行——瞥见了的——众好汉都微笑起来。笑得奚定大难为情,搭讪着向友鹿道人道:"求大师钧旨,咱各队应当如何进攻,方才给这六个贼一岔,岔开了。目下进攻在即,还求大师立即颁示,让大家好先行省记着,免得临事时慌张忘失。"友鹿道人点头答应,便转向众好汉道:"你们全到屋里来吧。"说着便转身先进屋去。众人随后都到屋里各归原位。友鹿道人将方才收在袖内的那幅霞明观图取了出来,照旧摊开,又将那调派长单再展开来。众人有先时没瞅明白的,却凝神细瞅。那单上前一段是列着个计策,写的是:

霞明观因其妖教之根基,全观均按五行造成。其东方之墙壁最为凶险;北方之路径极形窄狭。观内计有暗藏消息六十四件,水旱陷阱七十二处,各方分派把守头目三十六人。今往攻打,首先要留意破消息,避陷阱,其人虽有勇者,尚不难力取。至于妖术、邪法,一经遇着,切勿惊慌奔退,必须临之以镇,持之以坚,自有能破者拯救。若气馁迅退,必为所乘,其凛之!今将本寨各队进攻方向列后,必求正向,毋许稍紊!庶收指臂之效,共策心腹之功。

计开

正东方,霞明观东墙。此处由墙下先破消息,再由墙头进至观内戏台左侧。复穿东耳门,破其陷阱,越过东偏殿,向园中高楼下取齐,扼守东方。——由四队任之。

东北方,霞明观东北隅。此处消息在墙隅之中角缝处。破后穿两重墙门,再向园中取齐,扼守东北。——由二队任之。

正南方,霞明观大门。此处极紧要,消息极多,且恐有随时增装，为我所未及知者，当另遣人破之。负攻打之任者，须力扑彼之中心，直破重关，穿各殿，径至园中，扼守正南方之小央。勿令一贼逃出。——由五队任之。

东南方，霞明观东西隅。此处为假石山，嶙峋处皆有消息，可按图记明，凡有小松处皆可行，但亦须破其松根之机括，方可免暗器之伤。攻入后，越察房，火之，至园中取齐，扼守东南。——由六队任之。

正西方，霞明观西墙。此处为霞明观严防之处，其消息与正东方墙上所有者恰相反，须由墙头破之。破得后，即越西偏斋房，径至阃中，扼守正西。——由八队任之。

西南方，霞明观西南有一水塘，但不可入水，入则必中暗轮刀钩，须绕塘左，拔短柳，破其虎狼机，再逾垣入内，穿过食堂宿寮，至园中，扼守西南。——由七队任之。

正北方，霞明观后户。此处之险，不亚于正南，其消息量多改易，当另设法破之。负攻打主任者，只力战其守将，使无暇他顾，而后夺路破其后户。遇有逃贼并力截杀。穿过禅房后，直至园中，扼守正北方之中央，勿使一贼得脱。——由三队任之。

西北方，霞明观外屋。此处须先焚其观外附墙之屋。然后由极小之一巷中越墙而入，其大巷之消息总机括在墙内大柏树下井口中，可于入内后破之。既破机括，即由经房、书室攻入园中，扼守西北。——由一队任之。

中央大楼，霞明观之总堂；此楼中所藏何物，图中未载，且至今未尝探得，至其机括闻颇多徐贼父子手造手置者。除另行设法破拆外，攻打各层楼屋，尤宜谨慎。——由九队任之。

四方救应：由八大宗师，并率九队全队在未达大楼以前，八方救应。

各方送信：仍由两传令使分左右轮番转报，以通声气。以上各方各队，各按部位，不得有丝毫凌乱。即目睹他队受难，自有往救之人，亦不得移向越援，以免紊序，切切！

众人看罢，忙又各自记明方位，再去向图上找着部位，瞅明白机括消息，牢记在心中。方才各自去拾掇，并各队自行商议，分派前锋、两翼、子力、合后等，各个认定，以便临时各有专司，不致乱队错行，并且免去争夺接战，扰乱次序。友鹿道人等八大宗师又聚商了一会儿，各自认定一桩紧要职司。眠云道人也将托办的干粮和添补的各项用物，都送来给友鹿道人一一分发了。顿时凌虚观里如闷雷酝酿，暗蕴着一大团杀气雄风，一个个摩拳擦掌，只待厮杀。

霞明观究竟破否，请阅卜文便知。

第五章

怪气妖光装模作样
神威奋武刵耳馘元

话说端午节那天早上，霞明观里香烟缭绕，彩绣纷披，香坛高筑，仪仗成行。拾掇排场，真是十二分威武。徐季藩和徐鸿儒父子两个，初四夜里就忙得整夜不曾合眼，聚集手下三十六路头领、十二大弟子，仔细铺排。原定是借端午日，活神仙白日飞升，聚集党徒，揭竿起事，宜取北京。这时，各路绿林、游民、教徒、痞棍聚集在河间附近的，总约两万多人。加上许多愚民、乡户，因受白莲教活仙飞升轰动，远远近近赶来进香求福和那些市侩、富户前来乐捐慨助共襄盛举的，合共总在十万人之上，委实是轰轰烈烈、震烁一时、历来稀有的盛事。

那些白莲教徒，没一个不兴高采烈，手舞足蹈。早两天，河间城里就左一堆，右一群，熙来攘往，尽是白莲教中人。到了初五这天，所有白莲教暗地招来的党羽，都经徐家父子一一调派好，各自暗地聚结一处，听号令动手。剩下那些烧香谒仙的善男信女们，仍是蚁一般地挤，蜂一般地闯，直向霞明观推拥。天才明时，便挤成黑压压的一大片，攒攒动动哪止万头？

徐季藩、徐鸿儒瞧着这情形，心中高兴已极，一面分布党徒，暗地准备；一面身藏利器，带领十二大弟子和一班亲近教徒上殿作法。一霎时，大殿上整齐端肃，颇有一番庄严景象，俨然琼宇梵宫。徐季藩、徐鸿儒各服法衣道服，手捧象简，分左右端然屹立。殿上左右两行分列十二大弟子，下面分三层列着三十个头领，四殿角和石阶两旁，各立着二

27

个女弟子。那伙人各是——

教主：徐季藩。都教总：徐鸿儒。

殿前左一行，大弟子：万里红、陈仁生、陈日山、方乔木、田西士、张富有；

殿前右一行，大弟子：赵天申、朱光明、刘进利、陈攀桂、王志高、陈逢春；

阶前第一行，头领：李月宝、林太平、陈极品、万里明、蔡周、方正志、张元吉、何德胜、武中柱、龙江祠；

阶前第二行，头领：郑天龙、钱霖、毛邦本、黄亦中、张鹤观、季龙威、张三槐、李明声、章崇道、张九官；

阶前第三行，头领：李汉云、黄坤山、金强、雷烈、何敞、冯卫照、翁有利、徐元贵、周青元、云中树；

镇殿女将：马上超、陈安士、黄菊华、李明珠、霍金花、林梁玉、钮洁华、蒋绛仙。

共两主教、五十教徒。教徒、大弟子都是白帽白衣，内里暗裹软甲。头领们都是顶盔贯甲，头飘两条白布，手中持各样长军器，侍卫般巍然分列。

不多时，哐哐哐！叮叮叮！金钟玉磬齐响，宝鼎中香烟缭绕，金台上蜡炬辉煌，只见徐家父子转身向着殿上大龛舞蹈展拜，口中喃喃有词，十二弟子跟着咕喽助韵。鼓捣了好一会儿，那大龛前垂覆着的大彩绣神幔，忽然霍地向两旁分开，高高排起，却不曾见有人动手，那绣幔开处，陡显一尊神人，胖大得比常人几乎大了一倍，五绺长须，胸前飘拂；长白脸儿，低眉合目，端拱而坐。身上一片白，远望去，瞅不明白，大约也是白九梁冠，白道袍，手中攒着一柄三尺来长的尘尾，动也不动，俨如古庙塑像一般。

徐季藩又拜舞了一会儿，便率领一班弟子下殿，口中念着，手中悬空画着，沿着殿角渐渐转到殿前坪中来。这时，又有四个人将坪中四只大铁缸的顶盖揭了，大叫："请众信善随缘乐助祖师遐举的香资！"一声才起，只见那些善男信女争先恐后，各把带来的金银钱钞一包一包地向缸中乱扔乱抛。有些挤不上前，直挤得大声哭喊，顿时人声鼎沸，霎时四只缸都堆起高高的尖儿来了。徐家父子等却睬也不睬，仍旧一面急念，一面四处照行。

众人抛过舍施，听得殿上招呼一声"叩首！"顿时一齐跪下，倒堤似的各抢一点点地面，争先伏地，黑压压人腿上叠人腿，头顶接屁股，偌大一个庙坪——二亩来大多——宽布了，罅隙全无，人海般摊满着，没见半分泥土。

徐季藩父子叩罢头，先起身上殿，脚才踏上台阶，猛听得哗啦隆咚震天价一声响，殿上大鼎里陡然喷起一阵浓烟，摩空直上，那活神仙座台前面忽现出一大方白的东西，绫不像绫，布不像布，也瞧不清它是个什么材料，但见上面有一行大字："教主做天子，四海永太平，从龙欣富贵，长享吉祥春。"众弟子即时领着头大叫："天命攸归，教主是真命天子，恭恳圣上登基！万岁，万岁，万万岁！"底下一班头领、百姓和那些预先埋伏夹混在人堆里的喽啰、流痞接声齐叫，声震天地。那些进香愚民和瞧热闹的闲人，亲眼瞧见这般神异，又亲耳听见这许多人拜舞，哪还有什么思疑的余地，立刻死心塌地跟着乱拜，乱叫"万岁！"

当下左有赵天申，右有万里红领着三十位头领，大呼上前，拥着徐季藩直到当中正面坐下，传谕道："圣天子登基，免粮三年！"徐季藩接言道："朕奉天承运，创业开基，端赖贤豪赞助，所有今日从龙在事之人，统着报名，听候封官赐爵！"这一道圣旨下去，顿时一片"万岁"声杂乱哄起，响彻云霄。便有许多人赶忙爬起来到殿右柜上报名，你夺我攘，各自争先，挤得"哎哟""哎哟"嚷声不绝。折臂、磕腿、碰脑、砸背，受挤伤的不计其数，甚至有少力乏气的被挤躺下，竟遭乱脚践踏丧命的。

正在鸟乱之际，猛听得陡然一阵怪声，只见那空坪中，人潮水般向殿上直倒将来，徐季藩心下暗想：这些人竟这般争先恐后，过我预期，似这般大事一定一举可成。比我原计更快！想着，满心狂喜，心花怒放，得意非凡，便起身来，想要温谕众百姓不必争先恐后，不分前后，一律封赏。不料才一伸腰，突见观门前许多白帽腾空冲起，夹着人头纷纷一冒一落，鲜血四溅，大吃一惊，吓得浑身肉紧，连忙拔出身上暗藏的家伙，指挥众弟子赶紧防护后门和左右两厢，准备好机括消息。然后率领众门人、头领等，向前猛冲，排开人堆，闯将出去。

才到坪中，只见一排大汉，一个个虎一般直滚直扫。却是刀枪军器落着处，都是砍的白衣人或是甲胄全身的。那些平民百姓却不曾碰上一碰。徐季藩瞅这情形，心中已明白了九成。一摇手中剑，抢上前去。一眼瞅见当先领众的一员毛脸虎将，正是素来相识劝他入教没答应的铁臂施威，更加恍然大悟，是专来寻事的对头到了。心中一震，不敢怠慢，大喝一声："正要擒你们这伙逆天贼来祭旗誓师！"将手中剑向后一摆，挥各大弟子上前截杀。

当下赵天申冲过去，接住茅能；朱光明挡着赵佑；王志高接住范广；陈攀桂、陈逢春、田西士、万里红、方乔木、张富有六人一同并力挡住施威、唐冲、刘勃、聊昂、薛禄、武全等六人，捉对儿厮杀。战得灰尘滚滚，堵住正门出路。观前大坪中许多善男信女顿时大乱起来，恰似没了头的苍蝇，四处乱闯，没路可走。

恰在这混乱之中，擎天寨六队豹子程豪，领着皮友儿、于佐、岳文、董安、雷通、卫颖、冯璋、林慈等八员猛将，打东南角上翻上墙头，觑定下面，乱放箭、弹、镖、石，打得那些妖徒教徒潮一般向后涌退。那阶前立着的赵天申、朱光明等一伙妖匪，一眼瞧见程豪，更加愤怒，大喝道："原来是你们这伙恶贼来捣道场！别走，本师送你回老家去！"说着，便扬起手中剑，咕噜叽里念念有词。但见当中大香炉中熊熊火光忽然向上直冲，一股黑烟，结成方丈大小，径滚向东南角上。同时，黑烟里面冒出几道白光，直奔程豪、冯璋等。程豪见了大叫："兄弟们不要惊惶，咱们扑下去！"冯璋心切祖仇，首先奋身一跃，飞身蹦起，径向赵天申身旁落下。赵天申正使妖术，猛不防冯璋凭空落下，略一大意，早被冯璋剑锋削处，割了赵天申一只左耳。痛得赵天申一声怪叫，不能再施妖法，哎哟一声，抱头就走。空中的白光黑气，顿时消散无踪。

　　程豪连忙当头下墙，领着于佐、董安、雷通、皮友儿等随后落地。赶上前扯住冯璋，叫道："且不要穷追，谨防机括！"冯璋才止步，会合本队，一同向那嶙峋假山间穿过。于佐道："俺记得这条路，虽是只有小松处可以行走，总机括却是在那最高一座石笋下面。要把那座石笋扳倒，这条路上柳根下的机括消息就算全毁了。"冯璋喜道："那么咱们就去扳那石笋去！"程豪抬头一望，果然见有一座削尖的石笋，透出许多石山之上。便要于佐领路，奔到那石笋跟前，瞅去约莫有两丈多高，一丈多围，靠地埋根处，满长着青苔，也不知埋下多深。据瞧，一两千斤力量是别想撼得动；要想刨根放倒，却又来不及。

　　正在作难之时，卫颖排众上前道："俺有法子即刻弄倒这东西，只请您几位退远一点儿。"程豪猛然想起卫颖绰号是个"震天雷"，心中一爽，连忙约同众人，径向远处竹林底下退去，刚退入竹林，骤见赵天申正抱着头，蹲坐在大竹根上喘息。冯璋、于佐见了心中狂喜，一齐扑过去，斧戟齐下。赵天申伤重心慌，骤然相遇，一时没来得及逃躲，一声"啊哟"未了，已经顶开、胸洞，淌血倒地。

　　正在这时，陡然震起一声巨响，接着烟雾冲天，碗石乱落，便见卫颖倒拖月斧，满面笑容，大踏步走来，高声道："那家伙是弄没了，压根儿全刨了起来，却是旁的消息儿是不是就这么全带着毁了，俺可不知道。于狮子，您再瞧瞧去！"于佐果然应声奔去。卫颖伸手一把抓住他，笑道："俺和您闹着玩儿的。石根掀起，许多铁的条儿、丝儿挂着牵着，全给炸断了。甭瞧，就知道是毁个干净。这时火药余劲恐怕还有没爆完的，您不懂这个，冒失跑去，恐怕伤着自己。"于佐听了只得止步。众人知这路消息都破了，全放心前进。

　　这时，擎天寨八队牛儿丑赫，率同孙孝、车宜、关澄、干戢、覃拯、金亮、成抚、尤弼等一共九人，由正西攻入，绕过一六方小塘，见有一丛短柳聚生在水塘一隅，临风摇曳。孙孝想起：发令动身时，曾见那幅图上，载明这丛柳暗藏着飞石机消息，须拔去短柳，才能破却飞石机。瞧这短柳许多株丛生着，知道它哪一株是藏着消息的呢？一时怎能会拔完这许多短柳呢？……心中正在揣想，忽听得车宜高声说道："咱记得这儿是有什么'石'的，大伙儿得留点儿神呀！"便接声道："我正想着要拔这短柳，破去飞石机的消息哪。"车宜道："就这短柳就是吗？"关澄等都触起前事，齐声道："是的，图上有的。"车宜听了，不再作声，绝不踌躇，奔到那丛短柳边，身子向前一弯，面向地下，两手一约，不问三七二十一，双手箍住一棵短柳，腰杆儿一使劲，便将那棵柳倒拔起来。成抚、干戟见了都欣然跑上前，帮着拔柳。一霎时便拔去了八九棵。车宜正双手抱住一棵粗干密叶的重丝绿柳，摇了两摇，枝叶儿动也不动。车宜大怒，咬牙闷声大吼，尽全身大劲，向上一抽，蓦然间豁咕噜哼一阵阵连环巨响，霎时间，漫空乱石飞舞。任是几筹好汉，也吃了一惊。

恰巧三队魏光领着龙飞等打正北攻进后门，白莲教大弟子李月宝、林太平、陈极晶、万里明、蔡周、方正志六个正来把守后门，在门后坪中相遇。两边一阵混杀，孙安手起一槊，直刺进林太平前胸，回手一带，腔里心肠全给槊刺钩拉出来。陈极晶正在右旁，陡然瞅见这惨状，心头生寒，手中一缓，被归瑞捉着破绽，右手挥蓼叶枪，架开陈极晶的大刀，左手反拔背上插带着的二尺小蓼叶枪，欻地脱手放出，大喝一声"着！"正中陈极晶咽喉，顿时倒地身死。龙飞、王通、庹健、凤舞、骆朴、凌翔见了，一齐奋起精神，拼命突杀。李月宝等哪里抵敌得住，战没几合，大败而逃。

魏光压队紧追一程，射伤方正志，同时，凤舞挺茅搠伤万里明。剩下李月宝、蔡周二人，慌忙护着伤人，舍命夺路，如飞逃去，由正北绕向正西来，恰遇着车宜等拔起短柳，扯动地下铁线，拉动飞石机，大石如雨点般打来。骆朴、龙飞当先，正遇着大石当面砸来。龙飞眼快，急仰身鞍上，没受虚伤，骆朴来不及闪躲，百忙中，人急智生，脚尖使劲，托地飞身离鞍，冲鞍跃起，就势甩个筋斗，退去几丈远，才躲脱了，却是一匹坐骑被大石砸倒。魏光等连忙约住不动，直待大石飞完了，才过来会合八队丑赫等一同向花园进攻。骆朴也收得林太平的坐骑，跟着一同杀进。

西南角上，擎天寨七队一阵风庹忠统率柳溥、王济、彭燕、秦源、吉喆、余鲁、袁琪、左仁八将越过墙头。柳溥当先飞身落下，手起一矛，向守门的妖匪王志高突刺，欻地扎进腰间，便双手一擎，挑野味般将王志高斜挑起来。秦源便抢上前，斩了守门壮汉，砍开角门，放进牲口。庹忠等分上、下两路都进了门。柳溥才将王志高放下，瞅时，浑身浴血，早已没气了。

庹忠便领众将向中央一面探着，一面疾走。走了没多时，只见迎面一片水光，却是一大片池塘。池塘边黑魆魆蒙蒙树影，耀眼如烟。庹忠扬鞭指着道："照那图上，这池边树下，是和西南角一般的，树根底下结连着虎狼机的消息。"便想先破了这消息再朝前攻，免得触着虎狼机，伤人折将。主意既定，独自抢行几步，到那池边细看，却是两排垂丝杨柳沿池栽着，嫩绿长条随风来去，飘摇不定。便逐株仔细瞅去，却都盘根合土，没些子缝隙。一直走到尽头处，也没瞧得半点儿破绽。不觉止步凝想：明明记得那图上载得明白："垂杨细柳之伏有纯钢长线，连贯沿路埋藏壁中、石中虎狼机。能去之则无患；否则频踏'卍'字纹行步，方免触发。"一面想着，便觉得前面一条石子砌的甬道是黑石铺成，却使黄石砌作整直一条前望无穷的"卍"字回纹，正当黑石甬道中间。心中顿时一爽，想着：不如就踏着这"卍"字纹进去吧，何必一定要破了消息才走咧？……这般寻索也耽搁时候，一来，怕有大队人马来耽误大事；二来，前面全让各队抢先干完了，咱脸上没光。便打定主意就此前行，忙关照柳溥等八人，照着"卍"字石路急急前行。

哪知这条路，须得脚脚踏在"卍"字中心交叉处，才不致闹出岔子来。庹忠一时大意，没想得透彻，便一意向前。这九骑牲口蹄痕杂沓，一阵乱踏，虽踏出"卍"字路外，却不能都踏在交叉处所。一行人才行得不到一箭远，只听得山崩地震般，一阵连环震响，顿时人仰马翻，喊声大起。

庹忠等几人性命如何，请阅下章，便知分晓。

第六章

飞羽箭女郎歼巨寇
破钢轮莽将树奇功

话说擎天寨派攻霞明观白莲妖教的第七队领队上将一阵风庹忠，领着本队柳溥等八筹好汉攻入霞明观西南。一时大意，骤马踏动虎狼机的消息：轰隆隆一阵巨响，顿时顽石摩空，砂卵四溅，从那大水池磡岸下乱射出来。庹忠等忙不及防，只得各人齐声呐喊，仗着软功，赶紧一吸气，一齐倒身翻下雕鞍，俯背弯腰，径奔向池侧假山石堆中躲避。那虎狼机一经踏动，若不经人将停钮扭闭，终是激石如雨，四散乱砸。

庹忠虽是满腔火焰腾烧，却是周遭没一个敌人踪影，有气也没泄处。只得捺住一口气，挥起八环铁棍，冒石前奔。这时，吉喆、袁琪已受重伤，其余余鲁、秦源等六人也各中数石，但无大碍。庹忠奔不到几步，欻的一石，从左侧飞来，嗵的一声，砸在庹忠的蕉甲护耳盔上。虽有钢盔护住，也砸得头昏，震得耳聋，险些撑持不住。庹忠气得喷出一口鲜血来，却仍死命挣扎着向前扑去。余鲁见了，急撺到庹忠身边，一手挽住他肩胛，并步同行。柳溥等也保住受了重伤的吉喆、袁琪随后继进，大伙儿抱定有进无退的雄心，舍生忘死，尽力跑离了石子落处。虽是仍然听得响声不绝，石子却打不着这远了。柳溥便叫："一阵风，且停一停，瞧九队里可有人来这角上？要有时好托付他们先护送吉、袁两位出去，再作道理。"庹忠刚答得一个"好"字，陡然迎面草茎上尘头乱起，啪、啪、啪！脚步声急，眨眼间，奔来了一阵人马，庹忠顿喉大叫："妖贼来得正好，爷爷和你拼了吧！"

原来庹忠已经瞅见来人正是徐鸿儒、濮林丽两个，领着一大阵人马着地卷来。这条路，已是霞明观后门正路，徐鸿儒闻得后门有警，便带了几个弟子，赴内殿邀同轰天炮濮林丽，急急赶来护救后路。庹忠曾在黔蛮地方和濮林丽做过大对头，这时仇人相见分外眼红。这一来，庹忠连身上伤痛也气愤得全然忘却，紧一紧手中铁棍，身子向前一倾，大喝一声"着"，那条长棍就如卷地毒蟒般向濮林丽一对五寸红莲扫去。

徐鸿儒见庹忠扑来，忙将手中剑一摆，连声大喝"上，上，上！"在他身后的郑天龙、张鹤观、李明声、龙江祠、张元吉、张崇道、张九官、武中桂、张三槐、何德胜等十人一拥而上，兵刃乱舞，镖石乱飞。这边彭燕、王济等大叫："来得好！爷们来了！"连吉喆、袁琪也发恨忍伤，各自推开扶持的人，挺身上前，两下对圆，一阵混杀，也分不清是谁和谁敌斗。

吉喆究竟受伤太重，战了两个转身，劈面遇着郑天龙。吉喆奋起精神，挺槊突刺。郑天龙见他满脸蒙血，哈哈大笑，咬牙挺战，道："小子！好回姥姥家去了！"说着摔棍一拦，格开铁槊，同时迈进一步，护腕反拧，回身甩个扫堂棍，直卷向吉喆腿弯。吉喆这时已不能跳跃，不能腾身让躲，手中槊又一时收不回来，没法架拦，看看棍到时，吉喆就得倒地。

正在这万分危急之时，郑天龙忽然"哇"地顿喉怪喊，身子向前一栽，铁棍突地杵入地下，身子竟扑到吉喆身上。吉喆正在横心瞑目，拼着一死之时，哪曾防到这一下？郑天龙身子倒下时，吉喆竟被这老大汉砸得咕咚一跤，一同栽倒在地。心中这时又诧又急，连忙极力挣扎，强忍痛楚，咬牙爬起瞧时，郑天龙直条条地身躺在草地，不动弹了。再细瞅，那条铁棍斜斜地杵在泥草地里，郑天龙背上插着一支白翎袖箭，忙抬头想觑个究竟时，却见一个浑身金盔金甲、背插金鞭、手持金槊的女将，含笑凝眸，挺立不语，正是浪里花姬云儿。不觉大喜，忙问："您怎么单身来这里？"姬云儿笑着，抬手向吉喆身后圆半圈儿一指道："您瞧。"吉喆连忙转身瞅时，顿时如做了一场大梦，蓦地醒来一般。

原来方才这一片闹嚷嚷的两军战场，这时却只剩得静荡荡大块空草地，仅余擎天寨男女好汉对立着闲暇叙话。再瞅地上，却躺着许多尸身，众人一面在查看着，都没暇来这边。吉喆只得仍问姬云儿："究竟是怎样一回事？干吗眨眼间会变成这样子？"姬云儿笑答道："我们九队正巡到这儿，见你们被困，徐鸿儒那厮正在作妖法。我们大伙儿知道刚巧史家妹子今儿能制那厮，就推她当先。说也奇怪，铁爪鹰刚过去，徐鸿儒那厮就逃走了。我真不懂这、这、这，竟有这般厉害！"说着咭咭咭笑个不住。

吉喆这才明白是九队的人全都来了，退了徐鸿儒，才救得七队诸人性命。正待回身去寻庹忠，好一同攻向花园中去。见铁爪鹰史晋提着一条长柄狼牙棒跑过来，笑喝道："浪里花——浪丫头！你可在编排谁呀？待我来撕你两片小嘴儿！"姬云儿一面笑着答道："我说的真话，又没栽诬你。"一面鞋尖儿一转，闪地走了。吉喆便迎着史晋称谢。史晋笑道："自家哥们，哪谢得了许多呀！"

吉喆又问："徐贼逃向哪方去了？"史晋脸上泛起薄薄的一层绯晕，低头答道："那厮真有些奇怪！我刚要赶近，那厮鬼也似的一闪就不见了，倒是他身旁小贼，却被我宰了一个。"吉喆忙问："宰了谁呀？"史晋遂举棒前指道："喏，不是全在那地下嘛！"吉喆便转身走过去细瞅。遇着柳溥唤住道："急三枪别走，九队里派好了人护送你上金创药调伤去。"吉喆道："待我问问宰了哪几个小贼。"

柳溥道："甭问旁人，只俺就全知道。不信，俺就数给您听，一阵风庹哥棒伤了那小骚娘儿，给徐老道带走了；浪里花射杀郑老贼，救了您；八哥儿挝杀龙江祠；乌鹞子刺扎张鹤观；玉麒麟鞭磕张元吉；穿云鹤铲死张九官，这都是您倒地那一会儿，九队里女同道全打草里闯出来，给那厮们个措手不及，同时斩杀的。后来剩下的四个贼乘间逃走，张三槐走得最后，是俺和劈破山结伙儿斩了。"吉喆笑道："可惜跑了那四个！"柳溥也笑道："您不要闹了，您瞧，您伤不轻啦，快去吧！"说着话时，九队领队混天霓章怡已派丽菁、李松两人前来。柳溥便招呼丽、李二人护着吉喆，送往墙外去了。柳溥眼见吉喆远去，方才飞步赶上本队，和庹忠等一同向中央大楼攻击。那中央大楼这时已战得烟雾漫天，尸如山积，且待在下掉过笔来，把那首先攻入的几位好汉奋勇情形，向读者说一说。

霞明观东北角，因为近着车马大道，防守最严。擎天寨去攻打霞明观，却是东北角一面最远。须得绕过半个河间城，才能抄到霞明观的东北角。擎天寨第二队赤虹白壮率领何雄、常洪、承秉、钟强、季寿、汤新、周吉、蒋庄等八人，绕攻霞明观东北角，虽知道这方厉害，却是一片雄心，正想借此出人头地，九筹好汉喜气洋洋，各逞本领，飞也似奔向乡野地里，认明方向，绕过大半个城池，已远远望见霞明观巍然雄踞在眼前。

众好汉顿时精神奋发扑到濠边，汤新首先飞身跳过河。白壮率同何雄等周围瞧察一番，河面约有三丈来阔，八人中不是人人都能跃过去的。白壮沉思了一会儿，忽然想着个计较，便要众人都将百宝囊中的绳索取出来，结接成两条长绳。再叫何雄带着这两条长绳的一头跳过河去。这边却将长绳这一头紧紧地系在河边树干上。周吉、蒋庄等都援着长绳先后过河。白壮最后待众人都渡过了，才解下树上绳头随身带着，奋身努力一跃，飘地蹿过河来。命众人将绳解开，各自收藏。

那霞明观外墙是个直角，白壮记得这角上安着消息，从上到下，都不能碰着。便领着众好汉偏东走了十来步，细瞅墙头没甚破绽，便待自己先上去试探。汤新抢前一步道："待俺先上去。"白壮想着汤新有铁布衫，自无大碍，便点头答应。

汤新一伏身，噗地朝上一蹿，身子贴在墙上，壁虎般四肢齐动，眨眼间便上了墙头。闪眼向下一跃，里面层墙叠壁，一层比一层高。想着：要是跃过这几重墙，恐怕上面有消息；要打下面去，又不知门上如何？正在作难，白壮已飞身上来了，问道："怎么样？"汤新便将自己的意思说了。白壮道："这方最险，咱们要不拼命，非得落人后不可，只有谨慎一点儿拼着干去。是丢命，是留命，也顾不得许多了！"汤新点头道："好！仗着俺这点儿呆功夫，先去试试瞧。"

说着话，汤新已将手中一对峨眉刺展开，护住身子。接着耸身一跳，蹿到第二重墙头上，双脚方才沾实站稳，嗑嗒一声震耳巨响，欻地

37

一线白光闪过，墙头上突然露出一排窟窿。每个窟窿都有二尺见方大小。汤新大愕！才待闪跳离开这墙时，只见那些窟窿里细碎乱响，各冒出一只斗来大的大虫脑袋，大嘴一张，三寸来长的柳叶刀猛然分向八面乱飞。汤新身上一连中了几十刀。喜得他有铁布衫功夫的，那刀扎在他身上，好似撞着硬石一般，激得反射回去。那边墙头上站着的八筹好汉，却喜得白壮早就叮嘱留心防备着，尖刀射到时，九成被架扫得纷纷落地，只有蒋庄、常洪身上各中了两刀。

汤新见那些大虫脑袋摇摆不定，尖刀也就雨一般飞射不止，急得满腔发火，奋身上前，挥动峨眉刺，连刷带钻，顿时毁掉跟前那只大虫脑袋。原来是铁胎子蒙上大虫头皮，里面全是些齿轮杆轴。汤新大喜，以为似这般时，不消一会儿就能全毁了这些消息，便待进两步，再毁那面一个。不道才动脚，陡然那个毁了虎头的窟窿里冲出黑烟大火来。汤新大惊，身上几乎烧着。百忙中不及细想，侧身一跳，"咚"地蹿落那第三重墙上。

汤新想着那第二重墙的凶险，在第三层墙上不敢多停留，只垫一垫脚，便跳下地去。刚悬空跃起时，忽见地下一方大荷池，池边石栏外草地里，聚着密丛丛许多锦簇花敷的妖匪，正持刀挺枪，瞪目昂头等待着。汤新便一面落地，一面抢短刺，向当前妖匪马上超刺去。马上超正在耀武扬威，忽然瞅见个吊睛马脸、呆白面皮、耸长身躯的丑汉打半空里掉下来，心中大震，连忙挥刀护住当面时，汤新已经挺刺杀到跟前，豁地一刺，扎进当胸。马上超连忙挥刀迎敌，搭上手不到十个回合，汤新横一刺钩开刀，再斜一刺，由下向上猛挑，哧的一声，马上超的撒花红绸裤顿时划开尺来长的大口子。立刻纤毫显露，羞得压耳通红。汤新乘势突进半步，马上超正羞着，惊惶失措，没来得及措手招架，被刺进小肚，痛得仰身栽倒。

后面陈安士、黄菊华等一班女教匪赶上前相救。汤新置之不理，一弯腰，把马上超提了起来，大喝道："快把鸟消息说明白了，爷爷给你死个痛快！"这时黄菊华、李明珠等兵刃乱下，齐向汤新身上扎剁。汤新却似没事人儿一般，任她们乱鼓捣。那兵刃落在汤新身上，但见衣裳绽破，露出一身黑肉，却连一点儿红印儿也没有。众女教匪起初还当汤新内里衬着什么宝甲，后来见他竟是斩不进、刺不入的硬肉，都大吃一惊，各自掉头飞跑。

汤新也不追赶，只逼着马上超问消息所在。她不说就向她身上没紧要处所略扎一刺，一连扎了五刺，马上超实在受不住了，才说出："那边紫藤花下是东北角上一切机括的总消息所在。只需把紫藤花根刨出，便瞅见一大堆大小齿轮。把齿轮毁了，这角上消息就全不灵了；若只要关闭，便把花架东面第三根撑木抱住向右转一半是开，向左转一半是关。"汤新听了，顺手将马上超向地下一摔，扑通一声。马上超的脑袋正撞在石栏上，砸得脑裂髓溅，挺腿身死。

汤新头也不回，奔到紫藤花架下，先尽力抱住东面第三根撑木，连身强扭，向右一转再放开来，翻身挺着手中刺，尽力钻地挑土，一霎时，刨出花根来，果然瞅见许多齿轮和铜丝铁线牵着挂着，便挥峨眉刺向那大齿轮中眼里一挑，接着尽劲一搅，只听得天崩地塌一声响，将汤新震得耳聋眼昏，那大齿轮已经翻倒，铜丝铁线断的断了，萦的萦了，曲的弯的，缠作一团。汤新连忙凝神定性，闪眼细瞧，顿时觉得眼前雪亮。原来是那里面重墙不知怎么被消息牵动了，崩开一大方，成了个丈许见方的大缺。汤新大喜，连忙撮起嘴唇，大打呼哨。

白壮这时正率着小飞龙何雄、草上飞常洪、追风鸟承秉，小罗通蒋庄、赛周仓周吉、一颗珠钟强、山字儿季寿，一同在第一重墙头上，眼见汤新冒险冲下了去，各自干着急。一霎时，又连着听得一阵刀枪声，接着又一声巨响。白壮大急，便待督率本队不顾一切，冲进去援救汤新，才将手中月牙铲向前一指，便听汤新打呼哨——是招呼后面诸人向前的暗号，心中顿时一爽，忙领先大喊一声，何雄等跟着齐声呐喊。大伙儿就这呐喊声里各挥兵刃，跃到第二重墙头。随即一群燕子般飘到第三重墙上。这两重墙的机括都被汤新搅断线索，不得活动了，白壮等所以能安然无事，只奋力两踊，便进了内墙，飘然落地。

汤新见众人进来了大喜，连忙指着那紫藤花架下的大窟窿笑道："您来瞧，一下子全叫俺给毁干净了！"白壮等都笑逐颜开，喜形于色，一同冲向那阙墙处，各将兵刃防护着，展步冲向中央大楼，到得楼前时，各队都没到，竟被二队占着头功。

此外霞明观各处机括是否尽破，还待下文分解。

第七章

以子之剑枭子之首
因君而射为君而创

　　话说霞明观四面被攻之时，东面一角原是一堵绵延不断的八仞高墙，擎天寨第四队领队玉狮子文义，督领镇泰山潘荣、镇华山钱迈、镇嵩山杜洁、镇衡山许逵、镇恒山沈石、镇巫山韩欣、镇黄山弓诚、镇庐山弓敬八员将，都是友鹿道人门下弟子，各具功夫，一路准备，摩拳擦掌，都想一鼓荡平妖匪，给师门争光。当日奔到霞明观外，听得人声乱嚷，知道前面已经动手，不敢怠慢，各打手势互相招呼。

　　当下照着预先商定的方法，先依图上所载，九个人一字儿排开在墙根下。同时，各向自己当前一段墙脚下仔细寻觅机括消息的破绽。巡视了一时，镇恒山沈石忽然住脚凝望着墙砖缝，寂然不动。镇华山钱迈问道："五弟，你可是瞅见什么了？"沈石答道："二哥来瞅，怎么这缝儿和那些缝儿两样？越瞅越觉得这儿异样不同，您过来参详参详，瞅可是那话儿？"钱迈听得，连忙探步近去，一瞅，果然这墙根离地五尺多有一道横砖缝。旁处砖缝全是敷上颜色石灰，然后画成纹格，算是美观的，只有这儿却真是一道砖砌处的榫缝。大约从前是很紧密严合的，和旁处差不离，不大瞅得出来。这时霞明观盖成功已有许多年月了，砖缝儿受了天气和上下暗地的侵蚀牵连，缝儿就漏宽了，和那些画的纹格大是两样。钱迈瞅着也觉得这儿尴尬，却是一时想不出个没凶险的探试法儿。正在为难踌躇着，杜洁、许逵等都过来围着，睁眼瞅望。镇巫山韩欣瞅得不耐烦了，伸手就近身处，去摩抚那砖缝。顿时心中一惊，因为手触处，觉得这砖缝里好似有一线冷风不断地向外吹，吹得手指和手心有些发冷。当下不由着一惊，更觉着这事奇怪，便伸一小指挤向缝里去试探，却不道这时，镇衡山许逵一眼瞥见韩欣伸手抚探，以为韩欣又另外见着了什么稀罕儿，一转连跳带跑急赶过来。不知怎样一脚踏中了机括消息，咔嚓锵喳一声响，墙腰里，大砖向下一掉，开门似的悬着，里面顿时飞出一把飞抓，嗖地飞向许逵肩头上一把抓住，深深一扣，钩儿深入肉里。同时这一线墙缝突地翕张成三寸来宽的一道大口子，潺潺地射出一排绿水来。珠泉水花也似的，向众人身上乱溅。文义等都不及躲避，一齐溅满全面周身。顿时觉得骨软筋疏，把持不住，站立不稳，模糊跌倒。

独只韩欣溅着那水，竟似不曾溅着一般。只是小指儿被砖缝放过绿水猛然一收时夹压了一下重的。这是因为他见许逵被飞抓抓住，心中一惊，没来得及收手，才吃这亏。幸喜韩欣金钟罩的功夫十分了得，虽受了一下，若在旁人这指头非碎不可，在他只不过一时没留神剧痛一阵罢了。彼时还不觉怎样不便，所以能够不迟延，挣扎出小指来，猛奔过去，扑近许逵身旁，且不去拉救许逵，向那系飞抓的熟铜索一跳，双手将熟铜索一把挽在手中，两脚落地，猛力拉得那索子哗啦一声，掉下许多来。韩欣也不理会，更不迟疑，只将两臂一张，双腕运劲，哼声尽力翻腕一拧，早将两手中握住的几节熟铜环拧成股儿糖似的，扭、歪、断、扁，不成了个东西，才顺手扔在地下。接着掣身回到许逵身边，使两手指插入许逵肩膀肉上扣着的纯铜钩缝隙内，使劲钩住，哼一声，运着指力猛地一拉，铜钩顿时张开，许逵才得跳开脱身。却是肩上已被纯铜的抓爪儿掐成十个深深的窟窿，淌得满胸满背全是鲜血。

韩欣待要搀许逵过那边去讨药疗伤，许逵咬牙发恨，闪身避开，大声道："六弟，您不要顾我，快救文狮子和众弟兄要紧！"韩欣应声道："好！您待着，俺讨药去。"

说着，拔步飞奔向霞明观外石头坝，去寻师父讨药。才跑得二十余步，瞥见笑菩提丈身和尚迎风甩着两只大袖，飘然走来。韩欣便将文义等不知中了什么妖水昏迷不醒，倒地不起的事说出。丈身和尚却先摇手，高声道："我知道了，一定是中了毒药汁浆了。快拿药去！"韩欣诧异，问道："师父能未卜先知吗？怎么知道得这般快速？"丈身和尚笑道："哈哈！哪里是什么未卜先知！我们也不过略得先机，比你们见事透彻些儿，快速些儿，能料定些大事罢了。若是连这般的琐屑都能预先知道时，就甭大伙儿这般辛辛苦苦，费尽心力来剿这妖匪，我独个儿早就能荡平他们了！这药是我在荆州时，采集百草炼制的，专解百毒。方才记起那图上注着这墙根下曾设暗水槽一道，水管四条通内，我便推想到一定是那厮们灌射毒汁的，所以赶忙送药来。"韩欣听得心中顿时一爽，连忙转身，随同丈身和尚奔回来。

韩欣刚一回身，突见许多人在墙根下弯腰向地，忙个不停。细瞧去，正是那一群妖匪俯身捵绑文义等八筹好汉，立刻急得眼圆腮急，鼻嘴齐张，也来不及迟疑，将手中狼牙棒舞得风车儿一般，直滚过去。那伙白莲教是以李汉云为首，带着云中树、周青云、季龙威、钱霖、翁有利五个，和许多小教徒壮汉等共三十多人。文义、潘荣、钱迈都被捆好了。杜洁和弓氏弟兄正被小教徒捵住，翁有利、周青云动手绑缚。

丈身和尚叫："韩欣，快去战住那厮们。"自己却掏出药瓶来，拔去塞儿，握在手中，径到沈石跟前，急忙挥拳抬腿，扫开那些刚扑过来的壮汉，一手防着再近前的人，一手持药瓶向沈石鼻孔中倾入些杏黄色的药末儿。丈身和尚持药瓶的手刚离开沈石脸上，便见沈石喷嚏一声，昂身跃起，丈身和尚便去助韩欣，夺救众人。沈石猛然神清气爽，瞅见眼前正在乱战，也没暇顾问自己曾受伤吗，因何躺倒的，一骨碌跳起来，认定那使斧的季龙威猛然扑去。季龙威见沈石来势奇猛，连忙甩开手中画戟，将盘龙托云满月宜花金雀大斧，横向沈石腰肋卷劈过来。沈石哈哈大笑，喝道："小子，留心着！"声未绝，耸身向空一踊，腾地凭空跃起。季龙威的大斧砍得太猛，收刹不得。沈石乘大斧将到跨下时，尽力向下一降，恰恰落在斧柄上，两腿就势一夹，把斧柄牢牢夹在两膝相并处。那斧柄被夹住，顿时如同铜浇铁铸一般，季龙威舍全身膂力，狠命连抽带拔一连几次，全不曾动得分毫。不要说拔出抽回，就是想拔动摇摆，也不能得丝厘遂意。沈石仰天大笑道："小子，别傻了，孝顺了爷爷吧！回头爷爷疼顾你，送你上姥姥家去玩儿去！"说话之间，又照前一般闯空跃起。却是上趟是叉着腿，大分叉似的。这趟却是并着脚，一条石柱一般对天空直冲。季龙威正使劲运力要想抽回大斧，却不道沈石又是一蹿，就似有千万斤膂力随他一蹿，那斧竟似有无形的大力钳着猛拖，顿时那柄儿俨同一条滑蛇也似，再别想握得住，就那般，被沈石一跳时，顺便拖得大斧脱于悬空，季龙威死命挣扎，使猛了劲，当斧柄离手时，拉带得向前一栽，跌了个乌龟爬沙。

沈石奋身跳过去丈许远，才脚尖沾地；同时右手向膝下一挽，把大斧挽在手中，欻地抢起来，便要劈剁季龙威，嘴里一面大叫："小子不要跑，这该轮到爷爷劈你了。来，来，尝尝你自己的家伙瞧！"季龙威吓得连话也不敢答，掉身抱头就遁。沈石大笑着，一面赶去，一面大骂："脓包！真憋气！"

才跑没几步，忽然横岔出个矮小瘦弱的年轻教匪来，正是翁有利，手中横着一双短杆狼牙棒，暗地蹿到沈石身后，抢起棒来，两手齐下，想乘沈石冷不防时，下这招绝手，猝然搋翻他，取他的性命，给季龙威出气。沈石这时正当精神奋发之际，何等机警凶猛！翁有利的棒将要打近沈石脊背时，沈石早已觉着，大喝一声："着！"头也不回，就翻手甩开斧柄，扭向身后，斜转一圈。只听得一声："哎哟！"沈石回头瞅时，正是翁有利腰间溅血，肋骨已被剁开，倒身躺地，肝肠迸出，眼见得不能算是活人了。沈石便住斧上前，俯身拔取翁有利腰间长剑，顺手割取了首级，提着发鬃儿，塞在腰间鸾带上悬着。

文义见沈石已经斩将得胜，便将手中三尖两刃四窍八环刀摩空一挥，潘荣等知是冲阵的暗号，齐呐一声喊，各舞兵刃，就如八只下山猛虎一般，直冲过去，但见满空中白光霍霍，叮当锵啷响声不绝。一班白莲教徒哪里抵挡得住？眨眼间，被冲得四处飞逃，星散无踪。文义和潘荣首先将内墙消息寻着，却是一架花藤，附壁敷蔓，那藤下便是消息所在。文义逞神威，将花藤倒拔起来，钱迈便率领许逵等一干人，飞上墙头，见里面果然是一方空坪，坪尽头处，正是一座雕金镂石的戏台。

钱迈先跳落墙内，率众人来到戏台前。仔细一瞅，台左果有一张耳门嵌在墙上。钱迈便待上前劈门。韩欣忙抢向前面，道："二哥让俺来。"钱迈便停步不进。韩欣迈步到耳房边，略略端详一番，仗着本领，绝不迟疑，抢起右手狼牙棒，照定那黑漆木扉上突突突一连几击，嗵的一声，木扉碎折炸开，韩欣方自欣喜，突地黑光一闪，一条犀利的镔铁长枪正扎中韩欣肚皮。文义等在后瞅见，齐吃一惊，全都扑奔上前时，却见韩欣抢起左手狼牙棒尽劲横打，将那条长枪打成弓一般弯着，离了墙门，落向旁边地上，韩欣仍是没事人儿一般，只当衣衫被枪尖划开一条长缝。文义等这才忆起韩欣是练得金钟罩内功的。只因为事情太猛烈，竟会一时没想到，及至明白过来，都不觉哑然自笑。

韩欣向众人摇手道："别忙，这小门儿里也许不止这一件玩意儿，再待俺进去探探瞧。"说着，便将两条狼牙棒交叉着，护着胸前，定睛凝神，仔细窥觑着，闯入那小耳门里。双脚站定，不见响动。韩欣便使狼牙棒四面砸撞。撞到门框顶上时，忽见那门框顶板活动起来。韩欣原是留神防着，当下一见，便知尴尬，急耸身后跳，才跳离耳门时，门框顶板朝下猛然一落。哗沙沙洒下一阵浑水来。韩欣吓得摸着脑袋，摇头说道："这伙贼真狠毒透哪！瞧这水准是什么毒汁，要给它洒在身上还了得吗？"杜洁接声道："这门儿大概还有消息，不见得是通行的大道，咱全毁了它吧，莫让四面救应的九队和梅家姐妹撞来时冤枉着上。"文义点头道："好。咱们去砸吧！"话才毕，弓诚、弓敬哥儿俩已经挖起了一条三尺来长的阶石，甩了两甩，喝一声，脱手向那耳门框上猛然撞去，只听得嘣哗一声震响，连墙撞倒一方大阙。那碎砖乱土堆里和墙阙处，夹露着蛛网、雀窠般许多铁丝、钢杆、断折、勾连，不知多少。众人见了，知道这耳门一路的机括已总破了，顿时欣快无限。

韩欣仍然抢棒当先，文义和潘荣、钱迈等一干好汉随后跟进，翻过墙阙，却见一方大水塘，两面都靠墙做岸，只塘中央有一道长堤似的土塍直通对面。韩欣方待迈步向那堤塍上走去，钱迈连忙唤住道："镇巫山，别忙！我和你说句话。"韩欣急止步，回头问道："干吗？"钱迈道："你可记得咱瞧那幅画图时，不是说这一路穿过东耳门，有一个陷阱吗？这堤塍有些儿古怪！为什么不把水塘开在一边，却这般截断两面，反又筑一条恁长的堤塍呢？说不定那话儿就在这堤塍下面哪！"韩欣率然答道："不打紧，俺自有道理。"

说着话，韩欣已瞅见有两只大水桶撂在堤头大柳树下。便将狼牙棒插在腰里，走过去，一手提一只，顺脚向堤塍斜坡溜近水面，取了两桶水，提上堤塍来，哗地照地泼去。略待一会儿见没什么，便走了过去，就此先泼后走，三股已走了两股多了。忽然有一桶水刚泼到地面时，立刻吸入土内，不似以前渍水在地的情形。韩欣点头微笑道："嘿嘿，在这儿了。"说着话，便将狼牙棒向那泼水易干处一阵鼓捣。果然不到几下，便捣陷一大片地，露出个大地窟来。韩欣心中高兴，一个劲儿直捣，杜洁猛然想着方才墙阙里喷毒汁的情形，连忙高叫："韩六弟！快别捣！留心……"言未毕，轰的一声，红光迸起，火星乱射，烈焰飞腾。

韩欣骤然听得杜洁呼唤，方待耸身跳开，还没来得及跃离原地的一刹那间。陡然由那地窟里冲起一团烈焰，夹着乌黑的浓烟，迎面滚上，直突霄汉。韩欣胸前衣服、头上包巾，以及眉毛鬓角，全都被火熏焦。文义忙上前去救扶韩欣，潘荣、钱迈跟着一齐过去。却不料那两旁堤塍下埋伏的教徒妖党，闻得声响，呐一声喊，霎时间闯出四十多个人来。

这伙人中，当先四个就是白莲教大弟子方乔木、陈逢春、田西士、万里红，方奉徐季藩派遣来这正东一方截杀来敌，守护要路。恰遇韩欣触动机括，便率领手下四十名教徒，一齐露脸挺身，各挥兵刃，蜂拥而出。文义见了，便将手中刀向左右一摆，和潘荣、钱迈一同上前助韩欣，分敌四个教徒。杜洁便和许逑、沈石、弓城、弓敬分头撺杀那伙小教匪。

文义接住万里红，两人都使三尖两刃四窍八环刀，一同施展开来，但见两道银光摩空盘旋，宛如两条怒龙扰斗。那边方乔木和韩欣对杀，田西士、陈逢春分战潘荣、钱迈。却是武当门下武艺高强，一伙妖教匪徒，不能讨丝毫便宜，只拼命抵死招架闪躲，顾全性命。

正斗到紧急时，方乔木因见文义拔剑，待要喊叫，手中戈不觉得略一迟钝，被韩欣捉住这个破绽，将左手狼牙棒向方乔木咽喉虚点一招，待他扭颈急让时，右手的狼牙棒已向方乔木的左肩猛打过来。方乔木才扭颈向左，又遇着这一下，怎能再让过去？一个不好的"不"字才叫出口，脖子已被打折，歪身倒地。潘荣、钱迈乘韩欣得胜、教徒胆寒之时，抖擞精神，一招紧似一招，直向田西士、陈逢春猛攻。田西士首先胆怯，想要掣身溜走。潘荣瞅见他这般形色，心中已经明白，更加展开方天戟，四面裹着，不让田西士抽身。不到几合，田西士心中愈加怯急，手中便愈加慌乱，刀法渐散松了许多。潘荣心下暗喜，气力越加沉重，觑定田西士一戟扎去，接着回手一带，便使戟钩住了刀杆，使劲向后一带，田西士撑持不住，脚跟失势，踉跄向前一冲。潘荣顺手挺戟迎着，加劲一刺，田西士的肝、肠、脏、腑全被戟方儿搭住，拖了出来，登时仰身死了。陈逢春见田西士打踉跄时，便连忙抛了钱迈，赶过来相救，钱迈哪肯让他脱手，恰巧韩欣斩了方乔木，转身来到，横截住陈逢春的去路。大喝一声，戈棒齐下，陈逢春脑浆迸裂。

文义见自己本队连连得胜，一伙妖匪已被弓氏弟兄和杜洁、许逵、沈石等杀得七零八落，便奋起精神尽力一刀横砍过去。万里红见自己一面的人已被杀得全没了，知道大势不好，再要不走，性命难保，便虚晃一刀，沿堤飞奔而逃。文义便招呼潘荣等师兄弟八个，拔腿紧追，不觉一直追尽堤塍，那地窟里仍在喷烟吐火，却是已在后面了。

万里红径自越入内墙。文义等也随后追上立在墙头，展眼急瞅时，万里红已逃得不见踪影了。文义便料着墙下必藏有暗消息、地道，便关照众人各自留心。韩欣听得，仍仗着自己本领高强，自告奋勇，先跳下去，双脚沾地时，只觉脚下一软，连忙耸身跃起，地下却又绝没痕迹，便向远处立足，招手叫文义等朝远处跳。

四队九筹好汉都已跳入墙内，便顺路转弯向正南走去。才走过一道长廊，转过一丛瓦屋檐下，眼前忽然一爽，见当面一片大荒坪。坪中间人头乱动，声音嘈杂。仔细瞅时，却是擎天寨五队铁臂施威和金刀茅能、铁枪刘勃、赛由基赵佑、赛李广唐冲、黑老虎范广、小铁汉聊昂、千里驹武全、莽男儿薛禄等，截住了一班女教徒孙安士、李明珠、霍金花、林梁玉、钮洁华、黄菊华、蒋绛仙等，正杀得难解难分。文义便大声喊杀，挥令四队众人一齐冲上，助施威等鏖战那伙女匪。陈安士等一班女教徒原就不是施威、茅能一班猛将的对手。只因败逃到南角上，恰遇施威率领五队众好汉攻入，劈面相逢，没法避闪，才拼命狠斗。斗了约莫一盅茶时，已不易再支持了，忽然又加上四队文义等九只大虫般赶来会攻，哪里抵挡得住？没几个回合，陈安士等便乱打呼哨，一齐掣身逃走。

林梁玉听得呼哨声音，便向聊昂虚砍一刀，蹿出圈子，飞起双腿，急奔了十多步，刹脚伫望时，忽见赵佑、唐冲两人并立，齐弯硬弓，正向李明珠射去。便也拔出弓来顺手抽两支箭，仗着自己弓力眼法，觑定赵佑、唐冲双箭同放，两支箭嚯地离弦分叉，径射过去。赵佑、唐冲原是擎天寨有名的射手，见林梁玉一个女子竟能一弓发两箭，知她弓箭本领不弱，也暗自赞赏。只是见她班门弄斧，却又暗自好笑，便同将弓一移，把预备射李明珠的箭转向林梁玉射来。弦声齐响，两箭同驰。说时迟，那时快，林梁玉射出的两支箭正和赵佑、唐冲射出的两支箭中途相遇，分两路碰个针锋相对，响声过处，四支羽箭齐落地下。

李明珠这时正隐身在林梁玉身后，见了这般神箭对射，吓得目呆神摇，忙拉住林梁玉的衣襟，叫道："姐姐，走吧！"林梁玉正又搭上两支箭，待要射出，被李明珠这一拉，忙一回头，略一迟钝，赵佑、唐冲已在这一刹那间，占得先着，弦声才响，双箭齐临。林梁玉还没来得及转正脖子，锋如利刃的矢镞已双双突入胸前。只听得一声怪叫，两人倒地。

究竟是谁倒地，待下章再叙明白。

第八章

攻中央九九队奋勇
斩渠魁双双侠复仇

话说赛由基赵佑、赛李广唐冲，乘林梁玉被李明珠拉一把，偶尔回头的一眨眼间，抢得先着，双弦共鸣，两箭并驰，直向林梁玉射来。林梁玉这时已无可闪躲，只得连忙将手中正弯着的弓，放松了拉弦手，只左手握住弓梢，迎面当胸，横圆一扫，想作个万一之计，或许能扫开这两支箭。不料那两支箭出自名手，驰道奇速，待林梁玉弓才开扫时，唐冲一箭，已突入她咽喉正中，赵佑一箭略被弓稍微碰着，向后一歪，恰射入李明珠颈项。因此两弓齐鸣的一霎时，却有两人同时倒地。

当下擎天寨四队、五队众好汉见了，一齐着力，喊声震地，兵刃漫空。顿时杀得那伙白莲教女教徒，如雀飞鸟散，四处乱逃，施威便待分遣众好汉跟追。文义连忙拦住道："施铁臂，穷寇勿追，况且是一群小娘儿，逮着也不威武。中央大楼要紧，别延宕时候，给人抢了先着去。"几句话提醒了施威，立即和茅能一同督率着五队赵佑等，会合文义、潘荣等四队众好汉一同认定方向，径向霞明观中央大楼进攻。

将近中央大楼时，只见虎头孔纯和小活猴邓华、万里虹黄礼、红蜈蚣查仪、莽大虫陈曼、怒龙徐奎、恶虎徐斗、红孩儿火济、金戈种元等擎天一队的好汉已经到齐，正向中央大楼扑去，和许多妖匪狠斗作一团，杀声四起，人头乱动。各路败逃的妖匪因为擎天寨分九路齐攻，并没留半条活路，没法逃走，除却很少几个得着机会，得越墙出去以外，一班教匪妖徒全被围逼到中央来，越聚越多，偌大的地坪已将积满。擎天寨的赤虹白壮首先率领四队小游龙何雄等奋勇赶到中央大楼下，各队都没到时，四队已经趁守楼的教匪不曾提防、措手不及时，突破一方，冲近大楼跟前。这时，各队渐集，教匪也越聚越多，反把白壮这一队九筹好汉围在内一层，四五两队文义、施威等见了，知道四队已入险境，便约同分作两翼，一齐冲入相救。

施威首先起步，摇头狮子似的，耍开一杆点铜钢管凤翎枪，如一团白雪般，向众妖匪乱扎乱刺。这一方正是败逃来此的教徒万里红率一班小教匪围守着，施威一眼瞥见，枪尖便向万里红前胸扎去。万里红正在扬威逞势，猛不防有这一猛招，急切里不得主意，只得仰身向后，甩了个倒空心跟头，才侥幸胸前没成透明红窟窿。却是施威已经备着这一枪的势子，荡开一条大路，率领五队一群猛虎茅能、刘勃等风一般、轮也似的突入围中，两旁地上，顿时添了许多躺着流血、没肢少脑的教匪和横七竖八乱扔在地的刀枪军器。

擎天寨众好汉见有人先突破了重围，便合力进攻，见人就砍。一班白莲教徒连忙结作一团，死命抵挡，两方混杀一阵，不分胜负。徐季藩在楼上瞅见，便命随身教徒装好连环弩和子母铳，照定擎天寨人聚集处乱射乱打。施威、文义、白壮等都因挡不住这铳弹、弩箭，不能上前，只得略退，却仍不肯放松，专心向教徒多处努力攻打。

正在十分紧急之时，忽见西北方上突然冲起一大团乌黑的浓烟。接着火星乱射，烈焰腾空，一阵惨呼急叫的声音异常凄厉刺耳。擎天寨众好汉一齐诧愕，不知哪队失事，欲待奔往救援，又恐失却目前机会。因此一踌躇，又被白莲教徒攻退好几十步。各队首领只得稳定心神，重行督率反攻。一阵呐喊，舍命反扑过去，才侥幸保得没大败下来，刚压住阵脚，重行混战之际，忽见起火的西北角上，哗啦啦天崩地陷般一声震响。惊得众人一齐挥刃保身，抽空回望时，却是西北角高墙倒了一大片。但见那倒墙处灰尘乱涌，一片迷蒙之中，虎一般扑进许多人来。众人认得是擎天寨三队铁狮子魏光，率三队众好汉奋勇杀进中央来。一见有人正在混战中，便也闯入伙中，并力攻杀。

这时，擎天寨众好汉见是自家人赶来，顿时由惊疑转成高兴，立时纠成一团，重向中央大楼猛攻。那伙白莲教徒这时大部分被逼到这楼上楼下，已成困兽没处逃退，却除舍身拼命，死里求生，别无他法。所以战了多时，擎天寨众好汉的本领虽是高强，却也一时不能将这许多亡命之徒杀绝，直杀得一片烟沙，没处去分谁和谁战，只是一场大混杀。

　　这一阵混战时，擎天寨八队牛儿丑赫、七队一阵风庹忠、六队豹子程豪先后赶到。各队便各按原来方位八面进攻。白莲教徒见八方受围，便集作几路，分头乱冲，想冲出重围。不料擎天寨众好汉已联成一气，如渔网般撒开，别想有半点儿罅隙。如此围杀了约莫两个时辰，擎天寨九队已经肃清观内各处残匪，前来会攻。各女英雄都散开来给各队通气，围困将越加坚固。

　　白莲教主徐季藩、徐鸿儒父子俩在中央大楼上，抓住心神，拼命念咒施法。不知怎的，越念越没灵验。后来闹急了，父子俩一齐摘去法冠，披散头发，将发尾咬在口里，瞪着双眼，龇牙仗剑，恶鬼一般，一面画符，一面膜拜。作了多时，仍不见丝毫效验。徐季藩大急，咬破舌尖，喷一口鲜血在黄纸上，再画符焚烧，瞑目低头，拜伏案前，静待了半盏茶时，但听得楼外面杀声更厉。徐鸿儒连忙禹步作法，手中捻诀，脚下步罡，鼓捣了好半晌，仰望天空时，仍是万里无云，光明普照。徐季藩大惊，一骨碌，翻身跳起，向他儿子徐鸿儒道："完了，完了，天亡我父子了！怎么祖师父的法术，今日全使不灵咧？哼！这是我圣教存亡关头，顾不得，我要下毒手了。你镇守楼内，别让外道得乘隙潜进，我到楼外去降这群恶魔去。"说着一撩道袍，披发仗剑冲出楼门，来到楼外走廊栏杆边。立定脚，闪眼一望，但见地下躺着许多裹白巾、着白衣的死尸，鲜红的血染在白巾衫上，分外刺眼攒心。

　　徐季藩心中惨然，大叫一声："罢了，我拼了吧！"声未了，忽见楼下陡然冲起一件东西，飞起到栏杆以上，轴轳般车转不息，复又倏地溜溜落下地去。徐季藩忙定睛急瞅时，却是最得意的大弟子李月宝被擎天寨牛儿丑赫横砍一刀，断颈飞头，倒地身死。那冲起空中的东西，便是李月宝的脑袋。徐季藩亲眼见了这一桩椎心刺脑的惨事，哪里还忍得住？心中凶焰更加高腾万丈，决计要行那师父传授的最毒邪法，名叫

"喷血倒尸法"，喷一口血便能将眼前的人一齐咒死。当时要尽灭擎天寨诸侠，也顾不得眼前有自己的弟子徒孙在内混杀，拼着全咒弄死了，再去另行起一个教。主意已定，将心一横，哼一声，伸左手入口，狠命熬痛，使劲咬了一口。刚要洒开指血来念咒画符，使这最恶毒的邪法时，乍听得脑后如鹤唳长空般，戛然一声长啸，接着有人喝道："妖贼！你罪贯已盈，本师特来超度你！"徐季藩听得那一声时，已觉得凛然如冷水浇头，再听得这几句言语，忽又凶心再起。急回头瞅望是谁，刚一扭脖子，耳中听得高喝一声："去吧！"不知怎样，身不由己，扑地打栏杆上翻过，倒冲跟头，头下脚上，撞下楼来。

这时楼下，正有擎天寨六队中的铁头冯璋、金狮子于佐二人，早就奉了飞霞道人的嘱咐，叫他俩："守在这楼下待着，见了不是自家人就砍，却是没得师长吩咐时，永不许离开。"二人守候多时，但见四面杀得热闹，终没半个人影近前。正在着急烦闷到不得了之时，骤然瞧见头顶上，放风筝般飘下一个人来。瞅他不是自家人打扮，心中爽然如获异宝，哪敢怠慢，连忙各自扬起斧、戟，欻地那人才待瞭地，还没沾着土时，双斧双戟一齐出动，早将他劈开刺破，筑在地下。

冯璋、于佐虽斩了这人，因为那尸扑翻在地，背向着天，还不曾知道斩的是谁。正迟疑间，顺眼向楼上一瞅，却见友鹿道人闻侣鱼和笑菩提丈身和尚俩凭栏并立。丈身和尚见他俩仰头注望，笑道："小傻子！你俩报了大仇了，做师父的没骗你吧？"于佐急问道："师尊，那是谁呀？"丈身和尚呵呵大笑道："你不共戴天的大仇人，难道不认得，还来问我吗？"二人听了，急忙奔过去，将那死尸拖翻转来一瞅时，银须拂胸，童颜鹤发，正是那通天教主、非非道人、白莲教首妖人徐季藩。喜得他俩扑身跪下，向天乱拜。陡然想起前仇，又不觉心酸肠断，一腔热泪，雨一般夺眶而出，伏倒地下，叫爹叫爷地大哭起来。

丈身和尚见了，飞身下楼，便将于佐、冯璋一手一个提将起来，大声说道："大敌没尽，这时是哭祖哭父的时候吗？快帮着搜捉妖匪去！"冯璋、于佐如梦初醒，擦了擦眼腮残泪，四面一望，见同道众好汉都扑近楼下，满地里横七竖八倒的全是大小教徒的尸身。二人暗想：不好，都杀完了，于佐首先摆开两柄板斧，吼一声，奔归六队，随着程豪搜杀残匪。冯璋挺双戟随后赶去。

这时徐鸿儒因友鹿道人、丈身和尚上楼时，眼快瞥见，乘空里闪身隐过，飞步下楼。及至他老子徐季藩被友鹿道人制住，丈身和尚一掌推下楼来，遭于佐、冯璋斩却，徐鸿儒顿时大怒，深恨失却了一根撑天大柱，恨不得立时将丈身和尚碎尸万段，才消得心头之气。心中一横，便打定主意拼死到底。立时发一声呼哨，召聚那些被冲得七零八落的弟子，重行裹在一处，当下查点——

    聚在楼左的有：李汉云、周青云、黄坤山、徐元贵、陈日山、张富有、陈仁山、朱光明、陈攀桂、刘进利等十人。

    在楼右的有：云中树、钱霖、毛邦本、黄亦忠、季龙威、李明声、章崇道、何德胜、武中桂、万里明、万里红、蔡周、方正志等十三人。

    在楼下正中的有：陈安士、钮洁华、霍金花、黄菊华、蒋绛仙、雷烈、冯卫照、金强、何敞等男女教徒九人。

一共三十二人，当时都用袖箭、弹弓、硬弩、石子舍死抵住。徐鸿儒便将长剑扬起，使个暗号，命众教徒诱擎天寨众好汉陷入消息中。众教徒会意，齐声呐喊，各舞兵刃，一阵反扑，便分向四方散退，擎天寨九队中九个首领都以为这时白莲教徒已成为瓮中鱼、釜中龟，可操必胜之权，不大放在心上，见他们败退，便挥队进攻，没想到他们到这时还有诡计在内。楼上丈身和尚见了，连忙高声大叫："小心机括！"众好汉听得一齐猛醒，连忙约住队众。

不料这一声才毕，擎天寨五队中著名猛将莽男儿薛禄正向教徒云中树猛攻。虽然闻得本队首领施威的号令，已经来不及刹脚，向前突然一冲，只听得惊天动地一声响，楼的右方陡然露出一个大圆坑，眼见薛禄骨碌碌滚了进去。

薛禄性命如何，下章再叙。

第九章

扫穴犁庭功成俄顷
诛顽纳顺策定当时

话说莽男儿薛禄，闻得丈身和尚喝令小心时，因去势太猛，来不及收刹，突向前面冲进半步，一脚踏动机括暗消息，顿时平地变成一个大坑，坑中横着一根大轴，贯着个滚圆的辘轳，薛禄猝遇着这般怪事，心中全没了主意。顷刻之间，稍一慌张，便被那辘轳一转，脚尖儿滑得向前一促，立时脱空，全身滚入坑中。

徐鸿儒见了大喜，连忙回身向那大楼齐地的一层，左首栏杆柱上，掀着个小小铜搭儿，正待扭转，开放楼下毒针的消息，让四面墙壁上下齐放毒针，在这坪里靠近大楼的擎天寨众好汉，便一个也逃走不了。那毒针都用极毒的药汁炼成，沾着的准活不了。这是霞明观最厉害的机括。众好汉的性命，就在这一扭之间，万分地危险。却不道无意中得着个救星，恰巧徐鸿儒扭铜搭儿时，被擎天寨好汉千里驹武全一眼瞥见，虽不知那老妖在干什么，终猜透他准不做好事，顿时满心火一般焦急，来不及掏暗器，就将手中钢叉弯肘平扛着，照定徐鸿儒右臂，破空掷去。武全立处离徐鸿儒立身的栏杆边原没多远，约莫只五六丈远近，这里钢叉脱手，那面已是来不及招架。徐鸿儒只得且不掀那铜搭儿，腾出手来，想捉住钢叉。不料武全心急手重，那钢叉来势过猛，铮的一声，白光止处，叉尖正触在栏杆上，无意中，正扎中那铜搭儿，连栏杆柱儿也扎断了一大方。

徐鸿儒虽因缩手得快，腕臂不曾被钢叉扎着，这铜搭儿却被叉扎毁了，消息没了，再不能节制那坑里的机括。徐鸿儒这一气非同小可，破喉大骂："小猴儿崽子，竟敢在本真人跟前来要花花儿、显手法，不取你小狗命儿，也不显本真人的厉害！"喝骂间，将脑袋上乱草般的散发一甩，抢剑直取武全。武全心中仗着两位大师友鹿道人、丈身和尚都立在楼上，近在咫尺，不怕徐鸿儒的妖法，顿时勇气百倍，要斩取徐鸿儒的首级，立这件奇功。当时见徐鸿儒径奔过来，正中下怀。连忙拔下腰间双剑，两手一分，拉开架势，待徐鸿儒近前时，大喝一声，接住大杀起来。

这时薛禄掉下坑去，心中慌急异常，不知这坑有多深，要掉到底时，不知可另有什么把戏没有，便两手乱抓，想要得个爬着处。哪知天从人愿，竟被他顺手揪住坑壁上一条绳子，原是用来牵动板面上下的活络索儿，被他一把揪住，便舍命扭着，悬住全身。这才稍定心神，闪眼向上一瞧，约莫离窟口有三五丈深了。窟内黑暗异常，仅有那辘轳两旁余剩的两线缝隙，漏下些微光。再向下一望，更吓得脱口哇地怪叫一声，原来窟底尽是向上装着的刀尖，笋一般直竖着，映着照下的微光，阴森雪白，分外怕人。薛禄握着的那条绳索，一头系在上面顶板上，一头暗中穿入地道和坑底下的机括，一同通到那栏杆下面，潜扣在铜搭儿里，若一掀铜搭儿，立刻绳索一拉，顶板盖上、底下便有无数的矢镞向上乱射，无数大石块向下乱砸，四面的毒汁针也同时齐放出来了。所以铜钮一掀，任你多少人不落在坑里，就死于毒针，莫想逃得性命。幸喜徐鸿儒掀那铜搭儿时，才牵动绳索，露出陷坑，陷了薛禄。接着就被武全一飞叉，连忙松手，一众好汉才免了毒针的大灾难。只是薛禄自从落坑，直到这时无意中悬身坑内空中，却仍是莫名其妙，自己不知性命如何。

徐鸿儒和武全狠斗了三五十个回合，便渐渐地闪身旁退，一面厮杀，一面向那坑面走去。将近退到坑边时，猛然向武全连劈几剑。乘武全连连招架，不得空隙之时，徐鸿儒便跃到那大坑旁，瞅着那掀翻的顶板，想一脚踢到那顶板盖上，好制死那掉下坑去的敌人。主意想定，身已挨近，便一面扫开武全的剑，一面猛然一腿，扫得那顶板哐当一声，武全见了大惊,暗想:我中了这厮的奸计,薛禄糟了!正在替薛禄忧煎,忽见徐鸿儒无故向前扑身栽倒,接着一片白光欻地平飘过去。武全微微一惊,急定眼瞧时,徐鸿儒已不见了。那飘过的白光,却是闯天雁奚定见徐鸿儒踢坑盖时,被渔船儿华菱儿急掷一颗大石子,乘他不防时,猝然砸倒,便耸身跳近前去,尽力挥偃月刀猛剁。不料刀下去,徐鸿儒忽然没了踪影。奚定心中大诧,拄着偃月刀发愣,华菱儿也怔怔地瞅着武全发呆。武全也一时没了主意,没话可说。

三人正在相对发愣时,友鹿道人已飘然下楼,走近坑边,向武全肩头上拍了一把,说道:"呆什么?那厮走了。"武全警然回头见是友鹿道人,连忙施礼道:"弟子们就是猜不透,那妖贼怎么这般快迅就没了踪影?似这般,怎能斩得他呢?这一害倒不易除哪!"友鹿道人道:"这厮是童年修炼的,原胜过他老子,不似他老子那样容易斩却。要说他逃走的法子,却不奇怪……"说着,便俯身向地下铺砌的条石接榫处一瞧,便使右手食指一按那接缝处砌塞的石灰,颜色略白处,着力一抠。武全等但观眼前一花,友鹿道人已不见了。三人一齐大惊。眨眼间忽听得友鹿道人从门外奔来,大笑道:"明白了吗?"华菱儿摇头道:"祖师的道法自然比那妖贼高多了,弟子们怎能明白呢?"友鹿道人笑道:"你还当作道法吗?来,我再教你仔细瞧个明白。"说着,又寻着一处石缝,却闪身站在一旁。仍旧使右手食指着力一按,却使左臂奋劲一格。三人这才瞅明白是一按那白色砌缝灰时,那块大石板就会很快很快地翻身,底下露出一大方洞来。三人近洞前细看,洞里兜着一副渔网。要有人落下去,便兜在网里,再由网里跳出,到洞底就可以循那洞旁隧道往旁边得出路。三人这才恍然知道,徐鸿儒并不是仗什么隐身法、土遁法逃走,仍是钻地底隧道跑掉的。华菱儿、奚定立即要下隧道去追,武全也要出门去赶趱。友鹿道人忙拦道:"不用白费心思了,那厮不该死,所以给他逃脱了。这时大概已经出观多远啦,你们上哪儿寻趱去?快随我去收拾残局吧。"

当武全等苦斗徐鸿儒之际,一班白莲教徒因为目睹徐季藩被斩,顿时威风大挫。擎天寨众好汉却是精神陡振,喊杀更厉,就这一转移间,白莲教徒抵挡不住，四面齐退。擎天寨各队并力向前一逼，早将所有教徒全逼到大楼周围。这时，九个队八十三筹好汉，不问受伤没受伤，都已奋勇到齐。丈身和尚见士气正旺，足可一举全竟大功，便在楼上栏边，抖擞精神指挥各队，各按原来派攻的方位，据定一方，团团围住，只有九队一干女英雄和梅瑜、梅亮四路游击。

这时，擎天寨已经占尽上风，众好汉自不把一班教徒摆在眼底。楼上丈身和尚胳膊一伸，楼下九队震天价齐呐一声喊，各自拼力向前猛攻。白莲教徒这时已无领袖，大家都随着李汉云进退。混天霓章怡一眼瞥见，知道不先拾掇了李汉云，白莲教匪绝不会散伙。便将手中眉月双牙铲向后一摆，玉麒麟凌波便招呼丽菁等众女英雄，一齐随后跟进。章怡扑到李汉云立身处，抖手一铲，迎面铲去。李汉云急横刀招架。章怡的两手一换，旋转铲来，照定李汉云当胸突杀。李汉云虽是武艺高强，却不懂得这月牙铲的解数，突然遇着这两头都能铲杀的家伙，刀法早散乱得不可收拾了，勉强招架了四五合。奚定、华菱儿并力前来夹攻，更加没法抵敌，只得闪身退走。不料李松、史晋正抄向后面堵着，两条短铁戟、一对狼牙棒四股兵器同时都到。李汉云大惊，百忙中，急将身子一矬，低头闪过，俯身逃出。心中方自庆幸，一抬头，劈面逢着凌波带同姬云儿、魏明，严密防截，梅瑜、梅亮双弓发弹雨般打来，大叫一声："不好。"前后全无路可逃躲时，众女英雄早一齐围上，兵器齐下，立时将李汉云剁成无数碎块。

李汉云一死，一班教徒更加胆落魂飞，茫无头绪。加上各队围攻时，火济枪挑周青云；魏光刀劈朱光明；季寿打死陈攀桂。这时，友鹿道人已揭开地坑大盖，救出薛禄，冲入阵中夺得一条铁槊，回身照定刘进利猛扎，直刺成穿心对过，尸身被铁槊挑起来，甩落到四五丈外的空坪中去了。各队见连斩教中大弟子，更加勇猛，一阵合力突杀，教徒中又有霍金花、陈日山、张富有、陈仁生、徐元贵五个先后被杀，倒地身死。生擒教徒张元吉、女教徒陈安士二名。其余残剩的小教徒百余人，都跪地求降，友鹿道人便命众好汉停刀止杀。

恰巧飞霞道人和自然头陀救得冯绍霞来到，众人连忙迎着。冯璋竟

57

不认得是他的祖父了。原来冯璋被丈身和尚救出霞明观时，冯绍霞陷落在内，那时还是个苍然老僧。后来被徐季藩使白蜡拌糯米饭，养得冯绍霞胖得肚皮凸出，肘如水桶，又剃了须发，没了面皱，俨然成了一尊胖菩萨。从此蜡油蒙心，万事不知，任徐家父子把他撂在后面密殿里，诳称活菩萨，糊弄愚民。这时救得出来，巍然一大胖僧，冯璋自然不认识了。及至他师父丈身和尚告诉他才得明白。顿时心中更加剧痛，眼如针刺，哇的一声，两眶热泪瀑布般洒下，踉跄扑到冯绍霞的跟前，放声大号。冯绍霞却懵然莫觉，面人儿似的颓然痴立。友鹿道人等劝住冯璋："不必悲伤，这时哭也无益，待送回寨里请沈一剂给设法调治，终可望复原的。"冯璋只得拭泪拜谢，扶着他祖父立在一旁，兀自暗地伤心落泪。丈身和尚便于佐陪冯璋护送冯绍霞先回到下处去。于佐应声去寻了一辆骡车，套好牲口，便和冯璋共扛冯绍霞上车，护送出观外去了。

这里，友鹿道人命梅瑜、梅亮率执事健卒去将事先擒获的郑必得、苏青元、吴占魁、宋振顺、罗直德、张宽洪六人押到观里来；命四队文义等随身同飞霞道人上中央大楼去搜取密件；命二、五、九队白壮、施威、章怡等，搜寻逃匪万里红等；命三队魏光、六队程豪等去抄计一切物件、金银粮米等项；命一队孔纯等查看各路有无受伤的自家勇壮及教匪，并接各位大师。没多时，大楼文件等物都查明取来。同时，暗地防护各路的诸位大师：三丰道人、周癫子、大通尼、凌云子以及随后践约赶到的了了和尚、铁冠道人等，都到中央大楼前面大厅里会齐，和友鹿道人、丈身和尚、飞霞道人、自然头陀等一一相见，各自落座。铁冠道人说："已将各处机括消息，全都掀开斩断，一一呈显，好让将来有人见着时，得知这观里的罪孽。"众侠都称赞说："处置得极恰当!"

叙话间，梅瑜、梅亮率领健卒人等，押定活蟹张宽洪等六个教徒来到。同时，九个队八十一位好汉，奉命干事都已做毕，纷纷到厅复命。友鹿道人原想提取张宽洪等前来，逼押他们领路去拆卸各路机括。这时，各处机括都被铁冠道人随后赶到，一一掀破了。便命将张元吉、陈安士一并带上厅来，温言诘问白莲教匪的来去踪迹。张宽洪等先时不肯

58

实说，后来友鹿道人翻查那大楼搜得的文书中，有洞庭田伏桑、汉王朱高煦的书札甚多，谅那些逃贼必分投这两处，便不再诘问。自然头陀道："这八个小子既是蠢恶到这样，留着没用处，不必让他们再活在世上害人啦！孩子们，拖出去宰了！"声未了，范广、聊昂、薛禄、汤新一齐过去，一手提一个，早将活蟹张宽洪等八人，押下大厅，拖到楼下，排头儿一齐斩了。当下众大侠查点白莲教大弟子已经歼除和逃脱在外的人名，命众好汉一一报明，以便追查余党，九队众好汉便将各人所擒斩的大教徒姓名报上，总录起来计有：白莲教首、通天教主、非非道人徐季藩；教徒大弟子：林太平、林梁玉、陈极品、陈攀桂、陈逢春、陈仁生、陈日山、陈安士、张元吉、张三槐、张九官、张鹤观、张富有、张宽洪、李汉云、李月宝、李明珠、郑天龙、郑必得、苏青元、周青云、吴占魁、马上超、罗直德、赵天申、方乔木、田西士、霍金花、龙江祠、朱光明、宋振顺、王志高、黄坤山、刘进利、翁有利、徐元贵等共计三十六名，连教首一名，总共三十七名。

照这单上和那教徒名册上一对，除却已死的之外，那些逃脱了的是：

白莲教主：徐鸿儒。

教徒大弟子：万里红、万里明、方正志、何德胜、武中桂、李明声、章崇道、季龙威、毛邦本、黄亦忠、云中树、冯卫照、黄菊华、蒋绎仙、雷烈、何敞、金强、钱霖、蔡周，共计二十名，连教主一名，总共二十一名。

此外还有活擒的和受伤的小教徒。便命那没受伤的教徒将那些大小教徒的尸首总共四百多具，都拖到各处地窖里。拖完了之后，才将他们聚集在大厅上。问明：确是悔悟的，如愿报受骗之仇，便列擎天寨去充当健卒，如愿回家或另自改业的，便听其自便。却是不问是否出寨，每名都给银五两，受伤的另加二两。那伙小教徒听了，欢声雷动，立时告奋勇，矢志诚，叩求收录的共计三百五十四名；中有受伤的三十余人，自愿立誓悔过回家，安分改业的一百七十三名，其中有受伤的八十余

59

人。友鹿道人便命将观中搜得的银两，按名发放完毕。叫九队章怡、一队孔纯各督本队会同于佐、冯璋和随来执事健卒人等，护送受伤的好汉丽菁、李松及冯绍霞老人，且押投降教徒，即刻起程，先行出塞。

霞明观破后，众侠又立些什么功业，且待下文详叙。

第十章

大凯旋献馘犒三军
代巡方关心遣十将

话说友鹿道人和丈身和尚、了了和尚、铁冠道人等十位大侠在霞明观中把善后事情一一办了。擎天寨众好汉也将观里所藏的军器、火炮、粮米、银钱以及一切机括战车等物,还是可以有用的,一股脑儿装扎成车驮,使用霞明观所有的大车牲口装扎驮载,径自上路,取道出塞。

到了擎天寨内,大犒将卒,升旗庆祝,不待细表。由霞明观获得的钱财物件分别归库。投降人等除受伤的先交医调治,俟愈后再点归各处外,所有强健的都分派各队当健卒;年老、残废的都派作养马、厨司等职司。其中有曾习手艺的,如木匠、裁缝等,都查明另拨工房做事。寨内忙了两三天,庆祝、调拨诸事都毕,众好汉才得稍稍歇息。

有事时,一日如一年;没事时,一年如一日。擎天寨众好汉休兵牧马,养精蓄锐,一意储备,待一旦国家有事边庭之时勤王杀贼。众好汉在这休养中练得本领更加精进,交情愈益和睦。彼此相亲相爱,说不尽的亲热畅快。那些女英雄,除却章怡、李松都是设誓不肯嫁人的以外,其余各人因相处日久、性情相近的缘故,都由同道做月老,各缔良缘。其中如姬云儿和秦源是已定的夫妻,只行了个大礼,用不着再烦冰斧。此外,众好汉中有没家室的,各缔良缘:丽菁是由归瑞、凌波做媒嫁给魏光;梅瑜、梅亮由魏光做媒嫁给于佐、冯璋;魏明自愿嫁给凤舞;华菱儿原和左仁有约,史晋被凌波说合,配与凌翔,得遂心愿。配成六对夫妻,寨中庆贺、筵宴不必细表。

光阴易过，倏忽间，已经寒暑迭更。擎天寨众好汉除却练武、操军、刺探番人消息，备将来报国酬志以外，都没甚急要事做，倒也得些乐趣。山寨中因此立下一条规章：每隔五天，大伙儿全到大同堂聚会一次，有什么信息，就此传布；有什么计策，也就此陈说，好让大家得知，彼此参详。

　　有一天，春风渐起，塞外天气没解冻，仍和隆冬时一般酷冷。众好汉都是关内人，未免念及家乡春景。这时正是大家聚结春会，仿着春宴的意思，会宴解怀，一连聚了几天了。这天午宴才罢，忽接关内递来的信，连忙拆阅时，却是伍柱的来信，说是于谦已简放河南巡按，即日驰驿前往开封。闻说河南素多顽民，和汉王高煦的匪寇犹众。于巡按此番前去，预备破除情面，拼着掼了乌纱帽，定要严厉整饬一番，同道兄弟中，有熟于河南情形的，请即进关，直到开封相会，于巡按亟盼同道前来帮扶。众好汉传观已毕，大家都心想入塞干些功业，却彼此碍着，不便启齿。丈身和尚见都不开口，诧异道："怎么哪？难道你们都在塞外过惯了，全不愿意去吗？你们别当作这是和鼓儿词上巡按御史带着壮士做奴仆的那一回事，须知这是于廷益诚心相邀，咱们前去也是去帮同道，而且帮着除寇去恶，也就是咱们自家的分内事，并不是鼓儿词上的义士、壮士们攒营谋干，去巴结大官府，贪图富贵。为什么全不言语呢？"茅能见众人都不答语，憋不住了，站起身来率先答道："师父，谁也不是不愿意去，不过大家碍着都不好先开口罢了。如今我先说吧，我去一个！还有谁愿去的甭再客气了。"文义道："俺原想去一趟，因为俺家在开封，有事时便当些儿。只是若有哪位要去，又因人数太多，不能走却许多人时，俺就不去也得。"接着孙安、王通好几个都要去，但是所说的话，全和文义的言语相似，不肯占人先，情愿尽让旁人后再算上自己。丈身和尚笑道："你们似这般彬彬有礼，揖让进退，可把我难坏了。这般办吧，我和各位宗师去商量，排定人名再来斟酌。只是你们有什么意思不便口说的，不妨具个字帖儿来。"众好汉听了，齐声承应，各自散去。这时可不比往时下厅，两人携手、三人并肩那般亲热遛逸的情形，各自匆匆走出，便急忙各循归路，分途赶回屋里去了。

丈身和尚回到屋里，和了了和尚、飞霞道人仔细商酌。飞霞道人道："这时友鹿、铁冠诸道兄都入塞云游去了，只剩得你我三个在这儿，这单儿恐怕不易开得公平呢？您说他们全不言语，须知这个不言语比那争着嚷着更难办哪！"了了和尚点头道："这话极有道理。既是于廷益放的是河南，咱们只就河南这地方想去。那和河南没大因由，或竟不曾到过那儿的，自然派他不着，那么派得着的就不多了。"丈身和尚笑道："你俩说了两大车儿话，究竟派多少人去呀？不先商量个数目，旁的都是废话。"了了和尚也笑道："只有您机灵，会挑眼儿。这有什么难！除却有重要职司，万离不开的，再刨去不懂河南情形的，瞧有多少就派多少去。俺想于廷益是不会嫌人多的。只有这儿不够人时，就多留几个，要觉得去的人太少，就多加几个也没紧要。这寨里反正没当前大敌，无须多人防守。所以人数倒容易定，只是谁去谁不去，却难处置。"丈身和尚哈哈大笑道："您瞧，您说话越说越糊涂了。您这话里不是说'除却离不开的和不懂河南情形的以外，瞧有多少就派多少去'吗？照这说法选派，又有什么为难的呢？自己把法儿说出来了，还说没法儿，这不是怪吗？"了了和尚回头一想，自己也笑起来了。

当下，了了和尚便和丈身和尚、飞霞道人照着花名册子一个个排头点去，可以派去的，便把名字录下来。从头到尾点完了，又仔细商酌一番，方才定妥。却是三位大师商量之时，各处递来众好汉的字帖儿，雪片般飞来。丈身和尚一齐拿来点了一点，竟是人人都有，一个不短。所写的全是矢丹忱、告奋勇，愿往河南的言语。丈身和尚都给飞霞、了了二人瞧过，便都密裹严封之后，全毁得没影成灰。

次日早上，传令众将齐到大同堂议事。令才传出，众将都已到齐。原来众好汉都料得，今晨必有聚将会商之举，各自赶早起床，匆匆盥漱，好似约定的一般，齐齐地挥鞭骤马，迅赴堂前，静静待着。所以一声令下，只见鱼贯而入，不见飞骑来临。丈身和尚等三人居中落座。待众人都进堂归座，丈身和尚便先将言语着实安慰一番，又说："如今还不知道开封的情形怎样，于廷益这时也没到地头，所以先派一批人去，待到将来再加派一批人去，才不致失却后援。这趟先去的人，必须熟习河南情形，能够帮助于廷益即时做事的，一到地头就得出力干事由，所以派去的人，就不能不就事论事。待将来再派一批，便已有人在开封领导，无须谙熟地面，都可去得。所以只留下几位走过这条路的同道，为将来领路率道。这便是这回分拨的缘故。"说毕，众人都默然没语，静待调派。

丈身和尚见众人都没言语，便向怀中掏出已经开列停当的派将单，先当众宣读一遍，然后传给众人观看。那单上列的人名是：

镇华山钱迈、金刀茅能、玉狮子文义、铁枪刘勃、万里虹黄礼、铁臂施威、镇巫山韩欣、赛由基赵佑、赛李广唐冲、飞将军柳溥共计十人，择定三日后离寨入塞。当下全寨众好汉，纷纷向钱迈等十人道贺，却没人争夺，因为都望着有个第二批哪。自这一天起，各队各寨，排成次序，按日设宴饯行。还有托为捎带书信、物件入塞的，都各寻相知，叮咛嘱咐，忙乱了两三天。直到钱迈等拾掇鞍马，安顿动身时，还有人来请捎信到山东一路的，钱迈等一一承接了。

到了动身期届的那一天，钱迈、茅能、文义、刘勃、黄礼、施威、赵佑、唐冲、柳溥、韩欣等十筹好汉，全装扮成投考武场的士子模样，浑身紧扎，各带长短军器、弓箭、衣甲等物，整顿好鞍马，一齐系马辕外，上厅打参。了了和尚、丈身和尚、飞霞道人各个慰勉一番，十将躬身告别。三位大师亲率各队好汉直送到荥门岭，方互道珍重，各自回头。

十将一同离寨渡河，来到杨洪营里。杨洪早已得着丈身和尚的书信，将卫所保送武生观场赴试的文书办好了。届时只分别填上十个假名和年月日，就饯行席上，分递给十将各自收藏。钱迈等谢过杨洪，会罢筵席，赶路要紧，动身告别。杨洪知事情紧要，不再强留，亲自乘马送上大路，欢然而别。

一路上，虽是春天，冰雪未解，四望一白，耀人眼花。钱迈等十人骤马飞驰，但见蹄下碎银乱溅，马头白气如云。众人谈笑风生，冲寒疾走。转过一个村落，遥见前面几间新屋跨路建着。远瞧去，好似一只黄老虎伏在·片大白毡子上。钱迈·眼瞥见，心中忽觉恍然有所感触，便回头向茅能道:"茅二弟,您瞧,那丛屋虽然是新造的,咱们上趟打这儿过路还没见有。却似曾经到过一般,这是什么道理?"茅能也正凝神瞅着,被钱迈一问,陡然牵起旧思,脱口答道:"那屋子真像赛华佗那呆鸟造的害人坑。钱哥,您还记得黑林岗吗?"钱迈猛然记起离乡的事,不觉摇头叹道:"唉!只为徐老妖寇的鸟观,我接着师父谕帖,立刻就动身。当时虽还不知是甚事,却总想着至多不过两三个月罢咧!却不料竟闹到这多年月还在这条路上奔。真是人生哪能说得定!动身时,许多人托我带北地东西,我都答应说:'至多半年准带到。'我如今还不知甚时候回乡,那些人难道不背地说我轻诺寡信吗,有些人还当我死了哪!"茅能笑着接声道:"别诉心事了,咱们这般人还能想家吗?思前想后,更加不是件事,徒然自讨烦恼,没些益处。您瞧我,满不想这些,多么爽快!"钱迈道:"我倒不是无故呻吟,不过想起了前事时,总不能无动于衷罢了。"茅能方要再接言,韩欣抢着羼言道:"两位哥您说些什么,俺们全不懂,何妨说来大家听听呢。什么叫个黑林岗哪?"钱迈道:"你问这个嘛,咱这一行人里头,大概就只你不大详细,文四弟各位全是知道的。柳三哥和唐五弟也该都听得谈说过了,你怎么竟不知道呢?"

说话间,已走到那丛新屋跟前。钱迈瞧进那屋时,全不似黑林岗模样。耳中却听得茅能絮絮叨叨,正和韩欣说着破成和妖窟的事。钱迈也不理会,勒缰直过。茅能等随后马接马、鞭连鞭,联翩穿梭般过去,径到中尖站头,才落站打尖。

当黄昏前赶到居庸关外,便向关上呈验文书,进关落店。卫所里派弁卒来盘查,知是塞外卫上保送下场的武生,彼此算是同伍,照例道了声恭喜,说了几句客套,也没瞧行李,便自去了。钱迈等心中暗自好笑,却装着没事人儿一般,各自收拾安歇。

究竟擎天十将如何到河南,干些甚事,待下文接述。

第十一章

逢怪客旅邸觑奇景
踪番人征途惊警讯

话说钱迈等十人落店住宿，是占的一排上房，却剩下东头三间上房没要。待钱迈等进了屋子，那三间上房马上便有人来宿了，当下众好汉都没留意。待到夜里，琐屑都了，一路辛苦，加上天气尚寒，不耐久坐，便都展被上炕睡觉。在被窝中说了一会儿闲话，都沉沉睡去，渐渐鼾声四起。

只有黄礼因为离家日久，想着家中许多事和金条冤案，心中乱丝一般，越搅越紊，满腔烦闷，两眼直瞪着，再也睡不着。心想：不行，明儿还得趱路，似这般睡不着，精神准不行，不是要惹人笑话吗？静一静心，睡吧。想着，便下狠心把心事全扔下不再想及。静静地倾耳细听，听了些时，万籁无声，寂没声息。

心头刚又要涌上琐事时，突听得窸窣细碎连响，陡地荡起心上一阵疑云。定神一想，觉得这声响奇怪，便轻轻地昂起头来，听得这声音略停了一停。一会儿，又响得比先还厉害，更加心疑起来，便悄地下炕，潜听得那声息是从东墙根来的。忙俯着身躯，蹑脚踮趾，凫行鹤步，渐近东墙根，贴耳细听，竟是从隔壁官房里发出来的。心中忽地一动，想起黄昏时，东头屋里那伙客人瞧定屋子，搬进来宿时，都盯着俺们这伙人。出出进进，打俺们屋子一带走过时，全都是耗子般瞟一眼、睃一眼的，如今这般时候又发出这怪声息来，谅来不是什么好勾当，待俺去瞧个明白。主意一定，便伸直背腰，悄地到门口，拔了门插管儿，取桌上冷茶倾入门闩里，再将门儿拉开，门闩儿沾了潮，半丝儿声息也没有，没声没响的，刚一脚踏出屋门，陡然觉得眼前一亮，不觉愕然一惊。忙仔细一瞅，却是隔壁壁缝里透出来一线亮白灯光，正照射在黄礼的右眼上，把个久闷在黑处的黄礼弄得惊愕不已。急忙镇住心神，低头俯背，径溜到隔壁窗下，见那窗子已蒙得漆黑。黄礼便凑近那射出灯光的壁缝里，眯眼向里一瞅，见那屋子里正是蜡烛高烧，长案摆列，坐着四五个人，正在各执笔管，向纸上摇摇直写，却是都闷声不语，猜不透他们在干什么，只得屏息静待着。好半晌，也没见有人说话，越加弄得满心狐疑，委决不下。心中只惦着：他们究竟写些什么？为什么要深夜里这般忙迫、这寂静来写这东西？……黄礼越是怀疑，越舍不下，不肯走开。全神贯注，定要窥个究竟，才肯回身离开。正自沉闷傻窥，委决不下之时，忽见屋里那一面朝南的窗棂槅略动了一动。急凝望时，便见窗儿大启，飘地落下一条大汉来，浑身乌黑的夜行衣裤，头上扎着个大包巾，压齐眉沿；右肩头露着灿金的剑把，梢的黑穗儿垂在肩间；手中提一对龙爪抓。模样儿因为头上包巾扎压得瞅不明白，但见是个紫檀色胖脸儿，高高的身材，巍然屹立在当地。房中人顿时一齐起身，却不听见说话。黄礼大奇，急拼命瞪眼挤近壁缝，提起全神，眼不眨瞬，呆呆地觑了一会儿，才觑得那大汉和屋里人在打手势。细瞅去，那些手势竟都是约好的暗号，并不是哑巴般随意指手画脚。只是深恨不识得那些手势是说什么。

好一会儿，屋里正中坐的那个少年人取了几件写好的纸帖卷成细圆条儿，又取了个细竹筒儿，把纸卷儿纳入竹筒里，交给那大汉。那大汉接过竹筒来便将手一扬，似乎是告别，欻地回身伸手将窗槅儿一拉，但见窗槅陡地一开，却绝没声息，屋里已经没有那大汉了，只那窗槅儿还在微微地摆颤着。

黄礼见了，大为诧异。暗想：这人这般本领，难道还是个哑巴吗？又想：这屋里大概瞅不出什么来，不如追捉那哑大汉去。逮着时，什么都明白了。定了主意，便待抽身跳走。不料这一刹那间，忽见那背对这面的几个人，忽然都搁笔立起身来。一转身时，背映着烛光，骤然瞧得这几个人脑后都垂着一条发辫和一条圆貂毛做成大狼尾巴似的东西。这明明显出这几个人都是塞外鞑靼人。黄礼顿时大吃一惊！暗想：这伙臊种，竟混到关里来了；还敢公然垂辫，不乔装改扮，这胆大得还了得？……杨霹雳怎放这伙臊种过来的呢？……哦！许是绕道儿走的。塞外官儿不爱钞的少有，几个能和杨霹雳一般呢？正在痴想着，忽觉肩头上有人拍了一下，忙闪身掣向一旁，一面准备着，一面扭脖子瞧时，却是柳溥。正待要低声问他几时来的，柳溥早一把拉住黄礼的右胳膊，使劲向屋里拉。黄礼只得随着这一拉的势子，便回到屋里来。

柳溥和黄礼围着被，对坐在炕上。黄礼正待说出所见的怪事，好彼此参详东头屋里究竟是些什么角色。哪知柳溥不待他开口，先悄声说道："那屋里的一伙人是干什么的，您可瞅得了几分？"黄礼答道："可不是，我正疑着这关门口怎么会闹出鞑子来了……"柳溥忙说道："好叫您得知，这全是乐安汉王府勾来的番奸。他们那些手势是代说话用的，名儿叫作'手语'。从前俺在南京汉王邸时，就有了'手语'这玩意儿了。起初时，是王府长史钱巽见番邦人来去交接时，非请舌人翻译不可，太不严密了，就是自家伙里人，也缺一种外人不知道的暗语，便想出这个法儿来，使两手比着手势，代口舌说话，什么样儿的手势就算是什么言语，定了好几十个样式。再由这些样式拼凑变化，就能成为许多言语。不过，不能和嘴里说话一般快速便当，尤其是日常用语，反倒不全。当时不过由邸里几个有头有脸的角色和住在邸中的鞑子头儿习着玩儿，后来一改再改，越改越周全，率性连江湖话、绿林话全都融化到这里头去，从此就拿来当正用了。鞑子们是不懂天朝话的，钱巽拿法儿教给那伙充当舌人能说天朝话的鞑子们，让他再去传给他们的伴儿。从此，凡属是朱高煦的亲信人和汉邸信得过的各路绿林头目以及塞外臊鞑子里的酋长，全都会这玩意儿了。一见面就使这个，非得学过的，一辈子不会懂。俺在汉邸时，朱高煦那厮虽对俺还不错，却是没教俺学这个。不过俺从钱巽想得这法儿时，就见他们弄着、练着，瞧得太多，眼里括熟了，自然都懂得了。"黄礼截问道："这手语俺全明白了。您既能懂得，那么，刚才那厮们使这手语时，您可曾觑见，可知是说些什么?"柳溥道:"您出这屋时,俺就醒了。先以为您出去小便,后来见您举动不同,觉得稀奇,才暗地跟下来。您在这边壁缝里觑着,俺就到那门框缝里暗瞅。俺到时,那大汉已经在和鞑子们闹过一会儿手语了,况且俺伏的地方在他们背后,是个反面,所以俺没全瞅得。只瞅明白大汉动身出去以前,是说:'信不必再来了,届期务请准到。'又说:'待再行两天,自有人来接待。'末后是说:'沿路须格外小心提防敌探。'最后只是两句客套,大汉就走了。直到那时,俺才恍然大悟,知道那大汉是外来送信的,那么他们的手语,便是汉邸和鞑子通的密信,料这伙鞑子来头不小。正待要来关照您,就见那鞑子里一个年长些儿的,忽然使手语关照说是'谨防外面人',所以俺来不及说话,就拉您进来了。"

黄礼这才打破了胸中这个疑团。却是仍旧猜测不透是怎样一件事,想着:既有"届期务请准到"的密话,准不是件好事,绝不能含糊!便和柳溥商量,要唤醒钱迈、文义等,大伙儿计较个良策。柳溥摇头道:"这不是一时能干清楚的事,马上商量,也不能得个马上了事的妙法。何妨待到明儿上路,四顾没人时,大家畅快计较,不比这个夜里憋在人家耳根旁闹着的强多了吗?"黄礼觉着这话有理,便不再言语,靠在炕角里闭目养神,却是心中兔起鹘落,好像有什么重大心事委决不下。一径苦思沉想,直到东方透白,也不曾睡着。

柳溥也是在炕上翻来覆去,不得安贴。金鸡远唱,窗纸变色,便一骨碌爬起来。黄礼便也抬身披衣。二人一同下炕,唤醒茅能、施威起身拾掇。文义、钱迈等闻声齐起,各自卷被整衣。柳溥便将屋门敞开,唤伙计来送热水。唐冲刚在穿衣,给门风吹得发冷,高叫:"柳溥哥快关门,风冷得很!"柳溥微笑不答。一时众人都整备好了,待热水送到,纷纷盥洗毕。黄礼连连催促登程,众人不知就里,却也不好回绝他,只得胡乱嚼些干粮,咽了几口白水,就给了店钱,各拉牲口,离店上鞍,冉冉登程。

一行人才列成一线,勒缰待骋,忽见店里出来十余个圆颅锐眼、窄袖长袍、头扎大包巾的健汉。各控一匹马,却都没踏镫,腰缠包裹,夺路就走。茅能怒道:"好个不讲理的野种,走道儿连个先后也不知道

吗?"黄礼听得,连忙暗拉茅能一把,止住他别再说。那伙汉子却似不曾听得茅能的话,只顾翻身跃上牲口,飞沙走石,如飞而去,

文义见黄礼神色有异,便催促众人上路。行了一程,文义见路上没人,便将马故意一带,近傍黄礼,并辔前行,据鞍揽辔,低声问道:"您干吗发闷,有什么心事吗?"黄礼正在满心琢磨着,经文义一问,便开了话口袋了,立即把昨夜的事细细说了出来。众好汉听得黄礼说到"汉王"两字,都格外关心,一齐勒缰靠近黄礼来听个究竟,顿时把黄礼团团围着,成了个大牲口圈儿,裹着围着,一面缓行,一面倾听。

黄礼说完,柳溥又补叙了几句。钱迈沉吟道:"朱高煦那厮勾番卖国,差不多是敞明干的,这事并不算稀奇。只是那言语里有什么'届期……准到'的话头,却透着蹊跷!难道朱高煦竟定了期吗?要不,就是约期聚会,或许到哪儿捣乱。……不!朱高煦如今兵精粮足,用不着唆人打劫了,一定是约期动手,或是聚会。"刘勃道:"不是约会鞑子来扰咱们卧牛山吗?"文义接言道:"那厮如果是约鞑子来搅咱寨子,只需差人通个信给瓦剌,他们原有勾搭的,两面约期同动就行了,用不着这么远路,费这大周折,弄许多鞑子去面说的。"钱迈接言道:"文四弟的言语不错!柳哥既得知那厮们曾说'待再走两天,自有人接待'。咱们且暗地踪探着,再得个机会,就许能知道详细情形了。这时蒙猜是猜不透的。"众人都道"有理"。便顺着大路,径直暗中跟着那伙鞑子,前后不离,悄地窥察。

当日,擎天寨十筹好汉,因见前那伙番鞑子走马如龙,虽是在后暗地地跟随,却也走得不慢。到晚来,赶到宿头,见那伙鞑子落了一家洪兴车店,十筹好汉便向对面马家车店里住下。遥遥相对,无形中留心窥察,十筹好汉轮流出进,在店堂里时来时去,那伙番人毫没觉着,两个结伴,三个成群,都到市集街头散步闲逛。钱迈见了,向文义使了个眼色,暗中关照:如有事时相救应。便站起身来,也装作游逛市集,踱着方步,向街上走来。

这市集名唤冯头市,是塞上一个有名的市场,百般买卖,无不周全。钱迈沿着大街走了一段,瞥见路东一家弓矢店,柜台立着个扎大包

巾的臃肿胖汉，正在那里选择羽箭。钱迈心中一动，这厮是早上瞧见那群鞑子伙里的呀！就他一个在这里吗？再向里面瞧时，果然还有两个一般打扮的，在内柜堂里试着一口长剑。

钱迈便也踅进那店里，假作配换弓弦。一面和店家搭讪着，一面暗中留神窥察。外面那个买箭的已买得一束箭，又配了一张五十斤的角弓。钱迈暗想：这厮弓力软得很，这般瞧去，这伙人里没什么扎手货。那试剑的也买定了一口镔铁剑，瞧去也不过是平常斤两尺度，练把式的家伙。钱迈不觉起疑：难道全是这般没用的鞑子吗？他们进关的全都不弱呀！干吗这趟来的这般不济呢？……一面想着，一面和店倌搭讪了几句，便离了弓矢店。一路踅回店里，文义便暗地问："可瞅见什么？"钱迈将所见的事说了。文义也觉奇怪。正在猜想，那伙鞑子也渐渐地回来了。瞧他们手里都拿着许多关内货物，各自收拾去了。钱迈便在院子里沿走廊低头闲踅着，心中纳闷，终猜不透这伙鞑子这远奔进塞来，既不卖货，又不买货，所为何来？

踅了两个来回，只听得那伙鞑子屋里叽叽咕咕，不知说些什么，便格外留神静听。忽然听得有人说道："急什么？反正是明年春上的事，咱们还怕赶不及吗？"接着有个中年人答道："不是这般说，快点儿赶到地头，把话说明白了，诸位也好回去上复贝勒，我也算托福销差，没误藩邸的公务。"又有个舌音很硬的哈哈大笑道："只要你说的拿燕、辽、齐、鲁做礼物的话靠得住，尽管放心，贝勒没个不来的，着什么鸟急？乐得路上潇洒潇洒。"又听得那个中年人声音急说道："低声些，防有人听得。"那硬舌者更加大笑道："怕什么？听得了又奈何！咱们本就要来的，谁敢管账？谅这地方也没人敢怎样。"

钱迈听了这番话，大吃一惊。暗想：这准是哪位藩王招来的鞑子官儿。真侥幸他和这位汉奸说的是天朝话，才给我听得了，也算他活该……这藩王除了汉邸高煦，还有谁呢？如今洪熙爷才登基没多久，听说秉性仁慈，不像永乐爷那般刚断，要是高煦子承父业，再依样画葫芦来一个"靖难之师"，这个洪熙爷准得做建文，活现眼！……他们家里闹窝儿，其实和咱们不相干！只是什么靖难不靖难的，闹得百姓太难受

71

了。再加上那藩鞑子伙在里头，什么"燕、辽、齐、鲁做礼物"，这却是我们不能轻易放过的！要让这厮们得志，我们这燕、辽、齐、鲁大好河山，不又成了南京的燕云十六州永沾腥秽吗？……哼！这还了得！这事万不能不管！这不是帮官家压百姓，是我们行侠仗义的当头第一桩事，主意已定，拔步便走。

要知钱迈如何管这桩事，且待下文详叙。

第十二章

听密语莽汉拜哥哥
助良朋英雄请妹妹

话说钱迈听得那鞑子一番言语，心中想定主意，便一撇头，回到自己屋里。茅能见他脸色异样，首先问道："钱二哥，您怎么啦？可是在外头遇着什么吗？"钱迈听得这一问，顿时心中转念：说不得。说出时，茅金刀准得马上干出来。这时宰几个鞑子中什么用？他们随后还不是一般派人来干他们的事。不如且不说出，或许还能多探得点儿信息。想着便随口答道："刚才想着点儿事儿，发了一会子闷，没甚紧要。"茅能便不再问。文义在旁窥着默然不语，只目视黄礼，微露笑容。黄礼推说小便，起身出门，却向钱迈递了个眼色。钱迈会意，向包袱里取了两件衣衫，说是洗衣衫去，随即出房，转过走廊，黄礼正立在院门旁待着。两人一见面，黄礼便问："您有什么心事要瞒着茅金刀？你俩不是顶要好的弟兄吗？文狮子叫俺来问您的。"钱迈笑道："文狮子和您挤眉眨眼地捣鬼，我早瞅见了。我有什么事要瞒茅金刀？不过为他性子暴，一知道了就要干，干出来只有害没有益，也不单是他，还有两位也和他差不多，所以我暂时憋着，自家弟兄，还能瞒着谁，私图好处吗？"黄礼道："不是这个说法，恐防那伙鞑子有什么对咱们不利的风儿。您要知道，就该早点儿知会才好。"钱迈笑道："我又不疯，人家要来干咱们，我也憋着吗？风儿是得着些儿，却是和咱们现在没相干的。"黄礼还要问时，忽然身后闪出一个人，扑到钱迈跟前，咕咚跪下，口中说道："好哥哥，兄弟再也不莽了！再要莽，再要不听哥哥的话，请哥哥重重

73

地揍，只求哥哥别瞒着兄弟，憋死兄弟时，哥哥您也心疼呀！"钱、黄二人急瞧明白时，却是茅能，急得满头是汗，趴在地下不肯起来。钱迈连忙搀他起来道："快起来，这算什么！我准告诉你就是了。"茅能一面立起身来，一面涎着脸哀告钱迈快说。钱迈道："这儿不能说这话。"便拉着茅能和黄礼同向后院空阔处走去。四顾无人，才将方才所闻的事告诉二人，并将方才不肯立即说出的缘故也照实说了。茅能大怒道："那厮们敢要咱们的燕、辽、齐、鲁，我先去揍死他！"钱迈一把拉住，道："何如？不是我要瞒你，你就是气性不好。这时揍了这几个鞑子，他们就不要燕、辽、齐、鲁了吗？咱们要从大处着想，根上防备才行啦，你急什么？"茅能虽是驳不倒这理，却是心中终觉不快。黄礼道："方才飞将军也见那厮们打手势，好像还要谋死那几位大员。文四哥想着于巡按一定是他们放不过的。如今于巡按正放河南，刚附掣朱高煦的肘，那厮们能不谋害他吗？方才我们正商量着，要差人先给于巡按送信去。"钱迈道："说到送信，那可数您最快哪。您就辛苦一趟吧。"黄礼道："这都是应该的事，说不上什么辛苦。走，咱们和文四哥商量去。"

三人回到屋里，文义只作不知道这回事。闲话了一会儿，才觑个空，彼此商酌了一下，便详细修了一封书子，交给黄礼，请黄礼星夜兼程给于谦送去。直到黄礼动身后，施威等才得知晓。仍是钱迈、文义竭力捺住，才得没事。九筹好汉仍然跟着那伙鞑子直向山东路上前进，和那伙鞑子前后不离地走着。

黄礼到了河南境，闻得于巡按方才驻节开封，便径到开封来见于谦。于谦听说黄礼到了，仍以客礼接待。黄礼当面递过文义等所修的书信。于谦看过，道："我也久有所闻，只是没拿得住真凭实据。今上友于情笃，不得真凭实据，冒昧奏上反为不美。如今既是这样，待我请伍兄、吴兄大家来商量个尽善尽美的办法。"说着，便留黄礼在衙，摆酒接风，一面差人去请伍柱、吴春林过衙商议事情。

伍柱先到，和黄礼相见，欢然道故。于谦便告便去治公。伍柱先问破霞明观的情形，黄礼详细说了一遍。伍柱深恨没能够身历其境，懊丧不已。黄礼道："你独力护持于巡按由北京到这里，功劳也就不小了！

谅来您也吃得不少的辛苦吧。"伍柱道："还算仰托众兄弟的洪福，不曾有甚大岔子。只为这本地几年没了的金条案，稍许烦了点儿神。"黄礼听了，陡然触起心事，愕然道："正是，这件案子和俺有些关联，俺正想着难得于巡按恰巧放在河南，俺可以把俺所知道的，设誓做证。如今不知这案子怎样了?"伍柱道："案子已经了结，受冤的人全都昭雪了，不用您再做证了。"

黄礼还待询问详情时，报说："吴舍人来到。"黄礼只得暂且捺住，起身相迎。彼此相见毕，吴春林首问钱迈的信息。黄礼告诉他："钱迈随后就到。"吴春林大喜，道："我久想亲自出塞访钱二哥去，毋奈家君年迈，不能远离，至今耿耿。既是钱二哥已经入塞南下，这真是天假之缘了!"三人倾心叙谈，彼此心志相同，滔滔不绝，越说越是投机。直到于谦差人相请，三人才一同到书房落座。于谦将文义等来书给伍柱、吴春林瞧过，吴春林略一沉吟，向伍柱耳语了两句。只听得伍柱答道："大概不仅钱二哥办得了，就是同来的几位中任凭哪一位也都能办得。"于谦听了回头向吴春林道："您可是想捉住这群鞑子做个活口吗?"吴春林笑着点头道："正是。只是不明白鞑子力量怎样，若是钱二哥准能办得一个不漏才好，这事若漏走了一两个就讨厌了。"于谦笑道："这倒不用担心。这入塞南来的几位，都不弱似钱二哥。"吴春林道："那就好极了，只是如今要迎上去送信，就非得那匹风雷闪电驹不可了。"伍柱道："这倒不在乎，要得个能骑得住风雷闪电驹的人却难，求个和他一般快的人却有。黄兄弟的两腿，就不慢似那四条腿。"吴春林惊道："黄兄竟有这般惊人本领吗?"黄礼笑答道："略能快走罢了。塞外比俺快的还有哪。"吴春林听了，赞叹不已。暗想：于巡按结识得如许奇英，别说一个叛藩朱高煦，就代朝廷扫平四夷遍置郡县也非难事。由此想到所事不差，功业可望，心中异常高兴。

一时，商量已定，决计请黄礼回头迎上前去，关照文义、钱迈等留得活口，以便据这一案，揭破朱高煦卖国谋逆的密案，好请兵讨伐乐安。当时因为事机急迫，黄礼须立时动身回头，于谦便修了回书，将事项叙明，又办好一角空白海捕公文，交黄礼带去，随时照所获人犯填写，以备沿途解犯，度过关津，免致留难。并派伍柱统率标兵随后进发，沿途迎护。事情办妥，黄礼辞了于谦，便出衙登程。

黄礼展开飞毛腿，昼夜不息，分外加紧。也不管路上行人见他诧异，只尽他学得的本领，飞也似迎头向北赶去。约莫已过乐安的路途，便抄路径迎上去。一面沿路打听，有没有如此如此两伙人过去，店家都说"没有。"黄礼才略定心肠，却仍是眼观四处，耳听八方，唯恐一时大意，错过去了。

这一天，走到党家庄，刚落店打尖，忽见门前一阵牲口如飞而过。黄礼眼快，虽是那群牲口腾空似的走着，却已瞥见那牲口上面就是钱迈、文义等一伙同道。便扔下碗筷，奔出店来，尽力赶上，大叫："茅金刀、文狮子快停一停！施铁臂、刘铁枪快站一站！……"柳溥马行在后，听得声唤，急回头瞅见是黄礼自后赶来，十分诧异，连忙招呼钱迈等一齐勒马停住。

黄礼拼命赶上，柳溥惊问："您干吗反落在俺们后头呢？"黄礼道："俺已到过开封了，特迎回来，有要紧的事。方才在那店里打尖，你们冲店过，没瞧见俺，俺只得赶来了。"文义见黄礼急赶回头，知道必有万分紧要的事，且料得必是要在路上赶办的。便翻身下马，和钱迈等一同随黄礼回到党家庄来。黄礼先问："那伙臊鞑子可曾过去？"钱迈答道："还在咱们后头约莫四十里路上赶着呢。"黄礼喜道："还好。俺这趟算没白跑。"说着，便解开包裹，把于谦的回书和空白海捕文书等一齐请出，递给文义等瞧过，并将会见于谦、伍柱、吴春林等话说了。钱迈、茅能、文义听得吴春林跟着于谦不但有了安身立命之处，而且所事的人前途有望，都为他欣喜。

文义待众人都瞧过书信之后，便道："既是要这般办，咱们就事不宜迟，马上就干！"唐冲道："且慢。干不难，干着这伙东西，不让他漏却半个也不难。只是怎样绕过乐安，众位兄长可曾打算明白？"茅能道："这个不用麻烦了。凭我们押着几个鞑子，哪儿冲不过！怕什么乐安？"文义道："绕路是难免的。不过既已绕路，总该不怕再有什么岔子吧！"钱迈摇头道："这事不比寻常，干系太大！终是小心得好。咱

76

们能够有更全备无余的法子，不是更好吗?"柳溥道:"赛李广，您刚才说这话，您心里总有个成算吧? 何妨说出来，咱们大伙儿参详参详呢。"唐冲道:"咱从前习艺时，有个师兄弟姓马名智，绰号水上漂，原是淮西人氏，自幼流落在江湖上。他的老子和叔父都是靖难师兴时，死在朱高煦手里，所以他习艺就为的是要报世仇。艺成后，专和朱高煦作对，曾劫过汉邸采买的马匹，杀过汉邸的密使。如今落草存身，正在这乐安交界的香炉峰上，手下也有三五百人马。朱高煦曾经令总兵王忠皓、指挥黄裳去剿过两次，终不能取胜，因为这一带地方的山路小径，马智最熟，谁也及不来他，你在这一方战，他上那一方去了，你上那一方趱，他又在这一方给你一下，终叫您措手不及，捉摸不定。咱们这趟要能够得他领路，管保万无一失。众位兄长如果说是使得着，咱们就到香炉峰去待着那伙臊种。"文义问道:"甭您先去说明了，咱们再去吗?"唐冲道:"他是个最恨朱高煦的，咱敢保叫他干这个，没个不欣然从命的。"文义问众人意思怎样，钱迈坦然道:"唐兄弟还能说虚话吗，就此去吧，别耽搁时候了。"

　　商议已定，黄礼给了店家二分银子，便拉过牲口来跨上，跟着唐冲，随大众一同到香炉峰来。一路上催马疾进，走了约莫有两个时辰，只见迎面一座宝塔般的山峰，从那层峦叠翠中挺然独拔，冲霄直上，好似许多茂草之中，高标一株独木一般。唐冲在马上扬鞭指着那峰，回头向众好汉道:"那就是水上漂存身的香炉峰。"众好汉瞅着这般形胜，都赞道:"好个所在!"文义赞道:"英雄不得志时，托足在这般地方，也足见清高了!"

　　说话间，已行近山脚，唐冲招呼众好汉，一齐停缰勒辔，约住牲口。众好汉都知江湖规矩，各将牲口拢在一旁，列作两行，让出当中大路。唐冲将缰一带，催马上前，缓缓循路入山。行到山麓，忽见上面山腰石崖相错间，欻地闪出两个人来，一般的青衣白巾并排立着，捧刀拱手，高声问道:"不敢动问众位是哪路好汉远道枉顾? 有甚贵干见教? 还望吩咐，小的好飞报家主，奉迎大驾!"文义等见这荒山里，竟布置得这般条理井然，暗自赞服马智能干。唐冲深恐众好汉错会意思，忙揲马上前一步，就马上欠身拱手，高声答道："相烦通报，就说赛李广唐冲和塞外擎天寨好汉，特来贵山拜望马爷。"那两人高声答道："有屈大驾，略停尊骑，家主马上就当亲自来奉迎。"声才了，只见两人中的一个，欻地转身躯猿猴般匍匐径上。但见他两足换踏着乱石尖儿，蜻蜓掠水似的直蹿上峰头去了。那一个却将身躯一矬，依旧全身隐入崖间。

文义等催马上前来，和唐冲答话，极口称赞这马智有才干，竟能将一座荒山布置得这般严密！唐冲便将马智幼年学艺时的逸事告诉众人，闲谈解闷。约莫一盏茶时，众好汉正谈得高兴，唐冲忽听得有人叫道："五哥！小弟不知五哥和众位前辈驾临，有失奉迎，更劳久候，小弟先此请罪！"唐冲和众好汉一齐回头时，却见马智打身旁石崖隙间闪身出来，扫地一揖。众好汉一面还礼，一面闪眼瞅他，头戴公子巾，身披白缎直裰，乌靴丝带，白面长眉，十分飘逸。

唐冲引马智和众好汉见过，马智便奉请众好汉登峰叙话，并请将牲口交给从人带去喂养。众好汉料是山路崎岖，马不能行，便都交给马智带来的人牵去，马智先告过罪，然后转身带路，向嶙峋山石缝隙里一脚一脚踏去。众好汉前后跟定踏上山峰。一路上步步有人防守，处处有人迎接。文义等暗想：怪不得官兵不能取胜，似这般山势，这般防守，有甚法子可以攻进？

不一时，到了山顶，展眼一望，上面竟是一大方平地，约莫有二十多亩，山腰、山坳，尽是田畴，万绿丛中涌起这一方大地，竟不似在深山峰顶。众好汉都觉这地方异样醒目，马智直让众人到屋中正中一间落座。那屋四面都是乱石堆砌的，坚固平滑，不似寻常房屋。众好汉方才坐定，早有从者送上山泉香茶、山中干果。众好汉喝着，吃着，都觉别有风味。

马智和众好汉谈了一会儿，又和唐冲叙了一番离绪，便请众好汉到里间坐席。众好汉随着马智到后间，见杯盘满布，都是山蔬、野菜、獐脯、麂肉等新奇之品。马智先谦逊一番，让众好汉坐下，然后叫从人："请二爷出来陪客。"

要知二爷是谁，请阅下文便知。

第十三章

谋猷坚定同矢丹忱
慷慨激昂共输赤悃

话说马智命从人请二爷出来陪客，从人应声去了。众好汉都不曾听得唐冲说过这山里有个什么"二爷"，不知是怎样个人。钱迈坐处和唐冲相邻近，便悄悄地问唐冲："这二爷是谁?"唐冲低声答道："大概是什么二寨主之类吧……"钱迈这才知道连唐冲自己也不曾明白，只好和众人一般正襟危坐愣待着。瞅旁人情景，都似抱着个疑团亟待打破。马智却倚案屹立，岿然不动，也不开口。不一时，众好汉忽觉眼前一亮，听得从人报说："二爷到。"顿时几十只眼睛齐朝那屏门一瞧时，但见屏门闪处，银光耀眼，却是袅袅婷婷走出个年少女郎来。浑身上下打扮得雪一般白，迎光小立，耀得人两眼生花。众人忙定睛细瞅时，只见那女郎：头上高高地堆云般绾着个慵妆堕马髻；身上披一件百褶千襉微波般的素绣白绫披风；内衬珠纽银镶素绣挖云白绫袄；下面撒开八幅千浪白罗裙；当胸垂着一串百八晶莹珍珠串；腰间露出半尺多素绣软皱白绸巾；裙下露着一双白绫舞凤鞋；微显六寸圆肤，裹罩着凌波白罗袜，分外光致。这一身莹白，再衬映着那鹅蛋也似的白脸儿、夭桃也似的长眉儿、明星也似的杏眼儿、胆瓶也似的粉鼻儿、玛瑙也似的樱嘴儿、风柳也似的软腰儿、嫩笋也似的纤指儿，更显得丰神淡雅，超尘越凡。众好汉齐吃一惊，心中都诧异着：难道这就是刚才去请的什么"二爷"吗?

马智不待众人开口，先给引见道："这就是舍妹叫'岭头云越嵋'。原籍岭南人氏，生长四川峨眉山下，因此小字'毓峨'。是家师穿云二

79

郎越常的独生女儿，自幼得受家师嫡传，各种暗器——弓、弩、弹、石，没一件不能，也没一着不中。十多岁就仗着三尺强弩，走遍两川，打尽民间不平，蜀山锦水间，没有不知'白翎箭越大姑娘'的。十年前，家师从长白山回来，路过敝处，恰巧舍妹出川寻父，也行到此地，不期而遇，就在敝处小住些时。后来，他父女二人又同到关外漫游了好几年，干过许多仗义行侠的大事。前两年，家师倦游归来，仍偕舍妹同到敝处稍歇征鞍。不料家师因为饱受沙漠风霜，一病不起，遗命就在宝塔山香炉峰巅长埋侠骨。舍妹也就结茅峰巅，守此庐墓。如今虽已大祥，却是舍妹未忍远离，仍屈居在此。那女真蒙古一带的人情风尚、言语文书，以及山川形胜，舍妹都曾亲受家师指点，并且身历其境，积年累月，观微察细，无不周详。说起番话来，番奴鞑子没不急认乡亲的。并且关外王子、番部酋长们，舍妹曾经谒见，受过优礼的也很多。因为刚才知道众位弟兄要干这番保国救民的大功业，小弟特地诚心引见舍妹，聊助众位弟兄一臂之力。我想众位弟兄本领高强，捉几个番奴，真如瓮中擒鳖，算不了一回事，只可惜言文不通，终生许多挂碍，舍妹却正能够在这些处所略尽绵薄。要不然，小弟怎敢藐视众位英雄，斗胆引人相助？这一点微忱，还祈见谅！"

钱迈等听得马智表明越嵋的出身和引见的缘故，都恍然明白他的盛意，便一面和越嵋施礼相见，一面致谢马智的高谊。唐冲得知越嵋是师父穿云二郎的独生女儿，更加欣喜，忙上前去和越嵋细叙世谊。原来越嵋幼壮之时，不曾离过川境，唐冲是越常浪游时收得的学射弟子，不仅不曾和这师妹觌面，竟是两不相知。这时骤然相遇，彼此说明，自较他人另多一番情谊。

当下马智邀请众好汉入席，自己和越嵋在主位相陪。酒过三巡，马智开言道："辱承众位同道绕路下顾，小弟便不敢客气。在众位辱临之前，小弟曾得箭子报说：'有一群塞外番人在南北大路上公然行走。'众位不嫌草莽，屈尊枉降，小弟便妄想众位这番辛苦，八成儿就为的这个。方才小弟闻得敝师弟赛李广说，果然众位同道是为这几个鞑子烦心。小弟不才，斗胆请命，愿效微劳，生擒敬献，聊报众位同道绕路枉顾一番盛意。小弟今夜就偕同舍妹下山，有渎众位大驾，明儿在荒山屈住一天，后天早晨小弟必然能得一点儿结果，上复众位。荒山一切欠周，小弟和舍妹寓家之后有些不到之处，还望原宥！众位要使用什么，尽请吩咐管事人支应，务求不必客气，方显得咱们是肝胆至交。"

钱迈这才明白唐冲先已和他说明来意。见马智这般言语，暗想：他口气恁大，不知可真有把握？这事可不是玩儿的，一击不中，那厮们就到了地头，没法再逮住了。设或姓马的言行不能顾全，岂不误了我们的大事？那时才真没办法哪！还是谨慎得好，宁可自己辛苦些，不要信人过度，闹到全功尽败，没面目见于御史。想着，便向马智道："既是兄长已经鉴察下情，慨允相助，小弟们只有感激的份儿，哪有旁的话敢说呢？只是这事是小弟们奉上命、受重托，分内应该涉险努力去干的事，怎敢偏劳兄长？只求兄长从旁助我们一臂之力，已经是惊动大驾，感铭无量！要再累及兄长和大姑娘辛苦奔驰，沾腥近秽，小弟们却袖手旁观，坐享其成，那还是情理吗？小弟们不才，终不敢独累良友，自图苟安，还望兄长鉴察！"马智听毕，哈哈大笑道："钱二哥谨慎小心，小弟只有五体投地、倾心佩服的份儿，万不敢驳回半句。只是小弟叨蒙江湖上瞧得起，立脚十多年，幸喜还不曾做过弃信食言、诳骗朋友的事，这是小弟自信得过，南北大道上也查问得着的。今日众位要干的这桩事，老实说也就是小弟要干的事。小弟要不曾得着确切明白的报讯，不曾早有通盘老到的筹划，众位来时，小弟自己还不明白底细，怎敢斗胆在众位跟前夸这海口呢？只因众位还没光降之时，小弟因为世仇必报，曾随时选派多人，不断地沿路哨探。那伙番奴才入塞时，小弟就得着报讯了。当时就和舍妹商定个绝计，决不让那厮们得剩半根毫毛还乡。所以众位驾临，敝师弟一提到这事，小弟没让他说完，就拍胸承当，不用各位费心动手，小弟兄妹俩准能尽擒番贼，敬献尊前，不短半个，却是这绝计此时还不能说出，待到事后，众位自然会明白的。这并不是小弟存私守秘，拿众位当外人，有什么要隐瞒处，实在是这时确有不能马上明白说出来的苦衷。如果众位瞧得起，相信小弟兄妹俩这一点儿赤心，小弟就此敬谢赏识，矢效犬马之劳。如果小弟误了事，短拿了半个鞑子，不敢劳众位责罚，自当刎颈，提头来见！"

文义、赵佑等一干人原为是新交的朋友，不能十分放心相托，还想要说同去几个人的话，及至听得马智这般一说，却不便再说什么，只得诚诚恳恳向马智、越嵋恭敬致谢。马智一面和越嵋一同还礼逊谢，一面笑颜说道："这事原是小弟自己的事，众位不下降，小弟也得干的，怎敢劳众位一再致谢？咱们以后别这般客气才好。"唐冲也道："咱这位师兄素来说得到就做得到，若有一丝不稳妥，断不肯决然自任，贻后来之悔的。何况朱高煦本是咱师兄的世仇，自必时时算计着锄奸挫寇的计策。咱敢保咱师兄说的句句都是实话，绝没半字虚言，众位弟兄尽请放心！"

越嵋含笑上前道："众位都是南北驰誉的侠义英雄，大师当前，照理没有我们后生小子说话的道理。不过这几个小番贼，真是绵羊似的，太不算一回事了。众位辛苦南来，自然是另有关乎百姓苦乐的重任，这一点儿小事儿哪值得金刚扫地——劳动大神呢？所以我说这事是该咱兄妹俩效劳的，用不着烦动众位大师。要是众位以为咱兄妹年轻识浅、不懂事，够不上干这个，咱兄妹俩也得向众位跟前讨个教训，让咱兄妹俩试这么一趟。要是果真不行时，再负荆请罪，敬求责罚。可是咱兄妹俩虽是初生犊儿不怕虎，不识轻重，却是对这回事敢大胆放肆一句：就让……才力不济，干不好，终不能让这事闹僵闹坏，总得仍旧保得这事儿在，再误不了，才勉强对得起众位大师屈驾辱临荒山的一番盛意。还求众位把这小差事赏个脸，给咱兄妹俩干去。可是事儿虽小，到了咱俩后生小子手里，就得当件事儿做去才成。所以咱兄妹俩马上就得动身，一来要请众位大师原谅咱兄妹俩失陪之罪，二来求众位大师别笑咱小事儿大慌忙。咱俩小的自然不能比前辈沉着哪！"说着嫣然一笑，忽又回头向马智道，"二哥，咱走吧！"

文义连忙起身道："马二哥和越大姑娘这一番隆情盛意，俺们弟兄感佩万分！只是承蒙两位不弃，咱们称得起结同道，够得着交朋友。那么，咱们彼此都是上承师训、下尽微忱、浪迹江湖、行侠仗义的汉子，本是同人，哪有先后？以后咱们大家明心见性，结个生死至交，千万抛却一切俗套，如马二哥刚才说的‘咱们以后别这般客气’才好。如果两位能够体察俺弟兄们这一点儿微忧，就此做个手足肝胆之交；如果两位再存客气，就是拿俺弟兄们当外人，俺弟兄们也就不敢不识趣，妄自高攀。”越嵋抢先接言道：“好！咱俩是恭敬不如从命。且待咱俩去拿几只膻羊、骚猪来，当作拜见十位哥哥的赍敬。”马智也道：“既承抬爱，敢不遵命！小弟理应代兄长之劳，容俟报命之后，小弟再给十位兄长磕头，也显得小弟一点儿诚心敬意。”钱迈道：“好，准这般办。我们没个信不过的，偏劳两位，我们就在宝山敬待好音，预祝‘马到成功’。”唐冲拍手笑道：“马爷出马，自然是‘马到成功’的。”众人听了，都大笑起来。

这时，筵席将残，马智先告便入内。越嵋陪着众好汉，闲谈相待。不多时，马智出来，浑身已经换过：头上扎着天宝蓝素绸包巾；身穿蓝绸叠绣密纽紧身袄、蓝绢甩裆扎腿裤；腰束天蓝大汗巾，披着蓝花百宝囊、蔚蓝暗器袋；腿裹翠蓝绸裹腿；足踏蓝缎虎头软靴；披一件蓝缎盘云一口钟；背上斜插着蓝丝双穗景泰蓝镂花叠翠长鞘双股剑。众好汉见他这般打扮，越显得英姿飒爽，光华照人，都暗自赞叹他好一表人才！

越嵋立起身来，轻扬粉臂，向钱迈等招呼道：“暂时失陪了！”言毕，一扭细腰，向壁间取下一对玉柄银钩弯月峨眉刺，向怀中一抱，微弯粉颈，向众好汉略一低头，轻道一声：“妹子去了！”但见筵前白光突起，掠眼飞过，越嵋已不在屋里了。马智便也向众好汉抱拳拱手，道声：“小弟暂且告便，列位兄长请宽坐些时！”语毕，回头向外，叫声：“小妹慢走，我来了！”声住处，屋里宝光晃动，马智早已飘跃出去了！

众好汉连忙抢到天井中来，只见马智、越嵋立在檐口，向众好汉拱手示意。一同掣身回旋，欻地掠空蹿起，但见一道蓝色宝光、一道白色珠影相并着，长虹舞空般直射东南，顷刻不见。钱迈点头赞叹道：“何地无才，只恨我们所见不广！”文义道：“瞅过两位这般本领，咱们伙里胜得过的还不多哪！怪不得水上漂一口咬定，独力承当，有两个这般本领的好汉，自然敢夸海口了。”刘勃道：“俺在这南北路上也算得耳目长的了。素常只听得说宝塔山香炉峰水上漂的手段辣，却不知道他有这般惊人的本领，足见江湖上埋没了不少的英雄！"说着话，仍回到屋里坐着，闲谈叙话。谈到越嵋，众人都问唐冲："怎么自己的师妹竟会全不知道？"唐冲道："咱师父穿云二郎从来不曾提说有个女儿。就是水上漂，恐怕也是师妹寻来时才知道哪，却是咱曾经听得师父说过，师母祁氏原是忠州大户秦家的外孙女儿，自幼习得一条凤啄枪、一对峨眉刺，也善打诸般暗器。方才咱见越师妹使的是峨眉刺，便想着咱师父长年不回家，这位师妹的本领八成儿是得自母教。"

茅能道："瞅那伙臊鞑子不见得有甚本领，咱们硬干也得把他全干下来。如今无故跑到这儿来请人帮忙，这忙倒全叫人家帮去了，放着咱们全做呆子自待着，这不是大笑话吗？"柳溥笑道："不用您动手就能把事干好哪，还不好吗？"茅能摇头道："我不稀罕，还是自己干得爽利痛快。"钱迈道："旁的都不说，咱们今天得交善这般俩朋友，却真是一件大痛快事！"施威叫道："着呀！要不为爱这俩朋友，诚心拉个交情，任怎么俺也不能让他俩露这个脸。咱们大伙儿全做呆子，不就为的交朋友吗？俺施威堵嘴不言语，也就为的这个。"黄礼、赵佑齐说："对呀！干这件事不难，得这俩好汉才难哪！"茅能点头道："照这般说起来，再要我让两件事给他俩干，我也千肯万肯。"说得众人都笑了。

究竟马智、越嵋是否能够言行相符，且待下文再叙。

第十四章

倩影英姿霜锋雪刃
银辉宝彩电弹雷丸

话说离乐安州城约莫八十里远近处，有个小集镇。那一天，正逢着庙会大赶集的日子，集镇上十分热闹，各方赶集的都到镇上趁期做买卖。人头攒动，车担拥挤，闹得一片声喧。那镇街头外，有一方大打麦场，当阳一面搭着个棚台，台上正在唱戏酬神，锣鼓惊天，万头攒簇，比街上的人更多。原来这天恰逢着这镇集每年一度的大庙会，远近农工百姓都赶来大乐这么一天。所以，这庙会虽是多为的酬神，实在就是乡民百姓整年辛苦自求慰藉，结群合伙，最放荡快乐的日期。

演戏正演到热闹处，已是下午酉牌将尽。忽然有十数骑过路客商飞马而来。骤见戏场里闹哄哄，便也立马据鞍观看。不多时，人潮挤动处，打人丛里推排出两个年少汉子和一个俏丽娘儿们来，正打那十数骑马前头踉跄过去。那小娘儿哎哟叫了一声，接着柔声嚷道："踹坏啦！瘟牲口！"两汉子忙上前急问道："怎么啦，怎么啦？"小娘儿佯嗔薄怒，鼓着两小腮儿扭腰，抬臂向那十数骑中打头一骑指着，娇滴滴地哼声说道："喏！就那瘟牲口踹着我啦！"说着，又向那骑马的斜瞪一眼，似怒，似恨，如怨，如嗔，说不尽万种风姿，千般娇态。那骑在马上的汉子被她这一眼瞪得顿时周身不是劲儿，筋节、骨头都又酸又酥，说不出的难受，却又苦于说不出口，只得忘魂失神般死盯着，闭口无言。

那小娘儿扭着走着，一摆一捏，卖尽风流，袅袅婷婷，向镇头一家车店里冉冉步入。那骑马的向身旁并辔立着的瘦汉子附耳咕哝了几句。

瘦汉子微微一笑，点了点头，便招呼一行人都到镇头那家车店落店投宿。店家伙计连忙招接，爷长爷短，直迎进去。牲口上槽，人客洗盥，诸般承应，无不分外地殷勤周到。

众人饭后，那瘦汉子唤个伙计进屋里来，伙计躬身请问，才知这客人姓成，是塞外经商回来的客商。忙问："客官有甚贵干吩咐？"成客人笑着说道："我问你，这儿可有好窑姐儿？"伙计笑答道："有的，有的！这儿地方是小，说到玩乐，却不让大地方哪。"成客人道："我问你，你们这后头住的那一家子可是干这个的？他家有个穿鸭蛋青绸衫儿的，可是个门户姐儿？你能不能给我们招呼她来玩儿？"伙计听了，陡然透着沉吟。成客人又催问一遍。伙计才答道："那是一家私门子，不明做，不出来的。你老要是赏识她时，得屈驾到她家里去才成。她那屋子里一共有二十来个，全是一般儿头齐脚齐年轻俊俏的小娘儿，还带着都是一般儿打扮。到了那屋子里，真果赛过闯进了蝴蝶窠儿，说也说不尽许多的香甜闹热。"说着话，那旁坐的客人已向成客人对打了许多手势。成客人便急问伙计："你只说你能领我们进去吗？咱们伴儿多日长途闷透了，大伙儿都想散散心。"伙计答道："小的先去说明白，马上就来请爷们大驾。"成客人大喜，立时赏了伙计一两银子。伙计欢喜无限地千恩万谢，急急告退奔去。

不多时，这伙客人已如热锅里的蚂蚁一般，坐立不定，好似已经等待了十天半月似的，好不耐烦。有的急得踱来踱去，盘旋不定；有的急得抓耳挠腮，蹬脚打掌。好容易盼得那个店伙计急急走来道："说妥了。喜得时候还早，爱玩儿的人都还在外面耍着，没到他家去。各位客官去时，正占着个先着儿。"成客人等大喜，连忙各带了些银两和暗器，其余的东西都来不及拾掇，便一齐出房，锁上房门，随定伙计，径赴后院，向店后走去，连转了几个弯，迎面一堵粉墙，嵌着两扇黑漆门儿。伙计上前，向门上兽环轻轻地连叩三下。呀的门儿开处，随见先时在戏场上遇见的小娘儿轻移莲步，缓迎出来。众客人大喜欲狂。伙计忙向成客人道："这只是个大丫鬟，还不是正主儿哪。"成客人点了点头，忙向众客人打手势，众人才耐住没乱动。成客人等进门，转过一个小院落，便到了一间大厅堂里，四壁花纸裱糊，摆设精致，地方宽敞，十分堂皇。伙计引成客人等到厅内炕上坐下，躬身说道："你老请坐，小的去招呼她们出来。"成客人点头答应。伙计便和小娘儿一同含笑哈腰儿告辞出外。成客人等怡然自得，观赏这厅内的陈设消闲解闷。

俗话说得好："厌人易丑，待人易久。"成客人等虽待得没多一会儿，心里好似已经待过一两天一般，满心发烦，便立起身来，背着手在大厅里踱来踱去，踏着方砖闲走着解闷。刚踱了两三转，步近门前，忽见先时那小娘儿的倩影当门一闪，惊鸿般翩然瞥过。成客人心中陡然一震，众客人也都一齐转眼朝外，好似急待起身迎接。不料这一刹那间，嘣的一声巨响，成客人忽觉眼前漆黑，急忙凝神一瞅，迎面两扇大厅门已经阖闭得毫无罅隙了。

厅中众人一齐大震，顿时纷乱起来。成客人忙摇手叫道："别乱！"忙又扬手向那厅后两旁两扇小门一指，道："朝这走，我进屋时就瞧好这条出路了。"众人立即分向两旁小门扑去。嘣嘣……嘣……一阵乱响，接着一阵怪叫。成客人大惊，急过去瞧时，原来那两扇小门外面糊着花纸瞧不出，不道里面门儿竟是铁的。忙领众人再奔四面窗户时，窗棂方槅儿，外面髹漆，骨子里也是纯钢打造成二寸见方的楞槅儿，深嵌壁内，再别想摇撼得动。成客人大急，顿时成了没头苍蝇、热锅蚂蚁，走投无路。急不暇计，领着众番人直向墙壁猛力扑冲，想要破壁逃走。哪知他们才齐呐一声大喊，并力尽劲，冲近墙前时，转而同声叫起冲天苦来。原来那墙壁，瞅去是精裱光致，似乎是很光泽的木板镶嵌成的，谁知触着处，其硬如钢。有几处被手触落裱纸，竟显出镜一般光的大白石来。成客人等真如陷在铜墙铁壁之中，大家都失了主意。分散开来，鱼入沸锅似的四下乱蹿，叫嚣跳踉；全似发了狂癫一般，成客人也没法管领。不多一会儿，大伙里竟有扬声痛哭起来的。成客人忙叫："别气馁呀！大伙儿得定着心想主意才对呀！再要哭乱了心思，可就真的糟到底了！"声未了，猛从头顶上震起吧嗒一声巨响，惊得那许多正在乱闯胡碰的大伙人，齐都住脚呆立，瞪目注视。陡见一片白光耀人眼花。原来这吧嗒一声里，正是当顶陡然掀开一块铁板，露出一个方窟窿，同时，从那窟窿里跳下一个人来，顶上的铁板立刻又盖得吻合如故。那跳下来的人一转身时，成客人等陡然认清正是方才销魂荡魄、刻意想着的那个小娘儿。那小娘儿已不是先时那般打扮了，头上使黄绸裹个紧圆，身上是黄衫束个密细，底下甩裆扎腿黄绫裤；腰间系着一条黄罗阔汗巾儿，巾头掩裆坠着大把黄丝长穗飘在当面；右肩头露着大把黄丝绦和鱼皮剑把；脚下五寸多些一双凤头黄缎鞋儿，着地端正，凤尖微翘。两手撑腰，分抱着一对金针黄杆短狼牙棒，长眉儿插鬓高挑，粉腮上梨窝微显，凝眸浅笑，矗立不动，俨如一座金装龙女。这大伙乱糟虫，见了这心上意中人，竟连身在死地眼前就有百般凶险都忘个干净，死乞白赖，呆着愣着。那小娘儿嫣然一笑，道："承你们瞧得起，自己寻到这儿来，咱正预备着好生活给你们消受。你们为什么这样不客气，把咱的客屋闹成这样呢？这是你们不识抬举，先捣咱窝子，可别怨咱给你们眼前现报！咱这棒下揍死的也不少了，可是没一个不知姓名的。你们谁先上前送死，快些报上名来，咱好差人给你家里报凶信去！"

成客人又惊又怒，又带着些寒怯，却又不得不麻着胆，当众番人跟前充个硬汉。只得挺脖子大叫道："你爷是汉王府头等指挥成龙！你这臭婆娘敢把你爷怎样？你是哪里来的野货，快报姓名，你爷拿住你时，好提名解案！"那小娘儿陡然眉梢儿一扬，小脸儿一绷，厉声大喝道："逆狗！叫你认得咱出水莲钮雪。"声未了，双棒齐扬。成龙连忙闪身后退一步，急急摇手道："且慢！咱们素来没仇没怨，何必无缘无故拼命作对呢？不如讲和了吧。我实告诉你，我是汉王身旁第一个红人，你不如开了这门，我带你一同到乐安去。咱们王爷最爱的是有胆勇、会武艺的人儿，不论男女投了去，没有不富贵如意的。再加上你是同我去的，又比旁人亲上好几倍，管保你十分荣耀，无边福禄，岂不比干这营生强吗？你瞧这是你红运当道，才巧遇着咱这机缘哪。来，来，来！快别错过了，反落个将来后悔。"钮雪听了，勃然大怒，厉声痛骂道："癫狗！你家姑娘干的营生就是专宰癫狗！不揪下你的狗脑袋来，你也不认识姑娘是你家的活祖宗爷。你那狗主朱高煦迟早得死在你姑娘手里的！你既是那狗主胯下的小走狗，姑娘就先拾掇了你，只当给那狗主朱高煦忤逆贼一点儿音信儿!"骂声高处,唰的一狼牙棒,猛向成龙左肩头泰山般盖压下来。吓得成龙心头乱颤,血脉胀跳,再也强憋不住,脱口惨呼一声"妈呀!"急弯两臂,紧紧箍抱着脑袋,舍命向右侧一闯。那棒来势极其猛烈,一时收刹不住。成龙侥幸逃脱时,眨眼间,棒已打在成龙先时靠身的一张栗木大方桌上。吧喳一响,桌面儿顿时粉碎。成龙冷眼瞅着,吓得筋酥骨软,暗想:这一下,要真果着在我身上,至少得把我弄成个甬剁斩的碎肉饼儿!啊哟!越想越怕,越怕越急,心不做主,只觉胆寒、肉跳、毛戴、发竖,哪里还敢迎上前去抵敌?只得捉空儿滑腿一溜,溜到远处壁角里,闪躲着身躯,急急匆匆,摸取身上暗藏的兵刃,一面急忙向那伙同来的番人连打手势,要他们齐扑上去,来个群狼攒羊,以多压寡,大家合力揍翻那小娘儿,好夺路逃命。

那伙番人中有两个壮汉,一个叫乌纳吉布,一个叫额勒赫森,都是塞外番部很有名的头等武师。当下见成龙催他们上前,便各自掣出缠腰番刀,朝后一甩,率领着十四个番汉和那小番酋,一拥上前。十七个人恍如蜂阵蚁队般,眨眼间,全攒聚在钮雪身前和左右两旁。但见番刀乱舞,怪声喧杂。

钮雪不慌不忙,两条粉臂轻轻一分,将两条狼牙棒上下横在胸前。待众番人攻近前时,豁地展开架势,但见空中黄光纵横,金气闪烁,好似有几十条胳膊纷纷晃动,格架得许多番刀铿锵锐锐各向后崩。众番人大惊,呐一声喊,三面齐攒,乱刃同下,想使钮雪无从闪架。钮雪见了,大叫一声:"来得好!"欻地耸身朝上一蹦,脱空飞跃。好似签筒里抽签一般,从那人堆中,刀丛里直抽出来,朝上一冲,凭空由众番人头顶上飘跳过去,反落向厅中空处,双脚点地,屹然立住。

额勒赫森大怒,首先转身抢刀赶杀过来。钮雪见他来势凶猛异常,便打定主意,直待他扑近跟前时,才霍地抱棒闪身急让,就势向腰囊中掏得一支三棱小金镖,就旋身的势子,撒手放出。额勒赫森是尽力舍命猛扑,绝没顾及暗器,毫未提防,万不料钮雪有这般矫捷的身手,一时使猛了劲,骤然收刹不住,被钮雪闪地一让,顿时全身落空,冲扑过头,整个儿冲向钮雪身旁跌过,扑落了空,双脚失势,身躯失据,朝前

89

一栽，几乎头脸贴地，背脊朝天。钮雪见了微微一笑，喝道："躺下，趴下！趴下！趴下！"说也奇怪，额勒赫森果然倒地，原来是冲栽俯身时，背上正中了钮雪那支金镖。钮雪吼一声，扬起左手中棒，照定额勒赫森当顶便打。

忽听得有人高叫一声："留活口，别忘了！"同时，狼牙棒已被架住。钮雪连忙转头急瞅时，却是岭头云白翎箭越大姑娘越嵋，方从屋角暗洞中掀板跳下，飞身落地，屹然挺立。右手里平仗着一口镂螭镌虎、雀舌龙鳞剑，将狼牙棒轻轻托住；左手已将额勒赫森掀提在手上。钮雪便忙腾出右手抓住额勒赫森，一面掏取百宝囊中预备的绳索，笑向越嵋道："知道了，准留活口。二爷您快拿贼吧，这小子交给咱得啦。"说着话，手起处，打落额勒赫森手中刀，将双狼牙棒插向腰带间，按倒额勒赫森，横七竖八缚粽子也似的紧紧缠捆。额勒赫森咬牙瞑目，一任钮雪捆绑停当，提起来，扔在墙角窝里。

越嵋当钮雪踏捆额勒赫森时，便松了手，将额勒赫森交给钮雪。转面横剑毅然当敌，使众番人不敢过来救劫。哪知乌纳吉布死心眼儿，不知死活，竟抢起番刀，大声嚷着番话道："伙伴们哪！别让咱头儿受辱呀！……拼命宰了蛮子，洗耻报仇呀！……"一个劲儿直叫。众番人齐和一声，各个睁眼扬刀围扑过来，越嵋也使番话喝道："孩子们别瞎争乱抢，待你家格格给你们挨个儿赏揍赐死！"乌纳吉布听得这圆熟如流的番话，大吃一惊，心神为之震愕，脚下不觉得略滞了一滞。越嵋瞅得他这破绽，忙迈前一步，呼地一纵身躯，急用了个大旋风带扫堂腿。但见她手中剑光跟着她身子旋开，欻地甩成个大白光圈儿。乌纳吉布腿肚和膝盖上，好似猛然被铁棍横扫着一般，顿时筋断骨折仰身倒地。钮雪刚捆好额勒赫森，一抬头，见乌纳吉布又躺下了来，哈哈一笑，连忙跳过来，依样画葫芦踏住乌纳吉布的脊梁，掏绳就捆。

这时，众番人已经四面裹住越嵋，乱刀纷剁。越嵋舞开剑来，左右腾挪，前后劈剁，撒开一团白云似的，裹住自己全身，好似有千千万万的剑，摩空盘旋，上下飞舞，四面敌挡得风雨不透，任谁的刀砍下去时，总是磕碰在剑上，别想沾得着越嵋半点儿皮肉。众番人都暗自吃惊：一个年轻女郎竟有这般本领，看来中原人不是容易制伏的！咱们要夺取明朝天下，还得好好地整练才行哪！成龙见这一黄、一白两个女娘这般厉害，料来绝不能以力取胜，便掣身闪向花儿后面，将单刀夹在左肋下，腾出右手来向腰里掏摸得镖囊，抽得三支药炼纯钢三棱燕尾毒镖，夹持在掌心指缝间。忙抬头一瞧，只见越嵋越杀越勇，越斗越紧，众番人渐渐手足失措，层次紊乱，人人后退，个个倒缩。再瞅那边墙根下，钮雪已经把俩番武师给捆缚停当，扔在壁角落里，正抬身提着狼牙棒，待要奔过这边来助战。成龙一想：不好！这一个白衣小娘儿就够搁不住的了，怎禁得再添上那一个黄衣小娘儿咧？况且这伙人是我请来的，如今我不上前去救他们，还有谁来解这大厄呀！想到这里，愤然决志，一扬胳膊，哧、哧、哧！接连放出三支联珠毒镖，直冲着越嵋上中下三路飞射，越嵋正背对这面，一心只拨砍当前众敌，满没关心到后头会有人下毒手、放暗器。

那三支毒药镖梭也似箭一般，摩空飞射，忽然间当啷铿锵接连三响，只见三团碗口大的蓝光劈空飞下来，直把那三支毒镖裹压得半途隳地。成龙见了大吃一惊，才待再掏毒镖时，猝然又见一团盆儿大小的夺眼宝光，夹裹着杯儿大小的蓝色圆珠儿闪电流星般破空疾驶，当胸打到。吓得成龙魂摇魄坠，意乱心慌，万分急迫中，断不容他思量闪躲，只得不顾一切，舍命仰身朝后跌倒，想从死里求生，让过这珠儿，再翻跟头竖将起来。不料那蓝珠儿迅捷无比，成龙身才仰动，珠儿已经逼近，卜突一声，正打在成龙肚脐上。接着"啊哟！""咕咚！"声响处，成龙就此栽倒，躺在地下。钮雪见了大喜，连忙带蹦带跑扑过来，一把捺住，掏出绳索来，向成龙乱绕乱绑。

这时，屋角间，已欻地掀开一块长圆形白纸裱糊着的铁板，顿时豁露出个圆洞。那三道蓝光和宝光蓝珠儿全是从那个圆洞里飞出来的。成龙刚倒下，钮雪奔过来绑人时，圆洞里陡然又闯出一个浑身蓝缎衣裤、武士装束的白脸壮汉，飞身离了圆洞，飘然落地，向钮雪笑说道："三妹，辛苦了！"钮雪一面绑缚成龙，一面昂头瞧去，认得是马智，便咧着嘴笑答道："二哥，您才真辛苦啦！咱今儿不过当了一趟衙门差头儿，缚了几个小贼罢咧！哪说得上辛苦呀！"马智见钮雪狠命地使绳索绕来绕去，连接带扣，尽缚个不住，笑道："跑不了，甭下那么大劲。"钮雪笑答道："咱不是说今儿当了衙门差头儿吗？不捆结实些，哪够称作差头呢？"马智反手向那边一指道："瞧，还有要捆的哪。"说着便伸手拔出腰间掖着的一对镂金点翠龙爪虎牙抓，一扭腰身，突向那边人多处，犹如猛虎入羊群一般，帮助越嵋，奋勇扑杀。

要知番人能不能全数生擒，请接阅下文，便得分晓。

第十五章

擒外寇谈笑话成功
告同仁轩昂陈往事

话说那伙番人都是鞑子中的尖儿，挑选得来的。虽然举止不及马智等灵敏活泼，却是气力特大，不易制服。再加上马智等都要生擒，不肯杀死一个，因此斗了半个时辰，还不曾揉翻一个。越嵋、钮雪二人大急，忙向马智使个眼色，虚斗几合，便渐渐朝后退走。那小番酋以为三人真是力乏了，便狂叫一声，督率十四个番人奋勇跟杀。越嵋一面挥动峨眉刺，迎架抵敌，一面把暗器端正好了，便掣身使了个大旋风，蓦地一转。番人当她想逃走，连忙三面围上。越嵋暗喜，就这一刹那间，随着身躯旋转的风势，将右胳膊一抬，甩了个圆圈，呼！呼！呼！放出一圈袖箭，撒豆般四散射出，顿时射倒了五个番人。马智、钮雪当越嵋后退时，便已端正好，待袖箭射出，便低头俯身，从番人圈子的后面围抄上前，肘触脚踢，膀碰腿扫，一连打倒八个番人。越嵋便照定那小番酋欻地放出一柄峨眉刺，同时腰矬横腿一扫，将对面那个番人两腿扫得悬空落地，仰身栽倒。

马智等将倒地的人众连踏带捺，先捆了没中暗器的，那已受箭伤的，自然跳动不得。一齐缚好时，点一点数，连同成龙和额勒赫森、乌纳吉布，一并算上共得十八人，一个也不曾走脱，只是有一半受伤的。马智便掏出伤药来，给他们分别拔箭敷药。越嵋命钮雪扭开窗台底下的钥孔，开了厅门，唤那在外面伺候防守着的三十个壮丁进来，把成龙和许多番人都扛抬到最后一进密室里去。一面命人打扫厅内碰碎的家伙，重行摆设，马智、越嵋、钮雪三人亲自分头把厅顶出进的暗道一一照旧裱糊严密，外面瞅去，仍然光致致毫无痕迹。三人方才就座，从人送上茶点，啜着谈着，稍事歇息。马智笑道："两年前，二妹子劝我做这屋子，想不到今天得着大用！"越嵋笑答道："要不是早做好这屋子，您能对擎天寨的好汉夸那么大的海口吗？"马智微哂道："好，这趟总算妹子您给我露脸哪。"钮雪戄言道："咱就不明白您两位怎么能算定这群傻子准上这钩儿？要是这群傻子竟不上当，不进这屋子来，又怎么办呢？"越嵋答道："也跑不了，这镇集上，就咱们这一家车店，不怕那厮们不闯进圈套来。就算他鬼灵精，不上这一套，那店里也有这么几条暗路、铁门。那厮们歇脚那一间，就安排着天道地道的。不过在那儿干，恐防惊动旁的投宿客人，传出去不当稳便，不如这里紧密罢了。就为这一宗，不能不委屈妹子您一趟，回头再办酒给您赔罪道乏吧。"钮雪笑道："这倒不打紧。咱又不是真果和那厮怎样怎样，反正不过逗呆子玩儿似的，有甚紧要！不过，咱还有一桩事不明白，你俩商商量量，用尽心机，花许多钱造这么几处屋子，咱先还当是要开黑店，后来一直不曾见用过。难道你俩竟是什么未卜先知的神仙，早两年就能知道今日有这么一件事要干的吗？"越嵋大笑道："您别发傻吧！世上难道真有什么腾云驾雾、呼风唤雨、口里吐剑的'剑仙'吗？咱俩原先也不过想对付几个官探、奸细，这般给干了时，人不知，鬼不觉。免得弄得彰明较著，给人抓住真信，多惹麻烦。谁能料得几年后的事哪？自从这屋子造成功后，虽曾使用过几趟，不过是弄掉几个小走狗，事儿小，您不曾知道罢了。"

钮雪听了，恍然如有所悟，点头说道："怨不得外面纷纷传说'香炉峰亚赛阎罗殿，揍了人连尸都没有'。咱听得时，还暗想着咱就是香炉峰的人，哪有这回事？足见谣言是靠不住的！不道你俩连咱也蒙在鼓里哪。"马智正色道："三妹，提到这事，我揭开来说吧，免得好好的手足间忽然生芥蒂。两年前，咱俩和您三妹在山前相遇时，承您不弃，披诚投托，大家结个生死伙伴，什么话也不曾瞒着，咱俩很佩服您的。不过咱俩和朱高煦是个不共戴天的仇家，白莲教是朱高煦造成的亲信死党，您三妹因为教里败事逃走出来，照白莲教的规矩是至死不变的。咱俩不能不想到您是暂图托足的，终不能背弃教规。后来您虽然设誓将'钮洁华'三字原名毁弃，另立'雪'字大名，二妹赠称'出水莲'绰号，明示雪耻出污，咱俩才没把造这屋子的事瞒您。却始终想您有一天，真能有一件事可以是真表明醒悟过来，真仇视妖教和奸王时，再结为剖腹刎颈之交，共图护国保民之业。直到前月，您在岭下遇着那个什么女教徒黄菊华，她半夜在车店里逼您归教，您抵死不肯。后来，那厮说是您不去，就有教里的巡察都总来逼取您去听审，您不为所动，我俩已经很钦佩您了。前几天，黄菊华领着他们的都总万里红来到店里，要您暗中袭取香炉峰，许您做头等都总，还另给白银五千两。您竟能不待商量，独断独行，手刃那男女俩教匪。我俩就五体投地地佩服三妹您真能自拔，不愧称为'出水莲！'所以以后一切事和盘托出，相视如骨肉。我俩原想乘个机会，和您揭穿这番曲折，表明心迹，并且请您格外原谅我俩以前的苦心，恕我俩过虑多疑之罪。今日恰是个不容易得着的机会，咱们就把这话掀开吧。三妹您可得恕我俩报仇心切，不是瞧不起您！"钮雪恍然大悟道："哦！原来有这些曲折，咱几年来都在梦里哪！喜得咱赤胆忠心，确实醒悟，毫没虚假。要不然时，这脑袋瓜子不早就扔了吗？会那妖妇和咱宰那俩狗男女的事，你俩也知道，咱真佩服您耳目长！"越嵋道："这是您大意了，您在那店里干的事咱俩会不知道吗？如今好了，您有了这两件事，擎天寨众好汉以至武当、五台诸位大师，断没不欣然引您为同道的！恭贺您从此还归光明正大！咱们只准备结合天下英雄诛逆斩妖，建功立业，成全咱们义侠功行了！三妹，您去换衣衫去。咱们同回峰头去，我引您见见擎天寨的好汉，将来也好共事。"钮雪大喜，连忙起身回店去，急急换了衣服，备了马匹，仍到这屋里来。

马智、越嵋待钮雪来到，便命从人开饭，上下诸人都痛饮饱餐一顿。已近黄昏时候了，便命从人扛抬着那十八名俘虏，尽装入预备的大簸箩里，每人嘴里给衔上一个枚子，把箩盖锁住，装扎在驮运牲口上，每两名壮丁押解一头牲口，驮载俘虏一名，径回宝塔山香炉峰来。

沿途由巡哨的通报到山上。马智、越嵋、钮雪三人前后压队，急急赶到山麓时，唐冲、钱迈、文义、赵佑、茅能、刘勃、施威、黄礼、柳溥、韩欣等十人一齐迎下山来。两方相逢，欢然晤见。钱迈等逐口称赞，佩服不已。马智、越嵋极力逊谢。当下，先命从人押解俘虏到山脚卸驮，扛上山去。马智、越嵋、钮雪三人和十筹好汉并辔同行。越嵋在马上给钮雪引见，十筹好汉原都是攻打霞明观的大将，乍见钮雪时，都觉有些眼熟，只施威眼目厉害，早认得是霞明观守殿女教头钮洁华，却因为这时是和马智、越嵋同行前来的，不便骤然动问。及至越嵋坦然直道，将钮雪的出处、来历表明，众好汉都觉得许多被迷的教徒中，居然有这个能够毅然振拔的大英雄，真是人中龙凤，不愧称为"出水莲！"大家称赞不已。钮雪也暗自得意，觉得十分光彩。更想道：若不早定主意，决然归正，哪得洁身清名？从此自矢自励，誓必要建一番惊人功业，使旁人知道咱不是凡人，入妖教只不过是一时志锐心急，略受迷蒙，终究是豪侠女郎，能酬素志，得创个英雄字号，压倒男儿！

　　众好汉一同上了香炉峰，到堂中落座，早有头目将筵席摆开，依次入席。钱迈、文义首先向马智、越嵋、钮雪三人道乏。马智等逊谢不遑，彼此共贺了一杯，便随意饮啖，不拘形迹。席间，马智将擒获十八人的情形首尾详说一遍。钱迈才知他是已定之策，不过钱迈等来得适逢其会罢了。当番人入关时，香炉峰就得着箭子飞报，马智便和越嵋商量，要阻止这伙鞑子，不许他们到乐安，免得朱高煦勾番计成，断送中原疆土。便商量得一计，即召山下守店的"三爷"，即是"出水莲"钮雪上山来，将密计授予，故意乘机勾引那伙番人入彀。这也是越嵋深知番人淫乱好色，一见美貌女娘，便忘了险难，忘了一切，拼命闯寻，不得就死，不死不止。有这种劣性，拿这法去网他，断没个不中的。恰巧正近庙会时，箭子报说番人将到，越嵋便劝钮雪舍身为国一露色相，引那伙番人入密室里。钮雪慨然应允，并嘱咐那设作耳目的车店，务必留住这伙客，别让他家接去。这般预备好，才待动手，钱迈等恰巧来到。所以马智、越嵋能够绝不迟疑顾忌，毅然决然拍胸承当就是这个缘故。至于马智事前不肯说出，却是碍着钮雪，恐有对面生人说出这般设策时，钮雪须无光彩，所以必待功成事竣，使众人叹服她勇于为国的苦心，浑忘却勾引行为的不当。当下席间前后说明，擎天众好汉都深佩计策周密，行为勇敢。彼此不约而同地想着：必须拉拢这三个能作能为的好汉共图大业。

欢筵散后，众人散坐。马智道："这伙鞑子进关来，为的是沟通逆藩，觊觎我疆土，那是甭问的了。倒是他们沟通的奸计咱们还不曾明白。我想：辛苦二妹子权充舌人，咱们来审问一番，录下供来，也好明白逆番的叛迹和番人的毒谋，就是众位兄长押解这伙逆贼到开封时，有了这纸供单也省许多事。更不怕那厮们万一乘机串通，翻供狡辩。不知众位兄长意下如何？"茅能、施威首先拍掌嚷道："着，着！咱正想着要这么办！"文义答道："这是最稳妥、最停当的办法，再好没有！只是辛苦越二爷了！"越嵋笑答道："都是自家分内事，理当效劳，文四爷干吗这般客气！"马智便叫从人："快去拾掇里面方厅，传内卫们戎装站班，带齐刑具，各位爷要问案子哪！"从人噪声恭应，自去传话。马智又悄悄地向钮雪说道："费心，辛苦一趟！别让那伙蠢家伙闹出岔子来。"钮雪长眉儿一扬，粉腮儿略窝，右手一抬，独伸着食指点着鼻尖儿，蜜地微笑道："放心！瞧咱的，保误不了，大爷们请升堂吧。"越嵋笑道："三爷，够啦！别闹泼皮劲儿啦！这可不是玩儿的！"钮雪一扭头，并晴瞅定越嵋，嗔说道："谁是泼皮呀！您瞧着吧，泼皮干的保不弱似大爷们！"说着，扭软腰儿，摇头大笑，两只半大脚咯噔咯噔如飞而去。

马智起身让众好汉到里面方厅。阶下从人举起两行圆珠琉璃嵌花灯，前行引导，先到更衣室，见各人衣甲佩兵都成行摆列着，文义等会意便换了衣甲，佩着兵刃。从人又引入后园，穿过长廊，才到一间大方厅里，举眼一瞧，厅里的陈设摆饰，无一不是方的。那屋子便是五丈来长阔、四正四方的一大间。所有门窗都是铁柱铜楔，上下尽是嵌墙、砖地，满眼全是方纹，顶栖悬灯，桌上烛罩以及碗碟瓶盘大小器皿，和用动的帛、拂、帘、幔满是四正方形，总之满屋里大小没不成方的。上面一排摆着十三张方案，各配一张方靠方纹大方交椅，案上、椅上都铺着正方虎皮毡，陈着方形文宝、方筒方签，左右两旁各设有小方桌和方椅一份，桌上各有纸笔等项。厅上厅下站班的，司刑司卫和伺候人等都是方盔、方甲，或是方巾、方领；各持方柄兵刃，或是方棒棱链，屹立伺候。众好汉都觉得耳目新奇，深佩越嵋心思细腻新颖。

马智要让众好汉上座，文义等都说客不僭主，不肯坐在正中，谦让多时，马智执意不从，说："主人断没有先客的道理！"钱迈目视茅能。茅能便暗拉施威一把，二人一同上前，搀住马智捺向正中一座上坐下，道："哥！这是该您坐的，别尽着客气，耽搁时候哪！"钱迈、文义等便依擎天寨中次序向两旁各据一座，只剩下了马智左右各一座位，越嵋、钮雪没法，只得向众好汉告过罪，分左右坐下。只见阶下走上两个青衫方巾斯文模样的人，向上拱手打参。马智吩咐："小心录供！"二人躬身答应，才退向两旁小方案后面，各自斜签着坐下。马智推钱、文二人发签。二人谦逊不过他，便由文义标签先提成龙到案。司刑卫卒打参领签下去。不一会儿将成龙押到，已经换上手铐、脚镣、铁链、项锁、银银上阶，匍匐堂下。司刑卫卒高声唱报："逆藩贼奴成龙当堂提到！"成龙忽然猛地翻身跳起，大吼一声，双手一举，连身扑向马智案前，大叫："山贼恶狗！胆敢私设法堂！"同时奋臂连铐，猛然狠击。

要知成龙逞凶结果如何，下章再叙。

第十六章

献俘获千里走长途
护人犯深山逢敌寇

话说岭头云越嵋原是曲肱拊案，正襟危坐。见成龙突然逞凶，大喝："逆狗还敢猖獗！"将臂顺着案面向前一伸，同时向着成龙一指，哧的一支短箭，正中成龙右腕，痛得他顿时仰身瘫倒地下。马智这时已闪身抬手，准备要托住成龙手腕，摔他向外。及见越嵋已一箭射倒了他，便拍案大叫："先打八十，给这厮挫挫邪火！"司刑卫卒嗥声答应，就地下将成龙一把拖得他横伏案前，两人捺住，一人高举方板，数报着："一！二！三！……"打得响声一片。成龙起初还倔强，闷声不响。打到三十多板，委实忍耐不得了，脱口怪叫一阵，渐渐哀告求饶。马智吩咐："住刑！"命司刑押令成龙跪向文义案前，成龙终因腿肉已经绽溅无余，屈跪不住，瘫在地下。

文义喝问道："你不过是逆藩帐下一只无名走狗，何必自讨苦吃，更何必甘心卖国，辱及祖宗？你这笨蠢也真够瞧的了！俺劝你不如赶快醒悟，把逆藩勾番卖国的诡计阴谋尽量供出，稍赎你以前的罪过。俺和众英雄念你愚笨受欺，饶你不死，放你回去，做个洗心革面的安分良民，不比这身负万世骂名、无故代逆藩受苦强千百倍吗？"成龙听得，只睁开怪眼，翻着白睛，向文义瞪了一眼，牙缝里闷哼一声，依然紧合双眼，闭口无言。

施威瞅着成龙这般狡强，怒焰横冲，按捺不得，扬起巨掌，拍案大喝："拖去砍了！"这一声狂喊，真如半空里荡起个霹雳，阶前卫卒都为之失色。成龙更吓得陡然一震，连身瘫倒，匆急中，连说："我实说，实说……"施威欻地抽出腰间利剑，就肘甲上一磨，瞅定成龙喝道："贼！快说！"成龙这时神魂稍定，又闭目撒赖，不言不语。施威气极了，忽地离座跃起，蹦过当前案面，飞身落向成龙眼前，一把揪住成龙挥剑向他左肘上一割，连衣带肉，削下一大片来，扬剑又按在他右肘上，喝道："狗贼！你说不说？"成龙疼得涕泪纷流，心胆如绞，哀告道："我实说了，饶……"施威顿喉大喝："不许啰唆，快说你和逆藩勾番卖国的事！"马智待下位来劝施威归座，施威也经觉着，向马智摇头道："马大哥，别客套。这小子很刁，一松他，又要放刁不开口了。俺非得问出实供来不饶他。"成龙知道遇着了对头，打还能熬，这零割碎削，却委实承受不了。只得发一声恨，道："事到如今，我也顾不得许多了。你们听着吧……"马智、文义等齐招呼左右录供的仔细听着。成龙供道："我本是洞庭东山一个头目，我家寨主田伏桑命我到各处分寨收取规例金子，顺道到汉王府请安送礼。汉王见我能干，即写信给田寨主，收留我在府里当一名材官。后来，王爷就藩乐安，我就升了指挥。几年来，蒙王爷恩典，列在亲信班里。这回是因为我曾和钱长史走过塞外，和塞外王子都认识，便派我投递公文到番邦，说：洪熙元年五月间，仁宗昭皇帝大行，太子瞻基自南京留守奔丧，汉王率兵路劫不利，都由于番邦没遣使来商，以致番邦进攻的时日与路劫的日期不合，没成大功。如今乘太子瞻基即位不久，汉王决定再兴靖难之师，所以请番邦派人前来面商，以便同时起兵，不再误期。取得天下时，照宋朝旧案，划燕云十六州归番邦，并将黄河以北赠作酬劳犒军之用。这些同来的番人便是番邦派来的使者。我所知道的就只这些，再要杀我，也没得说了。"众好汉听了，恍然明白朱高煦竟有这般狠毒，不顾祖宗基业，忍心葬送河北千万苍生，便命成龙画招，仍然收禁。再提番人到厅，众好汉恭请越嵋用番语诘问。众番人初时还有些狡赖，后来经越嵋将客店送来的他们行李中搜得的公文，照番字读出，番人才没法抵赖，一一招认。当厅取供画招，各按手印，才分别收禁。

众好汉退堂商议，事不宜迟，恐防乐安得信时起大兵来劫，反费周章，耽延时日。便决定：当夜已深，准定次夜起解。次日，马智传命全山壮丁一齐整备行装。便向钱迈等说明白：一来为这条路上，都知香炉峰的字号，马智亲自护送，江湖绿林一面可省许多麻烦；二来许多人犯，若用外人扛抬车送很难放心。所以决计率领全山壮丁，扮作官兵，助众好汉护送人犯。众好汉正想拉拢马智等三人同赴开封，好助攻乐安，同图事业。当日，便拾掇齐整，只留执事人等守山。其余全山人众，都改换历次夺得乐安各处官兵的号衣旗帜，扮作官兵。越嵋、钮雪也都顶盔贯甲，和众好汉一般打扮，同做压队将官。尽一日之间将诸事拾掇齐备。

那日黄昏时，将一众人犯衔枚勒口，打入囚车。壮丁们展开旌旗，列成队伍，簇押下山。十三筹好汉一齐戎装乘马，手执各项长柄兵刃，佩带弓箭暗器，前后谨护。只留黄礼携带河南巡按公文牌引当先领道，浩浩荡荡，直上大路。一路上，关津渡口，见了河南巡按的路引公文，谁也不敢拦阻。众好汉催程赶路，破站趱行，没多日子便到了开封城外扎住。

黄礼先进城去，直到巡按衙门，通报进去，于谦大喜传见。黄礼将香炉峰定计，马智、越嵋、钮雪三人舍身擒番，现已同来候令的话一一说了。于谦当即慰劳黄礼往来奔波的功绩，并命人请伍柱前来，陪同黄礼去迎接文义等九筹好汉和马智、越嵋、钮雪三人一同到衙相叙。一面点派人马前去城外接解人犯，径送本衙收押。

不多时，黄礼、伍柱陪同文义、钱迈、茅能、刘勃、唐冲、赵佑、柳溥、施威、韩欣、马智、越嵋、钮雪等齐到巡按衙内。于谦亲自出迎，以客礼相待。茶罢，与文义等九人先叙阔别之情，再叙道谢马智等三人仗义矢忠的成绩。马智等都逊谢不敢承奖。于谦便问起马智的志愿。马智便将先人尽忠于靖难之役，矢志要灭朱高煦上复国仇、下报私仇的意思说出。并道："武生虽寄身草莽，并不敢胡作乱为，历年来，只拦截朱高煦所收赃贿和他解送番邦的财宝物件，已足够养士待用的了，所以南北路上从来不曾有香炉峰的案子。如今闻得巡按将要参揭致讨，特投麾下，愿做马前一卒，仰托威福，报那不共戴天之仇。"越嵋、钮雪也各陈志愿。越嵋说起："父亲穿云二郎，本是建文朝御林军弓箭教头，国破家亡，流落江湖，赍恨以殁。越嵋虽是弱女，怎敢不承父志，歼彼逆藩？"说时声泪俱下。钮雪表明自己悔过投诚的心迹，并说："近来，才知朱高煦就是从前靖难时的先锋统将高阳郡王。钮氏一门，都死于先锋军抢劫焚杀荼毒徐淮之时，深悔以前孟浪，几乎身为国家罪人。如今愿得执鞭随镫，湔前耻，赎前罪，为家国复仇。"

于谦听了，极赞马智、越嵋能关心国家，绳武效忠，允为令子；钮雪能痛革前非，幡然自拔，不愧英雄，便劝三人同归擎天寨待时报国。马智道："闻得逆藩叛迹已露，征讨在即，武生拟乘此报效国家，万一功成时，首领还能保全，那时再随同众英雄出塞。"于谦道："擎天寨只不过诸位大师借塞外荒山做个屯住人马的所在，并不是什么绿林山寨。贤弟你归擎天寨时，原不必马上就去，只需列名即可。寨里的人尽有不在塞外，久在关中的。这时就要征讨逆藩，还要向塞外请人来此帮助，哪有这时反要贤弟远赴塞外的道理？"马智恍然明白，连忙立起身恭敬答道："谨遵钧命。"于谦便命从人在伍柱寓所里给众好汉拾掇房屋，预备起居用具。所有香炉峰随来壮丁，都暂时归入巡按本标，并每人发恩饷三月，俟将来调派。众人皆心悦诚服，各自遵守谕令。

当夜，于谦宴请众好汉。夜宴毕，马智、文义将成龙和众番人供单呈上。于谦阅毕，回顾马智道："可是贤弟能识番语？"马智躬身道："武生不曾习学。这供单讯问时，都是武生的师妹——越嵋传译的。"于谦惊喜道："啊！越大姑娘，这般年纪能精通番语，真是难得！以后咱们不愁拿住番人没法审问了。"马智道："武生的师妹不仅能识番语，而且能识番字。按台如有使用处，尽请吩咐便了。"于谦喜道："既是这般，咱们就屈越大姑娘权充舌人，今夜审一堂，明日就起解进京，免得耽延日子，养成逆藩势力。"越嵋立起身来恭答道："谨遵钧谕，越嵋理当伺候！"于谦答道："不敢当！有劳大姑娘了。"回头吩咐从人："传伺候！坐三堂！"从人应声去了。

衙役站班齐整，三堂上下灯烛照得通明如昼。众好汉都坐在堂侧屏内。只有越嵋软翅素巾，银缎直裰，鸾带乌靴，和吴春林对坐在公案两端。灯光之下，映得她越加目朗、眉清、唇红、面白，丰神飘逸，态度从容。俨然是个俊俏郎君，风流记室。众人却瞅着她，暗自好笑。她都没事人儿一般，展纸舒毫，端然屹坐，大袖垂然自适，巾旁俩软翅儿晃动不息，竟似个老手惯家。吴春林还没她那么神态自然。

不一时，于谦乌纱红袍，圆领玉带，自屏后缓步踱出，升坐公案。衙役喝喊堂威。越嵋、吴春林一同起身侍立，待于谦升坐后方才坐下。吴春林呈上全案卷宗。于谦略略翻阅口供，便抽签标朱，先捉番酋讯问。当堂问供都由越嵋翻译，但见她脖子不住地扭左向右，巾翅儿跟着颤摆不停。口中时而汉语，时而番言，如好鸟弄晴，鹦鹉学舌。虽是一人传述上下一问一供的言语，却是从容不迫，一丝不乱，半点儿不漏。接着又问过额勒赫森、乌纳吉布等十数个番人，都照直供述，绝没隐秘。

提到成龙，上堂时，他还当是那个山寨，乱叫乱嚷。于谦大怒，奋威高喝一声，惊堂木响，成龙才吓得蜷伏案下。于谦初问他时，忽然翻供不认，矢口说是做经纪买卖的，误被提来，于谦照番人口供质诘。成龙推说："番人欠我货钱，索计成仇，致被诬陷。"于谦怒道："不怕你这贼子放刁，你现在有亲供在此，本院就不能办你吗？来拖去斩了！"成龙忙道："宪台开恩！求宪台笔下超生！小人原是身为人奴，不能自主，求宪台鉴察，网开三面，公侯万代！"于谦喝道："你照实供来，自没你的事。何必代逆藩抗这弥天大罪呢？"成龙只得照直供认，一般擦模画押，才押了下去，依旧收禁。

于谦退位步向越嵋拱手道乏。越嵋闪身长揖，居然合度中节，众人暗地佩服她举止大方。退坐花厅时，越嵋将番人供词从头至尾又译述一遍，和吴春林校对一过，确实无误，才呈给于谦。于谦便和众好汉商量要押解这伙人犯进京，以便证实这件事。不然，今上终顾忌以侄代叔之嫌，势必重酿靖难之祸。众好汉都说："愿听指挥调遣！"于谦道："那么，就有屈众位权做军官，随伍庄主进京一趟。因为犯人中有番人，不得不烦越大姑娘辛苦同走一趟。越大姑娘独自上路，恐有不便，便请钮大姑娘相陪做伴。黄礼兄弟还辛苦一次，请到塞外上复各位大师，相邀几位弟兄进关相助。"

伍柱道："那么此地一个人也不留吗？"于谦道："此地没多事，一时没人，还不紧要，路上却恐防有事，不好少人的。"钱迈道："这般吧，文义兄弟多年不回家了，好容易到得开封，难道果真过家门而不入吗？就请文兄弟暂留开封，一来给按台效劳，二来就着省亲宁家——再有柳三哥家，也在这开封不远，到了这里自然也想回去瞧瞧。而且柳三哥老公事，什么都熟悉，也好帮着文四哥点儿。我想就请两位留住此地。路上有我们十个人去，还有押解兵卒，保管误不了事。"文义、柳溥想要推辞时，众人已经定议，不容分说。二人回想：真果是不能扔下于谦不问，居者、行者反正一般尽力尽心，便不再推辞。伍柱便将经手未完事项点交文义、柳溥，自去收拾行李，准备起程。

于谦先修好书交给黄礼，请他顺道宁家之后，立即出塞，又办好了文书交给伍柱。并请钱迈、马智、茅能、刘勃、施威、韩欣、赵佑、唐冲、越嵋、钮雪十筹好汉，一齐扮作军官模样，仍旧率领香炉峰原来的壮丁，打着河南巡按的旗号，押解着十八辆铁叶死囚车，别过于谦，迤逦登程，径自离了开封，直望北京城疾走。

那日，刚走到黄河边岸，渡过河来。茅能触起旧事，向钱迈道："二哥！咱们去时匆匆，我连旧地节儿都没留神瞻仰瞻仰。这趟我可得瞧瞧那黑林岗成了个什么样儿了。"钱迈笑道："这是您在那里无端感慨，黑林岗还不是原样儿吗？难道会变出一朵花来了？"茅能也笑道："赛华佗那厮在黑林岗时，却真想把它弄成一朵花儿哪。"说话间，马智等不曾知道黑林岗这一回事的，都问："黑林岗是茅二爷的旧窑吗？"茅能大笑道："倒他妈的霉！我的旧窑嘛，只好算我的旧牢哪！我一辈子就在这儿上过一回当。"钱迈道："您这般说，人家怎么得明白？"茅能道："怕什么，我就说也没紧要，又不是我自作孽，不过上当罢了。"马智笑道："放着茅二哥这般个英雄汉子，还有谁吃了老虎胆，敢给您当上哪？"钱迈向马智道："您不知道，茅金刀就为这直性子所以容易上当……"说着，便把茅能被成和哄骗，以及黑林岗救刘万和的事说给马智等听。

说话间，已走了二三十里。来到黑林岗前，钱迈、茅能指点旧迹和众人说说笑笑。刘勃乘机便邀众人赶快一步，到前面刘家屯歇马，让他尽个地主之谊。众好汉都欢然催马前行，越过岗来，茅能首先骋辔飞驰，径奔入树林丛中摇鞭前指着，回头叫道："快走呀！过了这丛大林子，就到刘家屯了。"刘勃应声叫道："茅金刀！待一待，俺和您同打前站，先走一步，好叫家里人预备着。"说着话，双腿一夹，呼啦啦径赶上来。

　　两骑马奔入树林，正跑着，忽见前树行草丛里闯出许多人来。接着，呼哨一声，茅能、刘勃二人马前马后都有人围上前来，突攻猛刺，茅能连忙拎起大刀，盘旋飞舞，四面挡杀。刘勃大喝道："哪来的猴儿崽子，敢在这儿挡爷的路径！"耍开手中枪，连挑了两个，便混杀起来。

　　这时，林子里喊声震野，越杀越多。伍柱在后面望见，连忙命韩欣、赵佑、唐冲、越嵋四人围住囚车，四面守护，无论何人不许近前。一面命钱迈、施威上前助战，马智、钮雪分向左右抄搜。方才调派停当，猛听得一声号角，抹空冲起片红光。

　　伍柱等一行人能否脱险，且待下文接述。

第十七章

识寇情飞丸摧寇纛
俘敌将骤骑挫敌锋

话说伍柱调遣众将应付急变之后，自己立马林中，方在沉着心神，默察凝视之际，陡然听得角声起处，猛然冲起一道红光，接着轰隆一声巨响。不觉大惊，暗道："这贼好毒！竟打算劫不得人犯时，便使炮轰，想一齐轰个完结清楚，灭尽活口，给你个死无对证。俺如今非得先保住这九辆囚车不可！"想着，便挥动手中旗，向韩欣等四人打暗号，要他四人押住囚车后退。

韩欣在前，首先瞧见。便回头关照越嵋、唐冲、赵佑紧紧押住囚车，喝令众兵卒前队做后队，后队做前队，一齐掉转身来，朝后退走，急急移向黑林岗下来。将近到岗下，越嵋便叫扎住，命四面兵卒都分作两行：外面一行朝外，防着有外敌来攻，里面一行朝内，监住军中人犯不许动弹。越嵋和韩欣、赵佑、唐冲分四面立马环守。立时排成一座人墙刀城，铁桶也似的围得水泄不通。

这里才扎住阵脚，角声起处震天一声响，先前囚车屯立处，已落下一炮，打得尘团突空，烟云乱涌。韩欣暗想：这一下虽是让过了，要是那厮们再朝这里来一下，怎么办呢……正想着，轰的一声，一团红火掠顶而过，接着"隆轰轰！"震耳惊人，左边岗上已掀倒一棵大榆树。韩欣想着：立在这里等炮来打，不是个事儿。便向越嵋高叫道："您瞧这炮是哪里来的？咱们去抄了它，不强似呆等它打吗？"

越嵋这时立马在岗麓土阜上，略高些儿，便瞧见那边林子外约离二

106

百来步处，有一根桅杆，桅头上四面各悬着几方小旗儿。刚才那一炮打出时，正是朝这方的旗儿向上升到那旗桅半杆儿高处，那炮就朝这一方打来了。炮打过了，旗儿依旧落下了。便暗想着：这旗杆儿一定是那厮们的炮号，哪一方升旗就朝那一方打，旗升多高，就打多远。不除却这个家伙，我们非被打死不可！想着，便把这意思大声告诉唐冲、赵佑、韩欣三人留意。一面便摘下新月峨眉刺，端正好弹弓，凝眸待着。赵佑、唐冲见了，猛然触起，各自将兵刃挂在鞍旁，抽弓搭箭，注望着那旗桅。望没多时，一声号角，那旗桅上靠这一面的小旗儿又朝上升。越峋手快，呼地一弹打去，刚巧把悬旗小绳打断，旗儿飘然堕下。赵佑、唐冲同时双箭齐发，径向那旗桅下面射去。但听得那面一阵喧哗叫嚷，号角不鸣了，旗儿也不再升了。

马智这时奉命抄搜，和钮雪两个分向树林左右包绕着，驰马巡查。刚绕到林子后面，便听得角鸣炮响，略按住牲口一瞧，炮打在空地，便顺那炮的来路抄去。抄到林右，还瞅见那旗桅高耸，旗儿初落。心下明白这是炮旗，连忙纵马赶去，才见桅下拥着许多人，又在那里吹角升旗，心中一急，也顾不得敌人众多，紧一紧手中双啄蛇矛，骤马突杀过去，将近杀到时，忽听得铮啪一响，绳断旗落；接着两箭齐齐飞到，射倒桅下一个拉绳的武弁。马智不觉暗赞声："好射手！擎天好汉真是名不虚传！"再一转念：我岂可不立寸功？顿时勇气奋发，耍开蛇矛直突到桅下一阵乱杀。桅下众人猝不及防，不知哪里来的这员飞将，顿时奔逃拥挤，自相践踏，大乱起来。马智连挑六员武弁，那离桅十来丈立马瞭望的两员贯甲武将，才并马驰到，迎住厮杀。

恰巧出水莲也因闻炮寻根，抄寻到这方来，遥见马智力敌二将，连忙荡开长柄狼牙棒，骤马杀入。近前一瞧时，认得这两将，一个是霞明观弟子毛邦本，一个是汉王府侍卫章涵。便大叫："马大哥，不要放走这俩小子！都是逆藩帐下的，留住活口，好追根究底。"马智听得，更加奋武截杀。毛邦本、章涵两人闻言，回头一瞧，认得是钮洁华，便大骂："骚蹄子，不要脸！背主叛师，还不自死！"钮雪大怒，喝道："逆贼！你知道什么！咱奉天讨逆，不斩你这班逆狗，誓不为人！"声未了，马已骤到，横搠一棒，向毛邦本腰间打去。毛邦本连忙掉转身来，将大刀一横，架开棒，便和钮雪捉对儿厮杀起来。

正斗到酣处，马智甩开一矛，故露破绽，章涵大喜，忽挺刀直劈。马智急使个镫里藏身，接着探身向前，单伸左臂，一把抓住章涵的勒甲带，尽力向后一搿，喝声："下去！"立时将章涵擒下马来。空马儿甩头就跑，被马智一抬腿，钩住缰绳，连人带马，都捉住了。那边毛邦本见章涵被擒，心中一乱，一失手，被钮雪当顶一棒，打得囟门开花，脑袋迸裂，死于马下。牲口也被钮雪伸脚钩住，不曾逃得归队。那伙小贼见主将被杀，早吓得四散乱窜。马智、钮雪追杀了一阵，直杀得人烟俱无，方才转身。打倒旗枪，押着章涵下土阜来，寻着大炮，炮旁已阒无一人，便搬去炮闩，将炮毁了。马智又将章涵腿上搠了两矛，才将他横缚在马背上，使他逃不了。收拾清楚，便和钮雪一同转到树林前面来。

这时，茅能、刘勃、钱迈、施威四人正在敌住汉王府指挥王忠吉和八名侍卫、五百滚刀手，死也不放他们冲过。那些滚刀手便着地乱搠马蹄。四筹好汉上敌八将，下护马足，全神贯注，仅仅得保没事。战了多时，没听得炮声，方才放心定意，寻敌人的破绽，蹈虚乘隙，攻向前去。斗了许多时候，滚刀手死伤不少，却是前仆后继，终不得脚下清楚。因此，八员侍卫本领虽不高强，四筹好汉却一时不能取胜，直战到马智、钮雪杀来接应。伍柱也恐久战有失，挥钺催马，冲来帮杀。七筹好汉并力突攻，四面砍打，才将一班敌人冲散，伤了三员侍卫、百多名滚刀手。王忠吉见势头不对，知道万不能得手，只得率领余卒扶救伤人，如飞逃退。茅能、刘勃、施威三骑马一同追杀。伍柱恐后面有失，护犯要紧，不肯穷追，连忙发号追回三人，一同回马到黑林岗下。查点人数时，犯人不曾失伤一个。众好汉和兵卒都一个不缺，只被炮屑伤了两名健卒。便将擒来的章涵一并打入成龙囚车之内，将获得的牲口驮载伤人。上下各整衣服，拾掇兵刃，略略歇息，仍循大路前行。一路更加严紧守护，留心四面，防再有汉邸埋伏拦路抢劫，一行人大不似先前快乐散漫了，

行不多时，已到刘家屯。屯里人众，初时望见旗枪，以为大兵过

境，吓得闭门关户，行人慌忙躲避。后来有大胆的瞅的是河南巡按旗帜，都知是于青天的部兵，便不似初时那般惊慌了。及至刘勃当先入屯，叫众人开门，不必惊惶，一干乡民都认明是花枪刘八爷回来了，顿时欢嚷起来。霎时间，传遍全屯，都说："花枪八爷做了大官，带了许多兵回来了！"霎时间，大路两旁，男女老少拥挤不开，都呆着脸儿愣瞅着。刘勃忙向村老说明原委，并传话安众，众人才明白是刘八爷押解钦犯过境，顺便回家。刘勃才得迎接人众车辆到自己家中安顿。刘勃先打此地走过时，原是因为押解人犯，悄然过去，这回既是邀请许多朋友到家，自免不了乡邻询问，戚族慰望。当下一面吩咐家中人众预备筵席，款待客人，犒劳兵卒；一面抽暇拜望乡老族亲，并说明公事在身，就要趱程，不能耽搁，坚辞一切接风洗尘等应酬。好容易才解说清楚，脱身回家，陪一众好友入席饮酒，欢叙畅谈。

这一夜虽是宿在刘家屯，众好汉仍然分班防守，不时逡巡，防有汉邸再暗中派人前来夜劫，幸喜一夜没事。到得天明，刘勃已经起身整备，不料刘万和已得信息，知道钱迈、茅能来到，又打听得不能耽搁，料知不能迎接到家来，便连夜杀猪、宰羊，忙了一整夜。次日才破晓，便抬酒、扛盒，率领家丁人口，到刘勃家中来。一入大门，刘万和弟兄二人便率领子侄人等跪地磕头，将名帖席单顶在头上，请刘勃家庄丁代为呈上。

钱迈、茅能听得反而着急，连忙亲自出来，搀起刘万和兄弟，硬拉他同进屋里厅上来。刘万和哥俩抵死不肯坐。钱迈道："您不坐，我们就不受您的酒筵。"刘万和哥俩才斜签着坐在下面。钱迈也不和他再谦，便问道："除却送酒，可还有甚事？"刘万和道："小人蒙两位爷救命之恩，整年求神拜佛，求保您两位爷福禄绵长，今日好容易盼得两位爷又到贱地，小人要不乘这万年难遇的机缘献一点儿穷心，小人弟兄俩就悔恨两辈子也悔恨不完。所以弄些个不成东西的酒菜，来表个孝心罢了，实在是有污两位爷和众位长辈的齿舌！"说毕，两目注视着钱迈，似乎抱着无穷的愿望。钱迈瞧他俩似乎还有什么话要说，便道："这里坐下的都是和我一般气性的朋友，您有什么事尽管放心说吧。我能办到，没

109

个不答应的。"刘万和听了，更加嗳嗳嚅嚅，说不出来。他哥哥刘万泰在旁急了，肘他一下道："两位爷就要启程荣行了，你再要脸薄，又得悔一辈子了。"刘万和被这一激，想着孩子们的终身、祖宗的门楣，顾不得了！便站起来，向钱迈、茅能扑通跪下道："小人有桩事，委实不敢冒昧求两位爷，却又不能不斗胆乘这千载难逢的机会来求两位爷。因为错过了今天，小人家中就永无翻身之日，世世代代永远懊悔不迭，所以，总得恳求两位，恕过小人弟兄俩不识趣的罪过，小人才敢明白禀告。"

茅能急得跳蹦起来，嚷道："你有话就爽快些说吧，干吗这么唠唠叨叨，不是成心叫人闷杀吗？咱们就要动身了，时候要紧，你别再缠到二夹层里去好不好！"钱迈也起身搀起刘万和来，说道："你有为难处，只管直说，只要是咱办得到的，准答应你照办，似这般吞吞吐吐，让人干着急，反是不好。"

刘万和听了，心中大喜，面上却仍是腼腆。只是一回想到：这事万不能错过去！说不得，硬着了头皮上前拜揖道："只为小人有两个犬子——刘仁、刘真和侄女刘炳，因为自幼听得小人弟兄称颂您两位恩人的武艺，孩子们心性便缠吵着要练武。小人弟兄也曾送他们进场子练了几年了，只是这穷乡荒村，哪有名师呢？昨儿听得恩公驾到，三个孩子吵着闹着，一定要小人来恳求两位爷赏收在门下。小人沐恩深重，怎敢再……"茅能不耐再听下去，抢拦着说道："我全明白啦。你把三个孩子叫来我瞧瞧，旁的甭再啰唆了。"刘万和又喜又怯，只得截住话头，诺诺连声答应着，连忙和他兄弟刘万泰一同出外去，唤刘仁、刘真、刘炳三人进来，三个孩听得说已经承允了，喜得六方小脸儿上满堆着笑，小心儿怦怦地直跳。刘万和略代他三个整了整衣衫，便领着到里面来。

众人瞧这三个孩子，虽是一般儿布衫布鞋，乡村打扮，却都生得骨骼端正，相貌庄严。头一个是刘仁，长黑脸，圆身躯，眉粗眼大，鼻正口方；第二个是刘真，深黄面皮，矮胖身材，目长眉细，大口巨鼻；第三个是刘炳，冬瓜脸，星儿眼，虽是个女孩儿，却没裹脚，生得身材高大，昂然挺立，好似个粗壮男孩子。钱迈方待开言，茅能先说道："二哥您瞧怎样？"钱迈道："咱俩哪能就收得弟子？但是他家孩子向学心急，咱要辜负了他们这一片热望，也许闹出岔子来，不如设个两全之计吧。"茅能道："怎样才得两全呢？"钱迈道："如今我们在路上，且有天大的干涉担在身上，怎能带着他三个孩子呢？不如目下一言为定：咱俩准代他三个寻投一位名师，绝不辜负他们的壮志，只是得候刘八弟这儿有便人时，带他三个到塞外去。咱们宗师也在那儿，而且男女都有，没不方便处，管保能习得出来。像咱俩这般南奔北走，难道要孩子们跟着学跑腿吗，您瞧这法子好吗？"茅能点头道："好极了！只不知他家舍得三个孩子离开这般远吗？"刘万和忙答道："不要说塞外，就是汤里、火里，只要您两位吩咐，没个不去的。只是孩子们无论如何总得算是两位爷门下！"钱迈道："您准能照这般办吗？"刘万和、刘万泰一同毅然应道："能！"钱迈见他弟兄俩竟有这般果敢决断，孩子们听得远离家乡，也毫没戚容，反有喜色，深为诧异。众好汉也见这情形，料得这三个孩子将来一定是道中高手，全都欣喜，并向钱迈、茅能道贺。刘勃便道："既是您两位这般热肠提拔后辈，这送他三个出塞的事就交给俺吧。俺今年提早些把麦子卖了，有人出塞，就便护送，准可保得平安无事。"刘万和弟兄俩更加千恩万谢。当下商量定妥，一切照办，刘家弟兄带领三个孩子拜过钱、茅两位，并向众好汉一一拜见，才辞别回家候信。刘勃催着壮丁人等押着囚车，即时登程，一众好汉仍照前时各派职守，细心在意地解定逆犯，迤逦登程，果真是前后防护得风雨不透。车仗离刘家屯时，刘万和率领全家伏道恭送。钱迈等都下马回礼。刘万和等抵死不肯先回，直至望到蹄尘无影，方才归家。

伍柱等一众好汉，押着成龙和番使恩奈乌珠、番将额勒赫森、乌纳吉布以及一众随从番人等囚车，径向京城进发。此去一路平安，到了京城，自有那投文、交犯、上奏、发审一切官场过节，不必细说。明仁宗皇帝（朱高炽）发交大臣密问，成龙等自知没法抵赖，便将汉王朱高煦勾番卖国、蓄心叛逆的计策和盘托出。番人也无从抵赖。口供都由越嶍译就。最后连朱高煦中途劫犯一案也问得确实。大臣回奏，明仁宗大怒，立降密旨，命河南巡按御史于谦率领河东人马，督率京营虎贲亲征。伍柱、钱迈、赵佑、唐冲、茅能、刘勃、施威、韩欣、马智、越嵋、钮雪等十一筹好汉得着密旨，立刻离京，晓夜兼程，赶回开封来。

要知开封此时有没事故，且待下章再叙。

第十八章

疑云阵阵荡腹生愁
义气铮铮挺身代任

　　话说万里虹黄礼奉于谦之命，出塞去邀请擎天寨众好汉入关助征乐安。动身时，想起自己南北走了好几趟，总是因为事情紧急，没工夫绕回锦屏山去瞧瞧，且想着哥哥黄仁甫，虽听说金条案已经昭雪，究竟是怎么一回事，黄仁甫家境如何，全都不曾得个准信，思量到极时，不觉唉声长叹。文义见黄礼无端长吁短叹，便问他："有甚心事？"黄礼和文义素日交情本深，便绝不隐瞒，将自己的心事全告诉了文义。文义笑道："您想着锦屏山吗？俺也想着锦屏山，正待要抽空去瞧瞧哪。"黄礼愕然道："您干吗也想着锦屏山呢？"文义道："俺岂止想着锦屏山，还为锦屏山吃过大苦啦。俺不告诉过您吗？那年俺打河南路上走过，被那任参将硬诬俺是锦屏山上的头领，把俺逮住，解交王忠皓，发延津县收押。那时，镇嵩山杜四弟，也被县差错认作锦屏山上人，在茶楼上逮住他，也押在延津县。镇衡山许三弟路过得信，故意闯祸，入狱来，图救俺和杜四弟。后来幸亏延津县知县龚骧是俺的世交，才得明白脱身。俺为锦屏山受过这么大亏苦，可是俺至今还没到过锦屏山，所以时常想去瞧瞧。"黄礼道："您真去吗？要是您真有工夫走这么一趟，俺就拜恳您枉驾直到锦屏山附近瞧瞧，再往俺家乡弯一弯，探听一个旧乡邻的消息；并且打听俺哥哥黄仁甫究竟怎样了。"文义道："俺瞅您这着急的模样儿，料着您必有极烦心的事，您如今国事在身，来不及顾自己的事，咱们是知心朋友，理当互相扶持。俺反正就屯在这里，代您分劳走这么一趟，也是应当的，算不了一回事。只是您得告诉俺，您所放心不下的究竟是些什么。"黄礼沉吟着，想了一会儿，才毅然说道："好！俺为公事来不及了，就劳您一趟吧。咱们至交，口里虚谢的话俺也不说了。"文义急说道："闲话全甭提，您只把您心里的事告诉俺就得啦。"

黄礼便说道："俺当年在锦屏山时，颇创了些基业，结识得许多好汉。后来听丈身大师的劝导，和单家庄众兄弟一同归到塞外，当时是因为妖教日盛，大伙儿全都是和妖教作对的。丈身大师既邀俺们同打霞明观，自然应该矢忠效命，大家全去。那时事情紧急，不能为俺一人耽搁，俺也不能独自落后，招人疑笑，只得撂下两桩应该了结却没了结的要事，掉头就走，想着了却河间的事，再急赶回来，凭俺这两条腿还来得及。不料一走之后，东缠西绕，耽搁了许久。俺心里虽没一刻扔得下，镇日价挂念着，却是终没机缘来干这未了之事。后来虽也曾回来过，但是总有急公，终不得称心如意，抽一点儿工夫去了心愿。直到今天，虽是听得说已经承于御史了却一桩了，却仍不知道俺哥哥的光景情形究竟是怎样。余外那一桩，更是音信不佳。虽没得实在，总使俺更加悬念。若不亲身赶到地头去察看，终归查访不着实信。"文义听了，也替他难过，想着：他为着国家、百姓，竟弄得身没片刻安闲，最要紧的事也只得扔下多时不理。不觉得代劳的心事更加深一层，决意定要替黄礼把事办好，一来是朋友的交情，二来是激于义愤和钦佩的惘忱。无论如何艰难，誓必给他办到。哪怕那自己的事撂向后也说不得。便毅然向黄礼道："您甭烦忧了。俺无论如何，汤里火里，终得代您把事办结了，要不俺就不算是汉子！"黄礼听了，深深一拜道："俺拜的是天下好男子，文哥您这般侠心热肠，真使俺甘心下拜！"文义还礼道："您甭夸奖，俺也不过是尽些朋友应尽之责罢了。您且说，这两桩事该怎么去办？"黄礼道："头一桩事，是俺在锦屏山时，山下有个小小村落，名叫'渔火集'，里面居住的人家全都姓邵。其中有一家渔樵耕种人家，当家的名叫邵秀谷，和他老妻范氏，老两口子帮耕帮种，日子过得很顺遂。到邵秀谷四十岁的那一年上，新正才过，范氏忽然养了一对孩子，一男一女，双胎同生。俺到锦屏山时，这俩孩子已经十岁了。男的名叫邵学儿，女的名叫邵铭儿，哥妹俩都长得很结实。那村上有个邵载福，原是个走镖的，拳脚弓刀都很来得，因为父母年老，不能远离，就在家乡做个趁墟赶集的小买卖度日。俺见他为人诚实可靠，任他顺便给锦屏山做个箭子，支给份口粮。邵秀谷的两个孩子，天性极聪明，且是生来好武。他爸爸送他俩上村塾里去念书，他俩偏要说谎，偷空去缠着邵载福耍拳弄棒。照辈分论，邵载福是俩孩子的从堂叔叔，他见俩孩子身材强壮，手灵心活，而且爱好的是这一门，便也乐得教导他们。到俺将近离锦屏山时，俩孩子已经十三岁了，书虽没念好，拳棒功夫却很不错，都能耍八尺枪刀，开两石硬弓，跳个高儿，打个对儿，也很伶俐。邵载福便向邵秀谷说：'别糟了好孩子，这两块料天生是扛刀枪的，不如丢了书本儿，投个名师，把武艺学全，弓刀石练好，男的可以考武场，女的也可以竖镖，不难树立门风，荣宗耀祖，要是硬压着读书，恐怕反是走错路，得不着好处。再要叫孩子窝在田里，那更是糟蹋天才，万分罪过！'邵秀谷听得这么一说，做父母的哪有个不盼望儿女成才的？便对邵载福说：'一来难得寻着好师父，二来也没多银钱做拜师贽敬，虽是有意叫俩孩子从师习武，无奈力难从心。除非是叔叔肯提拔，孩子才能托福蒙恩，成人立业。只不知我老两口子可有这福命，承受叔叔的余光？若是俩孩子得受鸿恩，我老两口子来生也忘不了叔叔的好处，孩子们世世代代都要感戴大德哪！'邵载福当即提到俺，说是离着很近，更不需贽敬；还承他夸奖，说俺有异样惊人的能耐。邵秀谷听得，十分高兴，十分愿意，却是平日不曾和俺有甚交情，不敢冒昧来恳求。仍托邵载福来向俺说项。俺当即把师尊吩咐'五台、武当众门弟子火气都没纯青，本领也全没到家，暂时不能收门人弟子'的训谕向邵载福剖说明白，并答应准代俩孩子引荐一位名师。后来，俺师父在河东一带行道：邵载福听得了信，便苦苦地来恳俺引荐。再讲，俺师父已经禁堂闭门，不再收弟子了。如今五台山了了大师正在南北道上云游，待要多收门弟子，听说还不曾得着合意的人。到了此地时，俺准能知道，邵家俩孩子有这般资质，俺代他去说，没个不允许收录的。邵载福知道俺是个不说谎话的人，自然相信俺不是推却。只得拜求拜托，千叮万嘱：'切莫忘记，务请办到。'俺拍胸承当，答应他准误不了，他才放心去回复邵秀谷。及至俺将近离乡时，邵秀谷听了旁人的唆诱，想要送俩孩子到卫辉去从白云王玉学艺。俺素来知道王玉这厮武艺平庸，而且品行不端，和妖教党徒密连暗结，不怀好心。深恐俩孩子误入歧途，给匪人勾去，糟蹋好天资，反而为害贻祸。想着，这事非小，俺得亲自去向邵载福仔细剖说才行，当下就寻着邵载福，披肝沥胆，详细譬解叙说这事的紧要，切劝邵载福务必转劝他哥，千万不可造次。邵载福明白了俺的意思，便说：'既是这般关涉重大，非得请你老劳驾，亲自屈降，当面嘱咐家兄一番不可。俺和他说，是不容易得他死心塌地来相信的。'俺听了这话，为数全两个好孩子起见，便坦然答应他，立刻同去。邵秀谷一见俺到他家，果然异常欣喜。俺和他说话，他全是百依百顺。这也是俺在锦屏山很能保身顾名，附近知道俺的都很相信俺，能听俺的话。邵秀谷更是素常钦服俺的人，自然不疑俺有坏心。却是俺当时见他那番诚恳形容，感动得俺满腔热血溢溢，便把江湖上邪、正两派厮斗的情形，以及一班无聊绿林和妖教的弊害，全都细细地告诉了他，并且毅然担当必定给俩孩子引荐一位名师。邵秀谷十分相信，也就十分拜托。唉！俺真该死！说过这话没多久，俺就动身离乡了。前没多时，听说锦屏山又有人占住着，俺们在锦屏山动身时，没肯随出塞去的喽啰们，也全都回到山上了。据说，头领是个姓邵的。俺触念旧事，一直悬念着，不知可是邵学、邵铭哥妹俩人中的一个。

"您要去时，务必请您查问清楚，如果是他两个，只要不是走了歪路儿，一提俺，他就得来投的，咱们也好多个帮伙；若是他入了邪门，可就得费神了。倘使他家老的还在，您还可以去和老的剀切解说，老的很懂事，他俩也从小就不像个忤逆样儿，谅必总可劝得明白的。要是老的没了，就得随机应变，瞧事做事了。好在您比俺学问、见识都不知高深了几十倍，您去总比俺自去的强。不过这事万万不能放过！终得弄个爽利。要是您瞅着万难挽劝，已经绝望时，就该下毒手，搂了他俩，除却两个劲敌，免留后患！这是国家大事，也顾不得私交情谊了。还有一宗，您是独个儿去的，千万不要仗着勇气，硬要独力除害。俺深知这俩孩子的资质，一习武艺，绝不会含糊的。况且锦屏天险易守，民风顽愚刚强，您一个人的力量降不下时，千万别硬争无谓的意气，不妨赶快回来，咱们再徐图良策。若因激于一时义愤，轻敌致败，一来恐损您素日的威名，二来打草惊蛇，于国家前途反为不美。叫俺如何对得起国家？如何对得起良友？文哥，您能全答应满依俺这些话吗？"

文义毅然拍胸承当，慷慨说道："俺要不能全照您的言语做到，错误了半点儿事机时，俺就算是欺朋卖友的蟊贼！任凭报请师尊，逐出道门。就是您肯姑容，俺也得自己刎头来见。俺不是故意说这些狠话，另怀他意，实在因为您极重视这两桩事，可是您又得公出塞，没工夫顾及，俺不这般设誓，您终难放落心肠，去谋国事。所以，俺决计将自己的声名、性命拼着代您干去，也就是帮助国事。黄哥，您这总该相信得过俺吧？只是还有一桩事呢，也得请您快说出来，俺好一起代您去弄妥帖，完全了却您的大心事，俺就算是没负良友了。"黄礼叹道：得您这般的血性朋友，俺还有什么不放心处！不过咱们相见以心，不在口头上泛谢，俺心里真是感激到万分了。"文义道："您甭说这些话，单把那桩事的因由和您的办法，说给俺就得啦，管保您误不了。"

黄礼接言道："这桩事，许三哥、杜四哥和小大虫全都明白因由的。俺有个哥哥，名叫仁甫。因为有个姑母嫁给同乡李四，这姑母把她女儿在婆家偷来一条金子寄屯在她兄弟黄小村家里，仁甫正在小村家里闲磕牙儿，从旁瞧见。那天夜里，小村被偷儿杀死，金条失去。同时，这姑母的女儿、女婿——何东儿夫妇——也被人杀死，还取了女人肚里胎儿，也失却一条金子。那时，当地县官是错知县王丹，办事糊涂，敷衍颟顸，是他的特长。俺哥哥——仁甫——因为照年军例规，代锦屏山向运河运送些东西，山寨里每趟给他一条金条。这原是大伙儿冲着俺的面子，有意提拔他的。哪知道这条金条竟是他几乎丧命亡身的引子——他因为前两年得着的两条金条，都没得着好用，全糟蹋了。这一趟，他打定主意，把金条换成银钞，撂在身旁，慢慢儿花。所以一回到德州，就上宝藏银局去兑换金条，恰有县衙做公的在旁瞥见，便不由分说，捉住仁甫送到县里。错知县也不问缘由，只说仁甫手中的金条和报案失赃的金条牌号、分量全同，硬使非刑，苦逼屈招。因为何家两次报案：头一次失去的一条金条，后来知道是何东儿媳妇——就是俺的堂表姐——偷了，甭追赃。仁甫手中只有一条金条，还有黄小村被偷儿杀死时被窃去的一条金条，没有着落。那狗官错知县仍向仁甫身上比追，不问情由，非得叫交出来不可。仁甫也不知吃过多少比追的官刑，可怜倾家荡产，也不够赔上一分的。

"这事出了将近两月，俺才从外路回到锦屏山来。俺嫂嫂——就是仁甫的家小——已经来找过三趟了。到第四趟，才会着俺，一见面就哭哭啼啼，诉说这冤案，并求再给他一条金条：'只当是给您哥哥买棺材的，舍一条劳什子，让他好销案，免得皮肉受苦。'俺听了，便取一条金条，刚要给她，忽然想着：不对！这赃官能留俺哥哥多活这么俩月，就为的这条金子没追出来。要是这一缴案，两件劫盗巨案都情真罪实了。那还不是赃到人亡吗？俺要给他这条金子，不但是救不了俺哥哥，反倒是催命符，催俺哥哥早上法场。这断断使不得！便把这番意思解述给嫂嫂听。怎奈她们娘儿们，不知熟计利害，只顾当前敷衍。见俺不给金条，也不肯听俺说的话，一个劲儿哀哀地哭诉，追比时如何夹拶，如何烂肉上再打板子，如何血溅肉飞：'您做兄弟的眼不见为净，叫俺做夫妻的怎忍心得下去！要是俺卖身能卖得这金条的价钱，俺早就甘心舍身救夫了。叔叔，您要亲跟见过一趟，您今天决不会不舍得这条金条的！叔叔！求您顾念手足骨肉，救他一救。俺今天要不能代他松这一结，就算辜负了他待俺的情意。俺情愿自尽在这里，决不愿再死乞白赖下山去，硬瞅着他受苦了。'俺给她这一诉说，弄得俺有苦说不出，好心翻成了罪案。只是俺断不能和嫂嫂憋气，赌气给她金条，任她去催仁甫快死。只得强自忍耐，任凭嫂嫂连讽带刺，让她骂个尽兴，俺才托镇恒山沈五弟拿俺想的那番道理劈碎析开，细细地说给她听，并且首先设誓，许她必尽全山力量救哥哥出狱。嫂嫂听说肯尽锦屏山力量去救人，才安了心，住了嘴，静听下去。沈五弟把话说完，她才明白过来。待了一会儿，反没主张了。俺便乘机再劝她。她虽不似先时一张嘴就向俺吵闹，却硬要逼着俺马上就动身。俺告诉她：'还要邀人帮助才行。那地方可不是独个儿能去拔个人出来的。她见这话有理，才和俺弯钉、套扣，约得停当稳妥方始下山回去。

"俺正下山去邀请得当地几个要好的朋友，却是打霞明观的期限已迫，万不能再耽搁。俺那时真是左右作难，进退失据。幸亏得有一位生死至交——琉璃球郝绍，郝二秃子，知道俺为难的情形，也和您一般，义愤填膺，自告奋勇，情愿代劳救俺哥哥。隔了两天，果然听得县狱里走失要犯。俺和嫂子的约期相差只有两天了，也没见她来催促。俺便上家里去探望，却只剩得一座空屋，连俺嫂嫂都不见了，长工也不知去向，屋里只剩笨重东西，阒无一人。俺心下疑惑，恐熟人识破，不敢停留打听，便急急地奔到郝绍下处，想问过明白。哪知郝绍也影迹无踪。询问邻居，都吞吞吐吐，不肯多说，只说他闯了大祸逃走了。俺这才大吃一惊！惊的是他们为甚干过后，连音信也不通一点儿给俺呢？当日俺就奔回锦屏山，暗地差人去县衙打探。据回报，头一班去的人说：'衙里押解一名叛逆要犯，半路上被一个胖大和尚和一个年轻汉子拦劫去了，还杀死一员解官。那押解兵勇，也没一个活着回来的。'第二班人回来，却说：'县衙狱里，越狱逃走了一名盗案重犯。'这两个信，恰巧相翻背，更使俺没把握，分外加上许多烦急。那天夜里，俺就冒着大险，暗中混进城里，亲自向镖局里打探。据镖局管事人说：'县衙走却的，确是姓黄的盗犯，那路上一僧一俗拦劫去的，是府衙解往按院的叛逆要犯，截然是两件事。'俺听了这信，再想到俺嫂嫂一家和郝绍都暗地走了；又想到近日地方平静，县衙里没第二件盗案，更没另外姓黄的盗犯。当时大放心怀，坦然专心奔河间去。

"俺后来南北奔走的事，您全都知道的，甭再细说。这趟俺来开封，见着于御史，忽然听得说：'德州金条案的要犯两批，都在开封破获了，已经移文到山东按院省释冤民黄仁甫并酌予抚恤。'俺暗吃一惊，忙打听得两批犯人都是千年松伍大哥破获的。便乘夜乘静去见伍大哥，先将俺所知道的情由告诉了他，再问他究竟是怎样一回事。不料伍大哥说出来，竟使俺迷疑越深……"文义屦言岔问道："呀！难道令兄这些时竟没出狱吗？"黄礼叹气道："说来话长，待俺慢慢地叙来，您自然会明白的。"

究竟金条案的真情实事如何，且待下章接叙。

第十九章

叩柴扉荒村访二老
整青山平地起双雄

话说黄礼站起身来，喝了一口茶，吁了一声长气，又重复归座，向文义道："这事越来越多弯子，绕来绕去，绕《八阵图》似的，俺一辈子也不得明白。照伍大哥所说：'案子是亲手破的，两批罪犯全是亲自逮着的，黄仁甫是亲眼瞅着提释的，不过不曾招呼说话儿。'难道伍大哥还会造谣言，虚夸自己哄骗俺吗？这是任谁都敢保绝不如此的。俺当时不敢说什么，却暗自设誓，必要打破这个闷葫芦。如今俺奉令出塞，因为是要赶期集师，只有俺这两条腿，晓夜急赶才来得及，没人可以替代。要不是承您慨然相许，俺真不知要憋到哪一年，才解得这个胸中闷结。"文义道："如今两桩事由都明白了。您马上就要动身，俺也不耽搁，立刻就去。待您回头来时，准给您个水落石出。"

二人商谈停当，便各自拾掇，预备动身。黄礼为着要快，不能多带物件，只打点了随身兵刃暗器和必需的衣服、盘缠，扎成个小小包裹，准备扎在背上，并修好两封书信，分致邵秀谷、邵载福，一并交给文义，重重谢托一番。文义接过书信，便回房去换了书生打扮，头戴方巾，身穿青衫，粉靴白扇，颇像个书香人家的舍人；身上却暗带着袖箭、弹石等物。另外携着书囊、长剑和银两等物。待到饭后，两人会着，一同进内去，辞了于谦，并重托柳溥，一齐动身出城。文义牵着牲口，陪着黄礼走着谈着。行了一程，已上大路，将近岔道了，文义因为要走小路，便于刺探，便和黄礼分手。黄礼自放开脚步，尽着神行本领，趁大路如飞而去。

文义独自转路，跨马扬鞭，潇洒长行。渡河后，到了交界地方，便雇了一辆长行车子，径奔德州，到了地头之后，开销了车辆，才向锦屏山去。一路打探，都说是："锦屏山有个仁义寨子，头领有好几个。里面有姓邵的，是弟兄俩，年纪不大。"文义心中更加欣喜，想着：寨子既称"仁义"，量来不是妖教绿林、闽广派衍，便急催牲口，直抵锦屏山下。沿山麓，按辔走着，瞧着。见这座山插天耸矗，拔地挺峙，当阳一面葱茏郁郁，果然酷似一座锦屏。再瞧山路，却是一条砂石小径，曲折蜿蜒，时而透露明显，时而蔽入崖下林中。若是有人把守，确实难于攻打。便想到黄礼说的"锦屏天险易守"那句话，估量着要想夜探却不容易，一来这路有这么远，一个更次还走不到；二来必有守路的，既是两旁夹石，没曲闪处，怎能飞度呢？看来只好明上了。一面默想，一面沿山观览。不知不觉间，已经绕过大半个山嘴，来到一片草场上。

忽见山脚回峰崖下，突然闯出四个包巾紧袄的壮汉，迎面拦住，喝问道："喂，这不是大路，你是上哪里去的？"文义早已暗自准备着，见这伙人拦问，便不慌不忙揽住辔头，跳下牲口，闪身挺然站在路旁，答道："俺从远道来此。受一位至交朋友的重托，走访本乡一位长者。"那当先一个壮汉截问道："您问的是谁呀？咱们这儿可没什么长者。"文义道："俺来访问的是本乡一位年高的长者，姓邵，表字秀谷，渔火村中人……"那壮汉不待文义说完，抢问道："您认识吗？寻访这位老者干吗？"文义道："因为俺有一位至交和这位邵翁是多年不见的老友。就俺南下，顺便托俺带着书信，前来奉访，当面还有话说。"那壮汉面现惊诧之色，两只眼骨碌碌，向文义身上仔细上下打量一番，才说道："这位邵老爷子不住在山里，你要访他老人家，须得照这路退回到一座小桑树林，依岔路走去，没多远，便到河边了。河岸上有个山嘴，那就是渔火村天生的庄门。过了山嘴，一片平阳地里，许多人家中有一家是青藤竹壁，门外一丛紫花的，便是这位邵老爷子的居处。"文义听明白了，便向那壮汉拱手致谢，回转身来，跃上雕鞍，骤马疾行。依着那壮汉所说的路程，望回里走没多时，果然见路头有一座小桑林，便从林中

122

小岔路上斜转方向走去，约莫走得四百步，流水潺潺，一道平波静澜，镜也似的小河已在眼下。沿河岸两箭多地，有座屹然回抱的山嘴，走近瞅时，山嘴回环处，正嵌着两扇铁叶铜包的大庄门。不觉暗赞一声："好个所在！"便停辔下马，将牲口系在门侧篱下。

庄门正大敞着，文义便步入庄里，走过许多人家，才见有一家青藤满布竹篱的门户，门前空坪里大丛紫花开得正盛，知道这就是邵秀谷家了。暗想这竹篱此地最少，这老儿竟能这般布置，足见不俗。想着走着，已经步近篱门，向里一瞧，静荡荡，满院绿草如茵，不见个人影。文义只得立在门前，咳嗽一声。这岑寂幽静的所在，忽然有这一声，自然是分外响亮。接着便听得屋里有脚步声音。文义忙闪身迎着院里石阶肃立着。一霎时，见石阶上面的木门吱呀地开了，走出个银髯霜鬓的老者，拄着一条藜杖，缓步下阶，立在院中，抬起左手来，遮在额前，挡蔽那对射过来的阳光，眯着眼，四面环顾。文义便跨进门去，迎着那老者拱手施礼道："老丈请了！小生是特来拜访邵老爷子的。惊动大驾，罪过，罪过！"老者听得声才回过头，瞅见文义，连忙抱着藜杖拱手还礼道："不知舍人光降，得罪！得罪！只是敝地住户满都姓邵，不知舍人尊姓？寻访的是哪一位老爷子？"文义答道："小生姓文，名义，访的就是那位表字是'秀谷'两字的。小生是受友人——黄礼——的重托，特来造访，有话面陈。"老者欣然道："秀谷是舍侄。正住在这屋里，舍人远来，快请到里面歇着，老汉去唤他去。"说着便让文义登阶进屋，直入左厢房里坐下。老者才告便自去。

一会儿，有个小童掇茶来献，又有个小丫头送盆水面巾来。文义便随意盥洗毕，慢慢地喝茶坐待。没多时，内壁门帘动处，见一个长瘦老人，布衫布履，飘然而出。一见文义，便躬身施礼道："不知大驾辱临，有失迎迓，望乞海涵！"文义已知这人就是邵秀谷，便连忙还礼，答道："小生文义因受万里虹黄二哥的重托，特造贵府问候。这里有书信一封，还请拆阅，便知分晓。"说话间，已将黄礼给邵秀谷的书信取出，双手捧递过去。老人接过书信道："小老儿贱字秀谷。舍人请坐，待小老儿拜读黄爷赐书。"便将信拆开来，从头到尾细瞧一遍，仍旧叠起来，纳入袖里，才抬头向文义道："黄爷赐书，俺都明白了。文爷远来，待俺略尽个东道，再细细地奉告。"说毕，回头向小童道："在那边屋里摆饭。"小童应声去了。

文义因为要打听事情，便不推辞，径随邵秀谷过东屋里来。屋子中间摆着一桌鱼肉菜蔬和杯筷等类。又见那在门口遇见的老者，立在屋中桌旁相待。文义趋前施礼，邵秀谷忙给引见，才知这老者便是邵载福的父亲邵中柱，近来和秀谷同屋居住。文义便问，邵载福可在家中，邵中柱答说："他马上就来的，文爷请先坐。"邵秀谷提壶安位，三人分宾主坐下。

酒过数巡，忽见一个彪形大汉掀帘而人，大声说道："哪一位是远客文爷？俺邵载福特来拜见。"邵秀谷忙起身答道："这位就是文爷。五弟！快请坐下，文爷刚才还问着你啦。"文义便起身和邵载福施礼相见，并取出黄礼给他的书信交代了，邵载福先见过他父亲，便一面入席陪坐，一面拆信细瞧。瞧毕，笑说道："黄二哥太老成小心了。他动身时，俺就知道是有极紧要甩不开的大事。要不，他能亲身枉驾来劝俩孩子不要从错了师父，难道肯扔下不问，也不给个信儿，断没这道理！他是拿天下大众的事当作自己私事的人，这一点儿小事，明摆着是来不及，谁能怪着他呢？要是咱们俩连这都不明白，那还好算个人嘛！"文义答道："这在贤昆仲一面说起来，自然是如此，却是俺黄二哥自己想着时，终不能释然无愧。如今不知府上两位世兄世弟可在家里？学问技艺是甭问，自必是高成深就、功臻绝顶的了。"邵秀谷笑答道："岂敢，岂敢。文爷太过奖了。"

邵载福羼言道："哥，您甭客气，文爷这趟许远地辱降，这辛苦全是为的俩小的。这番情义，咱们就破家亡身，也报答人家不来，绝不是口头上虚谢得了的。咱们再要客套敷衍，不说实话，让人家放心，那就更加罪孽深重了。黄二哥来信上最挂念的也是这事，咱们对文爷说了实话，总比写信来得详细，也好请文爷转言给黄二哥好放心。"邵秀谷道："好！反正你全知道，就请你说吧。"文义喜道："俺此来只为这事，俺黄二哥满心抱歉、放怀不下的也只为这事。邵大哥肯赐教，俺是再感激没有了!"

邵载福便提壶敬了一巡酒,让众人喝着、吃着,才开言道:"俺这侄儿、侄女,自从听得黄二哥离乡,就急得连饭都不要吃。俺哥和俺嫂子更急得没了主意,把俺找来商量了好几次,终没得个好办法。只得由俺骗着俩小的,说是:'不放下心肠撑起精神来练功夫,就会松劲。劲一松了,就有好师父也不能练了。'俩小的竟然相信了,强打精神,跟着俺混了许多日子。

"那年夏天里,俺带着俩小的上门前河滩上去摔跤,遇着个老和尚尽瞧着不走。俺瞧着尴尬情形,有些放心不下,便领着他哥妹俩回屋里。哪知那和尚径自跟到屋里来。俺忙把孩子送到里面,赶急又出去拦住和尚在外屋子里坐下。问他:'可是要化缘?'他答说:'不错,是想向施主结些善缘,可是俺结的不是财米俗缘,只想和施主结一层香火因缘。'俺又问他:'怎样结香火因缘?'他说:'方才俺见两位小施主资质高超,万人中难觅一个。不想尊府福大,竟有两位。却是可惜没得武道的法门,似这般练去,十年、二十年,也不过成就个上等江湖拳师,花拳绣腿,岂不可惜?俺自五台云游来到这儿,幼年曾习得些武艺,因为羡慕府上的福分,怜惜俩小施主的天资,所以不揣浅陋,不辞荒犷,觍颜自荐,想把俺所知道的全传给俩小施主,结一番香火因缘。如果施主肯允许时,俺什么都不需,只要静室一间,食用都归自理,绝不破费府上分文。'俺听他这话奇怪,料着绝不是个等闲人,便动问他上下。他答说是'五台山虎面沙弥了了和尚',便取大度牒来给俺瞧。俺听了这个大名,平日已震耳镂心,哪敢冒昧考察他的度牒?只略睃一眼那度牒上的法号,果然是'了了'两字。便想着:这位当今五台巨派的掌教大宗师,怎么就这般屈尊下就呢?复又想道:黄二哥曾说过,了了大师正在南北道上云游,待要多收门弟子,听说还不曾得着合意的人……如今了了大师自己寻来,准是黄二哥动身时太忙,不及通知俺家;动身后,挂着这件事,或是恰巧路上遇着这位了了大师,特地恳求他老人家亲来收录俩孩子。俺想到这里,满心欢喜,真比挖得窖银、剖得明珠还要快活。急忙诚诚恳恳,向大师道谢;又急急忙忙向大师告个便,通知俺哥嫂和小哥妹俩。顿时一家人都如获异宝，喜气洋洋。俺哥忙叫俺先出外去请大师上里屋大厅上来，他自己便带着儿女洗盥更衣。俺依言到外间奉请大师直到内厅，落座献茶，谈了几句没关紧要的闲话，俺哥就领着儿女——爷儿三个全都是打扮得全身新洁一同出来，一眼望见了了大师，便至心皈礼，低头下拜。

"了了大师坦然说明来意。俺哥儿俩也不敢动问是不是黄二哥代请他老人家来此的话，因为大师没说到这话，诚恐其中有所不便——只诚恳感谢，求大师成全。一切都谨遵大师吩咐，拾掇了这间屋子，作为大师的起居，并照大师指示的图样，雇高手匠人，打造各种军器、盔甲、弓箭、暗器。当夜，大师就宿在这屋里。次日早晨，俺哥亲自洁治饭食供养，哪知大师不肯受用，却拿出随带的粮食交给俺哥，说：'相烦庋藏，随时支用。'俺哥十分过意不去。还是俺说：'恭敬不如从命，若不依从，他老人家反不适意。'俺哥方才照办。

"过了半个月，军器将次打造成了。俩小的拳脚功夫已经大非昔比，打出来的解数，就有许多是俺识不透的，只觉得奇巧灵敏、不同凡俗。后来俩小的学军器了，大师总是叫他俩全身披挂，紧扎严装，方才动手习练。有时教他俩打对子、射箭，步下来过一趟，一定要他俩亲自各备一头牲口，在马上照练一趟。俺当时莫名其妙，只得请教。大师说：'若是只练些拳脚，向江湖上图个糊口，那就不必说了；要是想替国家出力，到边疆上去上阵打仗，一刀一枪，博个威名伟绩，那就非得这样习练。要不，上阵就觉不惯，任有好兵好计，也不得胜仗的。'惭愧！俺这才茅塞顿开，想着俺从前习学的，真是儿戏，从此俺也决志跟着大师叩教请训。大师慈悲，普度博爱，不但是详细指点俺的技击诀窍，暇时还教俺哥俩书文经籍。俩小的更甭说，文的武的，赛过装粮袋般，承蒙大师满满地给装进去。不到一年工夫，俺虽也在旁练着，怎奈年纪不对了，早不是他兄妹俩的对手。

"大师总共教了三年。中间也有他去的时候，实算在舍下日子是二十五个足月。忽然对俺哥说：'令郎、令爱天分极高，资质极好，文武功夫都可以自加修习，便臻上乘了。老衲已经把所有的要诀都传授完毕，留此没用，以他俩的心志品行，绝不需俺整日在旁督促，自然会发奋向上的。老衲还有许多要事，马上要去干了，决不能再有耽搁。将来有暇时，总须来探望俺这两个爱徒的。'俺一家人全苦苦地哀求大师多留些时，俺哥嫂俩更赌咒发誓，情愿供养大师一辈子。大师总是微笑不答。哪知过了一夜，忽然不见了了大师的踪影了。"

　　文义点头道："他老人家的行止，老是这般的。好叫各位得知，这位了了大师就是俺的业师哪。府上两位——兄弟、妹子——正是俺的同门师兄弟。咱们如今是通家世交了，全扔了客套吧。"邵氏叔侄、弟兄三人听了，一齐大喜。邵中柱逊谢道："岂敢！岂敢！无论如何，俺们绝不敢这般佞妄的。"文义道："这'佞妄'两字是怎么说的？俺们道里，首重师门，这是不能含糊的。"邵载福忙拦道："这杠甭抬得，依俺说，武道中最重师门，其次结义。要想文爷不论师兄弟是万万不能的。咱们只有各归各论，师兄弟尽管是师兄弟；咱朋友还是朋友。这不结了嘛！"邵中柱道："你这厮真大胆放肆！你也够得上和文爷论朋友吗？"邵载福笑答道："老爷子别挑眼儿呀，儿子马马虎虎，也算半个达官哪。"文义道："要论朋友，俺还是高攀，要不，俺就认世叔。"邵载福拍手笑道："如何？俺说别挑眼儿，这一挑可挑出岔子来了！"邵中柱、邵秀谷齐声道："文爷不要折俺们的材料了。"文义道："这可太言重了。"邵载福忙拦住说道："就这么办吧，别打岔，让俺把话说完了。

　　"后来，了了大师也来过几趟，每来一趟，必和俩小的谈论一两天，指拨些窍要。直到去年，大师又来过一趟，和俩小的关着门，谈了一整夜，不知说些什么，俺们也不便问得。大师走后，学儿首先向他爸爸说：'师父传俺兵法，要俺和妹子到锦屏山立寨练兵，一来增长阅历，二来不日还有大用。'接着铭儿也吵着要开山立寨。俺哥不答应，骂他俩：'不学好，要做强盗。'俩小的却是毫不灰心，仍是整日奔出奔进，忙得像个春天的蜜蜂儿。俺哥只得严管铭儿，说她：'女孩儿家不应该整日在外面放浪！从此出去须得先禀明到哪里去，须得你爹、妈妈允许了，才能出门。'哪知铭儿初听得时哭了两个多时辰。后来学儿回来，

127

附耳吱喳了一阵，便不哭了。自此俩小的，果真足不出户，一到夜里上灯就睡觉。就是白天里也时常瞌睡，甚至拥被高卧，他爹妈虽是暗地着急，却也没法可想。

"有一天中午，才吃过饭，俺和俺老爷子正陪着哥闲话。瞧见俩孩子急急忙忙装扎披挂。只当他俩闷久了，要习练功夫，舒松筋骨，俺们都相视而笑。一会儿，他俩披挂停当，并立在镜前，相对一笑，便回身一同跳跳跟跟奔扑过来。当面一站，咧着嘴同说道：'叔公！爹爹！叔叔！瞧俺俩可像俩将军？'俺想凑个趣，让他俩高兴些，便先说道：'好！真是一对折冲将军！'他爹爹也笑说道：'好像梁山泊的小李广、一丈青。'老爷子却只点头微笑。他俩听了，一阵哈哈大笑，转身便奔马槽，匆匆备马。俺们也还不以为意。

"备好了马，铭儿当先，倒提着一支朱雀戟，学儿随后，斜挽着一条玄武镰；两马连镖，直往外走。俺们方待问他俩上哪儿去，陡听得一声吆喝。忙回头瞧时，只见从这堂门一直到外面红花坪里，满都立的是人，一行一对，分左右两旁，排班似的屹立着。一见学儿、铭儿出来，竟倒山也似的齐齐跪下，和那营伍接大师的情形一般无二。当时，不要说两位年纪大的惊得愕然愣住，就连俺也几乎成了呆木。

"铭儿那小妞真胆大！就鞍上一扭身，低头拱手向俺们说道：'叔公！爹爹！叔叔！恕孩儿无礼！孩儿奉师命，为着军国大事，要搭救山东、两河的黎民百姓，不得已，暂借锦屏山做个栈库，操兵养士，候令应用。'她才说完，学儿不容俺们说话，接着高声说道：'孩儿此去，决不取良民寸草尺木，决不惊动乡邻戚族，仍守从前万里虹等一班前辈英雄旧规。孩儿确是奉有师命，并没半字诳言。'说着，便掏出一张字帖来，叫那站班的转递过来。俺们瞧着果是了了大师的亲笔，还署着花押。里面言语和俩小的嘴中所说不差什么。只多了几句安慰人'……不必挂念，敢保无虞……俩门人仍当限期归省，以慰倚闾……'等言语。末尾还说：'……此举纯为护国救民，尽大丈夫之责，立大英雄之业。携手同行者，尚有山东名拳师琉璃球郝绍、临潼大侠乘风虎罗和、四川土司大旋风秦馥。三人皆一时知名之武士，沉着勇毅，智虑忠纯，必不致贲事贻机。务希释怀,静待好音……'这一段言语却使老年人放了心。因为了了大师确守佛家戒律,不说半句妄语,这是几年来,同居一处都所深知的。事已如此,自然不便横加阻拦,只叮咛学儿、铭儿:'小心谨慎,弗贪功,弗使性,保重身体,弗乱吃,弗薄衣。'俩小的嗫声答应,施礼作别,纵马出门而去。俺们只有黯然相对,未免神伤。

"哪知这俩小的自从白天不出门,总是夜深时,悄悄地偷着翻墙越屋出去,和那三位好汉商议招兵买马等事情。就是了了大师也亲自来过,带来许多银钱,才召得从前在锦屏山干过的一班闲汉和地方壮丁。山上都是他们的老巢熟路,没几时,便弄得十分停当了,山顶揭起'德州仁义镖局'的大纛,刀枪森立,旌麾飘忽,俨然和从前气象一般无二。如今,俩小的正在山上练兵哪。俺听得文爷来的,已经差人去唤他俩回家一趟,也许就要到了。"

话犹未毕,猛听得铿锵锵一片响声,震耳钻心,直逼近屋里来。

要知文义得晤邵氏双侠否,便请接阅下章。

第二十章

倾忱悃低首拜英兄
激性情舍身救难友

话说文义正和邵中柱、邵秀谷、邵载福等在厢房中饮酒叙谈，正在高兴之时，忽听得门外銮铃声响，接着便听得靴声橐橐，大家回头朝门口一望，只见当门立定两个武士：左首一个，高眉亮目，方面圆身，头上蟠龙镏金盔，身披龙鳞灿金甲，腰束斗龙赤金带，佩一口雕龙金螭剑，足踏龙头金螭靴；右首一个，长眉俊目，宽面窄身，头上舞凤烂银盔，身披凤翎珠银甲，腰束鸣凤素银带，佩一口镂凤银鸾剑，足踏凤尖银鸾靴。文义方在诧愕，邵秀谷已满面笑容，招手唤道："学儿！铭儿！快过来，见见这位文爷！"文义恍然知道这就是邵学、邵铭，才待起身施礼相见，邵学、邵铭早一同扑近文义身旁，双双倒身下拜，道："后学参见师兄！"一连拜了四拜。文义忙道："既知俺是师兄，咱是平辈，怎行这么大礼呢？"一面说着，一面就起身待要还礼。邵秀谷、邵载福恰走过来，一旁一个将文义扳住，不让他还礼。邵载福并说道："文爷！您为他俩小的奔波这么远的路，这等恩情，哪里是拜几拜谢得来的？孩子，你俩该当多拜几拜才是。"邵学、邵铭果然又连拜了四拜，才立起身来。邵学说道："刚才得知师兄远降，就率同舍妹赶来拜见，怎奈山路曲折费时，以致迟到，还望师兄恕罪！"文义连称："岂敢！岂敢！你太客气了。"邵铭近前提壶斟了一杯酒，向文义道："妹子自从闻得师父提及师兄和浪里龙龙师兄的英雄侠义，就钦佩得望风遥拜，恨不得出寨晋见，长随左右，叨承教训。如今幸而师兄枉驾来到这荒山野地，

130

妹子算是一点儿诚心，得蒙天佑，果然见着师兄了。可是穷乡僻壤，无以为敬，只得借这一杯水酒，虽算不了什么，妹子却想借此表一表妹子钦佩多时的一点儿微忱，并且略尽妹子感激师兄仗义远来的些许敬意！"文义接过酒杯来，笑答道："俺今天得见咱们师父有这么两位聪明伶俐的门弟子，不似俺和龙老二那般笨相，也让人家知道虎面沙弥门下不全是粗蠢的。俺真快活极哪！这一杯酒真喝得痛快！可是俺还有一句话，得和师弟、师妹你俩说：咱们武当、五台同门兄弟，因为要合力同心，共谋国事，整日价相会相从，合伙成群聚在一处。如今正有那征番、保民、平妖、荡寇，不知多少事业要咱大家集结着努力干去才行。要是大家一存客气，反而生疏隔阂，要误却许多事机，所以咱们也得从今天起，照大家的样儿，把客气全给扔了。咱们就是咱们，甭虚矫顾忌，才能够披肝沥胆，明心见性；什么都能商量，什么都能办到，你俩就是现在见着师父，师父也必然要把这话吩咐你俩的。俺叨长几岁，你俩有什么不曾知道的尽管问俺，俺有什么要商量，也不客气地要问你俩。这才是咱们同门的义气。师弟、师妹，你俩能慨然答应俺一声吗？"

邵学、邵铭听了这番言语，都凛然起敬，对文义更加钦佩，肃然答道："谨遵师兄训诲。"邵秀谷在旁见了，暗自诧异：这俩小东西，从来没这般柔顺，今日可算钢钉遇着硬铁了。怪不得这姓文的驰名四海，竟有这般化钢为柔的本领！邵载福赓言道："俺这才算明白了你们五台、武当天下无敌的道理了。原来你们只要是同道：一见面就能推心置腹，肝胆相照，亲热到这般地步。来，来，来！大伙儿都坐下谈心吧。"说着，便调开座位，唤邵学、邵铭坐在横头，一同陪坐。这一席酒，各人心中都觉爽快，虽没山珍海味，却是酒到杯干，真果是欢叙畅饮。

席间，文义问起锦屏山情形。邵学答道："锦屏山形势天成，本来易守难攻。自从程、孔两位头领和黄二爷等一班人走后，王忠皓乘机派兵勇守山，把从前所有的堡垒壕堞全都毁个干净。俺俩没上山时，师父就派了乘风虎罗和、大旋风秦馥来到这里，和俺俩暗地商酌，召回旧人，重筑险要。一切用度，都是师尊交来。直到弄停当了，才立起镖局来。好在王忠皓那厮已经投奔奸王朱高煦，不再搅扰地方了。官兵虽来过两次，都被俺们设计抵退，没许他进山来惊扰百姓。后来官兵见俺们并不打家劫舍，本地境界没俺们的案子，乐得详报肃清，省事保位，就是他处移文，他们也一推了事。哪肯承认他境内有案子呢？所以山上很是安静。"文义问道："山上还有一位琉璃球郝绍呢，是几时来山的？现时还在山上吗？俺正有桩极要紧的事要寻他相会哪。"邵学道："他也是山上立局时才来的。如今正在山上没出去。师兄，您有甚事要寻他相会呢？"文义方待答言，邵铭接着说道："让俺猜一猜，瞧猜得可对？俺想，师兄既是说有桩极要紧的事要寻琉璃球相会，大概是为着黄仁甫那桩事吧。"文义诧异道："你怎么知道是为黄仁甫那桩事呢？"邵铭笑答道："俺也不过是瞎猜罢了。俺在山上，爸爸差人来唤时，就说师兄是黄二爷相托送信来的。俺俩因为常时听得师父提起师兄的大名，所以一听得就连忙赶来拜见，如今师兄说有要事要会琉璃球，俺就联想着大概也是黄二爷相托的事吧。那么，和黄二爷有关的，不是八成儿、准是黄仁甫那桩事吗？俺是小孩儿口没遮拦，信嘴瞎说的，说错了，师兄可别见怪！"文义笑道："这有什么见怪的！你真聪明，只提一点头儿，你就连结尾都知道了。这样灵敏的心思，要用在战场上那还了得！只是你一听就知道是这事，大概这事你是全知道详细的了。黄二哥为着这事，烦得心慌意乱，又万没工夫自己回乡来探问，才托俺来的。俺也代他悬心挂意，急于要查访明白。既是你能知道，何妨先说给俺听听，也好放心。"邵铭道："俺虽知道，却没哥哥知道那么仔细，哥哥，您说给师兄听吧。"邵学点头答应。邵铭便立起身来，斟了一巡酒，大家且饮且听。

邵学说道："黄仁甫不是那远近全知的金条案中主犯吗？要知道他为什么闹到这般尴尬，先要明白金条案的真情才行。何东儿媳妇偷金条给她妈李四娘，她妈又寄到黄小村家里，黄小村才引得偷儿黑夜盗金，追盗被杀，这就是金条案的一条根源。还有那何东儿夫妇同夜被杀，也失去金条一条，这便是金条案的第二条根源，黄仁甫就为着代锦屏山过载，得着一条奖赏的金条，上州里宝藏银局兑换，被做公的逮去，屈打成招。只是黄仁甫这金条是锦屏山给的。锦屏山是赵五爷当箭子时在山海关探得屯边武官克扣军粮，舞弊肥私，鱼肉百姓，种种不法得来的钱财，都换成金条，运进关里，便报给山寨知道，连劫了几次。每次都是黄仁甫过载，每次都赏给金条一条。两次他都败尽了，这一次却惹下这场大祸。

“黄二爷北上时，黄仁甫因为短一条金条，没法结案，苟延着性命。黄二爷来不及救他，才托琉璃球郝绍代去营救。郝绍答应下来，一回家里，就见他的徒弟马肇生拾掇包裹，正待动身。郝绍便问马肇生：‘干什么？你要上哪里去？’马肇生一时被逼，说不出来。郝绍更加严厉追问。马肇生心慌想逃。郝绍大怒，一把抓住，捺住就打。马肇生受不了，只得说：‘犯了窃案，本地站不住了，想另开码头。’郝绍问他：‘什么窃案？’他死也不肯说。郝绍便搜他的包裹。不料才一解开，铿地落下一条金条来。郝绍大惊，硬逼着追问。马肇生万分无奈，才说出是：‘和何东儿要好，同做洞庭山的箭子，沿途打探送信，何东儿是从胶州到德州这条路上的头脑，每年可得一条金。家里存着两条。那一天下午，赌钱输急了，恰遇有个同伴张子超因为向何东儿借贷不遂，怀恨在心，诱劝一同黄夜带刀去向何东儿硬借。当夜就一同跳墙进去，向何东儿借钱，何东儿不答应，一时急了，拔刀杀死了他。他媳妇李氏待要喊叫，那张子超便也动手把她杀了。见这媳妇是有孕的，便剖腹取了胎胞，准备卖给熟识的白莲教徒去。搜她箱子时，只得一条金条。当时心慌，无暇再抄，两人仍旧一同跳墙出来。如今听得说黄仁甫已经顶了罪，同伴来劝，乘此逃奔他乡，脱身远祸，所以拾掇要走。’郝绍听得这话，直气得脑炸心碎，万想不到一个至交朋友的胞兄所受的黑天冤枉，就是自己的徒弟闯的祸。这一下揭穿，哪能再忍。当即一把揪住了马肇生，厉声大喝：‘我要不把你这辱师败祖的贼送到当官，雪清我那好友胞兄的血海沉冤，就连我也成了浑蛋。好小子！你竟有这般大胆，不听教训，甘心做贼。今天要不为着要你上堂去对质，在这里，我就得把你碎尸万段，一面便拖马肇生到县衙去。马肇生吓坏了，抵死不肯走，两手抱柱，死也不放。郝绍急极了，大喝一声，尽力地一拉，不料使猛了劲，嚓的一声，把马肇生肋臂拉拧，顿时痛死在地。这可把郝绍弄得没主意了。人家的人命官司没理好，自己反招上人命官司了。凝神想了一会儿：马肇生是死不足惜，难道我还要为着他去打官司吗？便略略收拾，带了那条金条，悄然出走。

"郝绍家里原本没人，就只师徒俩同住，这时脱身出外，想着：金条案的冤情我算明白了一半，可是官府还是一点儿也不知道，万里虹托我的事，更没办得一分。马肇生一死，这冤案更没法洗刷。我岂不是成了个轻诺寡信、有负朋友重托的大罪人吗？往后我还用做人吗？这么一想，他又冲起了一股子勇气，决计要把这事办清楚，才对得起万里虹。便乘暮色苍茫的时候混进县衙，藏在暗处。直憋到鸡鸣时，才到狱里，劫得黄仁甫，送到他家里，叫他夫妇俩赶快拾掇，到东门柳塘边第九棵柳树下待着。

"郝绍回身带着金条重复越墙，到县署里，插刀留书，并劫取错知县的私赃——约莫足抵一条蒜条金价的数目带出衙来。直奔柳塘，寻着黄仁甫夫妇俩，才挈着两个人，使爬城索越城出外，划水过河，费了许多事，才逃得性命。送黄仁甫夫妻俩到陕界阌乡暂住，把马肇生盗来的金条和错知县的私赃，全给他夫妻俩，说：'你俩为着一条金条，受尽冤苦，也让您俩也享受享受两条金条的好处。'黄仁甫两口子甭说是千恩万谢，感激不尽。

"后来郝绍投托五台山，拜在咱师尊门下。所以他还称俺俩为师兄、师姊哪。一直到师父派他和罗和、秦馥两位同来这里开山，才独自分路到陕界阌乡去会黄仁甫，想邀他也移到锦屏山来居住，开山时，好多一个熟习本地情形的帮手。不料到了地头时，黄仁甫两口子已不在阌乡了。仔细打听，只知道他两口子早已回转家乡了。

"郝绍赶到此地，寻访许久，也不曾寻着黄仁甫的音信。开山日期已到，只得先到锦屏山来，再设法探访。山上派好几趟人进城，才访得黄仁甫是到家六个月，正在乡下藏躲着出卖产业，被县衙做公的访得，又拿了去。夫妻双双关在牢里。这信一传到，郝绍急得了不得，恰巧箭子报说：'河南巡按放了于谦，是武当一派，有许多擎天寨的好汉随护。'咱想着既有许多擎天寨好汉随护，里面八成儿有黄二爷在内。便商量着去寻黄二爷。那时郝绍正生寒病，病得不能动弹，捶捣炕枕，自恨自怨。俺们没法，因为秦馥和黄二爷相识，便公请秦馥代上开封走一趟。秦馥一口答应，立刻下山，直到开封。径奔按院询问，却会着千年松伍庄主。伍庄主一见秦馥，便殷勤接待，细问来意。秦馥本来不大明白金条案的细情，便只把大意告诉了伍庄主。

"伍庄主喜道：'正好，正好！俺正逮住曹州金条案的两个正凶，一个名叫水老鼠张子超，一个名叫金丝猫成德。'那个成德还供出是和他叔叔成和同在黄河北岸干采生折割的皮行生活，被镇华山钱二哥劝反茅金刀，砸了巢子。叔侄分手，成和逃往洞庭山，他就流落在江湖上。没多时，又听得成和没去太湖，改投汉王府，很得恩宠，便特地进京去投奔。路过山东，盘缠告罄，便施出他的看家本领来，寻一家容易下手的人家，偷盗些须银钱，做动身盘缠。四下里踩水，恰见黄小村家是单门薄壁。晚间便破壁进去。那时黄小村还没睡，捧着一条蒜条金，在灯下颠来倒去地盘玩。成德初意只想得个几贯钞走路，见了这金条，喜出望外。候黄小村睡了，藏金处已经暗中窥得，自然手到擒来。不料心中一喜，脚下稍不留神，绊着门槛，掼了一跤，惊醒黄小村，紧追不舍。成德便下毒手戮杀黄小村，就此逃走。直到近来，奉朱高煦派来开封当箭子，被伍庄主瞧破逮住，讯问口供，追溯他以前所犯的案子，才供出来的。还有那个张子超，却是个洞庭山的箭子。因为向他的头目何东儿借贷不遂，邀同同伴马肇生一同带着尖刀，深夜闯入何家，把何东儿两口子杀死，抢得蒜条金一条。后来马肇生被他师父弄死，金条也被他师父拿着走了。张子超自逃去后，就把取何东儿媳妇的胎胞卖得几两银子，逃走在江湖上，四处游荡。如今又投托在王忠皓部下，充当旗牌，暗来开封窥察。被伍庄主在厕所里瞥见他裤带上悬堕个'汉'字银牌，便匆匆出厕隐在外面等着。待张子超出来，便一把逮住，带回院里。于巡按亲自推鞠，堂口精謷，张子超没法抵赖，只得承招。河南按院规矩：拿住莠民时，必须追问从前干什么营生，犯过些什么案件。张子超再经推问，便把金条案供出来了。如今俩人犯全在这儿，只要请于巡按办一角移文，把俩人犯递解到山东按院，发交当地官府结案，黄仁甫的冤枉，不就全昭雪了吗？

"秦馥听了这话，便重托伍庄主。伍庄主知道是黄二爷的事，便毅然拍胸担当，说：'俺马上就去求巡按办文。待文办好时，俺亲自解犯走一遭，务必眼见黄仁甫释放并送他回家。'秦馥郑重谢过。待到次日，果见伍庄主亲自携带公文一角，解着两辆囚车起程。秦馥才回山复信。俺们大伙儿听得，全都钦佩伍庄主的义气，真够得上是天下闻名景仰的大侠！

"隔了些时，秦馥又到开封去探听信息。伍庄主告他：'事已办妥了。是俺亲到济南，协同山东按院的差官，一同到当地，眼见提释黄仁甫夫妇，枭斩两名凶犯，又护送他两口子回到德州居住，才回开封销差。'俺们郝师弟的病，也直到这时才全好。黄仁甫现在德州，日子还过得顺遂。师兄甫辛苦奔波了。请宽住两天，俺差人去找他来吧。他是黄二爷的哥哥，俺们也想乘此大家见见，同乡共里，有事时，也好多一个照应。"

文义何时回开封，邵氏兄妹同去否，下章再叙。

第二十一章

风云聚会万派朝宗
雷霆施威群英效命

话说文义听得邵学这番言语，猛然醒悟，金条案竟有许多曲折，难怪万里虹弄不明白！便向邵学道："贤弟，您真是能干极了！似这般烦琐的事儿，您竟能记得首尾全备，半点儿不遗。俺真佩服你的天分和记心！如今就请你快差人去请这位黄仁甫黄大哥来见一见，可好？"邵铭抢着答道："甭再差人去了。俺方才瞧师兄这般关注，知道必然要和这位黄仁甫见一见面，才好回复黄二爷，好让他放心。便先叫俺俩从人飞马去城里相请，并叮嘱：多带一头快牲口，回来时好驮载黄爷快点儿赶到。"文义笑道："妹子，你真机警而且痛快！咱们以后同在一处做事，有你在着，不知要省多少事，少误多少事啦！"邵秀谷接言道："承文爷抬举，别过奖了！诚恐孩子们年轻，承受不起。"

邵铭笑向文义道："师兄不要尽着说俺俩好。俺还有一句话，管保一说出来，师兄就要说不好了。"文义怔诧道："妹子有什么话，能叫俺说不好呢？"邵铭笑说道："俺叫从人接那位黄大爷，是直回到仁义镖局的。这是俺诚心想请师兄驾临俺那荒山，好就势指拨俺俩的乖错，所以斗胆径自这么办了。俺想师兄一听这话，一定要暗想着：这孩子，她把黄仁甫径弄到锦屏山去，使俺要见仁甫时，非得就上山去不可。这孩子真坏透了！可是俺真是一时粗心糊涂，尽打自己的如意算盘，图省事，免周折，断没半点儿歪心眼儿，要不说破可就负屈了。所以刚才忽然触着，直率就代师兄说了出来。师兄，您说可对？"文义笑道："俺

137

没你那么多小心眼儿。俺正想上山去一趟，一来见识见识这俺们同道前后两次在此开山的胜地，二来想会一会郝大哥和罗、秦两位好汉。只有听着痛快的，哪有反说不好之理？妹子，你猜错了。"邵铭答道："好！只要师兄肯光降，俺就猜错了，也是快活的。孩子们！备马！"从人嗓声答应。

这时，文义的马已经邵家从人牵上槽头喂料，霎时间，已将各人牲口都备好了。文义等吃喝饱足，都离座漱盥。邵秀谷、邵载福告便入内，换了行装出来，陪伴文义上山。邵学、邵铭吩咐从人，先着两个人快马回山，通报三位爷。从人应声，推了两个人强马快的，即刻挥鞭走了。邵氏一行，三代五人————同陪着文义出到门口。邵中柱瞧着都上了马，才向文义拱手为礼，待文义马上抱拳还敬、回马启行时，才自进去守家。

邵秀谷、邵载福、邵学、邵铭率领着十多名从人，前后簇拥着文义，顺路直向桑林飞跑，转入山路，才缓辔徐行。相距原没多远，转眼间，已见山门。远望去，但见路旁旌旗蔽空，迎风招展，猎猎乱响。马行至近，但听得一声吆喝，左右路旁黑压压地跪满两行兵卒。文义马才走过，便听得马前引导的兵卒，高喝一声"起去！"只见那些伏地兵卒卷帘也似的逐渐起来。文义的马行到队伍尽头时，兵卒全都站立，领队小头目一声呼哨，队伍便两条长虫般，夹道前移，将文义等一行人夹护在中间。不多时，行近山前头堡垒，但见关门大开，两旁甲士罗列如云。关头高树"仁义镖局"四字大纛，临风飘拂，气象威严。

逼近关门时，又见关右立定着的甲士前面，有三个严装紧束的武士端然侍立。头一个，头顶铁叶方盔，身披铁叶长甲，足蹬虎头战靴，腰束勒甲带，腋悬铁鞘剑；次一个，头顶赤铜朱缨盔，身披赤铜锁子甲，足登斗龙战靴，腰束扣带，腋悬长刀；末一个，头顶烂银镂花盔，身披烂银雀尾甲，足蹬狻猊战靴，腰束银带，腋悬长剑。三人各罩一件绿罗灿花袍。文义马近关门，三个武士一齐向前，躬身抱拳施礼。文义连忙滚鞍下马，一一还礼，邵学、邵铭都下马近前，给文义一一引见。文义才知，铁甲的是乘风虎罗和，铜甲的是琉璃球郝绍，银甲的是大旋风秦

138

馥。因为三人都曾投拜了了和尚门下学剑，便以师弟礼参见文义。邵秀谷、邵载福都是熟识，只下马略一招呼，便都进关，直到山上。

罗和等让文义到里厢落座，当即设酒相待。席间谈起各人身世，文义才知：罗和是临潼大户出身，重武好客，轻财仗义，散尽家私，结交天下豪杰。了了和尚也曾云游到罗家，受到供养。后来因为好客，反被外舅袁森发借端悔婚构怨，诬陷罗和聚盗谋乱，被官府拘禁，系狱两年，才蒙恩赦得释。却已家人散尽，骨肉流离，没处寻找。因此，满心感痛，矢志要报大仇，才投奔五台，拜在了了大师门下，习学剑法。秦馥是忠州土籍，幼通书史。因边地难得良师，才发奋到内地游学。不料内地人都说他是蛮夷，遇事欺凌，受尽无穷之辱，激起一片雄心，还家售去家业，携带银钱，直奔北方矢志习武。初投山东名武师大刀金纯的堂侄金友门下，习得拳棒刀马等功夫；后遇了了大师，见他资质可造，收留在五台习剑。郝绍却是家传习武，因劫救金条案的黄仁甫逃走在外，投到了了大师门下，因此这时五台门下，郝绍算是最末的小师弟。

当日筵间，文义将白莲教仗托朱高煦无恶不作，朱高煦又沟通番部许割辽、冀、燕、鲁为酬，约同反叛等等情形，详细说给众人听。并道："如今百姓凋敝，不堪再受蹂躏，天下侠义英雄，理当在这万分急难关头，挺身出来，保民卫国。现在，朱高煦逆迹已彰，入关的番使已经被咱们擒获，解京讯实。天子亲征在即，愿大家荷戈下山，为国家出力，铲除妖孽。倘使朱高煦得志，内有白莲妖教，外有建房番部，一旦横行起来，人民尽成鱼肉，土地断送蛮夷，咱们父老昆季、诸姑姊妹，生无托足之所，死无葬身之地。到那时，就有家业也不得保，想图挽救也没法使，那才是悔之晚矣！这事虽是天下人大家的事，许多人都浑浑噩噩，懵懂安适，坐视不理，咱们却是不能同流合污！咱们自居侠义武士，理当先觉觉人，挺身担当。须知大丈夫身肩天下重任，咱们今日不出来灭妖荡逆，平番扫叛，就辜负了天生一条汉子，长留万世骂名！所以现在虽是天下人苦乐荣辱的生死大关头，尤其是咱们身为武士流芳遗臭、分别善恶的生死大关头。请众位为天下苍生，大奋雄心，矢坚壮志，凭着这腔热血勇气，为我列祖列宗、黄炎赤子保全这灿烂河山，毋令沾腥蘸秽。今日有同心者，请共干此杯！"说罢，欻地起身，掇起酒杯，一仰脖子喝个干净。

在席诸人都闻风奋发。郝绍等各自立起身来，齐声道："敢不舍身相从！"邵学、邵铭双剑齐拔！邵学厉声道："有不相从的，就是国贼，俺先斩了他！"邵铭同时喝道："敢有二志的绝非人类。俺邵铭誓必杀此禽兽！"文义道："既是众位都有这般壮志，俺国家绝不致被叛逆番奴占去分寸。如今于巡按已奉旨出师，各地英雄不日可到。咱们就此拾掇，首先赴难勤王，不知众位意下如何？"邵学、邵铭、郝绍等五人一齐应声道："谨遵兄命！"立时传令："本局即日下旗，所有人众愿相随征叛剿逆的，限一周时内，了清私事，归队听点启程；不愿行者，立时报明，给银十两，回家就业。"

文义等畅饮几杯，互相鼓励一番。邵秀谷、邵载福也都满怀欣羡，当席陈说：自愿将历年存积的余粮，充作寨众开往开封的行粮。如有不够，再使存银购补。文义当即代众致谢。邵载福道："俺俩也是百姓，难道就不应尽些力吗？这不过是略表此心罢了。瞅着你们慷慨赴难，气壮山河，俺俩只尽得些须微悃，回头一想，真是羞愧万分，哪敢当个谢字咧？"文义道："好极哪！俺一定要将您两位长者这番盛意义举禀告按院，宣示天下，也好激励那些顾私忘公的守财奴！"

说话间，筵席已终。恰值从人缴令，报说："本局共计人众九百九十七名：除因亲老不能远离的十一名、另有他故不能离乡的八名，情愿跟随矢受指麾的计有九百七十八名。"邵学、邵铭便和郝绍、罗和、秦馥商量，发放银两，另外加惠，每人给粮六石，即日领去，明早离山。那十九名兵卒领得钱粮后，都上来谢恩，也有流泪的，也有叹息的，甚至有两个痛哭的。邵学等知道他们留乡是有不得已的苦衷，也为之叹息不已。各个安慰一番，并嘱咐："如若想要相从时，只要知道俺们扎营的所在，随时来投，自必尽先补录。"十九名兵卒才叩谢而去。

邵学等方在指使从人收拾行李，调置物件，忽报说："城里有位黄爷，已经接来了。"文义听得，连忙叫："请！"从人应声下去。大家都起身出外相迎。才出门口，黄仁甫已经到门下马。文义等趋前相见。黄

140

仁甫一一拜见，一眼瞅见郝绍，啊哟一声，死心塌地地叩下头去。郝绍一把没挽住，忙陪磕起来，便拉住黄仁甫悄说道："这位文爷，是令弟的至交好友，受令弟的重托，远路迢迢，特为打听您来的，您得上前去谢谢人家的盛情高谊。"黄仁甫连连点头，听毕时，便掣转身来，又朝文义磕下去。文义连忙还礼道："大哥不必如此，咱们都是兄弟啦！"说着话，大家簇拥着黄仁甫直入里厢来。

大众落座，献茶毕。文义动问黄仁甫的近况。黄仁甫便将两度入狱情事说了一遍，并道："如今是只靠祖业敷衍。在阌乡时，蒙郝大哥给的钱，拿来做些小本经纪，倒也顺手。不料带回家乡来，一场官司，使费得干干净净。幸亏得同乡伍庄主亲自送俺回家。官府都当俺和于按院有旧，清理被人占去的祖产时，县里、府里全向着俺，没费甚气力，就收回了。今时只靠着祖遗产业赡家。本来就不够开销，弄得很窘，年头里又添了个小子，他妈没乳，用度更大了许多，透着支持不住的样儿了。俺急得没法可施，打算再弄几辆大车，做做老本行，好贴补点儿，又恐怕身体已经磨折多了，筋力不及从前，不敢冒昧。只盼望着舍弟回家来见见面，哥儿们商量商量，设个法儿调处生计。再说他嫂子又有了喜信儿了，要是又养活个小子，俺就得给他做儿子，也得他回家来见见才好。要是似这般老不沾着家门儿，小小子长大来还不认识爸爸啦！"众人听得，都忍不住哄笑起来。

文义先把黄礼近年的情况和所做的事业，以及这趟因为奉令出塞，来不及拢家，又放不下心，才托请代为访问的话，全告诉了黄仁甫。且邀黄仁甫同去开封，免得黄礼回来就要出兵，又忙得无暇见面。并说："令弟因为得的信前后不同：既听说前几年郝大哥救您走了；又听得于按院和伍庄主都说是才没多久，行文取释的，伍庄主并说亲眼见您省释出狱，亲自送您到家，心中委决不下，不知您究竟住在哪里，所以没写信……"说着，便将自己身边带来的银两，取出二百两来，递给黄仁甫，因恐他推却，托词说道："……这是令弟托俺带着，见着您时，当面奉交，做个安家费用的。让大哥好放心到开封去，和令弟见一面，如今咱们见面了，就此交代明白，请您收下。"黄仁甫只当真是他兄弟黄礼托带的，连忙收受了，郑重道谢文义带寄之劳，便将银两托邵载福代寄回家。

这一夜都宿在山上。大家谈谈国事，商量行程，有时也说到擎天寨众好汉的事业。谈到破汉邸、破霞明等大事时，锦屏五好汉都啧啧称羡，恨不曾身与其役。因此越谈越高兴，直到夜半过后，方才就寝。山中人众却纷纷拾掇，忙了一整夜。待清理就绪，鼓楼已报四更，邵学、邵铭热忱奋发，都没睡熟，听得鸡声初唱，各自起身离炕。从人送上热水，盥漱毕，便到外厅指示众从人及小头目赶快收拾。

文义闻得人声嘈杂，知道时候不早了，连忙一骨碌爬起来，穿好衣服，匆匆盥漱了，便取出笔墨来，详细写了一封书信，才走出房来。邵载福首先迎着问好，文义含笑回答了，向邵载福说道："俺夜来想着，这一路到开封，路程不近，且须出界入界，俺动身得匆忙，且因为不是公务，不曾请得一支令箭。如今大队人马，虽不用地方办差供应，关津渡口查问时，究竟讨厌。俺想稍许扎住两天：一来让兵卒们有些料理家务私事的工夫；二来可以先差快马，连夜送一信到开封，托飞将军代禀按院，请一支令箭，带一角公文，迎头赶回来。咱们这里迟一两天动身，总在界内接着。那么，过关、渡河都没留难了。如果您赞同俺这办法，就请向令侄转言一句，派日夜六百里的飞驹立刻动身，两天多就赶回来了。"邵载福道："您写好了信吗？秦九哥的坐骑是日行五百里夜行三百里的一匹卷毛银鬃白川马，向他借一借，总可以的。"文义喜道："那更好了！要是秦九哥的牲口难骑时，俺骑的那头黄骠马，也能日夜六百里，就骑着去吧。俺跟大队，有长行牲口就得啦！"邵载福答道："不须，不须。秦九哥的牲口很驯的，有事时也曾借骑过多次了。"文义便将书信递给邵载福。邵载福立刻去寻邵学、秦馥说明事由，借马，派人，即时下山奔开封去了。

当日休兵一日，放各兵卒回家料理，没家的和异乡人都留守山。饭后，邵学、邵铭请文义、黄仁甫一同到渔火村。邵秀谷、邵载福先回。文义和邵中柱、黄仁甫闲谈解闷。邵学、邵铭进去叩别母亲。范氏闻得儿女出门去干事业，也很欣悦，只叮咛吩咐"路上小心，莫使气性，寒暑保重"等护惜言语。邵铭在山时，原收得两个大脚老媪、四个丫鬟，都经教给些骑射刀枪武艺的，范氏便命："一齐带去，不必留在家里。你是女孩儿不比爷们儿，身边得有几个贴身伺候的才行。"邵铭一一答应。出外来，帮着量装粮食。这一天整整忙了一日，直到上灯多时才住。

次日早晨，众好汉会齐，商量分拨人马，按次起行，免得路上人多拥挤。邵铭掏出一张点单来，向众人道："俺昨夜按全山人数算计，列一张队伍分派单在此，请众位兄长过目。如果不对，再另行商拟。"众人瞧那单上写着：

> 以九百七十八名兵卒分为五路，每路分为三队。
> 每路计有：旗号兼传令一人，鼓角二人，执事三人，头目六人，每路共计十二人，五路合计六十人；
> 中军大纛旌麾三人；
> 每队大旗兼通报一人，每路三人，五路合计一十五人；
> 右共计执事卒六十八人；
> 每路统五卒一百八十人（每队六十人，另外每队配置正副头目各一人），五路共计九百人；
> 总共九百七十八人。

众人看了，都道："分派得好极了！"文义并说："这般分派，再要妥当没有。"当下众人互相商议，公推玉狮子文义统率全军。文义推辞不得，只得应允。当即议定：

> 琉璃球郝绍统一路，为前站，当先哨探开路；
> 大旋风秦馥统二路，沿途查察戒备；
> 乘风虎罗和统三路，运押行李车驮；
> 凌霄凤邵铭统四路，运拨行粮军食；
> 镇海龙邵学统五路，轻装马兵断后。

次日依次启行。黄仁甫就在文义营里同行。邵秀谷、邵载福直送到十里外，经文义几次拦谢，才惘然回家。

锦屏人马何时到得开封，请阅下章便知。

第二十二章

含辛茹苦千里奔波
披臆谈心三更夜话

话说玉狮子文义代劳，不辞辛苦，远赴锦屏山，不料竟由此招到得五位英雄，而且都是自己的同门弟兄，外还带得近千人马，列队回来，好不威武。至于黄礼所托的两件事，也都弄得水落石出，功圆果满，足以告慰良友，无负嘱托。一路在马上想着，十分痛快，不知不觉间，便走了许多路程。

这一夜，扎营在马家营子。因为全军装束都和官兵一般，旗帜鲜明，号令整肃，并且不惊动地方百姓，乡下人怕事，都不敢过问。晚餐过后，文义正和众好汉相商，想就此屯扎一日，等候开封来人，免得离得锦屏山太远时，倘或有事，不大便当，方在嗟议之时，巡哨卒报说："去开封的人已经赶到。"文义等大喜，立即传进。那从人进帐，呈上一个二尺多长的包袱，文义亲自解开来瞧时，里面是河南按院札饬招选兵卒，率领归标公文一角、大旗一方、中旗五方、金钺令箭一支、行牌一件、洪武宝钞二千贯、于按院手书一封、柳溥回信一封。忙拆开两封信来观看，于谦信里是嘉奖文义忠心义胆，勇于为国，并奖励邵学等一班归顺的义士，志切国仇，深明大义。外发宝钞二千贯，以一千贯犒军，一千贯给五将安家。末尾并说："有功之日另行升奖；其输粟济军之义民邵秀谷、邵载福等另颁褒奖。"柳溥的回信，所说大致相同，并说于谦得信十分欣慰，已经嘱令备具牛酒，打扫营屋，专候大队来到，且约定亲到河岸来迎接。

众人看罢书信，个个欣喜。当夜，便传令更换旗帜，分发犒赏，顿时五路兵卒个个喜悦，欢声动地。文义又将令箭行牌交给郝绍，预备关津查验。当夜开筵庆贺，更深方散。次日破晓，便拔队长行，一路上鞭影连云，旌旗蔽日。所过处，农夫停耕，行人驻足，居民妇女扶老携幼，都拥在路侧，仰望威仪。文义等随时约束，不许惊扰百姓，凡事都须退让，百姓们都说："河南按院的兵真规矩呀！要是天下营兵都是这样，老百姓哪用得着避兵呢？"

沿途关津无阻，直到黄河岸边。当有河边卫所，供应渡河。郝绍首先渡到河南岸，正待扎营，忽见一个小卒递来一张名帖，说道："开封巡按院有人在此迎接。"郝绍接过名帖来，瞧时，果然是飞将军柳溥来到。便连忙吩咐："排队相迎！"队伍散开，便见柳溥金盔银铠，赭袍玉带，剑佩铿锵，长须飘拂，跨一匹紫骅骝，按辔徐行，到队前便停缰下马。郝绍连忙趋前相见。彼此方在叙话，后面各路已一齐渡河来到。文义听得报说柳将军来迎，便吩咐扎住。忙邀集邵学、邵铭、罗和、秦馥一同来和柳溥相见。柳溥一一施礼通名毕，便向众人说道："于巡按闻得众位怀忠向义，万分欣慰。本拟亲来奉迎众位，好早日相见，无奈近日因出师在即，抽调兵马，筹划军饷，昕夕不遑，未能远离。所以特差小弟前来代达，还望诸位早达开封，共襄义举。"邵学等立起身来，肃然听毕，答道："某等誓矢愚诚，效命麾下，尚求柳爷转达微意！今承柳爷远劳玉趾，无以为敬，帐中聊备水酒，愿晋一觞，为柳爷祝福。"柳溥连忙逊谢，文义已起身邀他进帐。

这时，营盘扎定，已将更时，行厨摆上酒筵，众好汉请柳溥上坐，相陪畅饮。英雄相见，各自披肝沥胆，互慰互励，一直叙到三更将近。酒已半阑，忽见一个小头目趋近罗和耳旁，悄声说了几句。罗和略怔了一怔，便向邵学使个眼色，当即起身告便出席，退到帐外来。那小头目还立在帐外等待。罗和唤他近前问道："你不曾仔细问他从哪里来吗？"小头目答道："标下也曾仔细盘诘过，怎奈不肯实说。只说：'罗爷一见，自然明白的。'"罗和又问道："没旁的言语吗？"小头目答道："始终只说：'有机密事，非求见不可。'再没旁的言语。"罗和点头道：

146

"你先回去，我随后就来。"小头目应声去了。罗和低头苦想，想不起这个遍身黑衣的是谁。据小头目来报，说是巡哨兵卒拿着的，那么他怎么又知我姓名，硬要见我呢？……既是来见我的，为什么不正大光明地投营请见，却又鬼鬼祟祟躲到黑处，给巡哨兵卒逮住咧？……这事终有些蹊跷！……不管他，且见见他去，谅他单身一个，不见得害了我去！要有什么诡计，再临机设法对付他。主意已定，便急急回到三路扎营处自己的营帐中来。

守营兵卒见主将回来，都近前打参，罗和忙挥手止住。众兵卒只得肃然立着。罗和悄悄地行近帐外，闪眼向里一望，帐中灯光如豆，暗淡得可怕，心中更加疑惑。权且不进帐去，斜斜地转向帐侧来，蹑着脚步，挨身近帐，侧耳一听，一点儿声息没有。再向幕缝里闪眼觑去，却见里帐灯烛辉煌，人影幢幢，却分辨不出是谁。心中恍然暗道："是了，那人既说有机密事，我的随从恐防泄露给兵卒们知道，所以在内帐待着。"想着，便不再迟疑，掀开帐帘，昂然直入。才跨进内帐，从人见了，齐声说道："好了，主将回帐了！"声未了，罗和猛然见一团黑物向跟前一滚，耳中忽听得一声："哥哥！"声音很是凄厉，连忙定神一瞅，原来有个人拜倒在跟前地下。便连忙伸手挽他起来，就灯光之下，迎面一瞧，不觉心中一惨，"哎呀"一声，几乎洒下泪来，喉中一哽，两人互扑到一处，抱头痛哭，再也说不出什么了。

原来这个人是罗和的姑表兄弟，姓张名楚，因他爱穿黑衣，绰号"黑虎"。幼承家风，习得一身武艺。当罗和家盛时，黑虎父母都已亡故，时常住在罗家，暗中照顾。也曾代罗和了过好几桩拼打劫夺的歪事，因此罗母待张楚极好，竟和亲子没分别，罗和与张楚也如亲兄弟般要好。那年罗和被袁森发诬陷，张楚暗地入狱几次。那时罗和因为还有家业族属，不能逃狱。张楚又恐增重罗和的罪名，不敢去杀袁森发。后来罗和出狱之后，见家空人散，憋一口气到五台，求了了和尚披剃，了了和尚教他习剑报仇。一直到这时，还不曾知道一家人到哪里去了。

哪知当罗和恩赦出狱之后，袁森发还放不下毒手，要害罗和全家。张楚得着消息，想着：罗家已经抄尽了，只剩得这几个光身老幼，难道还给那老贼快意吗？便趁夜到罗家，向罗母说明：袁森发已经到府里进状，说是罗家还时有盗党往来，一面还买通人来罗家井里下毒，要灭却罗氏一家，好让他女儿嫁人，苦劝罗母且避一避。罗母舍不得在狱的儿子，不肯远离。张楚毅然答应往来照应。罗母没法，才带了袁家的庚帖，带着两个小叔子，悄地抛下家中那些吃闲饭不管事的族戚门客人等，随张楚暗中出走，逃到秦州赁屋住下。张楚竟认罗母为母，呼俩小叔为叔，作为一家人，遮饰外人耳目。却是这几年中，罗母也真亏张楚侍奉如亲生母亲，时时慰藉，尽心奉养，才延得一条老命。俩小叔却病死了一个，只剩得一个年长些的，名唤罗焕章。张楚因他身躯羸弱，没教他练武，却送他塾里念书。

罗和出狱时，张楚得着颁布恩赦的信，就连夜赶到临潼。不料他到临潼的那一天，罗和刚脱难出狱，只身遁走了，差着一刻，没得见面。张楚四处苦寻，终不曾得着罗和的音迹，只得且先回报罗母，使他得知儿子已经出狱，暂放宽心。哪知罗母听说儿子遁走无踪，反而急得晕倒地下。张楚急忙请医解救，好容易才救醒转来，罗母仍是哭得死去活来，悲伤不已。张楚心如刀绞，当天发誓：誓必要寻着罗和，才肯罢休。从此安置罗母安居，自己便裹粮外出，四方奔波，各处寻访。有时还得抽暇回秦州去瞧瞧罗母，必须把食用备妥，才再出来。似这般，已有两年多心无安时，足无停趾了。一直打听到太原，才听得罗和在五台的信息。便又奔到五台山，寻访了了和尚，恰遇着了了和尚云游出塞，不曾见着，却是已得着一点儿音信，知道能会着了了和尚，就能问得罗和的下落。张楚探着这点儿影儿，哪敢怠慢，连忙回到秦州，先送信给罗母，安慰一番。再又回到临潼，想打听风声，如果没先时那般紧，便先送罗母回乡，重立这家人家。不料刚到临潼，就听得自己的叔父——张旷虞——被袁森发串通县幕，硬栽上一个"纵侄为匪"的罪名，拘禁在狱中，已经三月了。张楚得信大痛，一时救叔心急，就想不顾一切，径到县衙去，当堂投案自首。却遇着一个曾经施给恩惠的旧邻居——王梅村——苦劝张楚不要送肉上砧，并自承可以代他设法申冤，张楚便住在他家。待上两天，王梅村果然保得张旷虞出狱，张楚又惊又喜，便叩谢王梅村的大德，并请问怎生能这般快迅就把人救出来了。王梅村才告诉他实话：因为本县知县太爷，是汉王府的师爷。王梅村的老子也在汉王府当长随。两人平日就勾结舞弊，甚是要好。这时，王梅村的老子已升侍卫，王梅村本身又在汉王府里，充潼陕一带的箭子头脑，所以这知县很怕王梅村的势力。王梅村去保一个被冤的小百姓，自然是不费吹灰之力了。张楚知道了这真情，心想：我要早知道他当上了奸王的箭子头儿，我也不和他交往了。如今事已至此，为着救叔父，只得忍耐着再说。即使人家不能见谅我，我良心总对得起自己，自有大白我心的一天。

　　没多时，王梅村果然要张楚入伙当箭子。张楚略一迟疑，王梅村便用言语挟制恐吓。张楚只得托词道："我能跟您向上图出身，还有什么不好！只是我还得赚钱养活我干娘和我叔叔哪。"王梅村拍着胸脯说道："你才傻透啦！王爷要干大事，能白支使人吗？你干一天自有你一天的口粮呀！"张楚故意问道："有多少啦？"王梅村道："王爷的恩典是每人每月给二两，按三十天算，有一天给一天。旁人跟着俺，全给一两八，是你咧，咱们好朋友，你境况不佳，俺不在乎这一点儿，满给二两，成不成？"张楚只便故意装作欣然受命，从此就跟着王梅村当箭子，却是探报的全是没甚紧要的信儿。好在王梅村只要仗张楚的武艺保镖，探消息倒满不在乎，所以勉强还能相安。却是张楚已觉心痛极了，也不知道背着人哭过多少。有一天，张楚在王梅村家闲坐，听得旁的箭子报说："锦屏山一伙人都离了山了。"王梅村问："怎样离山的？"箭子说："听说是河南巡按于谦派了个叫文义的收了去。"王梅村又问："锦屏山不是虎头孔纯、豹子程豪一班人的余党吗？那厮们早就伙入歪道，滚到北口去了，大概又是在北口没好处，跟着于呆儿上开封，遇着扎手的，砸了大堆人，来不及，赶搬救兵来了吧。这没甚紧要，甭理他，别往乐安报。"那箭子道："这一伙听说不是从前那条线路了，俺访得一张姓名单儿，你老瞧瞧可是从前那一伙？"张楚无意中瞅得那姓名中赫然有"乘风虎罗和"五个字儿，直惊得心口怦怦地跳个不住，几乎发昏。连忙镇住了心神，喜得王梅村不曾觉着，侧耳细听时，王梅村正在商量要

149

派人赶去探个实在。张楚大喜，暗想：机会不可失去。连忙站起身来，自告奋勇，愿去探明回报。王梅村欣喜道："你肯辛苦一道，那是再妥当没有了！"立即取了四两银子给张楚做盘缠。张楚立刻告辞起行，王梅村还深赞他能勇于从公。

张楚别过王梅村，心中忽然一动，便先悄地来会张旷虞，把自己的心事，向张旷虞细说明白。并说："侄儿为着罗家表兄受许多亏苦都甫提了！原只为想使他母子相聚，略尽亲情，稍报恩谊，侄儿就算了了这一桩心愿，始终没亏员外家。这趟侄儿一去，要是能够会着罗哥，就能了却这桩心愿，侄儿可是再不愿意回到这肮脏龌龊的魔坑鬼窟里来了！侄儿走后，您老人家可不能待在这里。要不，侄儿还是不得脱身。如今侄儿想得一个好办法：叔叔今夜不要睡着，侄儿三更时来接叔叔出去。这屋里的家伙满不要了，千万别拾掇！一拾掇，那两伺候的人就知道了，他俩原是王梅村派来看守您的。让他知道，就走不成了，叔叔能依我吗？"张旷虞道："你这般苦心，我只恨我没力量能帮助你。你说的话，我还有不依的道理吗？你放心，我准照你说的话做就是了。"当夜，张旷虞先就装肚痛，老早就爬上炕睡了。俩伺候的平日就不把张旷虞摆在眼角里，不过因为张楚给的赏钱不少，不敢当面拉扭罢了。这时见张旷虞生病，最是偷懒的好机会到了。待得张旷虞鼾声起时，便溜到下屋里去饱吃一顿，拥被高卧。到三更时，张楚越墙进来，把张旷虞接了出去，俩下人半点儿也不曾觉着，直到次日清晨，方才知道。

张楚黉夜驮了叔叔张旷虞越城离乡，觅了个僻静处所，把叔叔安置停当。才买了一头牲口，径奔黄河大路，来寻罗和。沿途不便打听，只得一纳头向开封疾走，料想赶到开封终可以访问得着的。这一天渡过黄河，正在觅店投宿，忽见岸上旌旗簇拥，河滩上走上一彪人马，迎头认军旗当中斗大一个"罗"字。张楚顿时如获异宝，心花怒放，却又不敢上前，且也没法探询是不是乘风虎罗和。只得夹在河岸上袖手闲瞧的百姓堆中，凝神注望。那彪人马的领将虽是顶盔贯甲，髯长容老，却认得果然是罗和。这一来，可把张楚喜得热泪迸流。当时见有人应酬接应，且在大军之中，不便冒昧叫认，强自耐到夜里，才向营盘走来。不

150

料被伏路小卒瞧见他脚步匆急，又是浑身黑衣，疑是奸细，猛然截住，要带到营里去，张楚急说："我是有机密要事来见罗爷的，不是奸细。你引到我去见罗爷。"小卒问他姓名，张楚因为不知罗和此际实情怎样，不肯露出姓名，只说："罗爷一见，自然明白的。"那小卒才不敢捆缚，径引张楚见过小头目，一般询问过一遍，才连人带马，护送到罗和帐房里来。一面报知近侍，往中军相请罗和回营。多年不见的骨肉至亲，这才得乍然相逢，两人回思旧事，都悲感万分，抱头痛哭。二人痛哭一场，张楚强抑悲怀，与罗和一同就座，把这几年来的情形一一告诉了罗和。罗和听着，时而痛恨，时而感激，时而咬牙切齿，时而泪洒涕零，及至张楚说完，罗和已是袍淋袖湿，泣不可抑。张楚劝道："哥这时且不必悲伤，事已过去，悲也无益。如今我特地赶来，是有几桩和您商酌的：第一就是令堂如今还住在秦州，焕章舅也在那里念书，您最好马上迎接到开封来，让老人家见您一面，好放心乐意，可怜舅母是整整地苦盼几年了！这事是万不可缓的。您如果不能抽身，我马上就代您走一趟。可得说定，无论怎样紧急的公事，您非得待我接得舅母到了，您才能走。要不，老人家急盼到了开封，又见不着您的面，老人家再加一急，可不是玩儿的！"罗和点头道："如今我委实不能抽身。老弟！烦您烦到底，辛苦您，我也不敢空说谢字了。我到了开封，见过按院，我自会陈情请示，专待您来，决不离开。"

　　张楚道："第二桩就是袁森发那厮，咱万不能放过他！要这仇不能报，咱俩还有什么脸做人？如今乘那老贼还没受天谴，赶快动手，还可以手刃此贼，再迟就怕他要老死了。我先时没肯动手：一来为您没见面，我要独揍了他，您得永抱缺憾，所以想待您一同报仇，便一直没去惊动他；二来，为家叔陷在临潼城里，被王梅村暗扣着，我揍翻了袁贼，可以走得脱，家叔可走不脱。如今我见着您了，家叔也出了圈子了，挂碍全无，我想乘此去报却这不共戴天的大仇，您意下怎样？"罗和道："我在锦屏山时，也曾着人到临潼去打探过，据确报说：'袁森发已经投附奸王高煦。奸王因他是临潼一带地方无赖乡绅的头儿，十分拉拢他。去年就颁伪诏，封袁贼为"临潼伯"。袁贼借此招致绿林，收

151

聚流民，声势很大。地方官惧他势力，不敢得罪他。'近来袁贼益发横行无忌了。我得着这报，就想去对付那贼的。却是因为隔得太远，没法调动人马；锦屏头领不多，不便邀人远行，便一直耽搁下来了。如今御驾亲征逆藩，袁贼既是奸王的党羽，少不得也要剿灭的。我到开封时，必向于巡按陈明情形，告个奋勇，请令回临潼去扑灭这祸国害乡的恶贼。"张楚道："既是这样，您到开封，就得讨差，可别忘了。还有一桩事，您那些家产和家丁人口，难道就此不问了吗？唉！您是离乡别井，撒手不管了。可怜我真灌满一肚皮的气，听了不知多少讥言诮语。哥！您这趟要再不争气做出个人来，连我也不愿活着了！"罗和道："兄弟，您放心！我要不为着要出口气，在五台时早落发逃禅了。您如今来得正好，于巡按的同道南阳玉狮子文义正和我们同行。我引您去见见，将来也好设法报仇，就是您也别辜负好身手，乘这剿逆机会，闯个出身，留个姓字。"张楚道："出身不出身，倒没紧要。文义的名儿久已欣羡，却得见见，剿逆的大事，也得尽些气力，您就给我引见吧。"

罗和便掬汗巾擦了擦脸，张楚也整了整容，二人各自起身掸衣待走，忽然听得帐外一阵声喧，銮铃乱响。二人都吃一惊，急忙按剑出帐，但见一片灯球火把，四面人马纷动。

要知为甚事乱营，下章详载。

第二十三章

征叛藩鸿猷聚群侠
张挞伐歃血誓全军

话说乘风虎罗和与黑虎张楚二人，急忙按剑出营，瞅见连环报马滚滚而过。头道报马大声传话："各路即时出队！探报离营东方十里有大队人马飞卷而来，火速准备，候令开战！"二头报马接连着传唤："各路不得擅自开仗，听候中军将令。"接着又听得传唤："各路主将概向中军报到！各路兵卒列开！"罗和便和张楚一同乘马向中军来。

将近中军，文义、柳溥等六人已并马前行，见罗和来到，忙笑说道："没事，没事。方才已经探明是霹雳杨洪奉调会师，连夜赶到。咱们已经派人迎上去，免得闹错了，弄出笑话来。先时因为探报只说'大同镇兵来到'，不得不防，惊动您了。"罗和答道："行军以谨慎为先，理当如此，怎说惊动？"柳溥道："杨指挥就到了，咱们一同迎接吧。"说话间，邵学、邵铭、郝绍、秦馥四骑马已经前行，罗和便也随着走动。行进间，罗和乘空将张楚来觅的缘故，大略向文义等说了。文义等都赞张楚义勇过人，都邀他同到开封。柳溥并说："于巡按原望邀集天下英雄，以便早灭妖逆。张兄肯同心协力，于巡按一定欣喜的！小弟敢代于巡按竭诚迎请。"张楚一面谦谢，一面陈明还要到秦州迎接罗母，准在十日内赶到。众好汉都叮咛切约，盼望早来。

正行间，遥见前面一簇繁星般的灯火，霍地分作左右两行。柳溥扬鞭指着说道："杨霹雳列队了。"没多时，果然见雁翅般两行灯移向前来，行不多远便停住了。文义等忙催马疾进。火把映处，忽见迎面一将，金盔、金甲、白马、银鞍，骤马迎来，掀髯大笑道："文贤弟、柳贤弟，辛苦呀！怎么不在开封，却露夜扎营河岸？难道这时就奉令防河吗？"文义笑答道："大哥辛苦！怎的夜行哪？"柳溥也答道："俺俩邀请几位同道打这路过，防河还早哪！"杨洪哈哈大笑道："俺连夜地赶，就是怕落在您马后，还好，给俺赶上哪！哈哈！……"

马头相遇，彼此马上擐甲拱手相见。郝绍、张楚等六人都和杨洪相见毕。文义、柳溥便请杨洪一同宿营河边。杨洪道："俺正想长谈谈哪！怎能分扎两处呢？校尉！河边扎营！"部下轰应一声。文义等掉转马头领路，杨洪率兵随行，直到河岸，连营扎住。文义等便邀杨洪过营，一同饮酒谈心。直到大同兵营盘扎定，才送杨洪过营。

次日，休兵半日。到正午晌后，才拔寨齐起，鱼贯而行。将近开封，离城十里扎下。柳溥先进城回报，于谦立即携带旌旗、衣甲、粮饷、牛酒等项，亲自出城犒军。杨洪、文义等得信，连忙传令夹道排队跪迎。霎时间，排成两行长队，蔽空红旗，匝地红衣，如同二条大龙伏地一般。文义、杨洪等全都顶盔贯甲，穿袍佩剑，列在道旁恭候。于巡按的仪仗过去，柳溥当先领头，唱名跪接。顿时鸦雀无声，一齐伏下。仪仗前导吴春林高声叫"免！"于谦立时停缰下马，亲自依次扶起众将，笑容满面地向众将说道："本院奉密旨勤王讨逆，承义士公忠体国，惠然同行，本院理当代天行犒，为民致谢！众位远道辛苦，且请归帐，不必拘礼。"众将齐声道："谨谢鸿慈，愿效犬马！"

于谦缓步进营，众将随后到帐内，公请于谦升帐参见。于巡按不允，说道："今日是本院犒军，咱们大家坐谈吧。"众将让之再三，于谦终是不允。杨洪只得率众帐下参见。于谦起身，逊在一旁，还礼毕，向众将道："本标兵马，疲敝已久，颇难整饬。本院想借众位贵部合擎天寨众，归于本标，开赴乐安。只是有屈众位，本院深觉不安！"众将一齐躬身敬答："理应侍立帐下，恭听指挥！"于谦当即命吴春林率同校尉，将旌旗、衣甲一一点交更换，粮饷牛酒都分别付与主将散放。

诸事已毕，于谦和众将细谈了一会儿军略。文义乘暇将招得锦屏山众的情形以及郝、秦、罗、邵诸人的出处，详细禀告于谦。于谦极力安慰诸人一番，并答允为罗和行文陕西查究。罗和诚恳谢过，并请再录张楚一同归标。于谦道："张义士陈慨勇壮，本院正待竭诚奉请相助。暂时相烦统率本院亲兵，不知张义士肯屈就吗？"张楚连忙叩谢毕，立起身来，便陈明：要到秦州奉迎罗母，恳请准许秦州回来时，再行归标。于谦道："这虽是张义士一片热肠，却是有本院在此，张义士可以不必再辛苦一趟了。本院回头就差人驰驿，前去奉迎罗太夫人，只请张义士、罗义士各修一封书信就得哪。本院代办这件事，大概两位义士总可放心了。"又回头向吴春林道："这件事就请吴兄费心，回院去马上就办。叫去的人携带勘合，来回驰驿？好早点儿赶到。"吴春林一一答应。罗和、张楚一齐拜谢。

于谦待校尉回报，犒军已毕，帐中摆宴，众将侍饮。于谦向杨洪、邵学等说道："本院闻得众位今日要请本院阅兵，这不过是一种例行公事，不必忙在一时的。兵卒们既是众位亲自教训多时，断没不精之理，本院想着人马已经趱行多日，再要大操大演，未免太辛苦了，暂且休兵数日，待塞外兵马都已到齐，定期出发，会众誓师时，再一同大阅吧。"众将都恭肃听命，并立即传谕下去。兵卒都山呼谢赏谢恩。吴春林代传帅谕，高声喝"免！"众兵卒依旧排列道旁伺候。

于谦待酒过三巡，便传谕"起马！"众将连忙起身恭送。于谦步行出营。众将几次恭请乘骑，于谦不允，直到营外，才向众将作别。校尉牵过雪里拖枪风雷闪电驹，于谦上马拱手起行。众将率领兵卒恭送如仪，直望到旌麾没影，方才收队回营，兵将各自歇息。全军上下谈到于巡按，无不歌功颂德，感激肺腑，欢同挟纩。

次日，于谦遣校尉持牌，调取全军入城，分扎演武场营房之内。即日宴请邵学、邵铭、郝绍、秦馥、罗和、张楚等，并给杨洪、文义洗尘接风。事前，于谦就命吴春林先向众好汉说明："今日是私宴，便衣候教，屏却一切礼仪。"众好汉只得遵命，都换巾衫入院。于谦在内堂相待，也是儒巾素服，含笑相迎，一见面便拦住众人不让行礼，各请归座，说道："咱们都是同道同门，全是要好的朋友，只为我不该是个官身，众位弟兄就被那些繁文缛节缚住了，一直不曾痛痛快快聚得一会

155

儿，咱们乘今天向大家说个明白：以后关于公事的，咱们各问良心，用不着客气；除了公事，咱们还是弟兄朋友，千万不要生疏了情谊，咱们才能永葆心腹至交，协力同心到底。今天咱们座中也有新见面的朋友，或许还不大知道我究竟是怎样一个人，也许还拿我当禄蠹一般的看待。还望几位老哥儿们，闲时代我表表心迹，只要是志同道合，就是我于谦的好朋友、好手足。那些什么上司标下，都是些作威作福的欺人之谈。咱们心性相交、至诚相与、共矢血忱、携手报国的好弟兄们，使不着那些腐调。咱们同道性情都是爽快的，想必不会拿那不顾体统的腐官腔来责备我的。"众人听了，都说："好！咱们恭敬不如从命！"杨洪道："咱们于谦大哥可算没沾半点儿官场习气，还是和从前一样的痛快朋友！"文义笑道："做了官多半就不痛快了。难得于大哥、杨大哥至今还拿俺们当小兄弟看待。"于谦笑道："官是什么？不过是个担子罢了，朝廷给你这官，就是叫你挑上这份担子。难道是叫你摆威风吓慌亲戚朋友的吗？我不是呆子，而且最怕人家拿我当呆子。"说得众人都笑了。

这一席酒，大家不拘形迹，格外欢畅。于谦留众人在衙里盘桓。公事一完，便和众人叙话。一连几日，邵学等几个生朋友都混得熟极了，大家才知于谦果是个不同凡俗的血性男子。接着伍柱等一班解犯进京的，都回来了。亲征上谕和召于谦率兵勤王的诏书都到了。于谦便大宴几天，方才分派众好汉赴卫所挑选人马。

这一天，人马选齐。黄礼恰由塞外回来，禀报："擎天寨头领全都入关助战，并选精兵一万，分途趱行，不日就到。特先行赶回来报知。"于谦大慰，重奖黄礼。黄礼谢过，便出院来寻文义。文义将所经办的事一一向黄礼说了，并邀黄礼同到锦屏营中自己帐房内，和黄仁甫、邵学、邵铭等相见。黄礼先诚恳拜谢过文义的盛情，并道贺他收得人马大功，才一同到锦屏营中。弟兄相见自有一番悲痛，和邵氏兄妹也自有一番叙话不必细述。当夜，黄礼就在文义帐里宿了，整整叙谈了一夜。次日清晨，方才起身，罗和的母亲和叔叔罗焕章已赶到了开封，正在母子、叔侄相见。张楚便和文义商量，想趁此在开封赁屋给罗母居住。文义听得，慨然应允，自己有屋可以供应，便回家商量，腾挪出几椽房屋，连同日用器具，分借与黄仁甫和罗母各居。张楚便写信给叔父张旷虞，也接他到开封来居住。黄仁甫也因兄弟之劝，差人去接眷到开封来，都住在文家。一来免得两地牵挂；二来将来出兵后各家也能彼此照应。

过得五日，擎天寨的大队人马，已经竖着河南巡按的旗帜陆续达到城外。于谦得信，连忙亲自前去宣慰犒军，并请宴接风，大会将士，邀请同道到衙内，聚叙了两日。于谦因亲征诏已颁布天下，出兵期近在目前，便和众同道商定，先将各处人马都聚在一处，再行调派分配。便传令：所有兵卒全归营盘驻扎，换成一色的旗幡衣甲，一齐改作标兵，再候令分拨统属。这时，擎天寨一众头领全都分路各个赶到，人数已齐，总计率来精兵一万名，将领都已到院报到参谒。于谦便命吴春林会集各路将士，已经亲到报名的，都详记姓名，列册候派。吴春林当即查册列报，计有：

霹雳杨洪，镇泰山潘荣，镇华山钱迈，镇衡山许逵，镇恒山沈石，虎头孔纯，镇嵩山杜洁，镇巫山韩欣，镇黄山弓诚，镇庐山弓敬，豹子程豪，玉狮子文义，小活猴邓华，万里虹黄礼，小大虫皮友儿，牛儿丑赫，浪里龙龙飞，云中凤凤舞，金麒麟凌翔，石灵龟归瑞，铁臂施威，傻狮子王通，黑大郎孙安，猛大虫庹健，俏二哥骆朴，金刀茅能，千年松伍柱，赛由基赵佑，赛周仓周吉，小罗通蒋庄，铁枪刘勃，赛雄信林慈，莽大虫陈曼，八哥儿王济，一阵风庹忠，螭虎雷通，红蜈蚣查仪，红孩儿火济，一朵云岳文，铁狮子魏光，怒龙徐奎，千里驹武全，震天雷卫颖，飞将军柳溥，没毛虎董安，恶虎徐斗，黑飞虎范广，小铁汉聊昂，莽男儿薛禄，乌鹞子彭燕，赤虹白壮，急三枪吉喆，穿云鹤秦源，好人儿袁琪，铁香炉左仁，冲天孙孝，赛李广唐冲，劈破山余鲁，追风鸟承秉，草上飞常洪，铁戟干戬，水上漂马智，琉璃球郝绍，镇海龙邵学，镇南天汤新，黑虎张楚，小游龙何雄，满天飞金亮，闯三关覃拯，铲不平尤弼，金狮子于佐，火流星关澄，大老虎车宜，盖湖广成抚，沈一剂沈刚，金戈种元，一颗珠钟强，山字儿季寿，乘风虎罗和，大旋风秦馥，双锤李隆，梅花鹿李青，飞毛腿欧弘，赛叔宝徐建，四眼狗刘福，铁头冯璋，分水犀李松，玉麒麟凌波，双尾蝎丽菁，混天霓章怡，黄虎魏明，岭头云越媚，闯天雁奚定，铁爪鹰史晋，浪里花姬云儿，渔船华菱儿，凌霄凤邵铭，出水莲钮雪，毛头星梅瑜，过天星梅亮。

总计将领一百员，内男子八十六名，女子十四名。

当即报请于谦分拨。于谦便就挑选卫所的壮健，大同镇兵，锦屏、擎天义勇，总计三万兵卒、一万五千马匹，分拨作"中""飞""前""左""右""后""运"六军。每军分统兵卒五千人、马二千五百匹；将领按军分配。各军将领名次是：

前军：统领兼正先行官丑赫，副统领兼副先行官文义；
军将：魏光、庹忠、施威、茅能、刘勃、范广、聊昂、薛禄、武全、汤新、季寿、钟强、岳文、韩欣。
中军：中军官张楚，旗令使黄礼，医官沈刚，帐前都护卫刘福；
护卫：李隆、李清、欧弘、徐建；
军将：龙飞、凤舞、王通、孙安、归瑞、凌翔、骆朴、庹健、赵佑、唐冲、邵学、柳溥、雷通、董安。
左军：统领伍柱，副统领白壮；
军将：钱迈、潘荣、杜洁、许逮、弓诚、弓敬、邓华、于佐、卫颖、秦源、孙孝、袁琪、左仁。
右军：统领程豪，副统领孔纯；
军将：徐奎、徐斗、周吉、蒋庄、林慈、陈曼、种元、王济、火济、彭燕、常洪、吉喆、余鲁、何雄。
后军：统领杨洪，副统领马智；

军将：成抚、尤弼、干戬、覃拯、金亮、承秉、关澄、车宜、
　　　秦馥、罗和、郝绍、查仪、皮友儿、冯璋。
运军：统领兼正护粮使章怡，副统领兼副护粮使越嵋；
军将：魏明、邵铭、凌波、丽菁、奚定、姬云儿、史晋、李
　　　松、钮雪、华菱儿、梅瑜、梅亮。

　　将士分拨既定，便各自归队。乘此暇空，众好汉都寻朋觅友，畅叙离怀。次日，归队令下，六军统领便各自会同副统领，率领军将，点齐本部兵马，按着各军部位扎营候令。犒军一日，专待誓众出师。

　　次日破晓，于谦全身戎装：头戴亮金元帅鏊盔，身贯精金索环铠甲，腰扣连环玉带，足踏双螭战靴，腰佩蛟龙剑，手仗黄金钺，跨着风雷闪电驹，旌旄前导，校尉夹驰，直赴校场誓师。各军将士齐都铠甲鲜明，列成龙鳞阵伺候。全城文武官员都到校场侍候。没多时，已见黄罗伞盖冉冉行近校场时，报马飞驰。各军统领趋前恭迎，文武官遮道参谒；中军官张楚传"免！"帅纛直入校场。六军队伍排队，众将上帐打参毕。于谦更服，红袍玉带，象简乌纱。当有司仪官吏宰杀乌牛白马，祭告天地。于谦整肃威仪，步行礼已毕，便登坛誓师。词曰：

　　"惟皇明受命，承天之麻，毋忝祖德，惠尔蒸民。兹以逆藩不庭，抗命称叛，事夷乱国，涂炭生灵。唯我皇上，天威震怒，挞伐斯张！本帅奉天行讨，誓众出师。维尔有众，其各勠力，用佐大勋。毋忝厥职！信赏必罚，同指山河！此誓。"誓毕，歃血为盟，全军踊跃山呼，惊天动地。

　　于谦正位将台，即传先行官听令，丑赫、文义立诣将台，打参毕。于谦发令："即日师指乐安，征伐叛藩，克期到达，毋许停留！"丑赫、文义齐声恭应："得令！"转身归队，立即上马，率领本部人马，旗幡招展，鼓角齐鸣，就在此号炮声中，蜿蜒开拔，径出校场。随后各军次第奉令启行。于谦自归中军，一同开拔，离了开封城。自有文武官员，照例在离城十里官亭驿站饯行犒师，一切仪节，不必细述。

　　乐安何时得平，请阅下文便知。

第二十四章

急先锋骤马立头功
大元戎聚英谈寇势

话说勤王军前部先行官丑赫、文义，在开封城外宿了一宵，受地方官犒劳已毕。次日破晓，即拔队起行，一路上浩浩荡荡，威威武武，径向乐安进发。沿途渡河越野，秋毫无犯。百姓们都拥立道旁瞻仰军容，绝不似平日闻得兵字飞逃不迭。一直离了河南，行入山东地境，都是邑比无惊，兵民相遇，如家人朋友，绝没丝毫猜忌。那一日，行到双锁山前，探马得百姓确报，前方有汉藩逆兵挡路，忙飞报统领。丑赫得报，便吩咐："离山十里扎营。"一面滚报到中军，请令进止。

各军得信，一齐在山前依次扎营，四面派出哨探。于谦心想：我原想绕道驰赴鲁北，护卫圣驾。如今逆兵挡路，总怪我行军太缓，被逆藩探知，断我要路，这便如何是好呢？……焦思了许久，忽然想起：既是逆兵拦阻在前，除却用计击破他，还有什么良法？我就此开仗，也是奉旨而行。大丈夫当决则决，顾忌些什么？想罢，便传各军统领进帐，将这意思向众将说了，并道："今夜四更造饭，五鼓出兵，到三更时分，我自有将令到来！"众将领命，各自回营，转饬部将严装以备。营中刁斗三更，文义、丑赫巡营方毕，才上马进帐坐定，忽听得銮铃乱响，文义忙起身出帐，丑赫也知是令下，一同出营。果然瞅见万里虹黄礼手持金钺令箭，口中大呼"传令！"飞马来到。丑赫忙迎至马旁右侧。黄礼便从护书袋抽出一个密封封筒，递给丑赫。丑赫一面接过，一面掬取一枚前军对牌，递给黄礼伸手接着，马不停蹄，绝尘驰去。丑赫回帐，和

160

文义拆封同看，正是一通于谦亲笔书写的军令，虽然是满纸草书，却写得龙蛇飞舞。令文是：

"据探报：双锁山有逆兵四千余人，山后另有三千人为掎角之势。贼将系逆藩所豢养之骁贼白云王玉，统率妖教余孽八名、卫所叛弁六名，皆凶悍善战。闻我军近逼，防备颇严。本院决定亲统中军自山左径捣贼巢，前军冲前山直上，不得放一贼下山；左军突攻右山三峰，兼援前军；右军绕攻山后贼营，断贼呼应；后军严防后路，并做援军，相机向各方增援；运军截贼退路，兼防贼逃，并相机增援各路。如本军不胜，即当先开路。各军皆于寅初整装，闻炮齐出，以鸣金为进军之号，闻号并进，至山巅贼巢会师；以连珠炮为退军之号，闻号且战且退，至天鹅洼聚合扎营。仰即遵照，毋忽。此令！"文义道："山脚太宽，咱们奉令是'冲前山直上'，俺想咱俩分作左、右两方指挥，好互相环护，彼此照应，并且免得贼寇漏网，您意下如何？"丑赫皱着一双浓眉道："成，就这么办。咱们于大哥原是个顶痛快的人，不知怎么一做了官就不像从前那么痛快哪。凭这几个小毛贼，咱们哥们儿谁对付不了？哪用得着这么惊天动地，全师尽出呢？就让咱俩统着这半万人马，就这么直捣进去，给他个见着就砍，一会儿给拾掇完事，不就了结了吗？却偏要小题大做，划什么计策，进啦，退呀，闹这么一大篇子，不是自讨麻烦吗？"文义道："您的话是不错的。就凭南京汉王府那么厉害，塞外青草山那么强固，咱们也没去这么多人，就全给捣了个末渣。这只一小窑儿，哪够得上这么多人去打呢？可是话又说回来啦，这一仗是于大哥出兵第一仗，一来还没见圣上的面，要受了挫折，拿什么脸见人呢？二来这地方虽小，可不比汉王府、青草山，都是咱们探过又探，外带绘图具说，明白透了才去捣的。这儿又不能久耽搁，马上就得过去，还来得及探吗？既是不十分清楚它的内容，就不得不使个万无一失的计策，才能操必胜之券。这大概就是于大哥不怕麻烦的道理。俺这猜的，准八九不离十。您要怕麻烦也容易，咱们不管旁的，只照着令内分派的，闻炮进攻，一个劲儿打到山巅会师完事，您说好不好？"丑赫喜得双手一拍道："好！咱就是记不了许多左呀右的。于大哥要是照您刚说的来个字儿不结了吗？偏偏地要长虫闯曲洞似的绕那么大个弯子，可就把咱绕得够头痛哪。您比咱明白，咱闹不清楚，就请您说给大伙儿知道吧。"文义笑答道："大哥，您是正统领，该您发令才对呀，俺怎么好僭您咧？"丑赫双手齐摇，道："得啦，别酸啦！什么僭不僭，咱不知道，就算咱求您，劳您驾，辛苦您一趟吧！"文义笑答道："好，好！俺给大哥代劳就是了。"

前军帐里一声令下，魏光等十四员军将顷刻齐集帐内。文义便代丑赫将军令宣过。立刻命全部步军、马军一概分作两路：魏光、庹忠、施威、茅能、刘勃、范广、聊昂随文义领兵一路向左翼进攻；武全、岳文、韩欣、汤新、季寿、钟强、薛禄随丑赫领兵一路由右翼进攻。抢到山腰，两路会合后，再并力攻占山巅，以先到山腰为首功。宣令毕，便令即刻火速造饭。真果是"军令如山，军威似虎！"马、步战兵们子初时分便都起身拾掇，职事兵早将饭造好。全军将卒各自急急饱餐一顿，严装待发。

丑末寅初，丑赫、文义各统所部就地展开。丑赫立马当前，横刀在手，忽闻得震天一声炮响，便大喝一声，跃马直向左翼，冲上山路。武全等一齐继上，兵卒们都奋勇爬山。丑赫见右翼文义等已沿着草径，一条长虫般蜿蜒径上，便挥刀策马，大声催军卒快进。顺着山径，大伙人马乌云压般地向双锁山匝地卷上。才突过一层峦嶂，忽听得画角长号，顿时现出许多暗淡旗影，衬着那昏沉夜色，好似千百株树影迎风乱摇。丑赫回头一望，见右翼文义一路已经戈矛飞舞，闷声恶斗，便连忙挥动部下，向那旗影丛集处猛攻。丑赫亲自骤马引导，行不到三十步，陡听得有人大喝："来人止步通名。"丑赫厉声答道："河南巡按部院勤王军前部先锋官丑赫在此！你是何人？胆敢阻止大军！"声才了，但见一团白雾滚到跟前，闷雷也似的发声道："靖难大元帅汉王殿下金斧班教头前将军怀远伯二虎丁威，特来讨贼。你若马前降顺，本将军饶你不死！"同时一柄大斧，照定丑赫当顶劈下。丑赫将三尖两刃刀迎面一扫，架开大斧，大骂道："漏网小逆，还敢逞凶，这次可不饶你了！"接着一连三刀砍劈过去。丁威自汉邸逃生后，苦练斧法，已非昔比。见丑赫势猛刀沉，连忙闪身让过，就势将马一夹，偏过一旁，大喝："将校们快上前擒这贼将！"顿时暴雷似的一声"得令！"只见丁威身后冲出六骑马来，一齐向丑赫围攻。

武全、岳文、薛禄、钟强四将在前，见敌军增援，便各自拍马上前，呐一声喊，径向汉军六将攻去，顿时混战作一团。丑赫想着：文狮子进势很猛，咱要不急到山腰，他便没人救应，这时不可恋战误事。便虚晃一刀，跃马掣身出了圈子，将刀向本军一招，韩欣、汤新、季寿三人统军突进。霎时间，人蔽山阳，马鸣幽谷，遍山遍野尽是勤王军。

汉军原本据险为营，待时突攻下山。不料勤王军寅时便进。丁威虽苦练得一身武艺，却是不懂得行军应机。见勤王军反而攻上山来，恐前山有失，便率全部出战。手下六将——大铁棒洪紫东、白三郎王达章、小林冲赵子茂、追风马邓天梁、黑皮黄振武、青竹蛇邱盈和本部四千多兵卒一齐离了险隘，和勤王军混战。丑赫统率七员猛将，已不是丁威、邓天梁等所能抵敌，何况那勤王军人人奋勇，个个争先，一阵狠斗，丁威渐渐地觉得支持不住，便传令回守山隘。

王达章、赵子茂二人首先抽身回向原驻处奔去，才冲进障隘，猝见一柄大金刀迎头劈下。赵子茂连忙镫里藏身，避让过去，王达章只叫得一声："不好！"百忙中来不及闪躲，只得倒身滚下马鞍。但听得略喳一声，王达章的坐骑已折腰倒地。赵子茂急勒马定神瞅时，却见一员虬髯虎目、金盔金甲的大将，胯下紫骅骝，手执大金刀，天神般迎面挡住。再瞧认军旗，映着微曙淡光，现出斗大一个"茅"字。王达章翻身离地，急爬起赶来瞅见隘口旌旗，尽是"河南"字号，吓得抱头就跑。赵子茂更不敢停留，勒转马头便逃。那边勤王军见了，茅能、刘勃、施威、范广、聊昂五骑马争先追逐。这时正是丁威挥军后退，想回保山隘之时，迎头遇着这一群虎将。顿时，旗倒马翻，队散伍乱，被冲得七零八落。丁威见前后无路可逃，只得急忙下马，丢盔卸甲，夹杂在小军堆里，向左旁崖石上滚下山逃命。

丑赫挥军直进，会着茅能，方知文义已连破贼营，直达山腰。见丑赫还没到，便命茅能等五员猛将转向山下反攻。正逢丁威出战，便占得山隘，接应了丑赫。丑赫知山隘已破，便不停留，督着本部人马，顺山路直上山腰，和文义会师。一面命茅能、刘勃、武全、岳文，分向左右，搜抄敌人埋伏，并追杀残余贼兵。

丑赫、文义合兵一处，便照令行事，把住前山；一面遣韩欣向山上哨探。没多时，猛然地震山摇一声巨响，接着便见山头黑烟乱冒，巨石纷飞，夹着火气红光，弥漫一片。文义惊道："这炮奇怪极啦！难道咱们中了计吗？"丑赫听得，更加惶急，没暇再和文义答话，猛抖丝缰，如摇头狮子一般，全身伏在马上，一阵怪吼，冲崖直上。转眼间，已到迎面一座高岭顶脊，丑赫展眼一望，但见左边坡岭上，无数大小乱石，如筛米簸麦般滚滚直下，冲成瀑布也似的一片白光。便不顾凶险，骤马向右山脚下奔去。方在飞驰，忽听得脑后銮铃乱响，急忙横刀回顾，却是茅能、刘勃、聊昂、范广、薛禄、施威六将前来救应。当下六骑马连镳疾驰，眨眼间齐到右山脚下，举目同观时，乱石已止，山林寂静，只遍地碎石纵横，静悄悄不见个人影。丑赫愕然道："这是怎么一回事呀？难道全给石子压没了吗？"茅能等也都诧异。

施威立马较后，隐隐闻得山后有喊杀之声，便唤道："众位弟兄，听这声响不是在山那一面吗？"众人闻言，都凝神细听，果然耳畔有喊杀声音。丑赫便道："杀过去，准是咱们军马在酣斗，快救应去！"七骑马一同勒缰盘旋，向山后急骋，才转过这山弯，陡然见山顶上无数红衣兵将蚁一般直拥下来，遥见后面山顶高飘"于"字大旗，一排十员大将跟踪追下山来。丑赫见了也不顾利害，统着六员猛将迎面截住。那山上逃奔下来的红衣兵卒从高向低，舍死逃命，如潮水流泉，哪里收刹得住？丑赫等七人拦在山麓，照定那奔下来的人排头儿砍刺，见一杀一，霎时间砍挑得躺满一地。后面来的仍是刹不住势，除却那心灵腿活的，死命往两旁滚落逃得性命外，直泻下来的没一个留得活口的。

转眼间追兵也到，茅能杀得兴起，一时不曾辨得明白，照定那当头一骑马抡刀剁去。只听得当的一声，一柄凿金巨刃青龙偃月刀已将金刀架住，接着听得那将高声叫道："茅二爷，是俺哪！"茅能急收刀细瞅，才认出来将是镇海龙邵学，不觉哈哈大笑道："对不起，我杀得兴起，瞎了眼珠儿了，好兄弟，别怪我！"

这时，丑赫等已瞧见那追兵统将是螭虎雷通，和那手持大枪戈、背插小枪戈之类的中军战将龙飞、王通、凤舞、孙安、归瑞、骆朴、庾健、凌翔等八员上将。彼此答话，方知于谦亲统中军攻左山。擒得伏路小校，搜出身旁火种，鞫问来由，才知汉兵差炮手平地雷孙镗在左山大道岭顶上埋下地雷火炮，要炸勤王军全军。山侧是王玉大营所在，山后并有伏兵待捉于谦。于谦便亲攻山后，一面迫命小校点放火炮炸山，同时命邵学、雷通等十将待火炮炸后，攻剿山侧王玉大营。哪知火炮爆发时，王玉知事已败，独自逃走，只苦了数千个汉卒，顷刻全亡。

当下，丑赫等七人会同邵学等十将扫荡了左山，于谦已率赵佑、唐冲、柳溥、董安、张楚、黄礼等来到。丑赫禀明攻打前山情形，于谦遂扬鞭笑指山巅道："甭报了，你瞧，你们前军大旗不是在那里飘扬吗？"丑赫闻言仰望，果然见前军大旗在曙光中迎着晓风高高招展，正矗立在双锁山头，顿时间满心大喜。于谦便命众将率队上山。才上得一半，见左军、后军旗帜都在山巅高竖。待中军达到时，右军、运军俱到。全军扎在山上，于谦和各军将佐齐入寨中。命刘福率同李青、欧弘、李隆、徐建四下搜查。

当有左军伍柱、白壮禀报："右山三峰已扫荡罄净，斩得逆将二员。"右军程豪、孔纯报称："后山贼营已破，贼将陈刚带箭逃走。"后军杨洪、马智禀说："后军防截后方无事。只车宜镖打逃贼王玉，那贼马快，未曾擒得。此外俘擒溃卒二百余人，接应左军一同上山。"运军章怡、越嵋报道："截斩溃逃贼将四名，俘获溃卒八百余名，接应右军上山。"于谦一一嘉奖慰劳，吩咐中军官张楚分别颁给犒赏。众将面谢。

当日扎营双锁山，办理毁寨夷险以及处置俘虏等一切善后事项。到夜间事毕时，于谦设席大帐，邀集众将们聚宴。席间说起汉藩谋逆情形。于谦道："我自从到河南以来，无时不留心乐安举动。据差人哨探所得的消息，逆藩养精蓄锐，招聚勇士，也曾煞费一番苦心。这次举动，虽是因为勾番逆谋败露，恐遭削爵撤藩、禁入高墙之罚，铤而走险，冒昧兴戎；却是他屡年预备，毛羽已丰，欲念蓬勃，不可遏止，也

165

是他这时决然造反的缘故。逆藩壮年时，曾在靖难军中充前锋，称上将，斩强攻坚，无不如意，自然是自信自恃，目无余子。哪曾想到那时有姚少师为谋主，他不过是一员陷阵冲锋的猛将，得智勇相济，才能指挥若定，行取如意。如今他以战场猛将之才，当运筹帷幄之任，情势已和靖难兴师时大不相同，何况今上非太孙可比，逆藩更非太宗肖子！情事太殊，岂能并论？以局势而论，逆藩狃于靖难之役，骄矜自雄，适足取败。乐安之荡平，固是意中事。但是患已养成，基已树就；逆军中颇多奇才，削平荡尽，恐也不是一时可竟全功的事。所以咱们此番出兵勤王，处处都策长久之计。还望众位同道：各励坚强持久之志，以耐字佐勇字，庶几可竟全功，而不致中途馁气。"白壮接言道："逆藩近年来专心积虑，所养成的力量确是不薄。末将在塞外时，也曾闻得许多消息。只是据擎天探报：逆藩所招聚的都是一班妖教余孽、绿林败类、江湖拳师和卖嘴镖客之流；所勾结的都是废弛已久的卫所官弁、贪官污吏和豪绅土劣，很少有所作为的英雄豪杰，照这般看起来，逆藩虽是勇冠一时，'赛霸王'威名远震，却帐下乏才，似乎不难平削。只不过是逆党众多，几乎遍布天下。削藩之后，扫荡余孽，还要上烦宸虑，不是一时能收全功的。"于谦道："逆藩党羽果然不少，但是大多以利结合，或是恃势投托。一旦削藩，那些狐群狗党自然是蛇无头儿不行，没了头脑，无所借靠，自不能兴起多大风波。不过安辑荡涤，为功确是不易。至于逆藩手下，却不能说竟无人才。我所知道的，如在这岭上埋伏火炮的平地雷孙镗，就是一个不可多得的人才。这人善制各种铳炮，所做出来的家伙，式样层出不穷，没人能识得其中窍要。武当派破汉王府时，幸得孙镗外出。就是前回押解番犯入都，也几乎被他所造的炮击破全功。这人我很想收服他，留为国用。众位阵前遇着时，尚望留意：一来防他的火炮，二来务必生擒，我自有法收抚他……"众将齐声答应，各自谨记在心。于谦接说道："……此外，逆藩所勾结的，还有洞庭水盗铜锤罗七、胶州海寇海阎王严丰、海马何成志，沧州好汉镇河北强飞，涿州武师霸东方闻人希超，都是手下有许多能斗善战好汉的头领。就是逆藩身边的盖关西石亨、蛮牛石彪、无底袋胡远、摸云王森、白脸儿周模、赛咬金黄裳、白额大虫陈刚以及守这山的白云王玉、二虎丁威、都是有名的剑士武师，未可轻敌的。只是逆藩自恃猛勇，待人倨傲，这许多好汉中，将来总有可为我们助力的。"

言未毕，车宜、黄礼一同起身道："这事末将可效微劳。"

不知车宜、黄礼有何计较，且待下章续叙。

第二十五章

入觐君王细陈寇况
出征叛逆初振天威

话说黄礼、车宜闻得于谦谈说汉藩朱高煦手下将佐人才，提及白脸儿周模，便起身说明周模是王春正门下，和黄礼、车宜同门学快腿飞步。他家开设周复兴店，和外路朋友很多交情。为人很慷慨仗义，且练得一对板斧，十分勇猛，不知怎样被朱高煦收罗去了。待到有机会时，当可设法劝他归降。接着弓诚、弓敬也说和周模认识，这人不难招致。于谦听得甚喜，嘱咐四人留心在意。

当夜宴会尽欢，各归营帐。夜间巡哨警戒，防备汉兵反攻。直至天明无事，始放炮拔营，六军齐发，依着各军原来次序，浩浩荡荡直指乐安。一路上，军肃粮丰，师行顺利。兵有雄心，民无惧虑。全部勤王军平安来到距乐安边境五十里——地名止马营——安营扎寨，等候御驾。

于谦闻得御驾还没莅临，便亲自统率中军，沿途向北恭迎，直到河边驿，方才接着。当即如仪入觐，奏明奉旨督师情形，并奏陈部将名姓，及兵卒数目。宜宗——朱瞻基——便在御营召见于谦，温谕慰劳，御前赐宴。并询及军情和朱高煦的逆焰叛迹。于谦一一奏明。朱瞻基叹道："大行皇帝治世十月而崩，维时逆藩叛迹已著。朕方奉旨留守陪都——南京。大行皇帝圣躬不豫，虑逆藩有不轨之谋，急遣中官海寿到南京，召朕北回，那时朕方谒孝陵，奉诏即行。陪都大臣都说汉王高煦已伏兵途中，要刺杀朕躬，请朕严整兵卫。还有些老臣旧辅，劝朕微服间道入都，免遭逆手。朕当时就说：'君父在上，谁敢犯之！'决意径

168

行。逆藩虽屡谋害朕，朕终托列祖列宗在天之灵鉴忱默佑，安抵良乡。得遇太监杨瑛、尚书夏元吉、吕震赍遣诏到，才知大行皇帝已龙驭上宾。设或朕迟行一刻，哀诏既颁，逆藩得信，朕难免不为逆藩所弑。朕因该藩为近支最亲分藩，即位以来，遇事优容，想以至诚感化顽梗。不料历时愈久，叛迹愈彰，公然僭越称尊，诽谤朝廷，荼毒部民，凌虐文武。似这般不法，朕若不予征讨，天下将谓朕纵容姑息。卿忠诚素著，朕所深知，其善体朕意，去彼凶顽，拯民水火，朕有厚望焉！"

于谦闻谕，扬拜谢恩毕，奏道："臣闻逆藩怨恨日深，日夕聚集党徒，密谋深计，征聚匠人，连夜制造军器火药。强编部民丁壮为兵卒，破狱出死囚，厚养重赏，使之集附近诸无赖子弟及逋逃罪犯、妖教余孽、山林盗贼，赐以鸡酒，赆以币帛，编为队甲，侵驻府、县，并夺各府州县官民畜马，编立马军五军：以藩属指挥王斌将前军；指挥韦达将左军；千户盛坚将右军；从逆知州朱恒将后军；逆藩自将中军。另立四哨：以藩属指挥韦弘、韦兴，千户王玉、李智分领之。近更闻逆藩擅封伪爵，私立官仪：以王斌兼太师；朱恒及长史钱巽为尚书；盛坚及典仗侯海为都督；教授钱带为侍郎；枚青为都御史，遍设伪六部九卿，以封诸附逆羽党。据探报：逆藩已差人密约山东都指挥靳荣为助，先期取济南，然后犯阙。在籍御史李浚曾上书讽谏，逆藩下谕拘捕李浚，为山东义士阎炎奄夜急救得脱。汉府长史李默亦以书泣谏，为逆藩所囚。又闻山东、天津诸都督指挥预逆谋者达六百余人，与逆藩通声气之卫所武弁约二千人。似此逆焰高涨，若不临之以天威，为患何堪设想！微臣荷蒙恩泽，敢不竭尽驽钝，上答高深！伏惟陛下乾刚独断，迅施雷震之威，颁征讨之旨。微臣不敏，矢当生擒逆藩，恭献阙下。"

朱瞻基道："卿能矢忠，朕无忧了。逆藩叛迹，朕在京时就已全知。卿所说的李浚，脱难后，曾变姓名，间道入京，叩阙告变，朕才得知逆谋已确。随后山东文武官及卫所告变文书如雪片般接踵而至。卿又擒解番使，发交三法司讯实。朕还想使逆藩醒悟，免致骨肉相残。当遣中官侯泰赍朕亲笔书信赐高煦。侯泰回奏说：'到乐安时，高煦盛陈兵仗，戎装相见，狂言道："靖难时，若没我出死力，太宗也做不成皇帝，怎得有今日？怎奈太宗听信谗言，削我护卫，徙我乐安。仁宗登基，我们好弟兄，应当知道功劳是我的，天下便应该是我的，将大位让我才是。哪知仁宗只一味拿金帛来饵我，全没些亲情，你家主子是我的侄儿，更不当僭我。而且时时拿祖制来压人，想拘束我，我怎能郁郁久居这弹丸小地？你瞧：我有这般多的强兵猛将，以此横行天下，谁能敌我？你快回去报知你家主子：火速把奸臣夏元吉、于谦等一干人拿下，解来乐安，听我惩办，然后再议我所想要办的事。你家主子要是自知以侄僭叔为不合，火速奉大位于我，我准封他大地备藩。我是顾亲情的，绝不似他今日待我这般刻薄。倘使你家主子不论理知错，须知太宗就是不许以侄僭叔，才起靖难之师，诛奸正位。我便是靖难的首功大将，今日事势正同。我更是前度重来，驾轻就熟，兵多将广，远过昔日燕藩。你家主子能不做建文之续吗？何况如今奸臣更甚当日齐黄；我师出以义，名正言顺，更胜靖难之师。你快回去劝你家主子醒悟明白些，别做第二个烧死的，保着脑袋，永备亲藩，不比势穷自焚强百十倍吗？"其骄矜之气，不可向迩；桀骜之形，不可理喻。爰据实回奏，伏求大振天威，毋遗姑息之患。'朕闻奏，便传密旨，饬各该管衙敬谨预备。哪知逆藩竟遣百户陈刚赍书来上。书中语多悖逆，指斥朝中直谏大臣为巨奸，索诛所谓奸臣。朕见他无礼太甚，遂议亲征。夏尚书免冠请罪，朕笑慰他，说：'卿是国家柱石，何出此言？逆藩不过借口兴戎挑衅罢了。卿与于谦同为朕的股肱，赤胆忠心，朕所素知，方期休戚与共，哪有因无端之谤，自毁栋梁之理？'当时杨荣劝朕亲征。英国公自告奋勇，愿率二万兵擒高煦以献。杨荣奏说：'逆藩方谓陛下新登大宝，必不轻离京畿，御驾亲征，故敢悍然称逆犯上。若陛下临之以天威，命于谦提一旅之师，扈跸讨叛，逆藩必定震惊失措，未战先惶，指日可擒首荡从，全功告竟。'夏元吉也说：'"兵贵神速"，所谓"先人有夺人之心"，恳祈当机立断。'朕遂决意兴师。如今我师远来，利在速战，庶不致消失锐气。朕今命卿为督师，统率王师，进讨叛逆，卿火速回营，督兵进剿！朕即日要到乐安亲征的。"

于谦叩首领旨，又谢过赐宴圣恩，便陛辞回营。朱瞻基钦差英国公张辅代送，并代犒军。于谦恳辞不获，只得谢恩辞出，和张辅一同回营。大营中早已得信，全军排队迎接钦差，张辅到营，宣旨劳勉，并颁库帑十万犒赏，六师腾欢，全军谢圣。张辅事毕回奏。于谦托带表文，奏明即日率师护驾进讨逆藩，并率领部属恭送如仪。

于谦因体宣宗面谕"兵贵神速"之旨，即日传令全军进发，绕道来到河边驿，离御营十里扎下营盘。亲到御营朝见，奏明奉天行讨，即日进兵。朱瞻基照准。于谦领旨回来，即击鼓升帐，传令聚将，宣令道："奉旨讨逆，即日进兵征伐。本军为天皇之师，理宜堂皇致讨，以张挞伐。着即各督所部严装出队，依次进攻，毋得荒懈。"众将齐声"得令！"当即各个辞回部伍，整队出师。

前部正先锋统领丑赫、副先锋统领文义，督同所部军将魏光、庾忠、施威、茅能、刘勃、范广、聊昂、薛禄、武全、汤新、韩欣、季寿、钟强、岳文十四员大将，率领马步军五千人，扬旗露刃，径向那乐安边境进发。才行得不到二十里，哨马飞报："前面有逆军当道。"丑赫扬刀大喝："人马列开！"当即会同文义亲率众将跃马当先。

霎时间，就旷野间列成一座八门阵。将旗分立，戈戟如林。丑赫、文义立马门旗之下，闪眼前望，只见对面黑丛丛一大堆军马，高竖大纛标明"靖难"二字。两翼展开，步前马后，布成一座雁翅阵，迎面挡道，恍如城垣。丑赫率兵渐渐向前移动，临近时，瞧见对面认军旗上大书"靖难大元帅、汉王麾下、前军大将军、先锋都督、济南侯"，中间一个斗大的"黄"字。旗下，便是逆将赛咬金黄裳。两旁分列的，便是何敞、雷烈、金强、钱霖、冯卫昭、季龙威、黄亦忠、武中桂、何德胜、蒋绛仙、蔡周、章崇道、李明声、万里明、方正志、云中树十六个妖教余孽。

文义暗想：常闻得江湖上传说：汉王府里金刀、金斧、金枪、金锤四班，都是万夫莫当的勇猛上将，名震四海。这黄裳不是金刀班的头脑吗？怎么部下都是一班霞明观没杀的妖匪呢？看来名传遐迩的汉府四金班也不过如此。想着，便目视丑赫。丑赫一抖丝缰，骤马向前，转面向文义道："咱们用武的时候到了，大伙儿痛痛快快干他一场吧！"文义答道:"全军锐气在此一战,愿和众弟兄同立这番戡叛首功!"言未毕,陡闻得马后巨雷般一声大叫道:"先锋请住!宰这几个刀下游魂,何劳先锋亲出?要末将们做什么?贼子快下马受死,咱来了!"声住处,只见镔铁盔,镔铁甲,青战袍,青勒带,跨下黑骅骝,高举青龙刀,人似雷公,马如飞豹,直滚到阵前,径向黄裳突去,直跑到当场才瞧出是小铁汉聊昂。

黄裳瞧见来将这般迅猛,陡吃一惊,扬起大刀,方待出阵。左旁首将何敞,抢先出马,扬戈迎截。聊昂驰骋极快,飘地突近,将手中青龙刀摩空一绞,早将何敞的长戈甩向一旁,两马相擦而过。何敞大吃一惊,急回马待要赶上时,聊昂已突近汉阵,雷烈、蔡周鞭镋齐举,二马同出,左、右分抄,接住聊昂厮杀。聊昂毫不惊惶,荡开青龙刀,左右扫劈。何敞见了,心中暗喜,急忙骤马挺戈,猛向聊昂后心突刺,想乘聊昂不备,暗下毒手,挑他下马。聊昂雄心直肠,只想阵斩当面两将,一时没顾到马后有人暗算。眨眼间,长戈已离背甲不到五尺,何敞高喝一声"着!"双腕着力猛刺,聊昂忽觉脑后有风,急架开前面鞭、镋,回头一望,陡见何敞翻身落马,一将立马挺槊待刺。

原来聊昂一心前奔时,薛禄立马遥望,见何敞回马,知他绝不怀好心,必不是回阵,便仗着自己马快,也没来得及请令,骤马飞驰,飙到当场,正值何敞暗算聊昂,心中一急,便就马上探身挺槊,尽力一击,打得何敞戈尖向地,也来不及掉转槊来——就势抢槊杆猛然横打,何敞猝不及防,手足失措,当被槊杆拦腰打下马来。薛禄欻地抢转槊来,双手举着,照定何敞背心一筑。顿时鲜血四溅,青草转红。薛禄抽回槊时,何敞背上已成一大窟窿,伏地不动了。

当下,薛禄将长槊一横,大喝一声,直取蔡周。原来雷烈、蔡周双战聊昂,只不过刚杀得个平手,忽然加上一个薛禄,要二人分敌,各战一员莽将,自然渐渐支持不住,解数散乱,破绽时露,看看立刻就要大败。黄裳这时眼见部卒在阵前抢护何敞的尸身回阵,心中已是又怒又羞,老大地不快,更加上又瞅着蔡周、雷烈被人家杀得没法还手,直朝后缩,顿时腔里一把无名孽火夹着透脊梁一股酸劲,一齐冲脑灌顶。再也按捺不住，急挥手中金刀，朝后一摆，指麾手下众将，一同出阵。这边阵上瞧得，早激恼了茅、刘、施、范四员猛将，同声讨令出战。丑赫大声答道："那厮们逞仗人多，咱们就大伙儿去剁他娘！"文义便将大旗挽过来，蓦地一卷，统率了众将骋马直冲。连五千马步卒喊杀如雷，山一般向敌阵倒去。黄裳见敌兵来得这般勇猛，心中有些着慌，忙厉声喝令部下："尽力抵挡，后退的斩！"顿时将尽向前，兵齐挺立，人墙也似的排竖着，准备硬抵。

霎时间，勤王军前军战将，随着正、副先锋一字儿排成横阵，后面兵卒也一般并挤成大大长一片，潮一般，压近汉阵。黄裳耍开金刀，大叫："将卒们向前求生取胜呀！勿忘首战建头功呀！"马头动处，霍地眼前金光一闪，耳中听得有人高喝："斩下你的驴头便是头功！"声响处，当前赫然显出一员黄金铠甲、跨紫骅骝、手舞金刀的大将，正是金刀茅能。黄裳素来熟闻得大刀茅二的厉害声名，且心中久已深印人传的虬髯蟹面、虎背狼腰的状貌。自己常夸说："金刀无敌。"今日撞着个使金刀著名的好汉，倘或不能取胜，这金刀班首将就够丢人了，当下心中一震，十二分留神。茅能马到人到刀也到，霍地向黄裳囟门剁下。黄裳火急扭腰偏头时，噼的一声盔上斗大朱缨已被劈断落地，黄裳又是一惊，连忙两臂一振，将金刀横砍过去，想要乘茅能乍到，不及措手时，伤他腰胁。茅能见了不慌不忙，哈哈大笑道："小小子！你竟敢圣人门前叫卖《三字经》，胆真不小！"说话间，金刀斜下，当地架住黄裳的刀，两腕一拧，嗖地反削过去，几乎把黄裳十指削落。黄裳急急两肘下沉，刚保住双手没落，茅能的金刀又向黄裳颈际盘舞过来。黄裳更加惊慌恐惧，连忙勒马后退。茅能骤马紧逼，黄裳便喝令两旁弁卒齐上，许多人蜂一般向茅能攒拥，才仅仅阻得茅能的马更没冲踏阵线。

这时汉军出阵时，勤王军前锋猛将分头接战：钟强抵住金强；魏光敌住云中树；武全挡战方正志；范广独斗钱霖；冯卫照、汤新截战李明声、章崇道；季寿狠拼何德胜；刘勃迎敌万里明；施威挡着武中桂；岳文抵敌季龙威；韩欣酣战黄亦忠；庹忠恶斗蒋绛仙，丑赫、文义亲督大军，冲锋攻阵，并往来救应，一阵混战，直杀得尘起如云，刀光似雪。

汉军前军之中，一班战将全都是那白莲教霞明观里侥幸逃得性命的余孽。这时两军相遇，他们忽然瞅见勤王军中阵前排列的战将，全是大破霞明观剿杀白莲教的武当、五台武师剑客。仇人相遇，分外眼红。各个咬牙摩掌，待要舍生拼命，报仇雪耻。这边勤王军一班剑客望见霞明妖教余孽尽在这里，各自欣喜，都想乘此机会，绝尽根株，了却多年辛苦未偿的灭妖荡寇宏愿。人人精神奋发，意志轩昂，哪肯轻放仇敌走脱？因此两军战将一经触斗，尽都全神贯注，竭能尽力，钩心斗角，死命撑持，丝毫不肯松懈。

　　战阵中捉对儿拼斗得最凶狠的要数施威和武中桂。两人两马，纠作一团。初时，施威舞开点铜钢管朱缨凤翎枪，缠住武中桂，盘旋飞舞，银光乱闪。武中桂也展开画杆方天戟，左右前后遮挡还刺，没多时便越杀越紧，纠作一团。武中桂斗够多时，觉得施威力沉手快，久战必要吃亏，便想施诡计来斩这员猛将。主意一定，便夹住坐马，渐向旁移。施威全没觉着，武中桂让一步，便逼一步。一霎时，就被武中桂诱得离开大队许远了。武中桂心中暗喜，虚晃一戟，向施威迎面刺来，想待施威招架时，翻手使戟杆打他下马，再取他性命。施威忽然觉着四面冷静，心中一震，暗道："不好！"才待回马时，武中桂的戟已刺近面门。施威料他要使翻手戟，知道这一招最难招架，心中大急。俄顷间，戟杆向腰间横打将来，施威在这万无可逃可躲之时，忽然人急智生，就势跃身离鞍，甩个悬空跟头，横身躺地。武中桂见了大喜，想道：这厮今番着了俺的道儿了！连忙骤马过去，双手举戟，照定施威后心就筑。施威正待着他这一招，见他果然如此，心中一喜，就这千钧一发、呼吸性命之际，暗地撂下钢枪，两臂着力，双目凝注，瞅定武中桂坐马的前蹄，待他刚近前一刹那间，两手猛然齐抓，一手捞住一只马蹄，奋起神威，胳膊一振，大喝一声，挺身跃起，顿时将武中桂的坐马提得挺然矗立。再将两臂着力向前一筑，大喝一声"倒！"将武中桂连人带马，掀倒在二丈多远处。接着一个鹞子翻身，抓起钢枪来瞅定武中桂掷去。一声喝"着！"那条枪正扎中武中桂当胸，竟将武中桂钉在地下血摊中，眼见得是不活了。施威仰天长吁了一口气，呵呵大笑，腾身跃过去，拔枪在手，抽佩剑俯身割取了武中桂的首级，转身插剑入鞘，将人头悬在腰际。才飞步跨上自己的战马，跃马回阵。

那边阵上斗得正酣，捉对儿厮杀得盔飞发散。章崇道、李明声双攻汤新。无奈汤新身上是个扎不进的，两条长矛讨不着半点儿便宜，反被汤新的峨眉刺将章崇道大腿划开，李明声吃惊败退，章崇道更不能忍痛支撑，只得双双拖矛回马望本阵飞逃。汤新大叫："小子再玩会儿去，怎么就走呢？"挺刺策马紧追不舍。那旁边黄裳瞥见汤新袍裂甲绽，却不流血见伤，料知他一定是练就金钟罩、铁布衫等内功，因知章、李二人很难幸免，便连忙虚砍一刀，抛下茅能，横马飞驰到汤新身后。想着有内功的最怕伤腹，便急急骤马迈前一步，使回马刀，猛砍汤新肚腹。不料这时文义巡行来到，早已瞅见，突马跃上，挥刀猛挑，铿锵一声才将黄裳的刀挑起。那边茅能也已赶近，急于要救汤新，抡刀斜扫，恰又碰着黄裳的刀叶。和文义两下同时夹击，顿时将黄裳的刀头打落，只剩下一根光杆儿在手。慌得黄裳乱舞杆儿，拍马落荒而逃。文义、茅能、汤新三马同驰，大呼急追。章崇道、李明声虽借此逃脱，黄裳反被追得走投无路。

汉军阵上见主将被追，顿时军心慌乱，阵势全散。薛禄首先突入汉阵，范广、聊昂、刘勃、韩欣各抛对手，斜刺里接续冲进。岳文、武全、季寿、钟强、庹忠、魏光各个奋勇突杀。丑赫挥军猛进，倒山硬压过去。汉将都无斗志，各自策马逃生。丑赫便奋起神威，督同众将踹营踏阵，齐杀入汉军丛里，立刻首飞臂舞，人仰马翻，喊杀震天，号声动地。杀得汉兵纷纷乱逃，勤王军沿河追逐。

黄裳正顺着河岸飞马急逃，见本军大败，更加慌急。也顾不得部下将卒，只得伏鞍探马，舍死急奔。看看离了战场，杀声渐远，已来到一个河曲渡头，心中稍定。正待思量怎生处治自己，耳边猛听得一声画角，顿时旌旗云拥，戈戟星辉，对面弯曲处转出一彪人马来。

赛咬金黄裳是否逃得性命，且待下章再叙。

第二十六章

遇劲敌前锋落水逃
固根基偏师间关发

　　话说赛咬金黄裳陡然吃一大惊，急睁眼瞅时，迎面来的那支大军高揭黄旗，知是勤王军，心中大震。再见那旗下当先一将：凤盔，翎甲，白袍，素马，手仗银钺，浑身如玉琢瑶装；凛然当道立马，截住去路，黄裳大急，没处闪躲突逃，只得死里求生。心肠一横，愤然拔出腰间双剑，两手分持，连人带马整个儿猛扑过去，想就这一下扑出一条去路来。不料那将眼明手快，黄裳刚扑过去，银钺已经挥到，迎面拦砍。顿时将黄裳裹住厮杀，才斗得三四合，后面喊声又近，黄裳心知文义等已经追来，心如油煎，剑法散乱。一霎时，听得后面有人厉声高叫："凌霄凤！别放这恶贼逃走，我来了！"省得是茅能的声音，料知已临绝地，万无生理。对面邵铭大声答应，银钺更加挥得紧急。黄裳危急万分，只得向河岸边退让。一眼瞥见河中波平浪静，猛然触想：我何必生受凌辱呢？主意一定，忙举剑架钺，就势踊身一跃，双脚脱镫，全身离鞍跳起，猛然地一摔，扑通一声，闭目掷身，倒向河里去了。茅能刚刚赶到，一眼瞧见，便耸身一跃，离鞍落地。邵铭一眼瞥见了，知道茅能的性急，料他必是要下水去追捉，便连忙拍马迈过茅能前面挡住道："茅二哥，千万不可冒昧！俺已探得那厮们水里有埋伏接济。您是前锋大将，何必为这小贼亲身涉险呢？"茅能呼着大气道："不成！我不能放这厮活着。水里我能去，不怕那厮有千万水军。你别拦我……"邵铭道："且饶他去，终须有擒住他的。实告二哥：运军已奉将令防守河岸，不许放本军一将一卒过河，请二哥遵守将令。"茅能愕然道："这就奇了！为什么不防贼人过来，倒防我们过去呢？"邵铭道："这河中听说逆军有暗计，还不知布了什么。督师深恐那厮们诱我军战将中计，所以运军奉令防河御敌时，同时奉令警禁本军将士渡河。"茅能道："这河岸全归你们守御吗？"邵铭点头道："是的，俺们每天有两员军将率一千兵，分上下午、前后夜，沿河哨探，虫儿雀儿也别想漏渡一只。"

说话间，邵铭忽瞥见上流头一艘快船，扬帆疾驶，将来傍岸。突地水中冲起一人，船上人忙着打捞，虽是相距略远，瞧不明白，却料得那被救的人定是方才摔下河的黄裳。便抽弓搭箭，乘黄裳方在水里捞住船上伸下的挠钩，一头冒起，傍到船舷时，欻地一箭射去。恰巧这时船上两个把住挠钩的人，用力向上一捉，将黄裳提起，肩头并着船舷。那箭刚刚射到，正扎入黄裳肩窝，痛得他手劲一松，咕咚又掉下水去了。茅能这时已上马，在岸边据鞍凝望。远远瞧见，不觉哈哈大笑。那船上听得，顿时一声呼哨，前后艄和舱篷各处，同时射出许多箭来，全向岸上横飞。邵铭便也喝军卒放箭。岸上、河中两下对射。不一时，瞅见船头鹢首那一旁，冒起一条大汉，驮着个人上船。邵铭料知是船上人由那边船舷下水救起了黄裳，满心大怒，扬臂弯弓，觑准船桅，嗖的一箭，顿时高帆骤落，船儿在水中横将过来。邵铭正待再射船舷，忽见大旗招展，高标"正护粮使"，知是章怡来到，便收弓回马相迎。恰巧这边文义也赶来救应茅能，彼此相遇，见河中汉船猖獗，便各掏暗器尽力放出，夹着运军兵卒矢石横飞。那船儿抵挡不住，桨橹乱摇，没命地向对岸飞逃。才掉转船头，驶没多远，掌舵的同时身中两镖，昏然跌倒，船儿跟着一侧。岸上矢石如雨，舟中人大乱，生生地把一艘小船压得猛然偏侧，河水灌入，顿时翻沉。但见河中人头浮动，呼声震耳。遥见一条大汉夹着个黄甲将官划水逃命，众人集矢猛射，怎奈那汉水性极好，迅速异常，虽中了几箭，竟赴过对岸去了。茅能料知那救去的黄甲将官就是黄裳，便要卸甲下水追赶。文义连忙拦道："那厮已经傍岸，赶不上了，且由他苟活一时，终必要伏诛的。"章怡也劝茅能遵守将令，不可离岸下河。一霎时，河中船没人杳。文义、茅能才别过章怡、邵铭，自回前军。

自从这次大战，汉军隔河为营，坚壁清野，按兵不动，据河死守，并将河中船筏尽数拘过对岸去。隔河遥望那边岸湾里，桅立如林，好似以船为垒，又似水军连舟建营。上下流水波寂静，不但没见半艘艇子，连木排也寻不见踪影。勤王军便下令斩伐树木，搭浮桥，编木排，预备冲锋渡河。不道汉军在沿彼岸高处筑台架炮，直指河中。且就沿岸埋伏强弩，安排火箭。浮桥才搭得一半，便被炮轰折，木排不到中流，就被火箭着燃。几次抢渡，死伤不少兵卒，终不曾达到彼岸。

于谦心想：皇上圣意，不欲劳师费财，伤民疲卒。如今逆藩据险困守，没一兵一卒渡河，既不来攻，又不来挑战，这如何是好呢？沉思处，突然转念：……不好！高煦称叛，志在篡位。称兵时，便立意要快取北都。如今他忽然坚守不出，一定是以守为攻，以静掩动，使我劳师河上，他却出奇兵径取北京，动我根本，断我归路。而且他可以即时正位京师，那时我师进退失据，前后受攻，任有通天本领也非溃不可！……这贼一定是这计较！……好险呀！我几乎坐陷阱中，辱君误国！想到这里，霍地站起，回头见徐建、李青侍立帐外，便命徐建："快请吴师爷来。"徐建应声去了，不多时，吴春林随徐建一同进帐，施礼相见毕，落座待茶。于谦开言道："我方才想着逆藩坚守河岸，不仅是劳我师徒，还另有毒计包含其中。"吴春林接言道："督师明见！大概已料得那厮是明守暗攻，袭取京城的阴谋了。"于谦笑道："不仅此也。我方才还想到，那厮袭取北京时，料我们必要回师相救，那时他声东击西，渡河追杀，我军心在王畿，自必溃败，山东全境立刻可得，倘若我们察觉更迟，回师更晚，京畿沦陷，河北一带自然不克救应，这燕、鲁半壁河山，势必尽入贼手。彼时国都沦陷，车驾蒙尘，贼子再长驱江、汉，兼取徐、淮，囊括楚、蜀，旁及陕、陇，天下事就不堪问了。我想京营诸将，承平已久，坐食无能，绝不是彪悍贼兵的对手。所以要乘这贼志未逞之时，调军回护京畿，占个先着。这事任重事艰，所关匪浅，除中军之外，五军中哪一军足当此任，哪员将最为适宜，请您来商量的就是这个。"吴春林道："就五军而论，任调一军，皆可以抵

178

敌，就将而论，自然是杨洪久历戎行，沙场百战，军旅之事，非他人所能及。不过这事必须操得胜算，倘若一败就不堪设想，后军军将雄武有余，足当大任。为万全计，似乎应该抽调几员上将辅佐，庶能操必胜之券。"于谦点头道："有理。这事必须策划万全，有胜无败才行。如今我们不过猜着了逆藩必行这一招，究竟不曾详细知道，那厮以多少人马扰我后防。自然须多派将卒，才能有备无患，不致有力薄支绌、呼应不及之忧。现在军粮还足够支持四个月，运军暂时无须护运。一班女将沉着勇敢，很有能耐，就调运军全部为援军，以便救应。再换前军守河防，相机攻取。至于后军虽有勇将，恐防或有不敷调遣，力量单薄误事。为策划万全计，再每军抽调一员上将，中军再加多，调五员，总计八员上将，都暂时归入后军，共是二十二员战将，大概力量就不差什么了。"吴春林道："这般调度自是周到极了，却是兵也不可不加。愚见以为：御营在近，此处增兵不难。不妨——连中军在内——每军抽调马步劲卒五百名，归入后军，不是力量更雄厚完全吗？"于谦深以为然。

当下商议定妥，吴春林便和于谦商量应调诸将姓名，没多时，已列成一单。单上列的，是——

代行元帅事、统率全师、后军统领：杨洪；

先锋：马智；

军将：魏光、钱迈、徐奎、张楚、邵学、柳溥、唐冲、赵佑、
　　　尤弼、成抚、干戢、覃拯、金亮、承秉、关澄、车宜、
　　　秦馥、罗和、郝绍、查仪、皮友儿、冯璋；

援军统领：章怡；

参军：邵铭：

军将：魏明、凌波、丽菁、奚定、姬云儿、史晋、李松、钮
　　　雪、华菱儿、梅瑜、梅亮；

合后：越嵋。

共计将领三十八员，统马步卒一万二千人。当即分传命令：命后

军、运军火速准备出兵；前军即日接替河防；各军依令抽调将卒。并分饬知黄礼暂行兼理中军官，张楚与柳溥、邵学、赵佑、唐冲即赴后军听候调遣。果真军令如雷霆，霎时间，传遍全军，各个依令遵行，诸事皆妥。露夜乘静，悄地换了河防。天不明时，后军、运军将领便上帐禀辞。向于谦请调毕，辞出大帐，悄然先后开拔北向。汉军营中半点儿也没觉着。

杨洪统率全师，疾走五十里方才扎营。营盘刚定，军校忽报："大营令到。"杨洪遂起身迎接，却是都护卫刘福捧密令来到。杨洪便让到后帐，接令开读，却是督师亲笔密谕，略谓："据探报：逆藩确已另遣党羽，暗向京畿袭攻。统兵者为太宗旧将胡远，因精于教练铁骑，太宗在燕藩时曾激赏收用之。后以气性乖张，为同僚所讥，愤而告归。深怨太宗不奖其功，遂投逆藩，为铁骑都督，年已七十七岁，贼中有'赛黄忠'之称，逆藩部下骁将之一也。——兹率铁骑三万、贼将二十余，绕道疾走，希图扰害京畿。闻尚有贼军续发。特急传知，仰即速予截击，毋使得逞。"杨洪读罢，便一面款待刘福，一面修禀，上复于督师，交刘福带还。

杨洪便和章怡、马智、邵铭、越嵋等众将聚议商量。章怡道："如今只有选派伶俐小校，改装向各路探听逆军行踪，以便拦截。一面规定本军行程，破站趱赶，限期达到京畿。务须设法赶在逆军头里，免得震惊都城，动摇根本。"马智道："不知京城留守军营曾得信吗？咱们总以在京外能截住贼军为是。要赶到京城和逆军厮杀，那么，畿甸交兵，风声所播，天下民心就惊惶动摇了。"越嵋道："督师既派我们驰救，断没不通知京营之理，不过京营久屯畿辅，旷荒特甚，靠他们挡敌是不行的。倘若我们和他们会师，他们一开动，就要骚扰得不得了。汉军铁骑准不是他们敌得住的，百姓可就遭了大殃了。不如我军遵令行事，独力支持，反而较有把握。"邵铭道："俺们原本只奉令救护京畿，截击逆军，通知京营不是俺们分内事，而且这是应由督师奏明通饬的。俺们径自通知，将有越权之嫌，反为不美。就是和京营会师不会师，还得候督师钧令。即使事势非会师不可，也须急向督师请示，才是道理。如今

180

俺们不必过问京营怎样，只照章统领刚才所说的，必须把逆军截在京外，狠揍他一场才好，这就是俺们这趟务要做到、切不可忘误的要项。"杨洪点头道："这话极有道理。督师这趟选派俺们来援护京畿，也就为的是恐怕动摇京师根本，并且深知京营疲敝已久，软弱无能，绝不能抵御剽悍的逆兵；所以才慎重叮咛，要俺们同心尽力担这重担，务求计策万全，百无一失，方能够固后坚基，因而保得金汤永定，军前不致影响摇惑。要不，督师为什么不径直通知京营，出兵防御，却反而不惮繁难，调遣俺们千里驰援呢？足见督师是专把这事交给咱们，京营里通知不通知，督师自有成算，俺们只不拿他当作可靠的帮手便了。"众人都说："主将说得周到已极，咱们准这般办，万无一失。"

当下商议停当，众将各自辞归营幕。杨洪便遴派精细小校，装扮各色人民，暗中分往各路，密探逆军踪迹，以便邀截。又按照全程，将前行路途划成段落，制就路单，分发众将，务须依照路单破站趱行，克日赶到。沿途指定宿军扎营，以及爨炊歇息的地方，均先行派遣干练小校，充作前站，事先准备齐整，以免临时纷扰失误。众将奉令，无不乐从。各督本部，争先恐后。沿途因有准备，军至如归，民无惊扰；军民相遇，叙谈招接，恍如乡人戚旧。经过乡城，百姓无不感赞，从此"于家兵"三字令名传播远近，歌颂遍于民间。

这一天，杨洪率将统兵，正向前行，忽接得探子报信说："汉藩逆已经开道疾驰，冲入燕境，约后日巳、午牌时分可抵良乡。"杨洪赏过探马，想着：此地离良乡还有三站路程，就算破站趱行，也须两整天方才得到，岂不要落在逆军之后？逆军抢先占得良乡时，便前可以攻取燕京，后可以截断大道，进可以扰乱北直隶，退可以夹攻出征军，贼人的根基由此稳固，便可以操纵自如。我军不但不能取胜，而且要被贼人隔绝着，没法援救京都。于督师特地重重付托俺，要俺保卫京都根本重地。俺要不能迈过敌军前头，扼守良乡咽喉之地，便是有负督师付托，成为国家大罪人。这事非同小可，须得格外留心才对！想着，便催军加急趱行。务须走满一百里方住，一面差派快马通知前站赶速转移。当夜，杨洪聚集众将，将探报说给大众知道，并详述利害和国家关联綦重

181

的道理。章怡首先说道："咱们为国为民，顾不得什么叫作辛苦，请主将立刻下令拔寨起行，漏夜趱赶。大家拼着这宿不睡，走到天明，明儿再加紧快赶一天，大概就迈在那厮前头了。"杨洪道："咱们是可以十夜八夜不睡，也没紧要，兵卒们趱行一整夜，明儿还能快走一天吗？恐怕反而要倦怠延缓了。"邵铭道："俺有个计较，主将恐怕兵卒们累一整夜之后，精神不济，不能快走。咱们不如把两军兵马扫数抽出，合作一支人马，再就两军中选派一半战将统率着，彻夜飞驰，径奔良乡。要各自努力，不出岔子，赶一整夜，到明儿中午，准能赶到良乡，便可以在敌军未到的前一天，将防守事宜布置妥帖。主将率一半战将和步卒随后破站趱行，兵卒不疲，总可以在后日上午赶到。即使稍迟，到在敌军之后，马兵已经在前布置了，自可无虞，而且步卒恰可作为援应，合攻破敌。"杨洪听了连连点头道："这计较周到极了！"众将也都称"妙！"钱迈道："时机急迫，事不宜迟，请主将即刻发令，好拔寨起行，趁早些赶到。"杨洪道："运军全军没新加军将，指挥谙熟，就请运军诸位统兵马先行。所有运军步卒，都留交给俺带走，众位且请回营，军令马上就到。"众将听了，都起身辞出，各个急回自己营帐。果然不到一盏茶时，军令已经颁到，当即照令遵行。

要知杨洪如何统兵保京，是否可保无事，都请接阅下文便知。

第二十七章

勇先锋骡马擒狂寇
智女侠强弩殪贼徒

话说大将混天霓章怡、副将岭头云越嵋、参军凌霄凤邵铭，统率五千马卒，急急驰过长辛店，似游龙越空，不曾打住，破站趱赶，一连两日。先行官黄虎、魏明已抵良乡，径即入城，移牒地方文官和城守武弁，严谨防守，缜密盘查，并立时派人四路哨探。文武各官这才知道有逆军要来袭攻，反而慌张起来，手忙脚乱，四下乱抓，弄得百姓更加惊恐，顿时满城纷乱起来。章怡进城，闻得全城惊动，连忙派人巡查晓谕，向百姓细说："大军已经先到，不必惊扰搬逃，尽可安心乐业。"一面张贴"督师于"的安民告示，竭力弹压，才得略为安静。

章怡等安排已毕，正待调派将卒人马出城防截，时近黄昏，忽得探马报说："离城二十里良西庄庄头黑鹰苏同，率同全庄丁壮，高揭汉旗，自称游击将军，聚集各庄乌合愚民，立寨造反。闻得县城无备，定于今夜倾寨前来攻打。"章怡当即赏了探马，便要越嵋分领凌波、奚定、姬云儿、史晋四将，统率轻骑二千，携带灯球、火把、亮子等物，连夜出城迎击。命魏明统钮雪、李松出驻城外，为掎角之势，以防汉兵乘势漏夜来袭，命邵铭督同梅瑜、梅亮统领兵卒，并起民壮，登陴守护；章怡自己和丽菁、华菱儿督兵巡视各方，相机接应。

部署既定，将卒齐发。越嵋会同凌波等统着兵丁，立刻出城，自有当地地方派遣的土人向导，引着路，直向良西庄涌潮般飞驰。不多时，队头已经望见前面有一阵山也似的尘头涌起，渐渐移滚过来。傍晚时，

183

衬着苍茫景色，分外暗淡。这一次先行，是铁爪鹰史晋，见这情形，料知是良西庄乱民已经发动离巢，便将狼牙棒一举，喝令部卒："向两旁空地列开！"一面差快马通报主将。越嵋得信，即命凌波任左翼，姬云儿任右翼，奂定断后；亲自督大队上前来接应。

眨眼间，对面百步远近，堆起一大堆人来。但见黑魆魆压地一大片，却不见有什么营阵队伍。史晋料知这般没经训练的愚民蛮汉，毫无律法，只会莽冲乱闯，却是不易防堵，便吩咐弁卒，紧密行伍，严厉防堵。用长戈、大刀前列抵挡，强弓、硬弩压住阵脚，使来人不能乱闯。布阵已定，才策马出阵，厉声高喝道："来的是哪里的人马？快把营号、事由和官弁的姓名履历详报上来。"那边打头当先，是一个手挽单刀藤牌的彪形大汉。傍晚时，站在反光，对这面不曾瞧得明白，信口大骂道："小小子！扯你娘的臊！老子就是天王爷，特来拾掇你的小性命的！"史晋这已瞅见对阵高揭大方白布，上面写着斗大个"苏"字，便不再发话，将坐下乌骓马猛然拍得向前突跃，就势抢起狼牙棒，朝大汉当顶直劈下来，大汉忙使藤牌向顶上架挡，扑哧一响，棒打牌面，大汉虎口早震得酸麻不止。暗想：这小子好手劲！连忙仗着步下灵活，低头俯身向前一闯，翻腕仰刃，便割马喉，史晋急掣回棒来，拦马头一扫。大汉不曾提防棒来得这般迅速，嗵的一声响，正打在大汉左肩上。大汉顿时痛得泪如雨下，只得急忙甩起一个空心跟头，甩离了圈子。才抬头回望，却才看清这马上使棒的是个女子。立刻羞得压耳通红，气得哇哇怪叫，大骂道："丫头！老子今天受你这没尿子的砸伤，总算老子倒霉，失了手！老子要不拿你碎尸万段，誓不为人！"史晋大怒，厉声喝道："野贼！不拔下你驴舌来，你也不知道你家祖姑奶奶的厉害！"骂声未绝，蹄声急处，马头已冲近大汉身边，人到棒到，早将大汉一棒打翻。从卒蜂拥上前，捺住绑了，一把拖起，拉回阵来。那些乌合之众见了，呐一声喊，一大半弃了刀、枪，抱头回跑。却还有不知死活的向前抢救，恰值凌波、姬云儿两支人马正赶向两翼列开，望见史晋单身逐敌，防有失误，各自挥兵冲杀，向前援救。那些不知死活的乡汉，被刀砍、马践，死亡枕藉。越嵋统军来到，瞧见了，便督军追斩。顿时逐得那些村人庄汉，撇转身去，争先夺路逃命，自相践踏，死伤极多。勤王军一直追逐五里多地，逼近良西庄，庄汉拼死挣扎，奔入庄内，闭门死守。越嵋才传令："后退二里。"一面遣快马回城报捷，一面择地安营歇息。

史晋押解阵前擒得的大汉，来见越嵋。越嵋便会齐诸将，一同审问。先诘问大汉的姓名来历，大汉料想：没处闪躲，不如直供了，免得皮肉受零碎苦。便供说："姓张，名丙藩，湖广长沙河西乡人氏。自幼习作靴匠，因为争年节红钱，失手打死师娘，就乘新年夜刺杀师父，强掳师妹，逃走在江湖上，逃到武昌府城时，师妹因被逼奸，气愤自刎，地方拘送官府，仗着口舌强辩，说：'是亲兄妹。妹子在路上犯奸被识破，责备了她几句，不料她竟羞愤自刎。'官府因没苦主追控，便含糊结案，判了个监禁五年。期满释出，不敢南回——因为怕师父的侄女报仇，便逃到北方，流落在良乡。幸亏学得家乡的藤牌单刀，在良乡、涿州一带收徒混活。良西庄主黑鹰苏同知道了，便聘到庄上当刀牌教头，已经三年整了。"

越嵋再鞫问良西庄的内容和庄主因甚要造反，张丙藩供道："这个也是明摆着的事儿，到现在也甭瞒了。我告诉你们吧：黑鹰苏庄主要起义兵也不是一天了，在老庄主——苏模——活着时，就有这心事的。老庄主原是一位衙门里当文案的师爷，自己会相地，相了一辈子，才相着一块地——在华山，说是一埋下先人，不到十年，后人就得做天子。只可惜是一块禁地，洪武爷差人瞧得是天子地，便不许人上山落葬。老庄主想了几年，才想着一个妙法：把他爸爸的棺材撬开，拿尸身烧成灰，使蒲包包了，悄地带去，偷偷埋在那龙穴里。果然他家里就一天发似一天。到老庄主六十岁那年，就足有十来万银两的家私了。他还不够意，说不够起兵的用度，却是他一辈子，也不曾成就得个什么。老庄主归天后，就由少庄主管事。说到少庄主，就是江湖有名的黑鹰苏，自幼练得文武全才，英雄无敌。还有一件叫人一见就诚心敬服的，是他那方天阔地、龙行虎步的相貌。甭说，一望就知道准是天降真龙，真命天子。说到平日为人气度，更是异样非凡！并不和老庄主那样一意积钱，专爱的是挥霍散财，一心交友，时常说：'只要有人才，钱算什么？天下府州都是咱家的，金银哪里使用得完？'就凭这一点，管家才两年，虽说散了三四万银子，却已招得几百位五湖四海的贤士侠客。最有本领的，要数金毛犰湛守洁、飞天蜈蚣王老玳、独角龙史朴明、坐山虎甄荫寿四位大教头。此外还有两位剑客原是两姨姊弟，男的叫力拔山宋渊，女的叫不沾灰关玖，都是踏雪无痕、行草不折的飞行剑侠。庄上里外三千多人，没一个不敬服他俩的。"越嵋问道："良西庄一共有多少兵马？"张丙藩道："本庄三千多壮丁，外路收集二千四百余人，附近各处山寨、码头遣来相助的一千八百余人，总共七千三百二十人。"越嵋又问道："有多少头目？多少粮草？军装刀枪有准备吗？"张丙藩闭口不答。史晋发怒，拔狼牙棒，抬身将要离座。张丙藩吓得连忙叫道："我说，我说，我实说！……"史晋冷笑道："哼！怕你不尽情实说！"张丙藩只得说道："头目没有，只有庄主封的许多官。总共文官六十余员，武官一百三十余员。只有一位国师封王爷；四位大教头都封侯爷，两位剑客封为军师，算是文武兼管的。粮草是没有，打算出兵后，随地取粮。旗幡都有了，军装却没制齐。刀枪盔甲是早就打造齐备了的。"越嵋问道："你们既然自立为王，怎么又和逆藩朱高煦暗中勾连，约会着来骚扰畿辅呢？"张丙藩道："这是我们大国师慧静大和尚的主见。前年，汉王派一位将官，专来邀请庄主，国师他老人家说：'咱们这时势力还小，不能独抗官兵。朱高煦差人来礼聘，正好将计就计，且表好意，借他的力量把官兵弄疲了，弄没了。咱们占得两三处大地方，力量雄厚了，再反过来干他，可比这时拿这点儿人马独力应付各路官兵容易多了。'庄主爷说：'这是借力登山，最高妙的计策。'当时就答应了，受了'定国公'封号。早几天乐安差人来约会，我们国师就一口答应。原想我们比朱高煦先到北京，自然该我们庄主先做皇帝。所以趁汉军没到之先，没待约期，就是今天早上，宰了两个过路的南蛮子祭旗，发了牛酒银两，便起义兴兵了。我是正印先行官，国师说我有十年宰相命，不过命宫带煞，多磨多难，却有贵人星解救，遇难成祥，虽有些小惊恐，是没紧要的。听说你们都是河南于谦带来的人马，江湖上久已传闻五台、武当以及闽广各方剑客，多受于谦笼络。想来你们也是江湖朋友，何必替

186

那害我们的官府去出力？不如和我们一同起义兴兵，大秤分金银，整箱论衣衫，成事不少王侯位份，至少也图得个本身快活，不比你们现在当这奴下奴强多了吗？"李松听了，首先怒气上冲，拔剑起立，大喝道："狗贼！敢在此地饶舌！"声未毕，便挥剑砍下。越嵋见了，也连忙起立，将李松肘弯托住道："贤妹！且慢！"一面叫从人把张丙藩带下去。李松兀自怒气不息，问道："主将因甚不斩这厮？"越嵋笑道："且留一时，马上就有用他处。"李松方不言语。越嵋便嘱咐众将："各自回营，速即整顿队伍，候令出兵，攻打良西庄，尽力迅竟全功。"

初更才过，越嵋全身披挂，督同众将，拔营齐起，进攻良西庄。兵卒都已奉得密令，各自暗藏火种，人马悄然急趋。沿途搜擒路探，不容报信。直到大队逼近庄前，庄内还不曾知道，越嵋便传令："亮火攻庄！"霎时间，兵卒齐将套筒拔去，亮出火把亮子，陡然匝地光明，照耀如同白昼。将卒齐呐一声喊，地动山摇，真惊得庄内百姓心碎胆裂，惨叫狂号，顿时慌乱起来。

黑鹰苏同得报大惊，急忙请国师商议；一面命四将军督率众喽啰，登墙防御。没多时，慧静和尚来到，不待苏同问话，便说道："兵来将挡，小丑何足道哉？衲子且同主公登墙一望。"苏同只得请两位军师一同前去。顷刻间，军师力拔山宋渊、不沾灰关玖来到。侍卫们打着明灯火把，排队前导。苏同和慧静并肩同行；宋渊、关玖紧随在后，一齐出了庄门，来到外墙。

那庄墙筑得异常坚固，不亚城垣。围墙足有二丈宽阔，碉楼高耸当门处，厚及三丈。侍卫引导苏同等径登敌楼。这时，内外一片声喧，惊心震耳。但见墙上喽啰乱掷石木，墙外戈铖如林，旌旗飘翻，近墙处卒聚如蚁，正在竖云梯，准备爬攻。当门大道上，当头一将，头顶黑铁荷叶盔，身披黑铁莲花甲，龙纹护心镜，乌金勒甲带，铁刃雀头靴，三尺鱼鳞剑。面如满月，目似双星，粉面凌霜，黛眉透杀，正高挥着长柄镔铁狼牙棒，指挥卒兵攻城。苏同遥指着，回头问道："国师可识这人？为甚官兵队里有女子统兵？"慧静和尚："闻得于谦收得塞外卧牛山一班野人，其中有二十多个女子，大概这厮也是那里来的，主公不见那认军旗上标着'史'字吗？大概就是这厮的姓了。"

正说着，庄外史晋已瞅见墙头伞盖，忙插棒抽弓，拔箭便射，嗖的一声，弦响处，正中苏同头上金盔，铮地触响，激得那支箭反倒冲往左旁，箭尾向慧静和尚胸膛猛戳一下，方才落在当地。慧静狠心咬牙强忍着剧痛，勉强向苏同道惊。苏同也只得按捺住惊魂，慰问慧静。慧静忽然触发，大喜道："衲子想得破敌妙计了。"苏同惊喜，问道："国师有甚妙计了，快说出来，孤家立刻照办。"慧静道："快叫孩子们朝城下放箭。"苏同便连忙传令"放箭！"

史晋见墙上矢石交下，云梯难竖，便命部卒下马坐地辱骂，引墙上喽啰猛射，想待他矢疏力疲时，再尽力攻打。城上见了，以为是一阵箭，射退了官兵，上下齐都欢呼庆幸，愈加射得厉害。慧静见了，满心大悦，夸口道："不是衲子说大话，这些许官兵，只需略使小计，管叫他片甲不回。"苏同喜道："得国师这样尽心，真是天相孤家，万民有福！"

城上正在狂欢之际，守城的飞天蜈蚣王老玳忽然指着墙外叫道："不好了！官兵大队到了！"苏同忙伸颈遥望时，墙外火光加明，蹄声转急，大群马卒霍地匝地列开。当中一骑银鬣玉颈全白马，马上一人，头戴灿银嵌玉斗狮素缨盔，罩着白缎素穗风兜；身扎灿银狮纹细砌连环甲，银月护心镜，白玉勒甲带，外披白罗素绣袍，足蹬素绸白铁雪穗狮头战靴，腰悬银鱼皮鞘串珠雕把剑，手持凤啄玉柄银钩弯月峨眉长刺，左右肩头还露出一对雪一般亮的短刺刃头，背后认军素旗，白穗红文，斗大一个"越"字。左首一将，金盔金甲，黄马金刀；右首一将，红盔红甲，赤马朱槊；后面督队一将，绿袍翠铠，青鬃马，青龙刀。一般都是女将，"十"字般列阵当关，威风凛凛，屹峙如山。

苏同大吃一惊，急忙定睛凝神细瞅，忽然回顾慧静道："怎么回事？来的为什么全是娘儿们呀？"慧静心知擎天女将素著威名，嘴里却仍不甘愿说软话，故意挺胸扬眉答道："主公何必称奇？就是武当、五台一班老辈来到这里，见了衲子也不敢不低头。他们那伙徒子徒孙，虽然都够不上和衲子打交代，也还不敢略失礼仪。只有这群丫头，没见过大世面，不曾领过衲子的教，冒昧猖狂，才敢前来讨死。任那厮们壮汉强汉来上千百个，也不够老衲几铲，何况这三绺梳头、两截穿衣的东西？"苏同信以为真，忙转身拱手道："敢烦国师大驾，斥退那厮们，免误孤家出兵吉期，万民利赖！"慧静听了，心中陡地一骇，却又连忙镇住，正色答道："那厮们都曾学得些剑法皮毛，四位将军未尝习此，自应衲子去收拾他们。可是衲子奉天保主，不敢轻离，只劳两位军师大展神剑，退却幺麽小丑就得啦。"苏同方待依言遣宋渊、关玖出庄，关玖早上前说道："我们方才起义誓师时，国师曾郑重说过：'天子无戏言，任说什么必得办到。'主公既先烦劳国师，愚兄妹怎敢抗旨占先呢？还请国师见谅！"慧静一时给堵得无话可答，抵住面子，没法可想，只得硬着头皮，壮着胆子，狠命说道："好！衲子遵旨为主公走一趟！"苏同连忙赞谢。慧静便乘机请调助阵，说是"就此好攻取良乡"。苏同一口答允。

慧静和尚披挂拾掇，延宕了好一会儿，才装模作样，拖着大铲，向苏同施礼道："衲子去了，回来再领主公的恩赐！"苏同起身亲送到墙边石阶。慧静领着喽啰，大踏步下了墙头，径自上马，开门出庄。湛、王、史、甄四将，随着前往助战。宋渊、关玖却仍立在苏同身后，只略一点头，说了句："耳听好消息！"

战鼓响处，庄门大开。一众青衣紧扎的喽啰搴旗擎枪，乱拥出去。末了，才见慧静和尚走马出门，众喽啰勉强列作一行，已有大半失色。甄荫寿、王老玑压住左翼阵脚；史朴明、湛守洁压住右翼阵脚，才强支住阵势。慧静和尚厉声叫道："反逆猖獗，谁给俺拿下这小贼来！"说罢，举铲向史晋一指，同时回顾史朴明。

史朴明素畏慧静，见他回顾自己，只得挺枪出马，大叫："来人通名，本将军好斩你首级报功。"对阵史晋正在发闷，见有人出庄，便待冲杀。及见史朴明出马，满心欣悦，厉声说道："驾前御营运军军将史晋在此，小贼报名领死！"声未绝，两马相遇。史朴明只答得"史朴明"三个字时，史晋已一连两棒打将过来，史朴明急忙招架。史晋将手中狼牙棒一横，欻地撒开，顿时铁光闪烁，棒影纵横，好似一座棒林；史朴明但觉左右前后尽是铁棒打来，勉强竭力招架得三十来合，眼花神乱，心迷志昏，略一松懈，史晋大喝一声，当顶一棒，打得史朴明脑浆迸溅，倒尸马下。

慧静瞧见史朴明惨死，身上好似淋着几大桶冰水一般，顿时皮紧筋麻，慌急得将铲乱挥乱架，催逼三将上前。甄荫寿、湛守洁、王老玭只得并马冲出阵前。史晋瞧见，大叫："一齐来领死吧，爽利多了！"连人带马滚到垓心，抢棒便扫。三将急待合围，对阵凌波、姬云儿两马齐出，刀槊同挥，截住湛守洁、王老玭厮杀。史晋便单战甄荫寿。

闯天雁奚定立马门旗之下，遥遥观战，想着：铁爪鹰当了整天的先行，日擒张丙藩，夜斩史朴明；虽然英勇，究竟辛苦了。再加连打胜仗，心雄胆壮，未免大意，要是稍欠谨慎，竟败在生力敌军手里，岂不坏却英名，前功付诸流水？我不如暗地助她一臂之力，成全她这场大功吧。想着，便悄向身边抽得钢弩，拔出铁矢，遥遥觑定甄荫寿，尽着腕力，猛拉弩弦，突地放出，闪电般直射过去。甄荫寿一心只在对手，不曾提防另外有人暗算，托地一响处，应弦仰面倒撞下马，胸膛做了箭垛，热血润了地尘。

史晋大喜，方待转身接应凌波、姬云儿，才一回头，已见凌波一手挥刀逼住湛守洁，一手抽银鞭，唰地打去，正中湛守洁胸膛。打得他哇声怪叫，喷血伏鞍而逃。同时，姬云儿赤槊起处，王老玭坐马伤眼倒地，将王老玭摔落草中，爬起来飞跑。史晋便骤马驰去，会合姬云儿、凌波三人一同并力直冲敌阵。

慧静和尚在门旗下，见甄荫寿落马，已十分胆寒；接着，湛守洁、王老玭同时伤败，更加魂飞神散。骤见三员女将奋威猛冲过来，对面奚定也挥兵随进，越发震骇。却是想着身为国师，不便不战而逃，只得抓住心神，振起胆量，勉强举铲挣扎。霎时间，三员女将齐到，三般兵器围攻，连忙使铲招架。没到十合，已是心慌手乱，没法支持；吓得急忙掣身拖铲，没命地逃走。湛守洁、王老玳拼命夹护着，一同夺路回入庄门。奚定恰恰赶到，便和史晋、凌波、姬云儿四骑马并辔连镳，突驰夺门。忽听得庄墙顶上有人大叫一声，接着飞下一个斗大的首级来。同时，瞅见闪电也似的一大团银光，飘地飞上庄墙头去了。

良西庄墙垣上面究竟有甚变故，银光从何而来，统待下章分解。

第二十八章

斩渠魁双侠偿夙愿
护宫禁一士进良谋

话说史晋、奚定率同姬云儿、凌波杀败良西庄贼兵，四骑马一同逐逃夺门之际，猛听庄门顶上有人大叫一声："逆贼！送你往极乐世界去！"同时有一道银光飞上墙头去，又有一颗滚圆的秃头打墙头飞下来。就这一刹那间，四女将都已瞅明这头就是方才败走的伪国师慧静和尚，姬云儿忙使挐钩住那秃头。庄门已经霍地敞开，四女将料知庄内必已内乱，便驰马进庄。

原来那道飞上墙头去的银光，正是岭头云越嵋。当四将夺门时，越嵋见那庄门已开，恐四将进得太猛，被墙头矢石所伤，想着：凭自己本领，敌这班贼将，绰有余裕，便绝不迟疑，挂下长刺，拔剑在手，两足向银镫里使劲一挺，离鞍托空飞起，直向墙头蹿上。本想上了墙头，便一面斩将夺门，救应四将；一面杀散墙头兵将，免得矢石伤及四将。不料才向墙蹿上，同时有颗秃头下坠，心中不免诧异，双脚沾着墙头，按剑举眼瞧时，却见地上绑着个黄袍玉带的胖汉，料是黑鹰苏同，旁边倒着个僧衣没头死尸，便是方才出阵的那个国师。当面站着一个紫衣紫带、按剑怒目的紫脸汉子和一个蓝包头、蓝衣裤、横剑仁立的女子。墙头两行明灯连柱植在土中，喽啰们正在四散奔逃，满墙纷乱。

越嵋瞧着这情形，已知庄墙头起了变乱，自家火并。料想那一男一女就是挥刀杀贼、顷刻擒渠的好汉，便待上前动问，那女子早抢先开口道："请问将军可是于督师部下的同道？我俩已经斩从擒渠，专候将军解去报功。"越嵋连忙施礼道:"多承义助,岂敢攘功? 容俟陈明,再当呈报! 我是于督师部下副护粮使越嵋。请问两位同道尊姓大名? 大号怎么称呼? 贵乡是哪处? 今日因何到此?"

那两人正待说话,史晋等四人已奔上墙头来,越嵋连忙招呼,一一相见过,那女子说道:"我姓杨名辉,绰号穿云龙,这是我师兄拔山熊朱泽,特地前来诛逆的。如今且无暇细说,还请先收拾残余,肃清窠穴,咱们再细谈吧。"越嵋答应了,便督同史晋等四人和杨辉、朱泽一同下墙入庄,搜索余贼,一面清查庄内存积。所有日间受伤的贼将、喽啰半个也不曾走脱,都被擒斩了。残余喽啰都哀告乞降。凌波请越嵋下令洗庄,杨辉忙拦阻道:"这庄子里都是良民百姓,受黑鹰苏同胁迫相从的,不能怪他们。如果洗庄,必有许多良民受害,还望上体天和,勿伤百姓才好。"越嵋便下令封刀,不许将卒妄自杀人,并派快马向城里报捷;一面将所有喽啰一律给银分散。

不多时,便有本地乡民耆老闻得官兵平贼封刀,不扰百姓,连忙前来献犒叩谢。越嵋吩咐他们晓谕居民不必惊慌,官兵只诛贼寇,不扰良民,并命从速推人办理善后。收过犒军牲酒,极力安慰一番,乡耆等十分感激,叩谢而去。越嵋便将苏同庄内财物一齐收拾捆载好,便命将乡耆送来酒席摆上,邀请朱泽、杨辉入席畅谈。

席间,越嵋问起朱泽、杨辉来此斩寇的缘由。朱泽答道:"我二人原都是陕西人氏,祖上随军入黔,就在黔中落籍为民。自幼习得拳棒。后遇白云和尚,习得剑术。前五年,在铜鼓因助师兄黄狼王子申和县官作对,夜间前往行刺,得遇凌云子师父。承蒙师父剀切开导,我俩才知道剑侠是不应干预国家刑法的。师兄既然是因为向人借贷不遂,无辜杀人,自应听国法处置,不能杀害县官。我俩也从此才明白闽广派恃强无理的行为,委实不是剑客的正当行径。既受师父的开导,就求师父收录。自此随凌云子师父出蜀入滇,直到师父入关时,我俩因为家事未了,不能远行,才约定在幽燕一带相会。我俩家事了后,到了北边,听得黑鹰苏同在此猖獗,便想在出塞寻师之前,在北方干一两桩事,也好见师父。这一带地方,都是汉王朱高煦的党羽满布遍地。师父曾经吩咐

193

过咱们，总有大破白莲教、灭却朱高煦的一天。黑鹰苏同和朱高煦勾结一气，是彰明较著，谁都知道的，所以我俩特地更名变姓，到此卧底。原拟待有人来征讨时，就做内应。及至御驾亲征，于督师勤王，我俩便想斩寇来寻师父。恰值朱高煦差人来约苏同作乱，扰乱京师。我俩便暗中监视他，幸遇各位姊妹统兵来到。苏同请我俩上垣商量抵敌，我俩暗中约定跟着那厮，只待机会到就下手。庄前大战时，贼将受伤，妖僧败退，我俩知道机会已到，恰值妖僧逃到城上，我便动手斩了妖僧，杨家妹子就斩了苏同。这时官兵已经登阵破垣了。"

越嶰等这才明白朱泽、杨辉的来历，便道："如此说来，彼此都是同道同门，于督师部下也都是咱们这一辈人。令师现在塞外，和各位师长同掌擎天寨，曾约定分班来关内助灭叛藩，令师也许近日就来到的。我们这趟来平这良西庄，原是奉令回救京师的一支马队，主将和大队还扎在城里。如今良西庄既已平了，马上就得拔寨向城内去会师。我想两位既是遵师命入关讨贼，目前叛迹方张，逆焰正炽，恰是天下英雄豪侠用武报国之时。两位自宜贯彻初志，锄除逆藩，令师知道也必定嘉许的。所以我想奉请两位且暂到运军本队，候截击汉兵，保全京师之后，再同到大营，于督师也是我辈中人，自必另眼相看的。"杨辉道："我俩本来是想投奔家师，求家师挈带，干几件轰轰烈烈的大事，应不致埋没这七尺微躯，辜负了十年学艺。如今幸而仰托威光，削平乡寇，能许附骥，已属万幸，何况能够因此得见家师，更得遂报国微愿，这是我俩所旦夕祈求不得的。却是有一桩事得预先陈明：我俩虽未奉令入伍，却是这趟各位姊妹奉令回救京师根本重地，自然免不了有对阵厮杀的事，我俩深愿就此出些气力，一来好见家师，显得弟子们还略有寸进；二来将来到大营晋见督师，会晤同道，也觉光彩些。所以想求姊妹莫将我俩当作客人，竟请视同部卒一体调用，才好效力，不知姊妹能慨允吗？"越嶰慨然道："请两位同道兄别存客气，此次截击逆军，正仗匡助，尚容禀明主将遇事商承，共同杀贼。"史晋也接言道："姊姊放心，于督师所统的虽是官兵，部将多是剑客，并不拘泥于平常营规，仍是以我道治兵。将来于督师有一天总督天下兵马时，还要尽改营制哪，所以两位

194

道友肯和我们同心协力时，只需仍照我们武当、五台的门风就行了。我们的主将混天霓章怡，原是大通师叔的弟子，为令师所最赞赏的。两位到大队时，她一定会以手足之谊相待的。"杨辉听了，甚为放心，却心中又想起一件事来，便向凌波打听涿州大队里，是否都是女子领兵？凌波道："姊姊放心，我们这一支兵便是运军和他军的马兵合成的。领兵统将全是运军的女将，并没外人。"杨辉听了，转觉沉吟。凌波诧异道："咱们全是女子，姊姊正好方便许多，为甚反而沉吟呢？"杨辉没法掩饰，只得直说道："我没紧要，正好常讨各位姊姊教训，只是我师兄拔山熊夹在运军之中，不是有许多不大方便处吗？"凌波笑道："您错了！咱们同道，东闯西奔，素来没人顾到这些事。不要说他一个男子，就再有几个也不打紧。不是一般地各自立营，共同打仗吗？有什么不方便的？"杨辉听了，才把心肠放下。

当下，酒筵已毕，天色大明。越嵋恐汉兵来攻，涿城兵单，不易抵截，便下令："押解俘获和贼人首级，拔寨都起。"当即列队查点，幸而一无死伤，反而获得许多粮草银物，将夺得的牲口扎缚了一百余驮，全军奏凯，开拔出庄，乡民焚香燃爆，欢欣鼓舞，恭送凯旋。越嵋温谕劝勉，并要乡绅耆民拆垣毁炮，安抚流亡，勉为良善。

越嵋、史晋、奚定、凌波、姬云儿和杨辉、朱泽带领大队人马驮牲，径回到城内来。章怡早已得报，和钮雪、邵铭一同出城迎着慰劳，彼此并辔进城。人马扎定营盘。越嵋便率领史晋等四将和杨、朱二人到大帐来见章怡，将削平良西庄的情形仔细说了，并引朱泽、杨辉和众女侠相见。彼此志同道合，自然一见如故。章怡便命朱泽督行代管粮草，并为杨辉另立营头，和邵铭、凌波等一般看待。杨、朱二人从此更加宽心安处，不过总想有机会时，建一两件功劳，做个进门之礼。

章怡和越嵋等商量：移请当地巡官派一队人马去良西庄镇压，并会同办理安辑事宜，永绝后患。将苏同、慧静等首级发往悬挂示众。一面飞报杨洪，请转报大营，并保荐朱泽、杨辉二人，请令归队。接连休兵两日，没甚动静。只有京营派来一员差官，请速移营畿辅，以安民心。章怡回文说是正在相机邀截贼军，一俟探得寇踪贼情时，再当量为移驻。这几日，仍是探马连镳，哨兵索贯，严谨访查防守，绝没松懈一丝半点儿。

过了几天，杨洪营里特遣张楚陪同大营派来的兼中军官万里虹黄礼前来指示机宜。章怡、越嵋迎进帐内，先请问督师钧安，然后问同道好。张、黄二人一一回答毕，便取出两件文书来：一件是派拔山熊朱泽为中军旗令副使，克日来营归标；派穿云龙杨辉为运军军将，着即先行归标，俟全军旋归时，再行参谒。一件是指示：逆藩已派成龙之胞弟赛时迁成螭和霸东方闻人希超，前往京师，携带毒镖火药，希图扰乱宫闱，掀动京师不安，以便乘机攻破我军，惊动圣驾。据护卫欧弘哨探，逆兵因闻我军已先事防堵，临时变计，绕道趋袭卢沟桥，该贼成螭等已随逆兵起程。望即随杨洪拔营前往堵击，并严防贼党混入京师。章怡阅毕，便命从婢分请众将到中营，将文书传观。

杨辉、朱泽一齐致谢。章怡逊让，并嘱咐朱泽道："这位黄大哥就是原任旗令使。现在您和黄大哥共事是再好也没有了。黄大哥为人最和蔼，任劳任怨，您有什么为难之处，统统可以向他说，他一定能够使您如意的。"朱泽唯唯答应，便和黄礼再行礼相见。黄礼连忙还礼道："闻得大哥多年行侠仗义，精通闽广、武当各派剑法，真是武道中一个完人，以后还请多多指教！"朱泽连称不敢，着实谦谢。黄礼便说："明早就得起身回大营，大哥有什么事，请早点儿拾掇，免得临时耽搁，误了限期。"杨辉听说"明早就得起身"，心中好生难过，觉得和朱泽多年相处，从没分手过，一旦离别，未免惨然。却因男女之嫌，不便现出伤离情色。黄礼机灵，已经瞧出他俩人都有些尴尬形容，便道："朱大哥虽在中军大营，却是将来这边的事完了时，运军总是和大营一同进退的。并且听得说凌云师叔已经动身入塞，日内就到。一众同门想乘此聚会，那时大概运军不回去，也须来请杨家姊姊过去的。"杨辉听得师父要到，心中一爽，便也怀抱豁然。朱泽便是想着：此去大营，不久就可以见着师父，心里也安适许多。

章怡问起大营情形。张楚道："前没多几天，逆兵两次偷渡，曾经大战两次：头一次，是遇着右军巡岸。逆兵是新来的生力军，由汉王邸宫监马洪统率，一共八个莽夫，都是河东有名的绿林。其中有几个水陆两路功夫都很好的，名叫出山蛟董翼、渔哥儿朱彪、翻江蛟马腾云、瘦判官江跃门。打仗时异常勇猛，咱们右军里会水的不多。鏖战了一个多时辰，彭鹞子、急三枪都被那厮们拉到河里去了。幸亏中军派了石灵龟、俏二哥、浪里龙、金麒麟四个，全是会水的，卸甲脱衣，跳下河去，才杀退逆兵，救得彭鹞子、急三枪两个回来。第二次是前军防河时，逆兵露夜来攻。茅金刀纠同聊昂、范广、刘勃、季寿硬要发兵应战，丑牛儿也要出战。还是文狮子硬强着不肯，放了一整夜的箭炮，逆兵不曾渡得一人。那夜要是冒昧出战，黑暗中，咱们只能在河岸上，不能攻到逆兵船中去，逆兵却是可以乘鏖战时强撑登岸，我兵不知要损多少。事后于督师极奖文狮子沉着，有特设中军统将调文狮子充当的信息。"

章怡又问："杨霹雳可曾知拔营的时日？"张楚道："俺来时，还在商量，早晚就有令到的，您赶快预备吧，免得临事时慌急。"章怡点头称是。当即和越嵋分督各营，赶紧拾掇。杨辉便和章怡同去分拨人马，另立营头，朱泽也自去拾掇起程。顿时各自忙乱起来。

果然傍晚时，就传来军令：后军已于本午开拔！运军着于明日拂晓拔队，限两日抵卢沟桥会师。沿途留意哨探搜索，毋许逆敌宵小潜踪混过。章怡连忙遵令分传众军知道，并点派凌波为先行，即晚移营前行十里下寨。黄昏时，设宴款待黄礼、张楚，且给朱泽饯行，一番痛饮，不必细述。

当夜无话，次日天色黎明，全军整装，众将披挂。章怡传令开拔。张楚、黄礼偕同朱泽告辞自去。三声炮响，联翩出城上路，人马如潮头汹涌，径奔卢沟桥。沿途擒得几个奸细，都是逆兵细作，并不是派来扰乱的巨盗，便都枭首示众。

行了二日，离卢沟桥只差十五里，忽见先行队里的快马传报："后军现正扎营，卢沟桥市镇上不能容许多人马。运军应即离市五里驻扎候令。"章怡便统兵再进十里，会同先行凌波，一同安营扎寨。

是夜，杨洪派人来请章怡、越嵋、邵铭前往议事，并请杨辉前往相见。章怡等四骑马到了市上，直入关王庙杨洪营里相见。杨辉打参毕，杨洪恳切慰勉一番，便请马智、钱迈、魏光等首将进帐商量，应如何防卫京师和宫禁重地。钱迈道："京城是京营防守重地，外兵是不许开入的。我们不要说没奉钧令；就是有军令，京营也可拿祖法压倒我们，我们反而成了罪人，却是京营又的确不中用，要靠他们守城还不行，再不要提护宫禁、防奸细了。依我愚见：只有仗我们剑客本色，暗自入京守护宫禁，能够斩得刺客，捉得奸细。我们设法将他们拿到大营，也好让万岁爷得知京营不行，快些整顿。"

要知钱迈之计能行否，宫禁中曾否出事，均在下文详叙。

第二十九章

杜逆谋分军护畿辅
遇逆党跟踪识密巢

话说霹雳杨洪听得钱迈说："只有仍以剑客手段暗护宫禁，才能防破逆谋。"仔细寻思，果然只有这般才能应急防患。询问众将意思也都相同。铁狮子魏光道："逆藩见我军进逼乐安，先发制人；而且御驾亲征，京师空虚；所以才遣无底袋胡远率三万铁骑间道袭京师，还恐怕兵多行滞，才另派闻人希超等一班恶寇暗扰宫禁。这显见的是逆藩已决然先取京师，使我军失却根本，圣驾也没法回銮，他却早已窃据称尊。照这般瞅去，逆藩分遣明暗两路来扰畿辅，并不是只图惊我后防，竟是要夺取京城，和我军换个过儿。俺们如今要防制他，必须也分明、暗两路：一路以剑客手段，到京暗防闻人希超等；一路仍然探明胡远行踪，赶速邀截。使他两路同灭，救应不及。那时，逆藩受了这一下，必然激愤更繁，力求速战。我军再整暇因应，逆藩不足平了。"杨洪深以为然。章怡接言道："魏大哥的话极有道理，俺们就此分军各任，不要再耽搁时辰，让逆贼占先。俺想出入宫禁和在京城往来，究竟是俺们女子去便当得多。只请杨大哥派人代统运军，俺们就全部进京去，俺曾经到过宫里，那些宫禁防护情况都很明白的，料想如今的北京和从前南京相差不远，这事就交给俺吧，保管误不了事。"杨洪道："宫禁重地，自然是女同道方便。俺因为众位姊妹刚破良西庄，斩黑鹰苏同，连日辛苦毫没歇息；如今又要劳动长行，且是彻夜不停的勾当，未免太辛勤了。所以，不便启齿。既是运军同道自告奋勇，俺只有感佩，还望早日成行，勿使贼人占去先着。俺们后军各位弟兄也就此拔营截贼，各尽心力，以报于帅。运军人马就请魏狮子、镇华山、徐怒龙、张黑虎、飞将军、镇海龙、赛李广、赛由基八位暂时代统。俺马上就选拔敏捷健卒，派作密驿，分段暗驻在咱们两路相距之间，随时传递消息，以便彼此得知情形，有个救应，而且免得失却联系，无从问讯。"越嵋接言道："我曾闻督师说过，有设密驿的办法，却不知道详细，既是杨大哥知道，咱们早就该用着了。"邵学道："咱们一路来，都是连接的明开队伍，有派定的探哨，所以用不着这个。这密驿原只是用不着探哨时的补救办法。充密驿的都得改扮货郎、苦力或是江湖卖艺，自然是密用的。"马智道："密驿办法，督师曾刊在《将卒津梁》上面，越妹怎不知详细呢？"越嵋笑道："我不曾见《将卒津梁》上面有这个。"杨洪接言道："这是您没留心，《将卒津梁》中'军行密要'一条下注着'密书要法'就是这个，不过没列出密驿一条罢了。"越嵋恍然大悟道："我真颠顶，回头得去熟读《将卒津梁》去，不要还有什么妙招儿遗漏了，独做呆子。"众将听了，都为之破颜。

这一日，杨洪率魏光、钱迈等八将到运军接管营务，并派梅瑜、梅亮督管密驿，挑选士卒，尽充驿人。章怡等将军中一切交代清楚，各人将随身应用刀剑暗器、药物绳索、百宝囊、夜行衣等，一一拾掇停当；并且带着应用的银两、衣服行李等件，便向杨洪等作别，互道珍重，离营起身。杨洪等送到路口，方才转身回营，接统运军，合兵前进。

章怡和越嵋、杨辉、凌波、邵铭、魏明、丽菁、姬云儿、奚定、李松、史晋、钮雪、华菱儿等十三人急趋了一程，约莫行了六十余里，才遇着站头歇下。洗盥饮食毕，越嵋便和众人商议，路上分作几班走，免人疑诧，风声传入贼人耳中。钮雪也想着许多女人同行，不带一个奴仆，既不像官眷，更不似行商，难免惹人疑惑，觉得越嵋的话很有道理，极力向章怡申说。章怡细想：这般走法委实不便，如果有个贼人的探子，在路上遇着，瞥见俺们这般情形，一定能猜着是勤王军的女将。俺们就似告诉他，俺们进京防备来了，那还成什么事呢？便决定分散行走。当夜商定都到北京内城根崇庆寺聚会，各结伴侣，先后登程。

次日，越嵋、杨辉、凌波、钮雪、邵铭先行。一行五骑顺着大道直奔京师。在路玩玩谈谈，指村说道，颇不寂寞。巳牌将尽，行到一条小涧旁边，见沿涧尽是芦苇，一望无际。钮雪道："这地方要是有拦路的埋伏，倒不容易搜捉哩！"越嵋答道："这里只好躲小贼；若有大批强盗借此存身，只露两头截住，一把火就烧得渣滓也没有了。"杨辉道："这地方本来有拦路的，并且都不是平常人，都是些宗室远支、失封无业的子弟。他们仗着是皇上本家，犯罪从减，既没法谋生，便在近京行劫。后来给内府知道了，都移往凤阳安置，这条路才平静了。"

正谈论间，后面銮铃乱响。众人忙回头瞧时，只见一行七个大汉，和一个大白胖女子，连镳接辔、风卷云驰地超骧直冲。邵铭心中一动，连忙将马向芦苇旁一闪，让那大伙人先行，却暗地里留心细瞧那伙人的模样神情：只见那当头一个，长须拂胸，剑眉插鬓，长方大脸，三棱巨目，身肥体壮，手粗脚阔，浑身蓝绸衣巾，胯下高头白马，壮貌十分威武。随后一个瘦汉、一个长汉，都是扎靠负剑，镖师打扮。接着便是一个獐头鼠目秀才模样的少年；一个肥头细目商人打扮的中年；两旁夹持着那个白胖滚圆、喜眉笑眼的女子，三人同驰。那两男子形象既十分难看，神情更异常尴尬。最后一个青衣软巾微髭瘦脸的长汉、一个白袷素服的壮士，都紧跟在那胖女马后，紧追慢逐。总察这伙人中，只有那胖女满身堆肉，和容善貌，很是平和。其余的七个，形色各别，既不像一大伙，又不是一家人。瞅那些面目，都不似善人。

这时越嵋等都缓辔松缰，放缓马匹，任那伙人急抢着迈过前面，却翻随后暗察情形。越嵋、邵铭二人马快，走得近些。听得那白袷壮士喂了一声道："巧朵儿顶尖，盖枝儿素披更光，药中窝儿，利狐稀抽，好不好？"前面那个商人打扮的回头笑答道："朵儿匀，谈老大对摇儿。青苗儿开花，大家乐。"那秀才模样的接声道："巧朵儿单漂，明扎刺儿深，利贸儿欠扣，小坎防着拔葱。"商人打扮的大笑道："望子青青，你青苗儿不灵，坎儿太小；难道押街朵儿就不许赶大溜儿吗？"越嵋心中大怒，钮雪更气满胸膛，几乎就要动手，怎奈军令在身，只得硬抑耐着，装作不懂。实在这几句江湖话，在越嵋、钮雪跟前怎瞒得过去？照

201

江湖诀："巧"是"七"；"朵儿"是"女子"；"顶尖"是"都好"；"盖枝儿"是"头一个"；"索披"是"白衣"；"更尖"是"更好"；"药中窝儿"是"觅个所在"；"利抓"是"掳下"；"稀抽"是"分着玩"；"朵儿匀"是"女子很强"；"对摇儿"是"对付"；"青苗儿"是"眼瞧"；"开花"是"可以办"；"大家乐"是"大家动手"；"单漂"是"没保护竟单走"；"明扎刺儿深"是"显见得本领很高"；"利贸儿欠扣"是"这买卖欠佳"；"小坎防着拔葱"是"小心提防吃亏"；"望子青青"是"看得明明的"；"你青苗儿不灵"是"你眼睛不识货"；"坎儿太小"是"太小心了"；"难道押街朵儿就不许赶大溜儿吗"是"难道娼家女郎就不许成伙赶长路吗"。

钮雪、越嵋把马放缓了，待距离远了，才将这话告诉了凌波等众人。杨辉道："这伙人一定就是那话儿。要不京畿道上，真是天子脚下，兵差密布，谁敢这般撒野！"凌波道："咱们就这儿把这一群浑蛋给拾掇了。如果就是逆党，岂不爽利，就不是逆党，也免得留着害人。"邵铭道："倘若逆党就只派这几个人来，那么，一并给拾掇了，委实是件爽快事，只怕这样的大事，逆党断不止派这几个无名之辈来负重任。一定还有干家在前、在后的。咱们只拾掇了这几个小卒，反是打草惊蛇，使那些干家留意敛迹，或竟变计另图，甚至反得识破咱们，那就太不值得了。"越嵋点头道："这话有理。"凌波矗言道："这般说，竟放过那厮们吗？我却是气愤不过，不能让那厮们白糟蹋！"钮雪道："哪能放过呢？君子报仇，三年不晚。姐姐急什么？"

凌波还待说话，忽听得脑后有人叫道："姐姐们停一停，我实在跑够了！别让我尽追尽叫尽不理呀！"众人一齐回头瞅时，只见渔船华菱儿跑得满头大汗，张着大口喘气。凌波先问道："你的牲口呢？"华菱儿跑着喘着说道："瘟牲口，夹忙里生病，我受不了那一挨，撒腿就跑。图痛快反受累哪！我叫唤了好几遍了，你们干吗头也不回，理也不理？"众人这时早已缓马走着，停缰待华菱儿近前。越嵋笑答道："我们正在谈得起劲，刚才才听得您声唤，就回头来瞧。您说'叫唤了好几遍'，却委实不曾入耳。"邵铭问道："您干吗使腿赶上前来？和浪里花、闯天雁一道走不好吗？"华菱儿摇头道："不相干，和谁一道走都是一般的。我且问你们：可曾瞧见一行人——七男一女——朝前面去了？我奉混天霓吩咐，专为这赶来的。"杨辉接言道："咱们正谈着这事，那一行子才前去没多远哪！"华菱儿道："混天霓认识那女的，名叫白蛟鲁朗。虽是个闽广派出身的女剑客，却受过自然大师的戒。本领很过得去，为人也很好的，不知怎么会和这伙人混在一处。混天霓因为没留心，那厮们就迈过去了。她既认识，不便跟追，所以要我来关照你们赶快追上去，瞅瞅那伙人究竟落在哪里。尤其是那鲁朗，只要得着她的地址，混天霓预备悄地去会她去。我倒霉！偏偏瘟牲口害起病来了。好得我家铁香炉曾硬拉我同向大老虎学过飞步法，便拦住铁爪鹰不让她夺我差使，硬跑了来。你们快追吧，不要再多耽搁了，我还得回复混天霓去。"越嵋答道："您就请转吧，好叫章大姐放心。我准照办，我一定把姓鲁的地址探得就是了。只是您没了坐骑，虽说能飞步，终不是个事呀！"华菱儿道："不打紧，病牲口已经交给密驿去了。过天星的坐骑让给我暂骑，就要到的。"说着，掣转身躯，两只大脚荡尘浮沙，如飞而去。

越嵋便嘱咐凌波等："不必紧随，一来免人多惹疑，二来我的马是特选千里驹，你们的马都赶不上我的。"邵铭道："俺的牲口还行，俺伴姊姊吧。"越嵋点头应允。邵铭便带动丝缰和越嵋并辔飞驰，顺大路朝前趱赶。

行了多时，遥见前面一团黄尘滚滚前移。越嵋扬鞭骤马赶去，邵铭也随即跟上。近前一瞧时，只有六个男子和那胖女。仔细辨认，却少了那个长身镖师，越嵋心中诧异。邵铭悄说道："照这情形，他们今天是不在卢沟桥打屯了。"越嵋问道："怎见得？"邵铭道："那一个准是打前站去了，俺记得那一个的坐骑是一匹青鬃盏蹄小川驹儿，脚力不在咱俩的牲口之下。如今单缺了他，您想，要不是为打前站，赶到京城里去，先通报，早预备，是为什么呢？"越嵋想了一想，道："也许是。好在那姓鲁的没单走开。"

就这么远远吊着。那大伙人，老没回望。越嵋留心察听，那伙人说的都是些没要紧的。直到卢沟桥，竟穿市而过，只略缓了缓缰，并没停蹄。似这般风驰电掣，走了一下午，便望见雉堞巍峨的北京城了。越嵋、邵铭连忙同催坐马，就城外闹市中趱进，接紧在那伙人马后。径走到北池子，才见那伙人在东首一条胡同里一所三合院屋子前，勒住了马。邵、越二人就胡同口暗伺。见当先那个长须汉子扬马鞭朝门上连扫两鞭，屋门吱呀地开了。便见那个长身镖师和一个道人、一个白须老者，含笑出迎。彼此嘻哈相见，寒暄问讯，便有庄客上前接过牲口，让那伙人进屋去。

邵铭忽然一惊，连忙勒着马离了胡同口。越嵋不解其故，连忙赶过去问："怎的了？您为什么这般惊惶？"邵铭不答，一直出了北池子街口，回头细望，见没人跟来，街上只是不关事的闲人熙来攘往，才放了心。待越嵋催马近前，低声道："那个白须老头儿，就是白莲教河东教首邓天梁。霞明观毁后，投在太湖铜锤罗七手下充当先锋头领。俺在锦屏山下渔火村中时，这厮曾经来会俺堂叔邵载福，邀他上太湖去落草。后来见了俺和俺哥练武艺，便力劝俺堂叔带俺俩同去。还说：'如果阖家都往，愿先给十斤黄金，料理家务。'俺哥访问得罗七阴险，时常扣住人家父母亲人，却威逼那子女晚辈给他出力。一个不对，就把扣住的人折磨受苦，甚至斩杀碎尸，所以，俺哥就抵死不肯去。俺堂叔也说：'过了一辈子了，老都老了，还去卖骨头，辱祖宗，做什么强盗？'邓天梁不高兴，憋气走了。后来，朱高煦派人到锦屏山招收从前锦屏山的喽啰去充健卒，邓天梁又托捎书子来劝俺叔侄三人投顺朱高煦，说：'这是靖难之师，不是做强盗，甭顾忌。并且马上封官给俸，不必做事；要待举义时，才来征调，或派做内应。尽可以受俸家居，安享快乐，将来更有无限富贵。'俺俩那时就恨透了朱高煦，简直没理会他，不料这厮却在这里。瞧起来，这地方，一定是逆藩的巢窟无疑！要不然，邓天梁那厮怎么会在那屋里呢？咱们方才跟踪下来的那几个尴尬人，甭猜疑，准就是督师钧令内所说的那话儿了。待混灭霓到时，咱们甭耽搁，今夜就干。干掉了，就算拉倒，省得一定要待到那厮们扰乱宫禁时才动手，惊及掖庭，闹浑半边天，反费力不讨好。"越嵋点头道："我们既不想借着救护掖庭，贪功图奖，自然不必定要待那厮们扰宫时再动手。能够早干掉一天，好早放心一天。挨什么呢？越快越好，越快越容易了事，您到内城根崇庆寺去候她们，我就在这近边窥探着，瞧可有新消息。"邵铭道："俺邀她们全到这里来吧。您就在这停云栈去瞧定房子可好？"

越嵋答应了，自去停云栈要四间上房。掌柜的听说是十几位女客，没一个男子，便推却不肯接待。越嵋掏出于督师的文书来，掌柜的吓得面容改变，慌忙跪拜赔话。越嵋忙止住，并吩咐："我们是来办密案的，你不许泄露风声。如果有人知道，误了公事，唯你是问。有人向你打听时，你只说任满回京的宦眷，不许多话！"掌柜的诺诺连声，连忙亲自去拾掇屋子。

不多一时，上房收拾清爽。越嵋瞧过了，便付给十两银子。掌柜的坚辞说："将来伺候得没大错时，再请随意赏赐，这时断不敢领。"越嵋道："你收下，存在柜上，我们要买东西时，你就代为支用，省得零碎取钞不好吗？"掌柜的这才收下，吩咐柜上："收作客存项。"

越嵋洗漱毕，又到北池子去绕了一个圈儿，进那胡同，瞧那三合院，双扉紧闭，墙头桐叶飘摇，静悄悄，绝没声息。小立片时，仍不曾见有甚动静，便缓步出了胡同，回到停云栈来。叫店伙计将四间屋铺陈停当，桌椅都调摆过，使不致碍进出道路，一切都安排好，只候行李到来。

一会儿，外面人马声喧，店伙计高声招呼。越嵋连忙出屋一瞧，见一群大汉押着驮载，到了栈里，正在卸载。便闪身在屋门后伸颈暗窥，见店掌柜招接那群人在东头斜对过一排房间里住下。越嵋冷眼细瞅，只见那群大汉腰里都是硬邦邦的。心中明白，再留神察看，那些驮载也不像是平常货物，着实觉得奇怪。

忽然店伙计又是一阵高嚷。越嵋忙移眼向外瞧时，果然是凌波、杨辉、钮雪三人随同邵铭来到，便出外迎接进来。店伙计送水浥茶，众人掸尘浣污，歇息一会儿。章怡、姬云儿、华菱儿、史晋才随后来到。越嵋接进，便叫店家预备晚餐。黄昏时，魏明、丽菁、奚定、李松才偕同梅瑜到栈，匆匆拾掇过，便同进晚餐。餐毕，梅瑜自去。

餐毕，越嵋将一切情形和章怡等说了。章怡便叫店伙计请了掌柜的来。相见毕，章怡便问："本京可平安？外面有甚谣风没有？"掌柜的吞吞吐吐，不敢畅述。章怡道："你尽管实说，任什么事，有俺承当，断不牵连到您身上，您含含糊糊，反为不美，甚至自己吃亏。"掌柜连应了几个"是"，才低声说道："本京倒还安静，只这两天外面谣风说：'汉王派了不少的探子到京里来。'还有人说：'汉王本人也来了。'却是不曾知道实在。"

越嵋问道："那北池子东一条胡同，第二家三合院屋子——门内有一株梧桐的——是什么人家住着，你可知道？"掌柜的道："那是一所空屋子，从前闹过鬼，本京没人敢住。前不多几天，听说有一家外官儿进京，租住了。刚搬进屋，不曾知道是怎样的人家。"越嵋听了，目视章怡。章怡微微点头。

越嵋又问："那屋是谁家的，你可知道？"掌柜的说道："那屋是小的的堂母舅家的，所以小的略知道些情形。要不，本京人烟稠密，邻隔三家，就找不清楚了。"越嵋便问："你这堂母舅是干什么的？姓甚？名甚？"店掌柜皱了皱眉头才说道："他姓彭，名贻翼，原是好人家子弟，老子是进士。无奈他不务正，练武艺考武场，从没取过头场。如今年纪也大了，就在镖局里挂个名吃闲饭。本身就在这城里当混混。"越嵋又问："你姓甚？名甚？和这彭贻翼可有来往？"店掌柜答道："小的叫王兴福。小的的堂母舅是北城有名的混混头儿，小的怎敢得罪呢？自然得承迎着。喜得沾着骨肉亲戚，没吃着大亏，却是年节孝敬，平时供应，也就很够受的了。"越嵋又问："那北池子屋子是他祖传，还是自置？"王兴福道："是去年置下的。因为闹鬼，没人敢要，他才趁便宜卡价买下了。"越嵋问道："他这近时发了财吗？怎么当混混的置起屋产来呢？"王兴福叹道："他平时是只有亏空，没个够开销的时日。去年忽然多钱了，也不知是遇着什么主儿挖着了一笔，阔得很，直到如今

206

还不高兴弄小钱哪。"说罢，忽怔了一怔，似乎在追悔。越嵋还待问话时，外面高呼"掌柜的呀！"王兴福连忙起身告罪，越嵋只得任他自去。

要知众女侠如何御逆卫京，请接阅下章便知。

第三十章

入寨巢深夜逢侠女
谈堕陷挑灯念同人

　　话说章怡等由店掌柜口中探得那北池子的屋子定是逆藩租下的秘窟，便想前去探视。杨辉向章怡道："姐姐在路上说：'那鲁白蛟曾经认识，不似个堕落的人。'依咱想来，这人也许是个伤心人，挟志卧底，也未可知。姐姐如果去会她，还须见机行事才好。有时，卧底的朋友，因为要顾全事功，任凭刀在颈上，也不能说本心话，硬把假言语来挺抵的。譬如她预备好一个办法，时候没到，你去问她时，正赶着隔墙有耳，不能吐露真情，只好硬心肠反说着。如果你不体察原谅，就许屈死好人。所以姐姐去时，最好是体察四面情势，再切实劝导。她如果是有深心的，断没不吐露一毫半点儿的道理。姐姐聪明人，自然一听就能明白的。若就此收得转来，也是咱们一个良伴哪！"章怡答道："俺本想邀白翎箭、出水莲两位同俺走一趟。您既然说到这话，颇有道理，就请您辛苦同去，也好提拔着俺，成就了她。"杨辉欣然应命。姬云儿接说道："姐姐既然诚心要收这人，姐姐不是说她由闽广派出身吗？我也是那里头跳出来的——我也陪姐姐去一趟，得便时，好劝劝她。"章怡喜道："这般更好。"当下便商议：章怡、越嵋、钮雪、杨辉、姬云儿去探秘窟，凌波、邵铭、丽菁、华菱儿护卫左右，兼打接应；魏明、奚定、史晋、李松做望风巡哨，兼任最后救应。

　　三更才过，众人装扎已毕，将房中灯熄灭，房门插紧，开了窗槅。见外面静悄无人，便按着派定的次序，陆续登高，打上面离了店房，越嵋在前领路，跨过三四栋屋，便到了北池子。打东胡同屋檐，轻悄悄地绕到那三合院的后身。一瞅墙头比外面高了有一丈七八尺，并瞅见墙头上满植着许多铁蒺藜，丫丫杈杈，没处下脚。越嵋回身一指，众人顺着她手一瞧，见朦胧夜色中，映着东头隔墙有座大木架——是染坊晒布的，和那墙头差不多高。众人大喜，都向木架这边墙头越过来。华菱儿脚大身捷，先翻过来，也不商量，更没招呼，一手挽住那木架的撑柱，身子一甩，两腿一缩，便似一只青蛙般爬在撑柱上。接着便见她手脚齐动，一伸一缩，眨眼间已到架顶。便探身伸手，抓住这墙头铁蒺藜，脚尖送了一送，忽地过了墙根。同时她手一撒，放下一条绳来。

当时，华菱儿将绳头缚在一枝大些的铁蒺藜杆上，接着就将铁蒺藜一枝枝拔去。章怡等便跳跃的跳跃，援绳的援绳，爬木架的爬木架，一会儿全到了墙头。越嵋忙打手势，要众人伏下，意思是不要让屋里人瞅见黑影。凌波瞧见得迟，蹲身稍缓，两膝才弯时，啪地飞来一颗铁丸，直奔面门打来。凌波连忙一偏脑袋，急让过时，那铁丸恰抹脑顶过去，正砸在木架上，吧嚓一声响，众人都吓了一跳。章怡连忙挥手，关照众人别动。略待一待，却没响动，底下黑暗异常，又瞧不见什么，便向越嵋打手势。越嵋便打手势要在左首的魏明等四人退到木架上，在右首的凌波等四人仍伏在墙头，算是布下两层救兵，便又挥手关照章怡、钮雪、杨辉、姬云儿等，冒着艰险一同跳下地来。各人早已拔剑在手。

定神四顾，虽有些许夜光映着，比在墙头下望时清楚，却仍是静宕宕，不见有人影。越嵋觉着奇怪，便暗拉章怡闪身，想要穿过对面去。章怡跟着一提脚，忽然啪的又是一颗铁丸，正打章怡裆下穿过。钮雪在旁见了，忍耐不住，耸身向那铁丸来处托地一跳，猛扑过去。哪知钮雪刚扑过去，欻地一道蓝光从那对面直冲而起，猛然落向空场当中来。钮雪横着心肠想：瞅他到底是个什么妖魔鬼怪，待我来和他拼一拼。便托地平空跃起，向那蓝光落处直压下来。那蓝光见有人凭空压下，就那一刹那间，忽地就地一滚，霍地站起。钮雪压了个空，忙刹脚立住。忽见那蓝光欻地敛住，显出是个人影，接着便听得他发话道："来的不是钮洁华姑娘吗？咱道是谁，原来是您！险些闹岔了。"钮雪不敢答应，只连忙定睛细认，才瞅出是已死山东镖局挡手五爪龙曾若水的女儿，曾经嫁给白莲教河内教首陈仁生为妻。因为家传武艺本领比陈仁生还高，陈仁生便引她入教，曾充曹州一带教首，和钮雪颇有交情，却是还不曾知道钮雪改名归正的事。

这时章怡、越嵋、姬云儿、杨辉都听得钮雪和人答话，都奔近这边来。连魏明等都以为会着熟友了，全过墙来，跳落地下一齐过来。钮雪十分着急，想要和两面引见，却又只记得从前只称呼这女子为"陈大嫂子"，素来不曾知道她的名字，一时不好说得。要想向陈大嫂子说明白自己的事，又一时不容有细说的时候。越嵋在旁见钮雪满脸透着为难的颜色，心中已明白八九，便不待钮雪开口，向前剀切说道："请问这位尊姐贵姓大号？如今钮家姐姐已经投在武当门下，带兵从征逆藩。尊姐有甚吩咐就请说，要不然钮家姐姐今夜是领我们来歼逆锄奸的。请尊姐就此闪开，明哲保身，一来免碍钮家姐姐的大功；二来免得得罪尊姐，坏了钮家姐姐的交情！"

那蓝衣女子听了，先还诧然失惊，继而义形于色。待越嵋言毕，慨然答道："咱姓曾，名铮，人称蓝蛇，虽然托身教内，寄迹藩邸，另有苦情，本非心愿。钮家妹子既已自拔，想必不惜提挈，就此追随，还不为晚。不过，此地极险，奉劝诸位赶快离开！迟则不利，咱虽有心力，也没法相救。咱还有一同心姊妹，能识此地总经络，咱明日邀来相会，再以必胜之法助诸位成功，略表此心，钮家妹子能信咱吗？"钮雪忙答道："咱自然信得过。只是你方才放铁丸呢？"曾铮哧地笑道："妹子！您难道忘了咱是赛宜僚的孙、五爪龙的女吗？咱曾家铁丸，不是口夸，神仙也不要想让躲得过。咱不过诳放了两颗问问讯，若是真果存心得罪诸位，恐怕这时不能这般见面了。"章怡羼言道："彼此以至诚相见，有甚不能相信？"魏明道："明日准候大驾！"凌波也道："咱们素来不以小人待人，还望放心，勿多虑！"钮雪便将停云栈地址告知。众人正待转身，章怡忽又刹脚回头说道："方才听说有一位同心姊妹；如果这人就是今日到此的白蛟鲁朗，就敢烦寄语说是'湘江混天霓，曾特地前来奉访'。"曾铮急答："如命！"章怡等便纷纷蹿出。

众女侠回到栈中，仍由出路回到屋里。掏取灯儿，将灯点燃，听一听，四边寂静，只有睡客鼾声断续互答。众女侠便挑灯夜谈，悄声对话。华菱儿密笑道："咱们今夜所做的事，如今回想起来，好像是做了一场大梦。那姓曾的既认识出水莲，她发铁丸时是暗处瞅明处，怎么竟一点儿也瞅不出来，直到出水莲去踏压她，她才瞅出呢？"钮雪道："她的眼法素来很好的。他们曾家不问男女，一生下地就给药养眼；三岁就炼聚睛；十岁就敛眼神，所以铁丸是他家绝技，百发百中。还可以打指缝里连发四颗，任你怎样矫捷，决躲不过。她今夜一定是因为咱们人多了，一时辨认不清。不过她总知道咱们一定是去捣巢的，她既存了异心，所以不使绝招，这倒不是谎话。"

奚定道："我有点儿不明白，她既是存异心为什么不早抽身呢？"姬云道："这就难说了，也许有意想不到的万分为难之处。一个人，身被陷住，能够和出水莲一般爽快洒脱，是不容易遇着的。我就曾经受过这种罪来：一面是满心惨痛；一面还得挨许多人的辱骂。只能忍气吞声，自家强自安慰，莫想向人提说半句。这时节能够有个人挈带一把，那真是比起死回生还要感激。"说着，瞅着史晋惨然不乐。史晋道："不要发感慨了。咱们还是谈正经吧，照方才那蓝蛇曾铮末了答章姐的那句话瞧起来，章姐认识的那个白蛟鲁朗，一定也是个身陷贼中久生异心的，所以，曾铮才称她为'同心姊妹'。这却是个好消息。只是咱们虽然把这儿的地名告诉了她，待到白天里，不知她们怎样到这儿来？"凌波道："白天里她俩同来拜会就得啦，这有什么怎样不怎样的。"奚定笑道："玉麒麟真是实心眼儿，再不肯绕点儿弯子的。您想，她俩既然久生异心，不愿从贼，却是到如今仍旧陷身不能自拔，这一定是有人挟持着，看管严厉，不容她随意行走，所以才不得脱身的。要不然，她俩不会提腿一跑，万事全休吗？那么，她俩既是受人挟制着，待到白天里要独自出来和咱们相见，干偌大的机密事，不是很不容易吗？铁爪鹰是代她俩担这个心哪！您明白吗？"凌波听了愕然道："您怎么早不说呢？"奚定道："我并不知您没明白这个，早些时候，怎么会说到这上头来呢？再说这不打紧的闲话，说得迟，说得早，都没紧要，您愕什

211

么?"凌波叹道:"嘻!我要早知道她俩这般难脱身时,就把那姓曾的就会面时给带着回来,再去劫那姓鲁的去。有咱们闲话的这许多时候,我早把这事办妥,俩人也救出来了,那么够多么痛快,不强似憋在这里呆等呆望干着急!"众人听了,都觉好笑。

众人谈谈说说,换过衣履,天色大明。店伙计叩门催客起身,随即送水沏茶,章怡叫伙计去买许多枣儿糕、烙饼,大家当点心吃。众女侠都忙了一夜,这时正觉着饿,大家狂嚼了一顿,腹中不告空乏,精神陡然复旧,绝不觉着疲乏。

梳洗已毕,散坐闲话。章怡正待要说昨夜辛苦,不妨歇息片时,劝众人不要强自撑持,不妨各自去躺一会儿,免得身体受损,不好做事。刚一启口,店伙计忽然进屋来,说道:"外面有一位女客求见。"章怡欣然答道:"快请进来。"店伙计应声转身去了。凌波微笑道:"那话儿来了,果然不出我所料。"越嵋迟疑道:"怎么只一个人来呢?"姬云儿道:"许是那姓鲁的不得脱身。"杨辉道:"不,许是姓鲁的另有深谋,此时不愿露面害事,留待将来,另有一番作为,所以没肯同来。"华菱儿道:"难道就不作兴是姓鲁的来瞧章姐,姓曾的反不得脱身,就没能同来吗?"章怡笑道:"别乱抬杠,反正马上就到屋子里来了,立刻就见分明的。"

正说着,店伙计在门外说了一声"客到!"章怡说:"请!"只见门帘一掀,走进一个青衣女子来。众女侠一齐大怔。霎时间,回想过来,哄的一声,全都大笑不止。原来进屋的女客,既不是曾铮,更不是鲁朗,却是毛头星梅瑜。众女侠满心拿定之时,骤然间见进来的不是曾、鲁两个,自然是一怔。及至想到梅瑜督管密驿,此时正该来到,只是大家一时高兴盼望投诚人来的心事太切,竟忘了这一项事。忽然明白过来,彼此相视,怎得不哄堂大笑?

只是梅瑜一时摸不着笑的什么,莫名其妙,被众人笑得不好意思,进退不得,愣立在屋中间发怔。只向自己身上乱瞧,防有惹人发笑之处。众人见她这般傻头傻脑,益发大笑不止。梅瑜更加十二分疑惑,忙把后幅裙子抓起一瞧。众人眼光随着一望,见裙幅上有桃花般一块,这却真是笑梅瑜了，梅瑜急得满脸绯红，浑身无主。丽菁握拳撑腰强忍住笑道："你到那一间去。我包袱里什么都有，你随意使唤吧，回头再来说话。"梅瑜连忙答应一声，掣身扑入里间去了。

梅瑜为甚赶来，下文再叙。

第三十一章

急友难狂奔乞救援
灭秘窟仗义解厄难

话说梅瑜拾掇停当，仍出外间来。众人笑声渐停，见了她几乎又要笑出来。梅瑜发急道："不要打哈哈了，有要紧的事哪。"众人听了，顿时齐敛笑容，敬听钧谕似的瞧定梅瑜的脸，待她说话。梅瑜说道："杨霹雳连接探报，说：'朱高煦派了许多人进来，连小宋濂钱巽也来了，预备一闹之后，乘乱里就颁布汉王靖难继统的谕旨，再夹攻御林军、勤王军。'听说如今京内、京外，卫所武官受朱高煦贿买的共有二千多人。现在在京内的逆党头脑，除钱巽之外，还有汉军前军将军王斌、左军将军韦达、右军将军盛坚、游击将军胡远，和一班剑客闻人希超、强飞等。另有几个女寇女剑客，据说本领更高，手段更强。乐安城里，只有汉军后军将军朱恒、中军将军石亨、先锋将军黄裳和四金班将士，以及海寇严丰、指挥李智、剑客黄策等一班人。前天大雾漫天，尺寸不见，逆军偷渡过河乘雾劫营，御营几乎失守。我军大将文狮子、程豹子等都受了伤。督师传谕说：'如果京城失陷，必致民情慌乱，军心动摇，全军覆没是意中事。只望回援京师的一支兵马拼死护截，务使逆不得逞，才有肃清之望。这事的重任全在后、运两军众将身上，如果稍有疏忽，死也无补于事。'杨霹雳已两日水米没沾唇，要我来剀切透彻地说明白。彼此设誓：不得胜就连骨头都不留在人间！还问您众位可有什么消息，已经探得线索没有。大旋风、大老虎俩都去磨刀子，预备北京一丢，就抹脖子。您还大笑大乐啦！"姬云儿笑道："难道朱高煦一

214

听得抹脖子就赶快撤回北京逆党吗？不想法子干，光抹脖子，吓唬谁哪？"梅瑜笑道："我知道吓唬谁哪！大旋风和您家那一位是同宗共姓的，您自然该明白呀！"姬云儿站着来，指着梅瑜道："好油嘴丫头！谁教你的？什么叫作'那一位'？怎么'该明白'？咱们评评瞧！"说着便要撕梅瑜的嘴，梅瑜笑着向章怡身后躲。丽菁喝道："痴丫头！专会油嘴没规矩，该撕的！"章怡拦住道："别闹玩儿了，再闹可真是没规矩了。"梅瑜便在下首坐下。

章怡便将路上遇见鲁白蛟、探窠撞见曾铮的情形告诉梅瑜，并说："逆党派来的人，虽不曾全知道，却料想是不少。要不然，没那么大胆拉开着明干。如果曾、鲁两人中有一人过来，就能够知道详细了。"越崎道："武官被贿买，这话很可信，而且恐怕不只武官。您想，逆党这般拉开着明干，不仅是仗人众势大，一定是和地方官沟通了，才能这般放纵。咱们要是探得这些内奸是谁，马上宰他几个，这京城准能安稳得多。"

众人才待说话，猛听得外面店伙计连忙吆喝："找谁？找谁？不要瞎闯！""不要忙呀！在上房里，待我给你通报！""别冲呀！这么没规矩！"接着就是一片人声，也听不出杂嚷浑叫些什么。章怡忙向众人使眼色。各人按着身边带的暗器，齐到屋门旁，一面探视，一面备敌，只见外面许多店伙计攒拦竖截，终堵不住，绕奔到前面抄围着，一下又被冲散了。刹那间冲到内进。钮雪已经瞧见冲进来的是个白衣女子，猛然记起章怡称那鲁姓女子为"白蛟"，一定是她来了。便叫道："章姐，瞧，可是姓鲁的来了？"章怡这时已经瞅见一个白衣胖女子肩扛手挡，直推进来。只就她那身影就能断定她是白蛟鲁朗，便高声大叫："不要推！章怡在这里呀！请你们快别拦，是有急事来找俺的。快请让一让呀！"鲁朗听得，双肩一摇，加劲一挤，已到了上房跟前。众伙计听得章怡叫唤，便想让路也没来得及，仍被鲁朗挡翻三四个。

章怡连忙招接。梅瑜便跨出外面去，安慰店伙客人等。越崎等拥着鲁朗进房。鲁朗手按胸膛，拼命地挣着，闭口咬牙皱眉捶脑，恨一声，才死命压住那口喘急了的气，挣扎得一句："曾蓝蛇丢命！……"又喘个不止再说不出了。章怡大急，都瞅定鲁朗发怔。鲁朗越急越喘，越喘越说不出话来，急得两眼发直，泪如雹落，满脸泛紫，口中喷血，却仍吐不出一个字来。

越嵋急了，忙问："曾蓝蛇可是在北池子？如今去救可来得及？能明打进去吗？有消息机括吗？请您点头示意，我们好办事，不要耽搁了人命。"鲁朗急急地连连点头，又低头弯胸地死命挣扎，才挣出几句话来，道："能！——能！——能……能！快走！——咱带——咱带破——带破括——机括。"越嵋已经明白，便向章怡道："请主将快发令！这般时候，这般情形只能明干了！"章怡也想不出别法，鲁朗又说不出细情，只得仗着自己的督师令牌，不是江湖，不怕官役拦阻，便拔出身旁小旗，高声发令道："所有援京诸将即刻随同前往北池子破窟擒渠，迟违皆斩！"众人一声"得令！"唰！唰！唰！各亮兵刃，挟持着鲁朗如飞而去。全客栈人顿时吓得魂飞魄散，脸白唇青，甚至有越墙逃走的，有闯遁厨下菜窖中的，有躲在自己炕角下的，还有大哭的，有吓痴的。种种怪状，无一不有。亏得掌柜的分头安慰，说明是于督师派来办案的官人，不是强盗，才把那些人的魂灵安住，没逃到鬼门关去。

鲁朗领着众侠向北池子狂奔，反而把气奔顺了，定一定神，和章怡等一面迅跑，一面诉说道："昨夜的事，邓天梁知道了。今早就围捉曾蓝蛇，被蓝蛇使铁丸伤了三个人。终于孤身难照应，给挠钩拉倒，咱被隔在后面，直到蓝蛇上绑，咱才知道。便去保她，邓贼不肯，说咱主使，要连咱捆杀。咱气骂，闻人希超拉咱出来。咱急了来找你们。"越嵋道："您怎知我们在停云栈呢？"鲁朗道："蓝蛇昨夜就悄悄地告诉咱，商量要今日借探路为名，出来会你们的，不道出了岔子。咱到停云栈想着蓝蛇快没命了，急得没地缝闯。叵耐那厮们不许咱进去，硬和咱啰唪，可没把咱急杀！咱至今还恨哪！只求蓝蛇留得命才好，要不，咱不气死，也得寻死！"

霎时，奔过北池子口，反而静没人声。众侠心中齐吃一惊。鲁朗更如冷水浇头，又似掉在冰窖里，立时全身皆冷，反而怕近那三合院门前，好像一挨近，就有个骇人的消息马上传到耳中来一般，心中无故地怔忡起来，欲前反却。

章怡却满心要探个究竟，抡剑当先，猛然冲入。越嵋随后，忙问鲁朗："有机括吗？"鲁朗摇头道："只后院和窟里有机括，旁的处所全没有的。"越嵋便放了心，抡起长剑，紧随章怡冲近门前。屋门却是紧闭着的。章怡扬剑就劈。华凌迈向前去抬起腿来，噔！噔！噔！照定门扉上一连几脚，蹬得那两扇木门霍地仰倒。众人一拥进去。这一进门，可把众女侠都吓了一跳：原来屋内院中乱糟糟，许多人抡刀举剑，正向着一个躺在地下的人乱砍混剁。鲁朗见了，心如油煎，怪叫一声，腾空跳起，向腰间拔出一对短刀，落入人丛中，乱舞乱扎。章怡恐她有失，同时，也想救躺地被剁的人，便大声喝道："快拿贼！别让逃走半个！"众女侠一齐呐喊冲上前去，闯入人丛混斗起来。那院中大伙人，好似预先知道有人来攻打的一般，不慌不忙，钳口结舌，闷声接战。

越嵋、章怡等一面斗着，一面细察。见那些人就是昨日路上遇见的那七个汉子，余外计有：一个是邓天梁，昨日见过的，两个脚重身笨的大汉不似剑客；两个女子：一个俏眼绯腮，十分妖媚，一个描眉敷粉，装作妖娆。左角上，有一个使三截棍的黄脸粗汉；两个一般打扮中年军官模样的人，一年十五六岁童子，另有十来个莽汉，全凭蛮力，毫无路数，似是不曾练过武艺的苦力汉子。这一伙中，单单不见有曾铮的踪影。抽空闪眼瞅那地下被乱刀剁死的尸身时，却是一个穿月牙白绸直裰的少年，头上巾帻已无，发鬃散落，众女侠心中更疑。

邵铭这时存心想抓住一个活的，好审问口供，可巧她迎面对敌的正是那装妖作怪的女子，便抖擞精神，一剑紧似一剑。斗了数十个回合，那女子手法已乱。邵铭便把剑撒开，想让她攻进时，蹲身迅进，刺她大腿好擒住她。不料剑才撒开，那女子不由正面攻进，翻着地卷起扫堂腿来扫邵铭。恰巧邵铭转向下三路来刺她的腿，那女子的左乳正碰上剑光，合该那女子不应活了，扫堂腿的旋风势来得太猛，反倒把剑光撞入胸膛，深刺入肺，顿时丧命。邵铭瞅着，反觉后悔。

越嵋见邵铭斩了那女子，心想：我这对手不过是个笨汉，怎么我反不及凌霄凤这小妞儿呢？自以为不应分心立看旁人，便一心一意，掉转

217

剑来，横七竖八，解数一变。那笨汉眼睛一花，顿时手忙脚乱。被越嵋手起一剑挑得倒冲出四丈开外，尸身向白粉围墙上下一撞，洒了半墙鲜血，激回来扑倒空场中，变个寂然不动的家伙。

那邓天梁见连伤二人，大叫："众兄弟着力呀，抓住这群丫头进贡去，好讨赏折罪呀！"凌波大怒混骂道："狗娘养的泼贼！你老祖宗赏给你好东西！你受着吧！"声未毕，一抬手，一连三支袖箭照定邓天梁锁喉射来。邓天梁连忙闪躲，左、右项早各中一箭。那美貌女子和莽汉等见了这般情形，大叫："进宝库呀！不要冒失，保庙吧。"众人哄声应着，便各自掣身跳走。凌波急了，抖手放出四支袖箭，连中一女两男。那女的中了两箭，滑脚栽倒。凌波大喜，跃步去捉，不料那方面大汉横蹿过来和凌波撞个满怀。凌波一脚将大汉踢开时，那女子已熬疼爬起跑了。凌波大怒，便拔腿直追那方面大汉。

这时邵铭正敌着那黄脸汉。黄脸汉闻得有人叫"进宝库"，腾身向檐口飞跃。不料门角里飞出一颗铁丸，直中黄脸汉后脑，打得他倒撞下地。邵铭恐又弄死了，不得活口，连忙起个箭步，穿过去，双手一托，将黄脸汉一把托住。立时向地下一扔，掏绳捆绑了。

这时邓天梁和方面大汉等都已逃尽。众女侠聚在坪中，凌波要立刻分头搜窠捉贼。鲁朗也说："始终没见蓝蛇的踪影，得赶快搜寻。"众人听了纷纷说道："着！""对呀！""快找！""走！"……正哄着，猛然听得有人高声发话道："不要找！咱在这儿哪！"都识得是曾铮的声音。忙顺着声来处察瞅，才见蓝蛇曾铮在门角里。越嵋、鲁朗首先奔过去，细瞧时，却见曾铮左肩被铁锁穿骨锁住，地下有一副断铐。章怡等众人随后来到，见那锁竟是特铸的，足有二尺来长，锁柱有二寸周围，纯是熟铁夹钢铸成，等闲不要想动得。章怡忙撩衣向内衫束腰间抽出一柄尺来长的鱼皮鞘小匕首。凌波见了便大喜道："早知您带了这家伙来，我也不着急了。"杨辉问："是怎样的家伙？"章怡拔出那小剑来道："这是飞侠凌云子师父在滇中炼成的削钢七剑中最小的一柄，给俺做纪念的。今天借它来给曾家姐姐解解厄。"杨辉将手中剑一扬，道："咱这家伙也还能对付。"章怡向她剑上面一瞧，杨辉也伸颈看那匕首，二人相对一笑，原来两件家伙上面一般地镌着"凌云子铸给"五个字，故此二人两心相印，无形中更加亲密一层。

当时，章、杨二人一同动手，如削杉木一般，将钢锁柱削成许多碎片。曾铮得脱，忙谢过章、杨二人和众侠。便向自己身旁，取出自制刀圭药来，敷扎了伤处。便道："此地不便说话，请众位姐姐来东屋里坐吧，那屋子干净些，还可以暂时坐坐。"

众侠随着曾铮到了东厢房里坐下。章怡道："方才鲁姐匆促来召，没暇推求缘由，就赶来了。曾姐到底怎样受到如此亏苦？此究竟是个什么所在？有无什么人在此？聚在此处干些什么？不知两位姐姐肯赐教吗？"曾铮答道："咱俩久有自拔之心，能有今日，岂有不尽情奉告之理，何况还承受着救命大恩咧！不过咱受伤很重，今日的事，请鲁姐费神叙告，小妹自身的事，自当掬诚奉闻的。"鲁朗便说道："章姐问的这几项事，咱还勉强知道。这所在原是汉王朱高煦派人向一个混混长租下来，做个送信人往来的落脚地。近时汉王起兵，想暗取京城，一连派了三班人来：一班是钱巽的兄弟猢狲钱策、追风马邓天梁，随带武弁四十名、闲汉八百名，来京埋伏，就在南城兵马司汉党王尧家中藏身；第二班，是韦达、王斌、盛坚三将军，随胡远统兵间道来袭；第三班，是霸东方闻人希超，就是那方面大汉；镇河北强飞、箭猪诸勤，就是那两镖师装束的人；黄策、秦仲遂，一个秀才打扮，一个商贩衣巾，都是拳师。还有老马马维驷、白虎蔡焘和海阎王严丰。女人是咱两个之外还有白狐黄婉、金头蛤蟆朱霞娥。这些人分两次来的。马维驷方才死在越姐手中，朱霞娥死在邵姐手中。蔡焘已被邵姐生擒了。还有两个笨汉、一个童子、一个中年军官，是钱策在京收得的流星陈克、油老鼠龙标、浑水鱼常惠森和那个被那伙人乱刀剁死的这屋子主家，四个人叫作'北城四怪'，这是汉王预备扰宫占京派调的人才。不才咱俩没用货，也曾蒙青眼，派在数内。

"今天的事，只怪咱俩自不小心。昨夜您各位来临，曾姐为之喜而不寐，送各位走后，便到咱屋子里——咱俩原是隔房——彼此往来原没人知道。不料朱、黄两人住在外间，她俩本领不济，异常嫉妒咱俩，时常说：'汉邸中除了从前殉难的妃子中石娘娘以外，再没女人及得俺俩的。'咱俩时常驳她俩玩儿，因此由恨成仇，便暗探咱俩言行，时进谗言。昨天夜里，曾姊太高兴了，一进门就说，也没留心，被两只骚货窃听了个仔细。黄婉本来仗颜色和钱策打得火热；朱霞娥就拿她父母遗体巴结了邓天梁，这还是在乐安的风流案。这趟俩骚也是为着各寻孤老讨差来的。有了这岔子，自然马上去告枕头状。待到天明，咱一起床，俩骚货就邀咱到园投壶，横缠竖扰，不放咱走开。直到中午，咱见那屋主走到后园，和他攀谈。他无意中漏出曾大姑不该反水，自讨苦吃。咱大惊，忙追问时，俩骚货一使眼色，那厮不敢说了。咱还顾那些吗？急急地拔剑奔到前面，见曾姐正被吊打，军汉就要杀了。咱这一急非同小可，直把肠子都急断了，就那么跳出园墙就跑。好得曾姐昨夜已说出停云栈，咱想只有这条路可求救兵，并知章姐在此，一定肯仗义的，以后咱就和各位同行，这里的事就不明白了。"

曾铮接说道："您一走，那厮大急，说是'大事完了，这人非追回来干掉不可，要不，全要被她泄露了'。便把锁锁了咱的肩骨，命屋主看守咱。他们各取刀枪，正待来追您，不料您倒来了。那厮们恨了那屋主走漏消息，硬拉来砍成碎泥。咱见您和各位来了，恨不得马上来相助，怎奈手被铐，肩被锁，动不得。后来咱急了，硬忍痛把铐扭断，却不奈锁何，这才掏得身边没被搜去的铁丸，助了一丸。这便是您走后的事。咱气是冲咽填喉了，要不能亲宰这伙贼，咱也白充了十三年好汉！"

要知北京是否就此平安，诸侠在北京还干了些什么事，朱高煦究竟成败如何。还请略待一待，略忍一忍，再细读下文，便知分晓。

第三十二章

述往事二侠陈心志
惩内奸一女上文书

话说鲁朗、曾铮方将泄谋被祸的缘由叙述完毕，越嵋便道："这屋子既是汉逆的秘窠，我们理应将它毁了才是道理。不过我们由停云栈到这里来时，太张扬了，沿途百姓都见我们持剑来此，京师辇毂之下，忽然有这般举动，百姓们自必惊相告语，难免五城兵马司不来查究，我们得先派个人去报明一声，关照他们不必过问才好。"鲁朗连忙摇手道："这个断断使不得！兵马司的人都和汉逆有来往的，尤其甚是这北城兵马司，差不多都接了汉王的密札，只准备汉兵进京就要做大官了。咱们去报知，他们外面不好说是和于督师作对，更不敢得罪御营军将；不过骨子里，他们是汉党，自然会设法暗害咱们，并将咱们的踪迹行为去报知汉党的。"章怡沉吟道："若不理会，他们竟来打官话，咱们不是先缺理了吗？"邵铭道："俺有个主意，咱们先赶快把这里拾掇了，给他个脱然一走，他们要打官话，也没处打去。回头咱们再详细写个帖子，递给英国公张辅，张国公爷是领派留守，从前曾经擒住朱高煦的密使枚青，御前告发密谋的。他和于督师最好，咱们报去，他一定有办法的。就是京师这些内奸——如兵马司中官兵等——咱们也没法除尽他们，非得英国公出面整顿，才肃清得了。"章怡点头道："现在也只有这办法可行。"便要众女侠赶快拾掇。

鲁朗、曾铮引着众女侠到屋里，将要紧东西一股脑收拾作十几个大包裹，并将里面陷人的机括毁了。章怡道："如今此地秘窠已了，俺们应做的事还多。停云栈嘈杂混乱，不是个做事的所在——原是为着近此地暂时打住的。如今此地事情已完，咱们还是上延庆寺去吧。那儿是庙宇，住持也是道中人，俺在北地时常在那里打住，寺里很清静，房屋也深邃幽雅，外面等闲人不得进去，住在那里万无一失。"众人都道："能有个这般所在，再好也没有了。"众人便将包裹分派，各人带一个，顿时离了北池子。

越嵋和梅瑜同去停云栈，算给店饭钱，取了行李，再到延庆寺来。梅瑜仍辞了众人，自去走报。众女侠便在寺里住下，一切事情，都是章怡亲自和住持商洽。

那些兵马司的官弁人等，早就知道北池子闹事，却先到停云栈查问这伙人是哪里来的。掌柜的将众人来历说明，兵马司知是于督师派来办案的，顿时吓得屁滚尿流。唯恐追问他们地方上容留逆贼查察不周的罪名，哪里还敢出头过问呢？直待事情过了，穷百姓到北池子屋里去搬取笨粗家伙，他们才弹压发封，却怕上司追问原委，查出与他们不便的秘事来，不敢明揭事由，只说流贼械斗，候缉凶归案，含糊了事。

众女侠在延庆寺中得知兵马司掩尸了事，不敢究问，暗是好笑，便商量把逆党在京的密谋和武弁军官勾结逆匪的情形，具帖报请英国公转奏代天子留守郑王朱瞻竣、襄王朱瞻塔。众人推越嵋、杨辉二人主稿，杨辉便要鲁朗、曾铮将这些情节说出。鲁朗道："咱到汉邸以及历来心事，曾妹都彻底知道，咱所探得的逆谋诡计，也都和曾妹说过，就请她一口叙出，顺畅贯串，好着笔些。两人杂着，反倒闹不清楚。"曾铮道："这里头，咱还有不十分明白的处所，说到不对时，您得提拔咱才行。"鲁朗道："咱又不走开，您有错漏时，咱自然会拨正的。"越嵋、杨辉二人一同执笔等候，邵铭也握管伫望，预备摘录要处，好补遗漏。曾铮道："如要明白这些事的来由，先得把咱和鲁姐俩的出身和在汉邸的情形先表白出来，才得明白，请诸位姐姐耐耐性子，待咱首尾详细叙说出来。先说咱自家吧，咱本是陇右人，自幼随父母在关西一带卖艺。咱只七八岁，就能够在一条寸来粗的绳索上甭拿东西，跑上个半个时辰。后来咱爸爸教咱一种绝技：弄两艘小船，每艘船底中心竖起一杆三丈长桅，使一条十来丈的长绳，系在两杆桅尖，就那么绷着，两船在河里摇荡，前前后后，左左右右，那条绳成直或曲，或软或硬，咱就站在那绳上耍刀枪家伙，最用得熟的是一条七尺铜杆儿的长刺。遇到水中有鱼时，一打招呼，两船相并，绳儿就从中软垂直到水面，咱甩个大转轮，双脚钩绳，挺刺朝水里一扎，准得把那尾鱼扎起来。要没扎着时，两船再靠近，咱身子就宕入水里，一松脚，蹿过去抓着那尾鱼，仍旧朝后一蹬，再挂住绳儿，这时两船分荡，将绳儿绷直。咱就势踏绳上空，手里颠弄着那尾泼刺刺的鱼儿，向瞧的人们讨钱。这技艺只有咱能，关内外没见再有人会这个的。因此人都叫咱作'蓝蛇'，这是因为咱素来穿蓝衣才有这号儿。

"那年在潼关卖艺。才得一天，便有个出家人来咱住的那店里，向咱爸爸说，要化咱去做弟子。咱爸爸抵死不肯，那出家人就在潼关住下。咱住了两个月，那出家人每天乘咱出外走动时，便来跟在后面，叫咱到僻处所，传给口诀，叫咱照念照练。后来，咱流到长安，那位出家人又来，暗地里传授许多剑法、刺法。咱遵他吩咐暗中练着，咱家人全不知道。直到咱一家人到河南卖艺，那位出家人才告诉咱：道号狮吼头陀，是五台菩提寺虎面沙弥了了和尚座下传道大弟子。叫咱到急难时奔菩提寺相寻，必然救咱。

"那年在郧阳道上，咱爸爸不知怎样入了教了，从此不卖艺，专一坐地传教，和教首陈仁生好得如胶似漆，硬逼着咱嫁给陈仁生。咱两次逃走，想往五台山去，都被咱爸爸追回，向咱说：'你要再逃，咱就上吊。'咱没法，只得把自己不当作人，竟然当件东西，任咱爸爸送给姓陈的拉倒。

"咱爸爸去年才死，陈仁生挈着咱各地走动，从来不曾遇着知心朋友。喜得那厮随着徐季藩在霞明观丢了性命。他们白莲教把霞明观中被杀死的三十六个教友，列为'莲花会'，分成三十六个党，即以三十六个人为一党，三十六党奉一教首，各地都是如此。咱硬不肯干那种下作营生，他们便把咱弄到南阳。在南阳遇着邓天梁这厮，劝咱投奔朱高煦，咱答应了他。他才给咱弄来一张路引。这路引是教中给教友的，有了这个，随地可以找同教要盘缠；没有这个就算逃教，无论哪一地的教首都能治死你的。咱拿着这个，马上就动身。

"先到五台去寻师父，哪知师父狮吼头陀云游天竺去了。师祖了了大师在塞外没回。咱只得且到汉邸去，哪知一入了这个牢笼，就如死了一半。朱高煦那厮因为以前很多人变心投了武当、五台门下，所以设许多法子防备人变心逃走，步步都有人监守着，不要想有一丝空隙。

"喜得没多时鲁姊来了，和咱很要好。咱问起她的来历，她说：'自幼读书，后来投师学剑。因为生长滇中，祖上因奉派开发苗峒，被苗人害死。黔国公府里给一份恤粮，养着一家人，却没人报仇。黔国公府里长史田灿，见咱身躯壮健，便说："这蛮荒，是女子也可以干功业、报冤仇的。"便传授剑术和水旱两路功夫，预备入苗峒复仇。不料这黔滇一带都是闽广派横行地方。所有剑术武技，全是闽广一派。不但是武当派不曾见过，就是岳家胡家等拳也不曾有过。直到飞侠凌云子入黔传道，才把五台、武当的武道传入滇、黔。'鲁姊首先投见，请问自身所习技击能不能入峒报仇，飞侠瞧过她武艺就笑说：'这是闽广外道功夫，制外工拳师，斗军中武弁是可以的，要想和剑客对敌，就难得不败了。峒中苗人都是天生筋骨，自幼和禽兽争食，练成活泼坚健的身子，若没制刚克柔的正宗剑法，怎破得了他！'鲁姊大悟，即时求教。飞侠就收她为黔中首座弟子。那时，飞侠领着入门弟子龙飞同行。那龙飞本是五台门下嫡传，有名叫浪里龙。水里功夫超今绝古。鲁姊虚心求教，学得水中开眼、浪里旋身、渡河进食、入海拔树种种本领。直到飞侠离黔，鲁姊陷在昆明不曾知道。便追到叙州，哭求飞侠指示报仇之策。飞侠毅然和鲁姊同入苗峒连破七寨，斩得鲁姊世仇播天化。飞侠不告而行，鲁姊十分难过。终母天年后，便单身入关，不料在辰州病倒。那时黔中武当门人很多，听说入关的也不少，汉邸派人在蜀、湘设法收集。大家因为汉邸不是闽广派，技艺传自武当正宗，诸弟子又来自蛮荒，不明实况，所以有被他收去的。鲁姊在辰州既病且贫，受尽店家磨折，后来竟至卧在荒庙，沉沉待死，才遇着汉邸盛坚，代为料理请医，病愈后同投汉王府。鲁姊本拟舍身报恩，万事都逆来顺受，不料盛坚不存好心，想纳鲁姊做妾。倒不是为颜色，而是因为鲁姊水路功夫盖过汉邸诸人，盛坚想挟以自重，得鲁姊就可以接统水军全军。鲁姊自问身躯肥重，不肯嫁人，求免生育儿女的艰险苦楚。盛坚不量，时时诱逼。

"及至咱俩相逢，各人细吐心事，都知汉邸谋逆，为五台、武当所不容。恰遇自然大师卧底汉府，盛坚逼鲁姊很急。鲁姊便投自然大师座下受戒，才免了这一灾。咱俩几次商量脱身，都被看守，不得如愿。好在汉邸中只知鲁姊是闽广派，咱是卖艺的，并不知咱俩是五台、武当的门弟子，才得幸免。却是自己明白终非久计，后来鲁姊说起：曾在辰州遇见一位混天霓，后来在长江又会过，是武当有力的女弟子。又在汉军中遇着一位白脸儿周模，还有绰号叫"燕儿飞"的说：'有师兄弟在塞外武当派的擎天寨中。'又有一位金钺倪鸿，也是黔中拜投飞侠做门人的，被汉邸收在五军中充教头，很想脱身。咱就劝鲁姊走。鲁姊说：'这些人都有意待机反水，咱们这时无功，由这里去投奔，也难见重，不如待得有功时，再一翻身，见得咱们不是甘心从贼的。'

"似这般憋在那一伙人中，幸而他们都没瞧穿咱们的心事。所以他们的逆谋，咱俩全都与闻的。朱高煦这厮志不在小，他的主意是宁肯和苗蛮辚房平分天下，决不肯眼瞧旁人做皇帝。所以南到滇黔苗峒播氏等有力的土司头脑，北到大宁以北的胡元后裔，以及内地的太湖大盗铜锤罗七、临潼土霸袁森发、京内外武员、各卫所的讯兵世弇，无一不信使往返，互通声气。势力遍宇内，党羽满国中。即使平了此贼，祸患也还没了。至于那厮的起兵计策，现在已经发动，是不必说了。还有许多联结中外、各处动手的密计都在咱俩这里，尽可以照录着把汉逆盖印分给的原物递给英国公去。咱所以要说这许多废语的缘故，是要请越姊、杨姊把咱俩这一点儿苦心叙上两句。这并不是讨好显功，因为必须知道咱俩这苦出身，才能知咱俩是含垢忍辱，探得来报效师门、顾全宗派的实在逆情，不是那捏谎图赏，或是势穷来降、虚诳讨好的无耻举动。"说罢，鲁朗、曾铮一同解开贴身内衣，将汉邸盖玺密发的文书数件取出，请越嵋、杨辉录一全份存在运军。这两份，一份飞递大营，呈给于御史，转奏当今；一份附入帖中，递呈英国公请按名彻查，免留内奸

225

坏事。

章怡等大喜，一同翻阅那汉邸密书，上面载着种种密计：如何练兵，如何起头，如何联结各处，如何沟通外国，以及使苗扰南，导倭抚东。分散兵力捣搅地方种种规划和经办经管人姓名，都在其中。另有一大军阶名册，都是京内外兵营和各地卫所武弁军官曾受汉封、领银钱的名姓、住地、官阶、备封清册。众人瞅毕，章怡道："两位姊姊奇功盖世，勋绩不让百万甲兵、千万俘馘，逆藩之灭，此功居首，天下安宁，万世沐惠！两姊这般丰功伟业，真令俺们羡杀、喜杀、佩杀、愧杀！"鲁朗、曾铮连忙道谢道："咱俩要不是蒙救得出，己身早成枯骨，微志尽化云烟，哪有功业可言？咱俩今日能够把这点儿东西上献，完全出于众位的恩赐，自然都是众位姊姊的大功，咱妹子有什么功劳呢？"章怡、越嵋、魏明、凌波等都说："甭谦逊了！奇功是不可没的。"

当下杨辉、越嵋提笔草拟帖子。丽菁、奚定等善写的便把汉邸密计密书抄录成份。大家共同动手，没多时候都已写成，便商量推人送去。大家都推越嵋，说她本领独高，言语精练，善于临机应变，熟于国故朝纲，非她去不可。越嵋生性好胜，也不推辞，径自改换装束，携带督师给的文凭，藏好帖子密件，漏夜离了延庆寺，飞入英国公府了。章怡等又将另一份帖子密件等包扎好，待梅亮来时，交她往大营，呈给督师。

将近四更时分，岭头云越嵋回来了。众人问英国公可曾说什么，越嵋道："英国公很实心为国，我进去时他并不惊惶。我将来意说明，将帖子等递上。他先请我坐下，然后匆匆翻阅一遍，问我道：'我先前听说武当剑客赤心为国，以为不过草莽英雄。如今才知此中大有人在，绝非我们尸位素餐、滥竽庙堂的人所能比拟。如今既承得着全盘密谋，我自当将那些内奸斩尽灭绝，以保皇基。但是逆藩在京巢穴，一来不是这班兵弁所能破获的；二来派兵去攻，惊扰太甚，京民好谣，必致动摇根本；三来兵弁恐多奸党，恐怕反而走漏消息。我的意思想调御林宿卫，和宫中近卫太监宫门侍卫，诛斩从逆的武弁军官，至于捣破逆藩在京巢穴，还得仰仗诸位义士才能万全。想诸位义士忠国恶奸，必能迅奏朕功。我将来必定奏闻天子，另议酬庸之典。'我当时一口答应道：'只

226

要兵马司不来拦阻害事，只需一夜，就可荡尽京中逆党。'英国公便说：'不问何方横来阻害，都唯我是问。不过还请示一定期，方好预备。'我便一口答应'明夜'。英国公还问我们用费够吗，可要什么东西，都可以到他府里去取。又说：'致书督师时，当将京中的事情详为叙入，以显奇功。'我说：'有所需时，再来晋谒。'便回来了。"

章怡抚慰了越嵋一番，便和众人计议破灭京中逆党之计。杨辉道："鲁、曾两姐所知地方，恐怕已经迁动了。"鲁朗摇头道："他们自仗厉害，兵马司已联结还怕谁？咱们只上西河沿去，管保不会虚行。"章怡道："那么，咱们今夜就去。要不是的，再寻旁处。"

汉藩秘窟是否在西河沿，运军诸人是否一举成功，均待下文再叙。

第三十三章

受重任计划竟全功
荡逆根冒险摧坚壁

话说章怡等见鲁朗料定逆藩在京总窟绝不搬移，便决定次夜前往攻破，以复越嵋对英国公的约言。这一天，众侠把蔡鳌交给梅亮押解军前讯明处办。梅亮走后，众侠便歇息了一整日，并到京中寺庙古迹等地方，游览玩赏了半日。大家都心畅神怡，养得精力强健。到午牌过后，都回到延庆寺，章怡嘱咐住持尼备办酒饭菜蔬，戌牌听用，并给银两。住持尼深知她们都是于公幕中剑客，举动和常人不同，知道必是有要事夜行，便只问："各位施主是不是今夜动身回营？"章怡摇头示意。住持尼便不再究底细，自去督率烧火道婆和管香积厨的女尼火速整备，只要鲜美丰盛，甭省银钱。所有荤菜酒肉，都叫那老水夫去外面买好，压在米笋内，担进寺来，暗地办好给排设在密室，等候众女施主享用。

章怡等一行十五人，未牌时分就寝养神，睡得异常酣甜。上灯时分，道婆将酒菜摆好，送灯、送水到内室，因遵住持嘱咐，没敢惊动，直任连日辛苦的十五位女侠睡到意满心足，胃畅脾舒，精神不但复原，而且格外强盛。酉牌才过，越嵋、魏明先醒，不欲惊动他人，取水盥洗涤净已毕。邵铭、钮雪、丽菁、姬云儿都起来了。一会儿，章怡、史晋、杨辉、鲁朗、奚定、曾铮、李松也起来了，忙着盥涤拾掇。一时都弄清楚了，却还能听得鼾声如雷，大家都觉诧异。杨辉当是道婆已经睡了。推门望外屋时，道婆都坐在密室门口守候着，正在彼此说笑解闷。想着：时候很早，本不是就寝的时分。便顺手关门，回头向里屋瞧时，却见凌波、华菱儿二人相对着，各据一炕；凌波是手张脚叉，大摆天字；华菱儿是背曲腹弓，蜷作一团，一般地鼾声如雷，沉睡正深。

杨辉便向邵铭招手，邵铭过来一瞧，忍住笑，顺手取了一条灯芯，掐了一段，递给杨辉，一面将手中一段向鼻孔里作式，杨辉含笑点头。二人便各到一炕头侧，同时将灯芯向凌波、华菱儿鼻孔一扰；只听"阿嚏！——阿嚏！——阿呼嚏！"一阵混乱，凌波、华菱儿同时就一骨碌爬起来，相对着，怔怔盘坐炕上发愣。邵铭、杨辉隐在炕头瞅着她俩这般形象，忍不住，哧扑一声，接着呵呵大笑，直笑得拍手弯腰，笑入前间去了。众人不知为甚这般好笑，都怔怔地瞅着。

接着听得凌波大嚷道："促狭鬼，我总有报你仇恨的一天！"华菱儿也叫道："小鬼头！别得意，瞧我拧你！"章怡忙问"甚事？"杨辉忍笑说了，众人都笑起来。姬云儿笑道："你们俩也太贪睡了！得吃点儿亏苦，下趟才会惊心些。"凌波双手绾着散乱的发髻，拖着鞋，跑出来道："你们都不肯叫唤一声，却叫俩小姐儿来使促狭！好！明儿瞧我的！"史晋忙劝道："不要斗口玩儿了，是时候了，快拾掇干正经吧。"凌波道："我容易得很。只要各位穿荦挂素的姐姐妹妹们不要尽着打扮，马虎点儿，利落点儿，我这大老粗准误不了事的。"说着，又朝着越嵋、邵铭道，"可对？"邵铭道："不要挖苦吧！可记得誓师那天，谁不是披挂了就走？只有一位大奶奶临到队啦，还丢不下那方大镜儿。您想那是谁？"越嵋接着笑说道："好！好！这才是天有眼！归大奶奶也有这么一件事落在旁人嘴里嚼嚼，要不，只有我们是骂坏，利落爽快的姐儿奶奶，是没话给旁人说的。"凌波笑答道："我瞧你们一辈子不用镜儿，保佑你们每回列阵都是盔整甲整的，这总好吧。"忽听得嚓咔一声响，众人都住口瞧时，却是华菱儿向墙上去取那百宝囊，把奚定的钢弩给带落地下了。奚定忙过去拾起来道："大概这家伙该发利市了，带着它去吧。"便向左臂肋间挎着，回头道："走吧！再耽搁，可快天亮了。"章怡道："咱们十五个人，分三批走，分个前、中、后。到了地头，就改作中、左、右，好不失照顾，有个救应。"邵铭道："今儿路上没人敢管咱们的。要遇着放对的，就一定是贼党，甭分得那么散，竟是一道走吧。到了地头时，走在前的八位就打冲；走在后的七位就打接。要是那厮们人众备严，就给他个'满江红'，不必一定要守那三路老套子，反失了联系。"章怡道："好！就这么办，快走吧。"便叫道婆关照住持尼锁好门户。众人都到后面园地里，各人清了清身上，没缺漏，才开了后门，悄然出外。

到了外面一瞧，静悄悄的，只有天上一轮弯月，弯弯地照彻大地。越崛道："虽然英国公有约在先，这儿到底是京师重地咱们犯不着过于惊世骇俗，就抄小路没人处走吧。"章怡道："俺来带路，这一带地方俺很熟的。"说着，便当先领路，直奔西河沿来，没多时，将近西河沿口，蓦见前面更棚子底下，有人高叫一声："卖萝卜喂！"这一声如鹤唳长空，十分刺耳。章怡忙向众人打了个手势，并说道："闹穿了！快预备！"越崛也道："京城里虽有夜街小贩，却是不断地吆喝着的。这小子先时不吭声，陡然来这么一句，定是望子无疑。"众人也觉得一路来没听得吆喝。如果是真正夜街小贩，这么吆喝，早该听得了，瞧这情形，非赶紧招架不可。就这一刹那，众人兵刃都已拔在手中。

众女侠正在四面瞧望，鲁朗、曾铮更格外留神，瞅定那一行瓦屋正中最高的屋脊，各自谨防着缓缓前行。才移得几步，猛见闪电般，一道红光闪了一闪，曾铮、鲁朗一齐大惊，脱口大叫："快躺下！快！——快！"众女侠知道有异，急依言猛然躺倒。不料众女侠膝腹方才沾地的一刹那，猛然轰天一声巨响，轰隆隆震得两耳发聋，脑中如鸣乱鼓，身躯都被震得抛起几寸，重复落地。任这十五位女侠久经大敌，也不免心惊。

鲁朗眼见对面有一座厕屋，就响声中椽塌墙倒，便回顾曾铮道："咱俩去夺去！"曾铮噪声接应，便和鲁朗同时就地一转，旋磨似的旋得顶向后。就那伏地势，长虫般朝前一穿，两支箭一般忽地贴地直射过去。众侠这才昂颈回首转向后望，只见鲁、曾二人伏穿过去的那一边墙根下似乎伏着三个人。有三团黑影一前二后地靠墙蹲定。

这一眨眼之间，鲁、曾二人已穿过去，那边便如前一般来了一个红闪电。奚定眼快心灵，心中已有几分明白，急忙卸下钢弩，拉弦便放。

却见那墙根下有一个黑影在红闪过后，便弓腰向前，便也不暇细思，身子朝后一旋，同时手中弩箭朝后连发三支。那黑影应声向后一趔，便不动了。那另一个同排的黑影急移动时，鲁朗、曾铮二人已迅地穿近，一声断喝，双剑齐下，顿时把那黑影劈了。鲁朗便转身招众女侠。众女侠急起身过去瞅时，原来前面黑影，是一座铁炮。地下两个死人：一人头胸中了两支弩箭，一个已劈得成了几片。鲁朗道："这是逆藩聘请平地雷孙镗造的小炮，前头有一盏红灯，夜间放时，先燃红灯，照清了着处，一移炮，那灯焰就自然会落入炮腔，燃放炮子出口。这家伙巧极了！还有大的可打三四百步。咱在逆藩府中见试放过，所以得知避法。据说还能造出打千步的，和炮子着处燃烧不止的各种奇怪火炮，咱却没见过。"曾铮道："咱见红光就记起在乐安试炮那夜情景，所以叫'快躺下'。再记得孙镗曾说：'只恐有勇士蛇行来抢炮，须每炮派大刀长戈各二人为护卫。'咱便伏地来抢，却不料那厮第二炮要照定咱俩打来。要不哪一位姊姊暗中助放两箭，咱俩难免不被炮子轰成肉酱。"章怡道："是闯天雁的钢弩，所以有那么快。旁的弓箭以及袖箭、背箭都来不及哪。"鲁、曾二人忙谢奚定。奚定笑答道："这也是合该！我带这弩时，就料它要发利市，才被华姊带拉下来。如今果然发利市了，这原是天意，要不是冥冥中主宰使华姊拉它下来，我也不带这重家伙来了。足见事有前定，姐姐忠心，天地照应。两位姐姐应当谢天地良心，何必谢我咧？"章怡道："这时且不必谈这个，快设法攻巢要紧。"

越嵋这时已将那铁炮仔细察看了几遍，便道："这家伙我虽不能造它出来，却是我明白了一点儿了。您瞧：这家伙有个座儿，搁起来的；座儿底下，还有四个小轮儿，这不是就有一尺七八寸高了吗？所以见红光时躺伏在地，它就打不中了。"鲁朗点头道："您真聪明，咱听得孙镗也是这般说的。只是打远处，却大不相同了，你躺下来，他恰打个正着。好在这逆窟不大，料那厮们绝不敢把京城居民全给扫了的，大炮自然用不着了。似这般小炮，咱们留点儿心就得啦。"越嵋道："待我来'以其人之道，还治其人之身'，给那厮们自家尝尝滋味！"说着便把炮扳转，对正那逆窟边墙，哪知逆窟中高楼上已有人望见，顿时箭如飞

231

蝗，石如骤雨，激射过来。邵铭大叫道："还有一颗炮子，够放两下子哪！"鲁朗早抬腿向那铁炮后身用力一踏，果然轰的一声向那逆窟东边墙打去。鲁朗又踏一脚，红光一闪，接连又是一下。那边墙便如崩岩注沙一般，直塌倒成一方二丈来大小的缺口。

众侠大喜，弃了小炮，呐一声喊，齐奔缺口，拥将进去。里面的人早被墙倒时——不知内倒外倒——吓得闪开了。这时墙向内倒，众侠拥进，邓天梁只和一干逆党在楼下死守着。章怡率领众人冲近楼下，不分皂白，挥剑就剁。邓天梁当先迎住章怡狠斗。那后面的严丰、秦仲逵、黄策、钱策、诸勤、强飞、黄婉、陈克、龙标、常惠森、闻人希超等十余人一拥上前，混战作一团。内中闻人希超、严丰两人最为骁勇，东迎西砍，杀出冲进，任意拼斗。众女侠都留心防着他二人。

斗够多时，闻人希超悄地问邓天梁道："怎么兵马司不派人来？"邓天梁愤道："这些人都是躲得一时算一时，懒得一分好一分的，理他哪！咱们难道就干不过这几个娘儿们吗？"闻人希超道："先打发她们几个，杀杀那厮们的威风才好。"邓天梁道："尤其是那两个反叛，断不能留她活着！"闻人希超一扬手中剑，便向曾铮劈去，曾铮虽知道闻人希超厉害，却仗着人多并不怵他，当即回剑架格。搭上手斗到五六十个回合，曾铮十分用心，闻人希超也全神贯注。邵铭正在一旁和华菱儿双战强飞，见曾铮七十回合以后，剑法渐滞，便叫道："华姊留心！俺要助曾蓝蛇去了。"说毕，便一掣身，加进这边来。闻人希超哈哈大笑道："全来吧！你老爷是越多越好！你们全来，你老爷就大度包容，全给收下！"邵铭大怒道："逆贼休得胡言，看家伙！"说着，将腰间银锤拔下一柄，使个"叶底偷桃"，瞧定闻人希超头额砸去。闻人希超正在得意，猛不防有这一招，及至锤光辉耀时，慌忙一让已经来不及了，嘴唇上正中锤，砸得门牙折落，满嘴流血。曾铮、邵铭立即并力进攻；闻人希超痛极了，不能支持，虚晃一剑，抽身逃去。二侠抢剑紧追。

那边，严丰和越嵋、奚定抵敌，本不能取胜，及闻人希超一败，心中更惊，左膀上被奚定划着一钩，连忙护痛逃走。恰值章怡、凌波杀败钱策，并合作一处，跟追下去。那边秦仲逵、诸勤被丽菁、史晋杀得遍

232

体鳞伤。斜刺里冲出李松，手起一戟，将诸勤扎个透明窟窿，眼见得是不活了。秦仲逵吓得抱头鼠窜，幸得黄策败到援救，朝外飞逃。那楼中守将，被魏明杀败黄婉，攻入楼中，挥剑斩了陈克。华菱儿也抛了强飞，冲入楼来，龙标拦住楼梯，被华菱儿缠住，恰巧钮雪赶到，一剑将龙标砍倒，魏明、华菱儿双剑齐下，剁为数块。常惠森冲下楼来，被杨辉截住，不三合，一剑砍伤常惠森的大腿，大家一齐抢上楼去。楼上许多逆藩派来的绿林盗贼、军汉拳师等三四十人，各抄家伙。众女侠冲上楼去，一阵混战。华菱儿、杨辉二人把守在门口，有逃走的，便给一剑。李松、史晋巡守窗檐，有逃走的，都给把脑袋留下。不到半个时辰，楼上已扫荡干净，不曾留得一个，也不曾走脱一个。

楼下的许多贼党逆徒和收留的北京闲汉，一齐围着鲁朗、曾铮，口口声声嚷着报仇。恰值众侠扫清楼上，齐到空地里来，便将众党徒乱杀乱砍。仍是分守各路，不让逃走。只有一个更次，便把这几百壮汉杀得干干净净。大家才到大厅上商量怎样善后，如何清理这秘窟。

后事如何，下文再叙。

233

第三十四章

途遇铁骑蹈隙制胜
射获敌将行权得供

话说章怡率领凌波、魏明等十余人，将逆藩秘窟的物件银钞等项一齐收拾，带回延庆寺中。当即细加清理，所有有关北京奸谋密计，和现任武官军弁与叛逆的往来文件一一清出。又将昨夜肃清秘窟的情形，列为书帖，报给张辅知道。并请派人往西河沿搬炮封屋，办理善后，当日便着人送往英国公府。

到了夜间，众女侠都严装紧扎，到皇宫禁城四面逡巡。一连几夜都没动静。日闻听得街市上纷纷传说："于督师派人入京，缉破逆巢，放炮开仗，捉杀得不少的逆党。"又说："锦衣卫派出许多缇骑锁拿各地通逆的武弁军官。"章怡等便出外走动，兼探消息。果然见着许多缇骑锁拿着从逆官弁，一起起地解进三法司。街上人们见了，都拍手称快。

这一天梅亮来到，报说天津、山东一带卫所官兵，因知道事情已经泄露，都卷粮逃往山东都指挥靳荣那里去。靳荣已经受朱高煦伪饬封为济南侯，乘天兵失防，攻取济南，势极猖獗。如今卫所叛兵投附，声势更加浩大。督师日夜忧虑，如果靳荣袭攻我军后面，将致腹背受敌。逆将胡远闻得北京事败，挥兵疾进，已经和杨霹雳触遇，正在京南鏖战。督师令调救兵，还没赶到。杨统制很想运军将领能够归队。章怡等便和大家商量，觉得京城已可无虞，应该即日抄路前去杀散胡远这支逆兵，以免大营的后顾之忧。

当下越嵋便去晋见英国公张辅，说明大营紧急，在京将领都要归队。张辅说："京营已切实整顿，内奸也扫除将尽。所有叛变官弁情节重大的收监候圣旨，行为确凿的，都枭首儆众，京城已可无虑。"越嵋起身告辞。张辅托带奏疏一封，致于督师书一件，并发火牌路引，致赆程仪。越嵋一一收受，作谢起身。

这天破晓，章怡等收拾起行，辞过延庆寺住持尼，布施香金百金作为用度。住持千恩万谢，章怡叮嘱："勿令外间知道。将来俺们密驿来往，仍在你这里打住。讨叛功成时，再禀督师，另给奖赏。"住持更加欣喜，送了许多干粮等项。章怡等便离寺起行。

章怡等一行十五人，已得着密驿传信，知道杨洪正在京南和汉军铁骑鏖战。过了卢沟桥，便处处留心。这日正在路上行走，听得乡村纷纷传说："南头有大军连营。"却打听不出是哪方军马，便格外戒备，逐渐前行。

行到一丛林莽之间，突见行中闪出一列人马来，全都是顶盔贯甲、介肘护腿、浑身严装的大汉。连马也都披着铁甲，蹄围钢刺，顶装双刃，只露两眼，形如猛兽。章怡等心中明白：这就是汉军铁骑。连忙将马勒住。那列人马中当头一个，大声喝道："你们是往哪里去的？怎么许多妇女搭伙行走，没一个男子护送？瞧你们既不像一家人，也不是一地的模样，这般搭伙成群，究竟是干什么的？"越嵋高声答道："天下的路是天下人走的，路上并没竖立禁止妇女伙行的禁碑，咱们就随意走得。你管我是干什么的？我往天上去，往地下里去，你够不上问我。你是什么东西！胆敢白昼拦路，形同盗贼！快给我闪开，恕你不死，再不识趣，我手中家伙可不是摆看的，小心你那贼脑袋！"那铁甲队当头大汉，气得哇哇怪叫，大声骂道："哪来的野种，敢不服盘查？孩儿们把她抓过来，解到将军帐里去！"这边钮雪听得，顿喉大骂道："瞎眼贼！你也不瞧你祖宗是干什么的！别跑，祖宗来打发你回去！"说着，掏取鞍旁悬挂的金针银顶虎齿狼牙棒，照定那当头大汉劈头一棒盖下。那大汉偏头一让，噗的一声，棒落肩头，早被打得倒撞下马来，肩头铁甲折成数块。钮雪骤马奔近，瞅定那大汉眼睛，重复一棒，打得那大汉痛得满地乱滚。钮雪大笑道："好个脓包！这般不受打。"

一语未毕，那一行铁骑一齐冲过来，如排山倒海般直压过来。众女侠便各挺兵刃，骤马迎敌。越嵋大叫："快分左右闪开，让他冲过。"众女侠果然松开间隔，那铁骑一匹一匹从夹缝间冲过去。越嵋便大呼："回马杀呀！"鲁朗也大叫："刺马股，扎人腰；不要忘了呀！"众女侠听得一齐回马，翻向铁骑背后，赶去，瞧定马的后股、人的腰腋，尽力刺劈。那列铁骑来势极猛，原想是将这十几骑马一齐冲撞得伤死无余，万不料会乍然散开，冲脱了空。却是发势过猛，无法收剎，只得直冲过去。急待带马回头，还没来得及转弯时，众女侠已从后反扑，刀枪齐到，专向那套甲扎带、本来空虚的腰间，和留便溲撒的马股，一阵劈刺。弱处被攻，没法躲御，自然是人仰马翻，血流遍地。就有挣扎的，也被众女侠环转进攻，总由背后着手，闪逃不得。没多时便给弄光，只逃了两骑由斜刺里溜走的快马。

越嵋下马，剥取死人死马身上的盔甲刀刺等物。凌波问道："你要这东西干吗？"越嵋微笑道："自有用处。"凌波听了，也不暇细想究竟有甚用，只觉得越大姑娘的话是不错的，便也跳下坐骑，七手八脚剥取几副，捎带在马后。章怡叫道："俺们已经惊动了那厮们，须得格外当心才好。"华菱儿答道："似这般不中用的东西，就再来多些也没紧要。"章怡道："汉逆蓄心已久，准备多年，部下自不致全非人才。你只想，他能够这般悍然不顾，始终抱着野心，一定也有他的心计，更有他的羽翼捧着他才能这样的。咱们千万不可自恃自骄，脱大妄恣，致中敌人暗算。"说罢，便催众人续进。

行了一程，来到三岔路口。路上行人渐稀，村户都紧闭双扉，好似没人居住。那马在那静荡荡的大道上，一无阻碍，越走越快。邵铭行在最先，只见那东首道上远远地有一骑马，銮铃乱响，如飞而来。邵铭定睛一瞧，见那马上是个少年短衣窄袖，青布包头，鞍旁挂着一条钢鞭，腰间斜插一面紫旗。心中暗想：俺们军中走信探报都是黄旗，且没有这般打扮的。这厮这般模样，一定是汉军探子，只是他这般跨马带旗，张扬道上，这地方一定不是本军守地了。待俺把这厮弄翻来问个仔细。想罢，便拔出朱弦明角弓，搭上白羽斑竹箭，掩在怀中，仍缓辔走着。待

236

那骑马走近约莫相差二百步时，突然抬臂一箭，那骑马上面的少年，不曾防备，箭飞处，应弦而倒，一骑空马惊得直冲过来。

华菱儿见了，拍手叫道："好耍子也！"一抬腿，迎着那马一挑，将缰挑住，勒带过来。邵铭早骤马过去，跳离鞍鞯，将那中箭少年一把挟离鞍鞯。一手掏绳，绕了几绕，顺手扣结捆好。重复跳上马背，两腿一夹，飞驰回头。章怡扬鞭指着那南头路口跨路凉亭，叫道："凌霄凤，上那亭里去。"邵铭便跃马转入南路，直进凉亭，将那少年掷在地下，方离鞍下马。

章怡等都下骑入亭。忽见一团白光，就那斜阳影里卷地冲起，耀眼直上。众人都为之一惊，连忙定睛瞧察亭内，那少年蜷在地下，咬牙流泪，鼻中微哼，似是强自熬着疼，却挣扎不得，此外并没半点儿影响，众人只当眼睛被日光刺射得晕花，都不在意，只严谨密防而已。

凌波笑道："这也算个汉子，没的把人羞死！"越嵋道："你快说你是干什么的，可是王爷主子跟前的人？有什么急事这般忙迫？为什么遇着我们既不停马打参，又不报明事由？王爷主子还不对我们失礼，你是什么东西？敢这般放肆！"那少年一听，顿时心安神定，知道是遇着自家人，不过为着托大失仪才吃苦的。便哀告道："求各位将军高抬贵手！小的符统，有眼不识泰山，误撞各位将军的道子，求各位将军念小的公务在身，饶恕初次吧！"

越嵋喝道："你到底有什么紧要公务？问你怎么不说？你还当我们是外人吗？浑小子？你瞎眼讨死！"说着，按剑怒视。符统吓得连忙求告道："将军开恩哪！小的实在是奉了胡老将军之命，去到杜林庄迎请阎爷、伏爷、关爷三位英雄的。各位将军，自然这事不能迟缓，恳求快放小的前去吧！小的委实不敢再迟误了！"

越嵋喝道："胡老将军怎肯差你这脓包干这要差，一定是你这厮撒谎，看剑！"将剑拔出，指着符统。符统吓得哀喊道："小的委实不敢撒谎！腰里现有诏旨三封、金带三条，这不是小的谎得来的呀。临起马时，胡老将军还亲自吩咐：'这里诸事都备，只候三位大驾。因恐不信，特将翡翠扳指带上为信。'并说：'这扳指是关爷的，他老人家一见就信，必肯来的。'这样贵重家伙和三封书子都交给小的了，难道是小的撒谎吗？"

越嵋喝问道："军中什么都有，我们也都来了。胡老将军要请这三位来干吗？"符统听了这话，愣瞅着越嵋不语。越嵋怒目扬眉，将剑一晃。符统忙道："小的说，小的说！胡老将军并没说各位将军会来。只着急京里的人都到了军前，京里没人了。所以请三位剑客来会一面，马上请他三位立刻进京做内线。各位将军都是自己人，小的这话是不是谎，没有不知道的。"

越嵋哈哈大笑道："好！你辛苦了！不必再跑，我代你去一趟吧。只是你身上的东西和你的衣服，都得借给我用一用。"符统慌了，正待再哀告，越嵋陡然变脸，大喝道："好浑蛋，叫你死得明白！——你当我是和你一般从逆作乱的吗？老实告诉你：我们是于督师帐下运军统将，全都在此。北京的逆窠就是我们扫除的。我见你这厮服色旗帜都像逆狗，所以套问你的实情。呆狗！天下有为着撞道子一点儿小事，放箭射自家人的吗？呆狗！姑念你照直供说，给你个痛快死吧，给我把衣物脱下，东西交出！"说着，向菁丽、魏明使了个眼色。二人便分两面守住往来道路。凌波、李松也帮着扼防。四个人背对背兼防内外，章怡并叫杨辉、邵铭等团团围住符统，使他万无可逃。

越嵋挥剑挑割符统身上绳索将他放了。符统被弄得糊里糊涂，莫名其妙不知是吉是凶，呆站在当地。越嵋喝令："将东西交出，衣服脱下！"符统忙道："小的交，小的脱，只求饶命！"便将三道伪敕、一只翡翠扳指、三条金带、三封书子、七八两散碎银子，一齐掏出，华菱儿接过。符统又将衣服、腰旗腰牌，连头上巾帻、脚下麻鞋，统统脱下，只剩里衣赤脚。越嵋喝令："去吧！"符统抱头就逃。越嵋待他转身时探身挥剑，从后面劈去，符统早已头落身死。

这时，陡见亭子顶上又如长虹乍起般，泛起一团光，欻地直飞向西去了。众侠大惊，章怡、鲁朗、曾铮三人心中更加暗诧，忙出亭外细察，仍是四野寂静，碧空无云。邵铭便要分头搜寻，章怡摇头道："可以不必。"杨辉也似有所悟，道："寻不着的，咱们且瞧那书信去。"众人只得随着章怡，重来到亭内。

众女侠齐来瞧那伪敕，原来和剖符差不多，只是盖的伪玺，封套上面写着"付敕封卫国宣劳武臣都督府右都督关颜"。那两封：一封是阎炎，一封是伏逊，官衔却是一般。越嵋将那书子取水透湿，挑开来瞧时，上写着：

卫国宣劳武臣，行丞相事荡寇将军、郑国公、河东招讨使胡远
谨致书于右都督麾下：

粤自靖难清孽，我主即树丰功；而嗣统之承，乃彼孺子。
天下失望，海内骚然。我主应天顺人，大张挞伐，雄师初集，
独夫播迁。定鼎之期匪遥，求贤之衷若渴。恭维右都督麾下威
声丕振；

德业崇隆。

扬荆、聂之雄风；

绍专、要之烈绩。效顺心虔，来庭愿切。我主据远敷陈，
特颁令旨。

勋隆开国，号等中山；盟在河山，封将列土。下风逖听，
窃幸同袍；

上官威仪，行看建蠹。蕉忱欣贺，葵悃弥倾！唯以狂寇方
张，忠荩遘难。犁庭扫穴之深谋，既毁于俄顷；拔本绝株之伟
绩，端赖乎贤豪！因命小徒符统恭赍敕书、恩赐，趋谒崇阶。
并宜我主企祈奋袂定都之深意；暨远仰求统众洗宫之微衷；

概命面陈，敬祈

惠照！瞻依先戬，敬肃，不宣！

再瞧那两封，也是一般。不过恭维词句略有不同。章怡便将特敕书物件一齐收了，带在身旁。越嵋笑道："好得凌霄凤一箭射下来，要不然，我们这趟北京是白辛苦了。"邵铭道："俺有点儿不放心，还是一不做，二不休，赶快去干了那三个贼党完结。要不，咱们许得坏在那厮

们手里?"华菱儿道:"您这话是齐哪儿瞧出线索才说的呢?"邵铭道:"俺们进亭子时,忽有一团白光飞起,咱们都大意了,没细察得。方才斩却符统时,又见一团白光飞起,和先前那光一般无二,这就许是那三个中的一个,只可惜不曾追寻得!"杨辉忙道:"邵姊,那三个料没这等本领,您放心,那白光要是和咱作对的,咱全不是对手,好在不是作对的。"章怡点头道:"俺也这般想,只是不敢断定,因为这时候不大对。"说着又瞅着鲁朗、曾铮道:"您说是不是?"曾铮点头道:"是。"鲁朗说:"时候虽不对,却是也不能一定。因为咱常见许多事,是平常人计算不到,万赶不及的,却居然赶上了。所以咱竟想着准是的。"邵铭愕然道:"你们这是说的什么市语,打的什么哑谜?俺竟一句不懂。"章怡道:"您甭问,反正至迟到大营时,您总得明白的。"越嵋在旁羼言道:"我明白了。邵姊您也甭再担心了。"邵铭会意,不再言语。越嵋道:"咱们事还是照原办。敢烦哪一位姊姊换上那符统的衣服,上那杜林庄去,假充符统,把那三个骗离巢穴,咱们就好干他了。"李松挺身答道:"这事甭商量,还是俺干吧。衣服拿过来。"众人都拍手称"妙!"李松接过越嵋递给的衣服,一会儿就装束好了。李松身躯小,符统究竟是男子,虽是紧身衣,李松拿来罩在衣外,恰恰正好。瞧过去,竟是一个活泼泼的小伙子,谁也瞧不破他是个女孩子。章怡当将腰牌、腰旗、伪敕、金带都交给李松,并嘱咐:"到杜林庄时只说:'胡老将军另差人驾船在马家河口奉迎。就请三位爷劳步到船上,另有密信奉交。'他三个来时,咱自会截他;不来您就瞧清了门径,赶快托词回来。"李松答应了,兴勃勃,喜洋洋,笑嘻嘻,气昂昂,甩开大步,直向杜林庄走去。杨辉笑赞道:"果真的小哥儿也不见得有这般矫健!"鲁朗、曾铮都点头道:"这是咱一辈不要想做到的事。"说着话,章怡已招呼众人,并代李松照管马匹,一同向马家河口走动。

要知李松是否成功,且待下章分解。

第三十五章

受气恼只身走万里
明忠诚协力破三军

话说李松直奔杜林庄，因为要装作随船来的，不便骑马，步行前往，自然不能快。行了多时，离杜林庄还有十来里。李松走得性起，满心焦躁，口中发渴，喉内生烟。遥见前面有一条小涧，心中一爽，忙加紧脚步奔到那涧边，沿岸踏着砂石下去。直到水滩上，蹲下身子，双手窝捧涧水，凑近嘴边，咕噜咕噜，一连喝了几捧，心中顿觉安逸，立刻遍体清爽。站起身来，长吁了一口气，不觉自言自语道："嘿！呆吗？不会歇会儿再走吗？急什么！"

声才住，猛觉得有人在右肩头轻拍一掌。笑声说道："本来是呆呀！连走都是呆走，急更加是呆急了！"李松大吃一惊，忙一手按剑，掣身回转，便听得叫道："松儿！是俺！"李松急闪眼时，突见是凌云子站在身后，便连忙跪下叩头道："参见师父！"凌云子叫她起来，并道："随俺来。"说着，便带着李松一直上了岸，转向背着大路的一大堆麦草堆后。凌云子先坐下，拍着身旁的草道："松儿坐下，俺有许多话要问你。"李松便也蹲身坐在凌云子右侧，道："师父因甚事到这儿来的！"凌云子叹道："俺为什么来的，就为着似你这些不争气的门人来的。"李松大惊道："弟子没敢胡来呀！一直是谨守教训，拿师父吩咐的规条，整天价念经似的念着，从没敢忘却半个字，撇扭半点儿呀！"凌云子道："倒不是为你。你很好，俺很知道。你不要岔俺，俺有话要问你哪！"李松才放心静听着。凌云子问道："大营里近日可有降将？"

241

李松道："弟子出军时，是只有降卒，如今也没听说有降将。"凌云子又问道："你们在阵上可曾见有按武当宗风使车器拳脚的？"李松想了一想，道："也许有。可是弟子没遇见过，得问问旁人才得明白。"凌云子再问道："你们怎么忽然退回来？想必是因为汉军袭京都，特来援救的，是不是？"李松答道："是。因为逆军调重兵，遣剑客，人都扰乱，于督师才特调杨霹雳统后军和俺们运军来救护京都的。后来剑客入都，预备扰乱宫禁，因为俺们女子入宫方便，才全部来京的。"凌云子点头道："这些俺也都想着了。你们在阵前，在京里，可曾遇着劲敌？"李松道："遇着的劲敌很多，那逆将海阎王严丰、镇河北强飞都很凶猛；从逆剑客霸东方闻人希超，听说还有个金钺倪鸿都有惊人本领。"凌云子道："于督师怎么不派庹忠、龙飞、种元等来援京都？"李松道："调军时，是只调后、运两军全部，再加各军首将。他们三个：庹忠是前军军将，种元是右军军将，龙飞是中军大将，所以都没调着。"凌云子叹道："有他三个来，比你机灵，也比你熟多了。这是合该俺要怄气，单单只调了你一个来，你们不曾和倪鸿见过阵？曾在他手里打过败仗吗？"李松连连摇头道："俺们还没见过他。听说他是汉军中五军斧钺总教头，除却朱高煦亲自出马时，随班跟同出阵以外，平常并不统兵打仗的。"凌云子跟问道："除却倪鸿以外，你们难道没遇着一个武当宗风的武士剑客吗？"李松道："委实没有。"凌云子陡现怒容道："松儿！你不应该对俺不说实话！"李松慌道："师父！弟子句句是实话。"凌云子道："'句句是实话'吗？俺且问你：你先说'没有降将'，鲁朗是什么？你又说'没遇见过按武当宗风使家伙的'，杨辉、曾铮、朱泽的武艺是什么解数？你又说'没遇过劲敌'，按杨辉的本领说，还不算劲敌吗？你一句实话也没有，还说'句句是实话'！俺知道你想替这几个叛师从贼的逆徒包谎瞒俺是不是？须知俺为他们受足了气哪，俺决不能轻饶恕他们！"李松忙低声下气分辩道："师父原来不知道这里的详情！鲁白蛟、曾蓝蛇、穿云龙三个委实不曾违背师父的教训。求师父暂息雷霆，待弟子把前后事情仔细诉说，师父自然得知她三个的苦心了。"凌云子瞪着李松，默默不语。

李松便将杨辉、朱泽在良西庄内应；鲁白蛟、曾铮存心归正，种种一切内情，以及仗着鲁、曾两个才得破北京秘窟的情形一一细说了。并道："俺们始终没和她三个见过仗，她三个也不能算是降将，所以弟子才敢那么说的。她们三个照良心和行为，也实在没有玷辱师门之处，这是要恳求师父格外详察的。"

凌云子道："俺告诉你：俺这趟来是受气激来的，所以想除掉那些叛师背道的东西。一来，出口恶气；二来免得人家说俺。俺到这里已经办好了一桩事了。第二件，就是要查明杨辉等几个，相机办了。待俺从头告诉你吧。

"俺听得塞外胡元苗裔分外凶猛，到塞外去察看。恰遇着周癫子和笑菩提，一见面，笑菩提就说：'你真暇逸闲散呀！你的门弟子可太忙了，你也得去帮帮才好呀！'俺很诧异，问：'谁那样忙呀？'周癫子打个哈哈说：'你的门弟子都忙着替汉王出力，忙着受汉王的封做官，忙着害百姓，忙着抗官军，还忙着和咱们作对。你不去帮帮，他们来得及吗？'俺被这几句话气昏了，立时和他们打赌：要是俺门下有一个反叛，俺不亲手宰了他的，俺就刎头还师！周癫子还说：'不要满话！瞧过再硬吹吧。'笑菩提却说：'你如果到山东去，可不要仗气性，得查明再动手，要专为自己面子，误伤好人也不是咱们好朋友。'俺赌气就此进关。先找倪鸿那厮，那厮不在乐安，乐安也没他人。俺打听得汉军有一支人来攻京城，料有人在内。果然访得杨辉、朱泽、鲁朗、曾铮都在汉军中。俺便单身追了来。

"俺只当他们在北京，一直又回到京城，扑了个空。便又要回到乐安去，再找倪鸿去。今儿打这儿过，想着铁将军伏逊住在杜林庄，碧蟒关颜、矮太岁阎炎都在那里帮着走镖，便想着去问问他们可知一班黔中进关的剑客踪迹。不料才一转身，忽见你们一行人来了，瞧得曾铮、鲁朗、杨辉都在伙里。俺诧异得很，便不露面，暗自窥探。及至邵铭射那符统，却扔下一匹马不问，你想：马是识途的，空马跑了回去，贼人不疑心搜查吗？那厮们大兵开来，你们还能暗地对付杜林庄吗？俺暗地将马宰了，扔在涧里。回头时，正见你们在亭子间审那符统，俺暗中瞧着

243

见破获了杜林庄中三人的事。俺这一气非同小可，立刻离了亭子，马上去杜林庄。

"到了杜林庄，马上找着伏逊问他：'你们因甚这般糊涂？俺怎样教你们的？你们如今竟是这般情形，叫俺如何见人？你们这班人人人如此，是不是约同了，故意要俺的好看的？俺做师父的什么事对不起你们？或是干了什么不要脸、带累你们的事？你们要这样齐班对待俺，俺今天先给你们闹明白了，再找那些没心肝的去。你们要说不出这个道理来，就赶快着呀，各把脑袋摘下来交给俺，省得俺动手！'伏逊、阎炎、关颜一齐跪下求告，说是：'胡远来聘，并不知道。当时就密报于督师，是差师弟乌龙黄超去的，方才回来，现有于督师奖谕在此。这不是弟子们敢假造来哄师父的。'俺一瞧，果然是督师命朱泽、龙飞出名回的信，说是'承蒙仰体师意，约同内应，已飞差关照援京主将届时以协力二字为相见口号'等言语。俺见了这个倒无话说了，只得反而安慰了他们几句。黄超也来见俺，说：'亲见过督师，督师温谕劝勉，并允许代向各位大师申说。现在赐帖公文，确不是谎言搪塞。'俺就叫他们四个不可造次，必须待确见着官军攻来时再动手。他们因为虽有口号，却不认识官军将官，求俺往官军营里代为照应。俺便动身迎头来赶你们。料想你们一定要归队的，意想同行。你如今也不必上杜林庄去了，他们大概也都走动了。你就领俺去和章怡、杨辉会面去。俺还想顺路去把那符统的尸身埋了，免得逆党逆军见着时，报上去，贼首因而疑到阎炎三人身上，那就坏了大事了。"

李松便站起身来，凌云子也随即起立，问："章怡一班人现在在哪里？"李松伸手一指，道："那儿马家河口，离这只三里多些。原想将他阎炎三个骗到那里去，分水旱两路揍翻了事的。如今混天霓一定还在那里待着哪。"凌云子便命李松前行，径向马家河口来。

不一会儿，已到河边，遥见河滩上有一人徘徊。凌云子眼快高叫："玉麒麟！他们许多人上哪儿去了呀！"凌波瞅见是凌云子，便向四面芦苇中打手势。霎时间闯出许多仗剑横刀的女子来。大家见是李松偕凌云子来到，知道不是盼望的敌人，便都收了刀剑，上前参见。章怡、杨

244

辉、鲁朗、曾铮都磕头拜见。凌云子一一答礼。

李松将会着凌云子的言语告诉了众人。众人才明白那凉亭见的白光就是这位大侠！邵铭也明白当时李松不语，章、杨、鲁、曾等不肯追寻之故。连越嵋先时也只猜白光是章怡等认识的同道；却不料竟是她们师父。

凌云子叫杨辉、鲁朗、曾铮三人过来，切实教训一番；又奖励她们破良西庄、破逆藩秘窟的功劳心计。三弟子都敬谨受教，并逊奖许。凌云子便吩咐："你三个快回到那凉亭去，将符统的尸首掩埋了，并且得仔细查看，有没被人移尸的痕迹。再到那涧边，瞧瞧那马尸，也不许它露在外面。并不是俺做师父的一见面不和你们多叙一会儿，却派你们去干埋死人的事，只因你三个认得逆党，知道他们的暗号。如果遇着那厮们时，可以临机应变，比旁人去稳妥许多，这事当仁不让，所以俺叫你三个去。俺就在前面集上等待你们。"三人应声领命，欣然去了。

章怡请凌云子训示前途。凌云子道："你如今是奉令主军的主将，自然应该由你主持。俺只是孤云野鹤，去来无定，怎能代你管事呢？"章怡道："那么这水湄不可以久居，就请师父到集上去歇息一会儿，弟子们也好领教。"凌云子便动身和一干女侠同到集上。

这地方离开大路有三四里，不是过兵要道，集上还有店家商铺，众人便向一家车店里投宿。初时，店家见这许多孤身女子不肯留宿。章怡将文书关帖给他瞧过，才不敢不留，却又不敢要钱。章怡仔细向他说："于督师部下是不受供应的。如有官兵私受供应，就算犯了重罪，要杀脑袋的。"店家才收了钱去，心中口中满念着："于督师是百姓的慈悲菩萨！"竭诚整治三桌丰盛酒肉款待众女侠。众女侠累了一整天，也没得好吃喝。这时正使得着，便领受了。恰好杨辉、鲁朗、曾铮埋尸回来复命，梅瑜也送信赶到，便都一同饱餐了一顿。这夜众人和凌云子谈到半夜，谈了许多别情贼势，方才就寝。

次日，因为离本队已近，众人都换了甲胄。凌云子将来时沿途所见汉军铁骑巡哨路线向章怡等说了，并指示众人："改道往西，再抄南，便都是小路，可避许多麻烦。"众人依言照行。梅瑜将马让给凌云子，自去乘驿马。众人便一齐动身，行没多时，便绕到北岗，已望见杨营旗帜。再近前没多远，便见旗幡摇动，人马奔腾，却是正在开战。众人忙越过岗子，恰是两军交锋的右侧。见一大片干洼中铁骑纵横，喊杀震天，正是两军交绥，冲突往来，杀得难解难分之际。

凌云子指着战场，向章怡说道："这一定是杨霹雳和无底袋的铁骑在这儿触住了。俺们分两路抄去救应他们：一路冲入本军增援；一路冲入敌阵踹营，好使本阵加力，敌阵扰乱。凡有不认识本军军将的，遇着战将务须记明口号，免致误伤。回本军增援的一路，无须主将统率，俺自领去，交给杨霹雳调度。你就领一路向敌阵踹营去吧。"章怡领命，便带着凌波、越嵋、邵铭、钮雪、杨辉、鲁朗、曾铮一共八骑马，直向汉军阵中冲去。凌云子自率丽菁、李松、姬云儿、魏明、奚定、史晋、华菱儿七人，一同赶向勤王军去了。

鲁朗心中想着：咱们初入本军，今天是第一场大战，如果立不下一点儿功劳，不是连师父也没光彩吗？想着，便将此意向曾铮、杨辉暗地说知。曾铮道："咱也正在这么想着，却有一件事为难。您瞧：今日两军都是马战，本军中各位军将的牲口无不是骠骏异常，久经战阵，不畏惊吓的战马。杨姊的牲口是良西庄得来，曾经挑选过的坐骑，还对付得了。咱俩在乐安就不曾得着好坐骑，只是随便的长行牲口进京的。破秘窟时，随意拉得这两头畜生，都是没用的劣种，您瞧，一听炮响，就甩脖子，动蹄子。要上战场，擂鼓呐喊，旗影刀光，怕不惊得这孽畜乱窜！还许把咱掀下来，轻则落个临阵堕鞍的笑话，重则连性命都保不住哪！"鲁朗道："咱也想着的。先没料到没进大营就要见阵，以为到了大营，挑拣战马，总来得及的。如今既是立刻就要打仗，只有向敌将去借坐骑去。他们是汉军素有威名的铁骑，咱夺得他们将官的坐骑来应用，还错得了吗？"说话间，已近敌阵，耳中听得一声喊喝雄声，顿时震得杨辉等三人抬头一望，见凌波、钮雪、邵铭、越嵋已经冲入大阵，纠作一团，混杀得兵乱旗翻。鲁朗大叫："不好了！咱们贪说话，落人后了！"曾铮想着突阵落后，人家瞧着，将要疑是怯懦退缩，顿时满心又羞又急，也顾不得坐马不行，大喊一声，便向敌军丛中跃马突入。

杨辉随着鲁朗杀入阵脚，迎头遇着一人，浑身铁系连环甲，坐下一骑银鬃白玉马，手舞大铖，当面劈来，便忙将手中大砍刀迎顶架住，闪眼瞧时，认得是汉将前将军韦达。曾经到过良西庄，代叛王传伪旨的，心中大喜暗道：咱今日要斩得这厮，便是奇功一件。便挥转大砍刀，横剁过去。韦达大骂："叛贼！敢放肆猖狂，瞧你家爷爷拿你治罪。"杨辉大笑道："谁是叛贼？孩子，你反躬自问吧！斩叛贼的钢刀来了，孩子待着吧！"韦达架开大砍刀，还砍一铖道："不斩你关家丫头，爷就不算好汉！"杨辉仍笑道："孩子！不要着急，好叫你得知，你家祖宗是黔中穿云龙杨辉。你怎么连祖宗的姓氏都弄不清楚？待祖宗来教训你！"手中大砍刀就此连翻几翻，砍、劈、剁、斩，上下翻踅，早把个韦达弄得眼花缭乱，没法招架，铖法大乱。杨辉瞅出破绽，一刀将铖扫开，掉转刀柄，向韦达拦腰猛击，大喝："没用的孩子，去吧！"只见刀花甩处，韦达倒栽下马，杨辉已经收刀高举——朝天一炷香，捧着刀柄，朝下就劈。韦达连忙就地一滚腾身跳出圈子，拔步便逃。杨辉一刀没斩着，便伸腿将那银鬃白玉马钩住，抓着丝缰，扣在鞍侧，杀向右角，来寻鲁朗、曾铮。才冲过兵围杀入广场，乍见一人，头戴灿银嵌玉斗狮素缨盔，披着素绣白绢风兜；身挂灿银狮纹细砌连环甲，银月护心镜，白罗素绣袍，白玉勒甲带，银鱼串珠剑；蹬着素绸白铁雪穗狮头战鞋；左右背各露素小缨银刺；手挺凤啄玉柄银刃弯月峨眉刺；跨下银鞍素鞯全白玉花骢；飞也似滚近前来。细瞧时，却正是岭头云越嵋。但见她浑身浴血，满面血污，鞍旁挂着累累的首级，双手余血正在淋漓下滴。

　　杨辉大惊高叫道："越姊！怎这么模样？"越嵋听得叫唤，才旋马停缰道："是穿云龙吗？请您瞧瞧：我可曾受伤？"杨辉连忙过去，傍着越嵋，并马而行，同时伸臂挽住越嵋，使她身子倚着自己右肩；才细察她全身，只盔头上带着一支箭，并没受伤。便道："恭喜您平安得很！只是怎么累到这般模样哪？"越嵋微喘着，摇头答道："好险呀！我是顶先踹阵的。一进阵，就给二十多个汉将领千来个铁骑，把我裹到一角，围住猛攻。我单人独马战了半个时辰了吧，斩了十二三个汉将，您瞧：这不是首级吗？我全是拉过来宰的，那厮们周身裹扎，不拉过

247

来，瞧定脖子，砍他不死。我全宰死了，留下贼脑袋。那厮们恨透哪，乱箭射我，我才拼命杀出来的。您瞧：血！这全是贼血啊！"说着，扬手给杨辉瞧。杨辉道："咱送您出阵去歇一会儿吧！您太累了！"越嵋猛然奋身坐正鞍鞒，瞪目大声道："我没伤！我还要杀贼！不出阵！不出……"一个"阵"字没说出，口中气急，又歪身倚在杨辉肩头。杨辉便不再和她说话，伴着她疾走。

没多远，忽见曾铮跨着一匹灰色高头骏马，护着鲁朗疾驰而来。杨辉连忙招呼，二人转马过来，只见曾铮在胸前衣甲上一大片血迹，还正在汩汩地不断流出，知她已受了伤。鲁朗更是两股中着了三支箭，鞍鞒尽红。杨辉便道："你俩怎样了？"曾铮道："咱斩了贼将伪偏将军张定远，夺得这坐骑。忽听得万蹄奔腾，喧声震耳，连忙回马时，鲁姊被数十员贼将、一两千铁骑追赶得飞马乱走，人已经带伤，马又连连打蹶。咱急了，横拦过去，把贼兵截杀得分散开来。却不道略一大意，鲁姊又中了两支箭，只得奋力拼命，硬挣扎着斩了两员贼将，又伤了他三四员。那厮们只顾夺尸救伤，止住没追，咱俩才到这里来的。"越嵋挣扎着，向甲囊中掏出一卷白绫和一只窑瓶，道："你俩没带伤药吗？"曾铮道："咱俩还没到过本队哪，哪有伤药呢？"杨辉接过绫、瓶道："那面有座荒墙，上那儿去裹扎吧。"便引着道向一座烧残的破屋里来。杨辉先跳下马，又照顾她三人都下马，把五匹马都系在败柱上。进了墙缺，就在破材烬木上坐下。杨辉便给鲁朗、曾铮拔箭裹创，幸喜伤都不重。越嵋卸下头盔，拔去盔上箭，便去屋侧破缸中寻得冷水，洗涤手面血迹。杨辉问曾、鲁二人："可能挣扎着回营去？"鲁朗怫然道："咱不立功是不回营的。"曾铮也说："这算什么？给人一支箭就回营去，不叫人笑掉牙齿吗？"杨辉便说："曾姊的坐骑已经换过了，鲁姊的坐骑不但是不行，而且方才瞧见，很受了几处伤。咱夺得贼将伪前军将军韦达的坐骑，就是那匹银鬃白玉马，就送给鲁姊吧。"鲁朗道："白玉马很少的，您留着做坐骑吧，您辛苦夺得来，咱怎好先受你的。"杨辉道："您这头铁青驹，是口外的野马，良西庄许多牲口中，就数这牲口脚力健。虽和曾姊刚得的牲口颜色相同，蹄口却好多了，这白玉马也盖不过

248

它。您现在缺脚力，请您甭客气，就这白玉马和铁青驹俩牲口中，拣取一头吧，反正是差不多，咱只要一头就够了。"鲁朗谢道："承您美意，咱们是同门姊妹，也不客气了，还是给那头白玉马给咱吧。一来，铁青驹跟您多时了，您也很欢喜，咱不能夺您的；二来，咱和越大姊一般爱穿个白衣，那头白玉马，正合着巧。只是白受您的厚礼，只好将来再补报了。"杨辉笑道："自家姊妹怎说得上补报哪。那牲口，连全副鞍辔都是银白的，和越大姊那副鞍辔差不多，就只不是九狮纹，镌的盘龙纹粗糙点儿。照颜色却天造地设，该是您的。"

鲁朗正待说话，忽听得有人大声道："好呀！俺说阵里老没瞧见你们，果然在这儿歇着。快去吧，人家都快回营报功了！"四人一齐回头时，却是凌云子正站在破垣上。四人连忙上见。鲁朗便拾起长槊，杨辉忙道："您的创痕再扎一扎紧。"凌云子问："伤在哪里？"杨辉代将二人伤势说了。凌云子笑喝道："没的羞死人，带箭也能带到几支吗？你瞧人家怎么带不着呢？上阵时，干吗只顾一面哪？真是教不变的东西！蠢到这般。这儿有药，拿去敷上，再服点儿，马上就没事了，下趟再这么几支一来，俺可没那些药敷，只有不管！"说着，掏出一瓶药来。鲁朗接过药瓶，满面含羞。越嵋忙代解说道："逆军铁骑委实厉害！一来时，万弩齐发，也不能怪鲁姊失照！"杨辉也怕鲁朗难为情，忙拿话岔开，指着药问道："师父这药怎么是白色的？"凌云子道："这是滇中苗人的伤药，俺费尽心机才学得的。任什么重伤，只要没断气，立刻复原和没伤一般。"鲁朗、曾铮如言敷上，再取水服下些，果然立刻精神陡涨，比没受伤时更加爽快。凌云子道："你们朝南杀去吧。听说杨霹雳、丑牛儿正在苦斗，快去救援去。"四人领命起身，凌云子自跨马投东去了。越嵋等解下五匹马来，将伤马放纵了，四人各跨一骑，瞅定方向，一同紧缰飞驰过去。

要知这场大战结果如何，请阅下章便知。

第三十六章

斩将搴旗强寇丧胆
诛凶擒悍英雄献功

话说杨辉、越嵋、鲁朗、曾铮四马同驰，直杀入南阵。方穿破兵层，便见两员大将正在和一群汉将苦斗。越嵋、杨辉认得那铁盔铁甲、手挺三刃长戈的是镇泰山钱迈，铜盔铜甲舞着龙角大锏的是怒龙徐奎，两人背对背分敌两方，杀得正酣。越嵋忙要鲁、曾二人增援右翼；自己和杨辉来救左翼。

这时钱迈正和黄策、秦仲达、严丰三人拼斗，忽见两个女子——一白一蓝，一胖，一瘦，一个飞舞钢槊，一个挺着长刺，猛杀过来。心中踌躇："又添这俩小娘儿，可更讨厌哪！"忽又见那两女子口中大呼"协力！"转向严丰、秦仲达杀去。才想起：督师通报：有武当门人内应，以'协力'二字为口号，这两个大概就是的了。便也以"协力"二字相答。

钱迈力战三人时，只有严丰厉害，乘虚蹈隙，连续进攻，半点儿也不放空。这时鲁朗、曾铮分敌了两人去，单剩黄策一个，哪里是钱迈的对手。一来一去，只三四十个回合，早杀得黄策手忙脚乱，招架不及。钱迈更抖擞神威，一戈紧似一戈，越逼越紧。黄策强整精神，将手中枪左挡右格，要逃也逃不脱，只得勉强地挣扎。

这时，鲁朗接住秦仲达，两人都使长槊，战得满空银蛇飞舞。秦仲达本领原不弱，只吃亏是武童出身，不曾习过剑术，欠内功，身躯迟钝，虽有几百斤蛮力，怎奈正和钱迈大战多时，筋力已疲。鲁朗却是抱着一腔热望，满心要斩将建功，将平生本领、全身力量，悉数施出，秦仲达自然降为下风了。两人战了五十来个回合，鲁朗手中一条钢槊越舞越迅，越战越紧。秦仲达只能躲闪，没空还槊。鲁朗斗得性起，大喝："脓包！不要耽搁咱的事。"一槊斜刺，待秦仲达侧身一让时，双腕蓦地一拧，槊柄朝右略竖，槊光早突入秦仲达的右腰胁，大叫一声，血淋鞍甲，仰身翻倒马下。鲁朗双脚一撑，凭空跃起欻地飞过那匹空马，脚才沾地，手已拔出利剑，顺手向秦仲达尸身的后颈一落剑，割下个斗大的首级。抓出头盔，捋散发鬃，一手提着，飞身回到白玉马上，将首级挂在鞍旁，插剑转身，去助曾铮。

那边，黄策见秦仲达丧命，心里一惊，手中枪略一迟缓，被钱迈一戈刺入胸膛。钱迈顺手将戈柄一竖，把尸身挑过马来，左手反拔长剑，割下首级，才扔了尸身。插剑入鞘，转马向左来寻严丰。

严丰和杨辉斗了数十合，初时只杀得个平手。后来严丰见杨辉的大砍刀如万朵荷花，片片飞舞，刀光霍烁，刀法精奇，心中大惊。暗想：竟有这等厉害的娘儿们！俺生平不曾在娘儿们跟前示过弱，要今天栽了跟头，俺这丢人可算丢得够味儿了！便提足精神，抡开青龙偃月刀，跟着杨辉的大砍刀飘来拂去。又斗了几十个回合，忽然钱迈、曾铮一同杀来。严丰心知自己绝非三人敌手，徒然送死于事无益，不如且退一步，"留得青山在，不怕柴没烧"，总有吐气之时的。便将手中刀虚晃一晃，大喝一声"着！"三人听得，都当他有异样绝招使出，或是有暗器放出，各自将手中军器迎面要作大圈儿，防护着脑喉胸腹。不料严丰是个诈计，就此些须空隙，拖刀跃马，望斜刺里飞逃。钱迈大怒，喝骂道："没脸小子，逃到哪里去！"重拍坐下马，挺着手中戈，风驰电掣，紧紧赶到。杨辉、鲁朗、曾铮也一同策马紧追。穿林跃涧，越野驰途，总如形影相随，跟赶不舍，严丰头也不回，一味迎风猛奔。奔到一座歪破车水棚旁，便打马转弯，想就此脱身。刚把马一勒，突见车水棚那面有一个虬髯巨眼浑身溅满血斑的矮胖武士，猛闯过去，瞧见严丰马到，也不开口，抡起大斧，一连几斧，恨声向严丰坐马横砍过去。顿时剁折马腿。那马歪身便倒，连严丰甩落地下。那矮胖武士见了，忙起个箭步，飞跃过去，抢斧便剁。不料严丰本领高强，身腿健捷，刚一沾地，便挣扎着向后翻起个悬空跟头，待得矮胖武士大斧剁到时，已经甩向一丈开外去了。咔嚓一声，大斧落处，马腰两断。钱迈、杨辉等都为之惊诧，齐赞一声："好大力斧子！"

严丰就如蜻蜓般，脚才顺过来，便撒腿逃走。那矮胖武士方昂头伸腰，瞧见严丰逃跑，便也飞步追赶。钱迈高叫："好汉请留姓字！"那矮胖武士只大声答"协力"二字。杨辉这时已瞧清楚，便向钱迈道："这是咱师兄矮太岁阎炎。前时山东在籍御史李浚变姓名，改衣装，进京叩阍告高煦之变，请防山左叛将，就是咱这阎师兄尽力搭救李御史才得平安到京的。他素恶逆藩，今奉师命助战，还有两位同门，合力内应，钱兄遇着时，还请留心。"钱迈道："既有口号总没误伤之理。他单身追贼去了，咱去救应他吧。"说着，便和杨辉等三人一同照阎炎去迹急赶。跑过大片荒地，忽见前面有一方大纛高高举起，迎风飘展，十分威武。细瞅时，纛中是斗大一个"胡"字，都知是胡远的帅纛。四骑马一同攒奔过去，便见一员银甲素铠、红袍赤马的小将捧纛慌逃。杨辉马快，加上他使劲猛揳，那马就如羽箭离弦一般，直射过去。眨眼间，已迫近那小将马后。杨辉心中暗喜，奋起神威，抡动大砍刀猛喝一声："照刀！"但见头颅冲向空中，一注鲜血直溅，小将的没头身子仰后便倒。杨辉腾出右手，一把将大纛捞着，夺过来，竖在镫上，立即驰马大呼道："贼纛已得，三军着力呀！"

汉军阵中见了，一阵呐喊，众将一齐拍马攒来夺纛。钱迈、鲁朗、曾铮连忙三面挡护，裹着杨辉，且战且走。三十多员汉将中有个海马何成志，心痛失纛之辱，不顾利害，挺手中蛇矛，大叫："俺在此！快留下大纛，饶你们不死！"鲁朗大怒，道："海角小贼，也敢猖獗，待咱来教训你！"趁何成志低头闯进时，横槊略挡，使何成志不得径行突过；左手拔佩剑，摩空一转，早把何成志一颗脑袋给拉剁下来。

赛黄忠无底袋胡远在山冈上见了，怒填胸膈，大叫道："气死我了！"将令旗一挥，统率前军中强飞、李枣、随珠、客简宗等三十六员战将一窝蜂奔下岗来，狂呼怪叫，寻人厮杀。却是马行不快，钱迈急打呼哨，四面邻近本军军将听得，都来援应。胡远等一班人驰到时，王师已经整阵。

原来胡远部下多是太湖铜锤罗七手下的水贼投来的，南人居多，骑马本不擅长，加以北地马劣，所以反而人马各别，勒束不得，你妨我阻，进退不灵，待弄得清楚时，已白费许多时候了。这时王师兵丁壮卒都来结阵。军将黑虎张楚、铁狮子魏光、飞将军柳溥、镇海龙邵学、大旋风秦馥、乘风虎罗和、火流星关澄、铲不平尤弼、玉麒麟凌波、闯天雁奚定都先后赶到。霹雳杨洪也亲自督队前来。

胡远志在夺纛，大叫："谁与我斩那反叛婆娘，夺还大纛者？"身旁两侄——大头胡澄、没角牛胡湘，应声两马齐出，大呼："还我纛来！"声未了，猛然后面有人接声大呼道："取你头去！"接着，胡澄、胡湘两头齐落。却在后面两骑马上一胖一长的两将手中，一人高擎一头大叫道："铁将军伏逊、碧蟒关颜奉旨讨贼，斩魁赦从，弃械投降者免死！"喊毕，便大呼"协力！"直入勤王军阵中。

胡远睬着，气得目瞪口呆，大叫："天亡老夫！我不要命了！顿时银须戟张，黄睛突露，大耸鼻孔，呼着大气，骤马自入战场，来追关颜、伏逊。这边，曾铮斜刺里横冲出来，猛然一刺。胡远愤急已极，一心只要追斩前面的关、伏二人，不曾提防旁边有人半途横杀出来。因这绝没留心，一刺，直透金甲，扎入胡远右肋。老将怎受得了这一下呢？顿时大叫一声，面、眼同白，偏身待倒。恰值王师中罗和、张楚、秦馥、魏光四马齐迎上来。张楚首先将刺一挑，把胡远打落马下，罗和、秦馥、魏光三人叉刀齐下，立刻把个老奸巨猾、舞弄要数十年的无底袋剁成了肉泥。

那些站在岗上，没随胡远下岗的闻人希超、邓天梁、钱策、强飞、韦达、王斌、盛坚、黄婉、陈克、龙标、常惠森等和偏裨一百三十余人，见胡远阵亡，吓得带着军马转身飞逃。客简宗、李枣、随珠三人率铁骑也都掉头猛奔，只有前军军将三十六员，因被胡远押在阵前。胡远一死，三十六个人欲退不得，欲进不能，更加恰遇着章怡等一班女将、马智等一班男将四面聚拢，如铁桶一般，被包在中心。没多时削瓜切菜

253

也似的，宰了个干净。

汉军铁骑仗着甲胄，初时耀武扬威；后来被王师识破，都用让过前面、绕攻后面的法则，杀得人死马倒，纷纷散逃。杨洪见大功已成，便挥军追逐，想杀他个片甲不回。一直追了七八里，汉军实在没处奔跑，铁骑甲重，不及王师马兵轻快。看看就要追上，汉军中兵将都混乱起来。盛坚大声喝叫道："吓！逃跑是死定了！不逃跑还可以死里求生，快刹住拼命吧！"这时将卒也委实逃得筋疲力尽，不能再跑了。有这一喝叫，果然突地刹住。盛坚大喜，便和韦达、王斌、闻人希超、邓天梁、钱策六人，拦在前面，使用铁骑列成坚阵，竖墙般一排儿列着。杨洪率众将来到时，阵脚已坚，便连忙挥令手下众将分两路冲营。

当下仍是男女各任一路，喊一声，两条恶龙、毒蟒也似的，径扑敌阵。许多汉军裨将都三个一堆，四个一搭，将勤王军中的将军，一个个截住围攻。只剩得成抚、覃拯敌住闻人希超；尤弼、干戡战住严丰；金亮、承秉抵着盛坚；关澄、车宜双斗韦达；秦馥、罗和共拼王斌；马智连抵李枣、随珠；郝绍单搦陈克；关颜独战客简宗；阎炎苦抗龙标；伏逊专打常惠森；皮友儿径取黄婉。

这边一众男女军将，将汉军裨将斫一个，剁一个，正杀得起劲。盛坚忽然一眼瞥见鲁朗，连忙尽劲挥钺，将金亮、承秉逼住，觑空抽身骤马冲过对阵来。汉军裨将以为盛坚败了，连忙拥上去挡住金亮、承秉。盛坚心中大喜，摇钺直取鲁朗。鲁朗正在斫杀汉将，陡然瞅见盛坚，仇人相见，分外眼红。当时也不答话，恨一声，掉转槊来，要狠狠地向盛坚拼斗。盛坚耍开盘云钺，自恃汉邸考阅军将时，曾得钺、箭两门第一，许多人赶不上。这时只敌一个肥娘儿们，哪肯放在眼上。心想：不问你们剑客如何强法，今日非得把你擒回去成亲不可。逮住了就是俘虏，理应任俺摆布，也甭似从前那样麻烦了。心中一喜，手中钺更加活动起来。鲁朗这时是满心愤怒，绝不问盛坚本领如何，只舍生忘死，傻扑狠干，斗了约莫五十多合，鲁朗见盛坚时露笑容，益加愤懑，咬紧牙，暗自发恨道："待咱来拾掇这恶小厮！"想着，便将身子一侧，故意卖个破绽。盛坚大喜，连忙乘隙闯进，伸手来拖鲁朗的勒甲带。鲁朗并不拦闪，直待他的手将近到甲带时，猛然双手举槊，突向盛坚背上筑下。盛坚此时身正前探，背脊朝天；大槊筑来，让无可让，架没法架；百忙万急中，只得催马前冲，想冲过槊锋。不道刚冲动，槊已下。噗的一声，刺穿右甲直入右腿，疼得盛坚哇哇怪叫。那手伸到离甲带只差三四寸了，也疼得不能不缩回。鲁朗就此大喝："狗贼，还不下马吗?"抬右腿，磨鞍横扫，把盛坚扫得倒马冲下。那边阎炎见了，连忙跳过来，一脚踏住盛坚，掏绳捆绑，顺手逮住盛坚遗下的乌雅马。一把夹住盛坚，跳上马背，才笑向鲁朗道："师妹辛苦! 俺代您送到后队，交人看押吧。"鲁朗答声："辛苦大哥了!"便拨马突入汉阵，去寻师父凌云子。

两边混战多时，汉军铁骑被王师攻破，偏裨伤亡特多；兼之盛坚被擒，人人疑怯，不敢恋战，挥军疾退。这边众将仍是紧追。这一阵，计有：伏逊鞭伤常惠森；皮友儿枪刺黄婉右裆；郝绍削得陈克的右耳；马智连伤李枣、随珠；关澄剑伤韦达。斩杀裨将三十余员、兵卒二千余人，大获全胜。

杨洪和马智商量，趁汉军惨败，尽力追杀，使他全军覆没，免得再生枝节。众将都余勇可贾，各告奋勇，自愿追战。杨洪便下令：将卒都就在马上饱餐干粮，立时启队，向前追杀。并查明军将坐骑有受伤的，火速斟换。当时阎炎已得盛坚坐骑，全军军将不论新旧都有脚力。其中只冯璋的牲口受伤，拣取夺获马匹换过。便一齐出马，统督马兵跟踪驰逐。

奔驰了好一程。汉军正在山崖河畔埋锅造饭，以为王师战了一日，一定也要歇息进餐，绝不能枵腹来追。万不料王师一面追，一面将身旁随带的水壶干粮走着食着，既无挨饿，又不误途程。汉军素没预备这种粮水，只得靠河造饭，刚待造成，突然一声巨喊，万马奔腾如凭空飞降，立时把汉军营帐踏到粉碎纷乱。

汉军方在歇息，等待吃饭，正要舒服一会儿，吐这整日恶战的气。卸铠，松甲，歪坐偃卧遍地都是。陡然被这几万人马将卒匝地卷来，横冲直撞，早把这许多汉兵踏得哭声震野，血肉纵横，哭爷叫娘，惨不忍睹。杨洪等见了也有些不忍之心，便传令招降，凡弃械呈兵者，不得伤害。并勒令四面包围，迫令投降，暂不蹂践。一声令下，汉兵纷纷纳械投诚。王斌大急，连忙和闻人希超、韦达、严丰率领二三百个亲信，和强飞、邓天梁等一干人，乘王师不攻不蹂时，拼命突出围圈，落荒分散而走，各自绕道逃往乐安。杨洪等查点人数，收拾归降人马，又追了一阵，见汉将已经分散，方才设哨扎营，就汉军造饭饱餐歇息。

杨洪当夜设酒，邀请鲁朗、曾铮、伏逊、阎炎、关颜五人相叙，并请众将作陪。席间仔细叙谈以往各事，酒过两巡，忽见帐帘微动处，如有一朵五彩云霞飘然隳入。众人忙瞧时，正是飞侠凌云子，一齐起身离座迎接让座，凌云子笑道："你们破阵行军，居然骗俺，杀贼成功了，也不理俺。俺本是野人，不好怪得你们。如今却是有酒有肴，欢叙作乐，这就不应该把俺撇在例外了。"杨洪笑答道："师叔不要取笑，弟子们怎敢！师叔肯赏光，是弟子们的幸事；师叔不肯赏光时，弟子们力薄能微，实在没处去寻请。这真是叫弟子没法可想的了。"凌云子笑道："你这般文质彬彬的，简直不像你师父。你师父那调皮劲儿，就比你强多了。再说你师父不见得比俺容易打交道吧？你难道也是这般文质彬彬地对着他，不怕挨骂吗？"杨洪笑道："不问师父、师叔，弟子都没那么大的胆，讲什么文质彬彬。不过师叔硬要挑眼儿，弟子也没法想，只好领受这冤枉。就是弟子的师父也是和师叔一般，欢喜硬挑眼儿，派个不是，叫弟子好设尽方法来孝敬。弟子今日遇着师叔了，自然是和师父一般的。师叔的硬派不是已经派过了，弟子自然应该设法孝敬赔罪，准讨师叔欢喜就是了。"说罢，向随身校尉附耳说了几句。凌云子大笑道："岂有此理！难道俺是来敲诈你吗？你受你师父敲诈惯了的，竟连俺也疑心上了，是不是？"杨洪笑着道："不敢，不敢！是弟子诚心孝敬的。岂有敬待敲诈而后恭献的道理？"说得凌云子纵声大笑，连座中众人都忍不住一齐哗笑起来。

校尉送上几只粗瓦瓶。杨洪亲自瞅过，便捧着一瓶向凌云子道："弟子请这瓶里的朋友，替弟子向师叔赔罪，师叔肯不肯恕罪呢？"凌云子定睛一瞧，顿时脸露喜色道："好，好！哪有什么罪？这竟是奇功一件，就是你师父今日见着这个，至少也要多传给你几个秘诀。只可惜俺太不行了，白辜负你这番敬意。"杨洪笑道："师叔真厉害，还没赏收这东西，就先防着弟子要恃功讨教。弟子今天却要老个脸皮，也不是为弟子一个人私己，求师父把白药方子传授给弟子们，弟子们永远感戴！"凌云子笑道："你不过是有这东西给俺享受一会儿，却要把俺辛苦多年、历尽艰难得来的一点儿秘诀——连你们师父全不知道的——却要拿来公教公受，这是多么轻巧便宜呀！杨霹雳，你别太调皮了吧！"杨洪笑道："弟子怎敢调皮，不过求师叔给恩典罢了。今天师叔拿白药方子传给弟子们，自然是弟子们如天之福，不世之荣。就是师叔硬不肯赏脸，以弟子们为不堪承受，硬不肯教给弟子们，难道弟子们就敢不孝敬师叔吗？所以即使师叔鄙视弟子们，有不屑教诲之心，弟子们可不敢存半丝自秘其私、不伸孝敬之意。这原是弟子们的一点儿微忱，师叔要当作弟子们借以要挟，那就屈杀门人了！"

　　要知后事若何，且待下文再叙。

第三十七章

偏师奏捷犒劳整军
逆势嚣张询谋制敌

话说众人见凌云子这般说，便问杨洪："瓶儿里面是什么东西？"凌云子抢着回答道："这东西是黔中一样天生宝物，名叫'茅台酒'，出在茅台村。村中只有一井水可以制得这种酒，每年出得很少。却是任凭什么佳酿，没有赛得过它的。从前，俺在黔中最欢喜这种酒。有几次几乎为这酒中人奸计，丢却性命。大概是三丰道人曾经告诉过他，所以他知道俺极爱这东西，就想拿来换俺的药方。"众人方才明白这粗糙的瓦瓶里，盛的是旷世佳酿。

杨洪笑道："俺原不知道这东西的好处，是师父说：'你华师叔讲起黔中茅台酒，就高兴异常。'常说：'枉称武当大侠，连这点儿口福也没有。你有同窗友好自黔中来的，代我问问究竟是怎样的，不要让你华师叔蒙了去。'俺由此托许多人，找了许多少年才找得这么二三十瓶。去年曾得着三十年的陈酿，给师父送去十瓶。这儿还有八瓶随营带着，是防着师父来营时好进献的。今天见师叔高兴，记起这是师叔最爱的东西，所以取来孝敬，并且请众位同道尝尝异味，聊当贺胜。至于师叔的药方肯不肯赏给，还是任师叔尊意，弟子不过斗胆说说玩话罢了，怎敢要挟师叔呢？只是师叔方才说：要是孝敬俺师父，准可以多传几招秘诀给俺。这话是不错的，俺师父一高兴，什么都肯说出来。却是师叔是不是一般的，弟子却不敢说。"说毕，使命校尉取酒开瓶。自己却亲自开了手中的一瓶，恭恭敬敬到凌云子跟前斟上。

凌云子笑道："你的功夫真不错，旁敲侧击，满使到哪。俺再要不说药方，不是让你白费那么大心思吗？告诉你们吧：方子是有，却是不容易制炼。还有几样东西，只有滇中出产，旁处没法可想的。"说着，便叫取纸笔来，就席上开了个制药方子，交给杨洪道："你叫人抄誊了，分给在座的诸位同道吧。只是这方子不能轻易传人，恐防恶人得着，转而济恶。就是抄誊的人也得慎选才好。"冯璋听了，立起身来道："待弟来抄誊吧。咱们现在在座共是四十二人，除原方一纸，另抄四十一纸就得啦。"杨洪把原方递给众人传观毕，才交给冯璋，这夜欢宴到三更才罢。

次日，凌云子独自先行往大营去。杨洪统率着后军马智、尤弼、成抚、干戬、覃拯、金亮、承秉、关澄、车宜、秦馥、罗和、郝绍、查仪、皮友儿、冯璋；调将魏光、钱迈、徐奎、张楚、柳溥、邵学、唐冲、赵佑、和运军章怡、越嵋、邵铭、魏明、凌波、奚定、李松、丽菁、姬云儿、钮雪、史晋、华菱儿；密驿梅瑜、梅亮；新附杨辉、鲁朗、曾铮、关颜、伏逊、阎炎等共有四十四将和原来人马，以及降卒铁骑三千，步、马兵二千等，阵容整肃，浩浩荡荡，开回大营。

督师于谦早得飞报，先遣左军统将伍柱、右军统将程豪和中军旗令使黄礼、副旗令使朱泽，携带朱酒花红、锦袍银两，迎出一站，宣谕犒军。屯兵一日，方向大营开来。于谦亲自出帐迎接，慰劳诸将，抚慰新附。当即在大帐大摆筵宴，大会诸将，庆功祝捷。军前诸事，早有凌云子先到，向于谦仔细说了。此时杨洪、马智、章怡、越嵋将靖寇卫京文书呈上，并报明后军暨诸军调将统兵与胡远逆部鏖战三昼夜、大破逆部铁骑、斩杀逆军将卒数千、后与运军诸将路遇并得内援才竟全功的情形。于谦深为欣慰，当席宣令："以黄礼为中军官，位列张楚之上；调车宜为旗令使；派阎炎为副旗令使；派伏逊、关颜为中军军将；派朱泽为后军军将；派杨辉、鲁朗、曾铮为运军军将；调梅瑜、梅亮总管驿报，归中军官调遣，即日分别归队。所有有功将士，统行按绩记功，听候升赏。降卒归入新卒队中教训操练，备补兵缺。"众将一同打参遵令。席散后，分别给领衣甲，挑派从骑，各自参见主将，到军任事。

晚间，于谦召各营主将、副将到中军商议破敌之策。向众将道："逆藩凶焰，日益嚣张，各地收集绿林草寇、江洋大盗，军力大充，迥非前比。我军劳师河上，未得寸进。先时防备京师动摇，须回军救应，以不渡河为宜。如今京师稳固，却闻得逆藩沿河设防，布置异常稳固，我军也已无他顾虑，正宜乘此破贼。所以邀请集议，共谋良策。我闻逆军中有个专造火炮的名唤'平地雷孙镗'，连年代逆藩造就许多奇巧火炮，现在沿河都有炮垒、火栅，不容易攻近。这人为贼效死，深觉可虑。还有一个善于挖掘地道的名唤'过山龙'，又因他能使一柄金钺，力敌万人，江湖上唤作'金钺倪鸿'。据探报说：'汉逆曾命倪鸿从河底下挖地道过这边来，再由孙镗埋地雷，把我军轰成齑粉。第一次，掘了许多，忽然穿了水，倪鸿险些淹死。'这信不知是否确实。如果那倪鸿真有'过山龙'的名声，怎么会错挖河底，以致穿水呢？昨日凌云子师叔来说：'倪鸿是黔中收得的弟子，确有穿地本领。既降逆藩，便当去除却。'我想：飞侠弟子多因在离京太远的黔中，飞侠在黔时，因其逆迹未张，自然不曾传说。诸弟子入关时，都只知道对付白莲教、闽广派以及番人、鞑子等，却没知道有个朱高煦。加上朱高煦以分藩亲王的声势，派人在湖广罗致，黔中诸人自易堕入网中，不见得是本心变志从逆，所以切劝飞侠查明再办，不要冤屈好人。颇闻此次阎炎等数人几乎被飞侠误伤，这事更不能不谨慎。飞侠颇以我言为然，昨夜单身渡江去了，今日还没回来。逆军中，颇多奇士，不知除这两人之外还有和咱们同道认识的吗？如能设法劝导叛正，不但可以杀敌势，还为国家多罗致有用之才哪。"杨洪对答道："常听得万里虹和大老虎说起有师兄弟周模，因满面白癜，绰号'白脸儿'，善走如飞，比奔马还快，为邯郸快步王春正最得意的弟子，曾有'燕儿飞'之号。为人也很耿直，却不知怎样被逆藩罗致去了。他俩都是王春正弟子，很想在阵前相遇时，以门谊师训动之。却是末将也曾留心，从来不曾见逆将中有满面白癜的。若有人遇得时，不妨通知黄、车两位，设法劝降。"于谦点头道："这人我也曾听说过，并知道他是周复兴店的少东，和镇黄山、镇庐山哥儿俩都认识的。得着他的下落时，当可设法。"孔纯接言道："闻得淮上那个善造飞弩云梯的摩云王森也在逆军中。这人素性忠愍，必是被人迷惑了。有机缘时，也可以招致。"白壮道："最可恶的是闻人希超、强飞这班人！平日浪得虚名，这时忽然从逆，倒给逆贼增不少的声势。其余陷在贼中、抑郁无聊的好汉，颇有其人。一旦开诚召用，必能为我效死。我以为两军阵前，除却遇着那班元恶大愍，必须诛却，或是为着事势，不得不径行斩杀外，总以生擒劝降为是。"于谦道："这话很有见地。我也曾数次向各军军将切实申说，不过有许多行为性情万不堪造就的，也就不必顾惜，留着反而害世。如这次后军运军擒解的蔡鬻，本是土霸，绰号'白虎'，自不能姑息容留。又如盛坚抗旨逆君，而且存心龌龊，图污良女，这种人也就不必再为容恕。其余擒获的，要不是实属无可救药，我总不肯滥刑多杀，也就是这意思。"丑赫道："现在秋高马肥，京畿巩固，就此抢渡猛攻，一鼓便可削平叛逆了。似乎不必久屯长驻，劳师费财。末将不才，愿领前锋，即日进攻，只求备办船只排筏，运载渡江。昼夜轮攻，想无不破之理。"于谦道："正在筹划的就是渡河一战。我们并非求平安于战场的懦夫，自然不是要操必胜之券，方才肯出兵。不过至少须谋得不致有半渡被击之虞，和一定能跃登彼岸之策，才不落冒昧驱军、涉险侥幸之讥。还望将军细筹良计。"马智致言道："渡河作战，端赖忠男奋发；丑先锋满腔热血，正是难得的忠心勇将。如今逆贼沿河布置，我若必求万全，将致永无可以进攻之时。末将愚见，以为最好是诱逆敌来战，合力击破他，再乘他逃渡时，鼓噪追逐，相与竞渡。那么，两军混进中，逆敌既不敢半渡搏击，更不敢以岸炮乱轰，或可乘此登陆。"越嵋接言道："这计策很好，但是有不可心处，因为朱高煦秉性凶残不仁，或竟为护岸计，不分敌我，连彼败军一并轰歼河中，也是意中事。不过这些是使彼军人心冷恨的妙招，未始不是于我有利的举动。只需就这一招上，再为预备。如果逆贼竟如此逞残时，本军就四面招降，必可收巨效。由此或竟从降人身上得到渡河之策，也未可知。"于谦听了，心中如有所悟，赞道："此策甚妙！只需诱逆军来袭，便可行这策划了。"

文义献策道："要使逆敌渡河来袭，只有借故退离河岸，诱彼渡追的一法，最为简捷有效。"章怡沉思有顷，接说道："钱巽狡猾成性，颇能料事。俺军无故撤退，彼必知其中有诈。况本军有誓，不失寸土之责，当大破逆偏师之后，忽然弃下河岸，岂有不召敌疑之理？还须想个万全之道才好。"伍柱率尔说道："这个容易得很，可借为退兵的事故很多。"程豪问道："譬如我军现在撤退，拿什么话说为最适当呢？"伍柱道："食粮匮乏，固然可以；靳荣之变，更加适宜。"于谦点头道："靳荣之变，本疥癣之疾，不难指顾削平。但是在逆藩心目中却是以为足制我们死命，可收前后夹击、一战成功之效的。听说靳荣正不知死活，不日就要誓师进军，绕道抄我之后，待那厮蠢动之时，就可行渡河之策了。"白壮道："靳荣带甲十万，将弁满千，似乎渡河之前，应先对济南筹防，不宜轻视，才免被彼蹈隙虚，断我后路。语云'蜂虿有毒'，靳荣虽有勇无谋，也很能害事。末将以为不妨以一军当之，责令负防剿之责，便可无忧了。"于谦道："为将行军固宜谨慎严密，遇事重视，才不致自留罅隙、托大误事等等意外变端。不过靳荣此时从逆，徒见其愚，当靳荣未变之先，贪婪横恣，吞没饷项，深恐一旦平逆，查出弊窦；或是征饷调兵，致即使无法填补应付；便断然附逆，以为可免查究。曾不思朱高煦釜鱼幕燕，能有几许生机？自救不遑，焉能庇汝？大兵靖逆之后，此济南疲卒抗拒天兵，毋殊螳臂当车，鲜有不粉身碎骨者。那时以从逆叛犯之罪无所逃于天地之间，终召族诛之祸。即使侥幸，既非逆藩死党，终做恋功狗。如果这时，能够毅然倾全力以勤王，事定之后，纵有亏空侵吞，尚可报销于勤王军用之中。即使万无可掩，也只蚀饷罪名，至多不过抄家发配而已。或者还可以勤王功劳，折从末减，主上宽仁，仍予保全禄位，也未可知。利害权衡，洞若观火。而竟连这己身好歹都见不到，此种人何足畏哉？"各军统将听毕，深为叹服。

于谦便将商定计策列为定案，交中军官。又和众将商量各项军备如何整备充足，将卒如何训饬鼓励，以及各军联为一气互救互应的方法，一一制成军图，分交应用。众将领宴，退归各人军帐。于谦便亲去御营，奏闻天子，并陈述出师讨贼策划。天子览奏大喜，命中官侯奉赍金带百零八条、锦袍百零八袭，以及金银等物，赴各军宣赐劳军，温谕励众。于谦代谢，陛辞回营，便做进军准备。

于谦连日巡视各军，检视军装，分别整饬。这一日，视察到运军完毕，向章怡道："运军缺员，兵力亦较薄弱，望格外注重训迪。"章怡答道："末将兼领偏师，为各军所无之例。因此身亲士卒，昼夜督练。幸越副使不惜辛勤，不避嫌怨，各方教训，从没敢懈怠。"于谦道："容俟运军军将足员时，我意将运军改为铁骑军。但是应当如何免却那腰、项被攻得不周之处才好。"章怡答道："谨遵钧命。容俟和越、邵各位细察，设法弥缝缺漏，再行奉复。"于谦点头道："此次援京，运军特著奇迹，我深知各位胆量识力都远越寻常。若肯尽心体察，一定可以成为一军精锐无敌的铁骑的。"正说着话，矮太岁阎炎飞马来报道："启禀督师：有紧急军情报到大帐。"于谦便起身上马，章怡等恭送如仪。

阎炎随于谦来到大帐。却是梅亮亲自来报："山东都指挥靳荣，受逆藩伪敕为济南侯，昨日誓师，率所部军官邵圭生、田中壁、鲁杰、章子正；纠合黄河大盗赛尉迟袁大泽、黑旗宋钧、绵里针龚珠，聚集军卒、绿林、流氓、盗贼共十万众，揭旗称叛，按户征粮，闭城抄银，农商被勒贡献军马甲械，违者斩抄。一日之间，破家万户，无端被杀五千余人。济南全境已成惨不忍睹的地狱。无贵无贱，同做逃民。伏望钧台鸿裁定夺。"于谦忙令中军传谕："着地方官火速滚牌传知邻封，凡有济南难民，概行设法赈救。即以此为军差计绩之首：有功者特赏；懈怠者枭示！"一面通知各军加意提防。

济南如何平定，下文详叙。

263

第三十八章

以退为进毁突拔营
将静慑慌据河守岸

话说于谦得着靳荣叛变的探报，便故意将各军沿河调动，刁斗相连，号声杂沓，提铃喝号，放炮移营。隔岸汉军无一不听得，无一不望见。隔了两日，探报联翩飞到，报说："靳荣倾巢而出，勾连巨盗袁大泽、宋钧、龚珠，绕道图惊御营。并驱鲁民五万，执梃前行，使当锋镝。前锋今日已经拔营，约计三四日就可绕到。"于谦立时传令："退军二十里！"同时手书密令数通，命黄礼、张楚、车宜、阎炎、刘福、梅瑜分向各军通报。众统将接令，立即传令：奉令回师援救济南，拔寨都起，各向地方官征发牲驮，责令清道。顿时闹得惊天动地，远近都知。各军皆遵密令，将营垒烟灶一齐捣毁，沿河鹿角、蒺藜尽都拔去。鼓角声喧，旗旌翻滚，齐向后行。却照密令指示，除中军循大路后退外，五军都转入僻径荒村。一入小路，便偃旗息鼓，悄地掩藏。沿河连营数十里，霎时都空。只剩败垒颓突、蔓草荒烟，和河中波涛锐错长流，静荡荡无些声响。

汉军探子、报人听得御营退兵，初时还不相信，及至山东报到，才知御营是恐山东军抄围，急急拔营走了。先是间谍来报：河岸已无一兵。便有胆大贪功的探子，扮作渔民，驾渔舟渡河，果然不见一兵一卒。沿河察探，都是一般。再进五六里也没一军兵影子，只有沿途遗弃的裹干粮纸、拭刀破布等铺满道路。知道是没来得及造饭就拔营退兵，所以沿途解包嚼粮，遗许多包纸。路旁房屋都是空洞洞的，屋里剩着碎马粮、破草鞋，成堆匝地，确是退兵光景。探子大喜，连忙渡过河来，飞报到汉军大营。朱高煦得报大喜，仰首向天道："皇天辅朕创业，良时已至，'鱼儿'其奈朕何哉？"立命赏探子白银百两。

这信一传出来，便有许多探子接二连三乱报乱说，越报越说得实在。后来竟有报说"探出五十里外并无一个敌军"的。于是在后来报的，还想讨赏，只得谎报七十里、九十里。待到黄昏时，汉军已得一百二十里内无敌兵踪迹。顿时全军兴高采烈，个个摩拳擦掌，想立刻渡河立功。

朱高煦召钱巽和诸将来商量。黄裳道："最好且再等候一天，待仔细探过沿途沿河、各村各处确实无敌踪迹时，再行进军渡河，还不为迟。"朱高煦大怒道："山东义师已起，小儿胆怯潜逃，'鱼儿'生怕腹背受敌，所以仓皇遁走保他的老巢，这是很明白的事，难道你不知道吗？为什么故意说这些废话来慢朕军心呢！不是存心捣蛋吗？朕若不是念你年老有功，今天就要借你的脑袋来振作军威！"吓得黄裳连忙免冠爬下，磕头如捣蒜，谢罪求恩。

朱高煦斥退黄裳，便要钱巽下令调兵，火速渡河直取北直隶。当即调派，倾城出战。命：

涿鹿侯霸东方闻人希超，代先锋；

太监马洪为监军；

统率总兵：闯云燕子林平仲、瘦判官江跃门、穿山鼠齐致中、鱼哥儿朱彪、出山虎董翼、双头蛇鲍昭、翻江蛟马腾云、铁头吴伦，督率战兵五万先行；

临城侯毒蛇钱带、应城侯猘狒钱策、威远伯海阎王严丰、齐阳伯镇河北强飞，分统禁军四万续进；

都统制前将军摩云王森、偏将军燕子飞周模、左将军浑水鱼常惠森、右将军油老鼠龙标，分统禁军四万续进；

五军斧钺总教头左军将军定威侯过山龙金钺倪鸿、五军戈戟总教头右军将军宣威侯金蜈蚣韦达、前军将军靖威侯爬山虎王斌、后军将军振威侯铁罗汉朱恒、五军大都督中军将军奋威侯赛咬金黄裳、火炮总管平

265

远伯平地雷孙锉、云车总管镇远伯碧蟒黄超、护军都指挥使偏将军白云王玉、护军都指挥使偏将军花豹李智、军师行丞相事定国公小宋濂钱巽、副军师尚书护国公坐山豹枚青、帐前左都督双铜韦兴、帐前右都督双鞭韦弘、掌大纛都尉开山虎汤铭，率御林军七万护驾出征；

大将军金斧班都督怀远伯二虎丁威、大将军金枪班都督靖远伯盖关西石亨、大将军金锤班都督定远伯白额大虫陈刚、大将军金刀班都督安远伯夜狐狸侯海，率铁骑五万，扈从接应；

都督宜兴伯赤龙邓天梁、总兵白狐黄婉、指挥流星陈克，率兵一万，搜查左路；都督云阳伯铁棍石彪、总兵螃蟹王忠皓、指挥猫儿王忠吉，率兵一万，搜查右路；

其余大小将校，概随中军同进。

朱高煦裹甲披袍，戴平天冠，乘白玉辇；御纛高揭，欣然出师。钱巽、枚青红袍玉带，内衬轻金甲，和王玉、李智一同护驾。鼓声震处，画角齐喧，城门大开，旌旗直指河畔。

先锋闻人希超统率诸将，督同三万战兵，首先渡河。一声呐喊，将卒一齐露刃，鼓噪而前。却是沿岸破突颓营，鸟鹊惊飞，静荡荡不见了人影。闻人希超便命部下大声欢呼，立刻遣人往后面报捷。林平仲、江跃门等威风百倍，好像已经斩敌擒王一般，骤马舞械，狂吼前奔。钱带等二路来到，见先锋如此，以为大胜，更形猖狂，怪叫极呼地闹得一片声喧。兵卒们见杳无敌兵，只得抢刀剁草，挺枪刺木，口中高呼："杀呀！""冲呀！"竟似大杀了敌众，大获全胜，欢呼奏凯一般。

朱高煦正乘舟渡河，听得这种声音，心中异常高兴，浑如已登九五，受文武朝贺，心中痒痒的，又酸又甜，说不出的那种欢欣沁蜜。不由得两道浓眉霍地高挑，一双突眼乜地合缝；颧腮上皮肉自然会特特地颤耸，鼻窝儿两翅随同着闪闪地张开；成了满面欢容，陡显得周身喜气。终究忍不住，虬髯戟张，阔口大开，脖儿后仰，额面朝天，来了个呵呵大笑。

钱巽、枚青一齐转身，就舱中跪下，叩头道贺，朱高煦亲手搀起道："朕今日得收拾山河，皆两卿佐命之功。太平康乐，愿共享之。朕的大喜，就是两卿的大喜，何用得贺！"钱巽道："陛下洪福齐天，万民有庆。今日誓师渡河，无殊孟津之渡。愿陛下追武圣王，取璧盟河，以志白鱼跃舟之祥。"枚青也奏道："陛下龙兴，山河易色；百灵呵护，波静风平。陛下投璧以酬，正见圣意天心，两相契合，实子孙无疆之麻。"朱高煦大喜，叫："取白璧来！"

随侍太监忙取白璧一双跪献。钱巽、枚青导护朱高煦来到船头，捧璧在手，恭肃端庄，凛然沉声祝道："维予皇考，实启予衷！皇天眷命，德在予躬！今兹张伐，万福攸同。克襄鼎业，崇祀永隆！"祝毕，便沉璧于河。钱巽、枚青和同舟护卫诸将，一齐俯伏，高呼拜贺。

转眼船已近岸。仪仗马匹都早渡过，在滩头伺候。朱高煦方待登岸，忽见一片白物如电射来，直向舱头落下。钱巽、枚青以为果然是白鱼应瑞跃舟，满心大喜，忙称："陛下洪福！"连忙定睛细瞅时，哪里是什么白鱼，却是一支白翎箭贯着一纸白帛，正射在船头将军柱上。韦弘忙上前一步，拔下来，呈给朱高煦。钱巽、枚青立在两旁，一同闪眼瞧那帛上，却有一行草书，大书着：

"逆藩高煦，至此授首！"

这一来，可把朱高煦气了个半死。顿时髯竖发冲，眼瞪鼻掀，厉声大喝道："快拿奸细！"立刻船上、岸上大乱起来，四下搜寻，人纷马乱。舟中钱巽、枚青忙叫韦弘、韦兴诸将"火速护驾要紧！"团团围住朱高煦，严谨护卫。

就这时，只听得有人劈空大喝道："天兵百万，靖逆平寇，即此会师，擒渠回奏！"接着，震天一声炮响，水中波涛乱涌，哗啦喧响，无数涛头顿时露出无数人头来，却是金刀茅能、浪里龙龙飞、金麒麟凌翔、石灵龟归瑞、俏哥儿骆朴、没毛虎董安、黑飞虎范广、小铁汉聊昂、莽男儿薛禄、小游龙何雄、镇南天汤新、小罗通蒋庄、水上漂马智、碧蟒关颜、玉麒腑凌波、分水犀李松、浪里花姬云儿、铁爪鹰史晋、岭头云越嵋、白蛟鲁朗等男女二十员水上英雄，率领几千水军，挥刀喊杀，齐向朱高煦船边拥来。钱巽等大惊，连忙率中军诸将，拥着朱高煦急急跳上岸。

267

这时，号炮声过，水中闹得正忙时，岸上同时呐喊声如潮翻山倒。东边冲出一彪人马，高揭"勤王军先锋"旗号；西边拥出一丛军伍，扬起"勤王军右军"旗号；上流头冲来支兵马，飘着"勤王军左军"旗号；下流头突现一批将卒，揭举"勤王军后军"旗号。河里也有大批船只，自上下流沿岸三面合向对岸抢划，船头尽是"勤王军运军"旗号。迎着当岸大路，却坚竖着一座联营大阵，招展着"勤王军中军"大旗，并高建"于"字大纛。顿时四面八方，如乌云罩地，彩雾漫天，直裹直压过来。

朱高煦见了，一股无名烈火直透顶门，胸中涌满一股黑烟，几乎连嗓子都涨炸，拼命大叫："朕不要命了！"一甩头，飞身跃上马背，绰起双铁镰，便待冲杀。钱巽连忙赶上前，一把拉住马缰，泣谏道："主公尊重龙体，我军全军在此，将卒齐全，并未接仗，毫无缺损，尽可开仗，为甚要陛下亲自出马？"朱高煦喘着说道："朕恨于谦，要亲自擒他。"枚青赶上谏道："如今没见于谦，还不知他在哪里，陛下何必和那些下流鄙夫拼斗？岂不亵渎圣躬。臣请调将赴敌擒贼献俘，陛下且请暂息雷霆，善保圣体。"朱高煦道："朕好恨！只恨那些忘恩贪赏的探子，报说'百余里内无敌踪'。这些人马难道是天上掉下来的，地下闯出来的？杀！杀！杀！这班东西不能留半个！"

正说着忽有一骑马飞奔过来，正是闻人希超差来报说已经开仗，请御营火速绕道抢渡、退保乐安根本的——马上是闻人希超的侄儿，指挥闻人豪。因是飞报，带着紫色探旗，朱高煦一眼见了，更加勾起一腔恶怒。闻人豪马才跑到，正待施礼陈报，朱高煦大喝："就是你们这班狗才乱报，误朕大事！"不容分说，便手起一镰，将闻人豪刺了个透心窟窿，仰身倒死马后。枚青大惊道："陛下因甚斩他？"朱高煦气呼呼地说道："朕见探子就要斩，瞧这厮可再敢瞎报骗赏！"枚青急道："啊呀！这是涿鹿侯闻人先锋的亲侄，现充指挥，大概是奉差来报事的。想为了易于过营，免得盘查，才带紫旗的。不道陛下当他探子，误斩了他。"朱高煦听了，满心后悔，忙命枚青："快去向闻人希超设词说明白，待事定时，格外优恤厚葬。"又命韦弘裹尸上驮，随带归殓。

这时，汉军先锋闻人希超、监军马洪领着八个总兵，向河边抢渡。不料西头勤王军右军程豪、孔纯统着十四员军将、五千精兵，突杀近河，便沿岸列开，背水成阵，截住汉军，不容近滩。汉军突遇勤王军阵伍，就没法接近水滨，更何能上得船只？闻人希超只得一面差闻人豪报请御营快绕抢上流渡河，一面挥兵冲杀。不料闻人豪无端被斩，朱高煦也从河岸抢渡。顿时两军搅作一团，一齐都被程豪、孔纯统兵堵在河岸。

汉军舍命狂冲。勤王军是背水列阵，后面无可退让的余地，硬抵住厮杀。汉军当先是董翼，手舞铁镰，跃马踹阵。勤王军中八哥儿王济，挺挝挡住。吴伦、鲍昭双马绝进，戈矛并举。勤王军中赛周仓周吉、赛雄信林慈刀锤齐起，截拦厮杀，彼此都是死里求生。呐声起处，董翼见王济挥挝向右，以为他力怯露出破绽，便将铁镰先向后一缩，顺势朝前挺刺，想刺入王济右肋。不料王济挝法精妙，原是使的诱敌招儿，待铁镰刺来时，闪身一让，举挝猛击董翼当顶，打得正中透着窟窿，血流满面，撞下马去，被踏成肉泥。

林慈见王济已胜敌斩将，精神陡涨，乘吴伦坐马盘旋时，一锤击中马股。那马负痛，后腿一矬。吴伦不曾提防，被掀得朝后一仰。林慈哪肯放松，扬锤盖去，正砸在吴伦仰脸之上，打得头颅两破，和董翼同样化泥。

周吉瞥见王济、林慈都已迅速奏功，心中一急，将手中青龙偃月刀一翻，拍马拖刀，朝后便走。鲍昭见了，满心大喜，暗想：活该我代他俩报仇，挺矛跃马紧追，大呼："败将休走！"周吉回身应道："来了！"手腕一拧，钢刀斜劈。鲍昭不曾提防，脑袋飞去一半。三匹空马奔入兵丛，被勤王军卒收去。

闻人希超见连折三将，满心大怒，想要挥军前冲，怎奈勤王军阵如铁壁，休想冲得进去。心中又为侄儿冤死，惨然不乐。送过枚青，便耍开双枪，跃马大呼，直取孔纯。孔纯掀髯大笑道："俺久不松动了，好小子，来吧！"闻人希超双枪刺到，已被孔纯五股叉横空一绞，绞向一旁。两人便搭上手大斗起来。

林平仲、齐致中、江跃门、朱彪、马腾云五人一齐跟上。勤王军中徐奎、徐斗、种元、彭燕、常洪、吉喆、何雄、余鲁、火济十骑马奔腾突出。两个对一个，截作五处厮杀。这几个汉将本来是马洪收来的水贼，在水中、船上还可以卖弄些本领，陆地马战，就不是他们能精的功夫了。何况勤王军中十将都是名师之徒、久经战阵的呢？再加上两个服侍一个，更不须费力，便把这五员汉将杀得想逃也逃不脱，不一时，战云中陡起一声大喝，徐奎一锐，结果了马腾云性命。接着徐斗也照样一锐给江跃门送了终。彭燕长刺扎死朱彪，常洪铲死齐致中。剩下林平仲，心中一惊慌，被种元、何雄戈枪同下，扎透两个窟窿，就只留得闻人希超保住马洪恶斗。

　　孔纯抖擞精神，耍开五股叉，舞得如万树梨花，霍霍烁烁，耀眼生花，马洪瞧势头不对，拨马便逃，想要逃到朱高煦身旁去。"托小爷的福，平安多了！何必跟着这伙倒霉鬼送死呢？"打马闯出兵层，正待加鞭快走，忽遇一人从后面一把卡住脖子，抓甲鱼似的逮住。大喝："俺在这里，阉狗朝哪里走？"马洪疼得叫也叫不出来，动也不敢动，挣扎更没法挣扎。转眼间已被捆绑，提婴儿般提过马去。这时马洪麻着胆，睁眼瞅时，却是一员长髯执殳的大将，正是右军正将豹子程豪。

　　那边闻人希超和孔纯斗了许久，孔纯的叉神出鬼没。闻人希超虽有兼人之勇，也占不着便宜。斗到十余回合，何雄、余鲁两马同驰，枪斧并举，赶来助战。同时，程豪擒了马洪，闻人希超想着对不起朱高煦，分外焦急，手中稍不留神，被孔纯一叉扎翻，何雄、余鲁上前按住绑了。

　　朱高煦带着中军诸将七万精兵，上突不通，下冲难过，只在中间盘旋。一霎时，汉军先锋尽灭。诸将死捉俱尽，兵卒都被召留。朱高煦大怒，道："朕当闻人希超是当代有名剑客，原来竟是脓包，敌不过几个江湖武士，是朕不明之过。中军诸将有胆量的随朕来！"说着便挥双铁镰向上流头杀去。

　　汉军将卒七万余人，紧紧护驾，齐突到上流头，恰遇勤王军左军统将千年松伍柱、副将赤虹白壮督同十四战将、五千精兵，把住河岸。汉兵来时，伍柱已先瞧见，约住部下，肃静屹峙，岿然不动。汉军冲近跟前，见勤王军兵将如山如壁，屹立着没一人有丝毫动弹，一齐大惊，暗想：怎么这许久和泥塑的一般呢？杀得来了，还纹丝不动，其中必定有诈。这么一想，反而越加疑惑，脚下趑趄，不敢再跑，连骑马的也按辔松缰。一股锐气，顿时挫尽。

白壮待汉军惶惶惑惑，不敢近前时，高扬月牙铲，顿喉大喝："进又不进，退又不退，趑趑趄趄，是何道理！"伍柱也扬眉大喝道："有胆的放马来拼五百合，没胆的闪开，休挡爷的道子！"汉军将卒听了，越加疑有埋伏。心中一虚，顿时立不住脚，哄一声，马、步数万人，轰然掉头乱奔。潮退般向后争先夺路逃走，好像有千万军马赶杀过来一般。白壮待挥军追逐，伍柱忙以目止之。仍旧屹然不动，任令汉军自跑。

汉军这一逃，直如堤决山崩，不可遏止。连朱高煦的銮仪警跸，都挤轧得七零八落。军中队伍散乱，将卒不分，旌旗翻斜，人马杂沓。没人约束得住，也没人肯受约束。

要知汉军跑到如何结果，请接阅下章。

第三十九章

大张挞伐六军并举
输诚响义五将归心

话说朱高煦见部下将卒这般狂奔，冲冠大怒，忙将神驹一拍，冲过敌兵丛，直透队尾，将手中双镰一横，大喝道："谁敢再逃，尝朕一镰！"说着，耍开双镰，突突突，一连几镰，挑死了几员偏裨将校，众人才稍稍刹住。朱高煦大喝道："你们还没和人家交锋就奔得这般狼狈，如果和人家交上手了，那还了得吗？今日的事有进无退。如有不愿上前的，就此领一镰去，省得见敌时狂奔乱窜扰朕军心。有胆量的随朕反攻，得胜之后，不吝列土分茅之贵！"众将卒齐呼"万岁！"朱高煦知士气可用，便下令反扑。

汉军将卒一齐回头反扑过去，却是不及那奔逃时起劲，挣扎到上流头时，便齐齐刹住。勤王军仍是屹然不动，汉军依旧不敢突踹。两军对峙片时，朱高煦狠命催进，恨声喝道："朕养士十余年，今日吃紧关头，竟无一人为朕出力吗？"言才毕，右军韦达，前军王斌，都指挥王玉、李智一齐出阵。

勤王军中，潘荣、杜洁、许逵、沈石四马同出，挡住汉将，捉对儿厮杀。两边士卒各以强弓硬弩护住阵脚。韦达、王斌志在突阵踹营，生生地直向前挤；潘荣、沈石死死地截住，一丝不肯放松；四骑马尽在战场上盘旋。那边杜洁敌住李智，许逵战住王玉，一般不肯放他们前进一步。八条胳膊直上直下，搅作一团。

李智本是闽广派出身，投充汉军千户，秋季比武，曾以刀、剑、

272

弓、马考列班首，升授指挥，汉军中颇有勇敢之名。杜洁和他斗了三四十个回合，只杀得一个平手。李智急于要立功，心中一动，陡然想出一个计较来。连忙将手中大砍刀紧一紧，和杜洁紧战几合，拨开杜洁的七星刀，回马就走。杜洁见李智刀法没乱，忽然逃阵，心知有诈，仗着自己本领高强，毫不在意骤马径追。李智见杜洁果然追来，心中暗喜，渐渐将马放缓，待杜洁赶近时，猛然回马挥刀直劈。杜洁早已料着，大叫道："好贼子，你竟有这般狗胆！"忙闪身向右一烨，镫里藏身，悬在马鞍右侧，同时将手中七星刀横剁过去，李智一刀劈下，势子过猛，杜洁闪开，刀落了空，猛然直劈下地去，李智身躯失势，撑不住，向右侧一冲，恰值七星刀剁到，没法招架，被拦腰一刀，剁成两段，只剩肚皮没斩透，半截尸身顿时倾折前倒。杜洁拔刀，割取首级飞马回阵。

沈石见杜洁回阵，知已得胜，忙耍开大斧，和王斌急拼。王斌见沈石舍生忘死，挥斧猛砍，又见李智一去不回，心中凛然生寒，架开斧，勒马回头便走。沈石大喝："贼子休逃！"双脚猛揿马腰，催得战马向前急冲，沈石就势探身伸臂，挥斧甩劈，正中王斌马股。那马负痛一掀，王斌猛不防向后一仰。沈石再一斧，正中王斌颈项，剁下头来。兵卒抢拾，拥着沈石昂然回阵。

王玉见王斌失事，自己回想前事，自问不是武当门下的对手，便抽身斜向本阵回走。许逵挺叉便追。王玉急急奔逃，却不敌许逵跨下神驹，蹄如飞电。眨眼间，两骑相并。许逵挥叉拦开王玉的兵刃，揿腰一把逮住，轻轻提过马来。立即扭住王玉双臂，按住鞍鞒，骤马回阵。

这时阵上的韦达已经是惊弓之鸟、屡败之将，怎不胆寒？王玉逃走时，韦达即已回马。毋奈马已疲惫，潘荣的画杆方天戟铁柄特长。见韦达将逃，便挥戟前刺，复往回一带，戟方儿钩住韦达坐马的笼头，猛然一带，将韦达连人带马拖近身旁，左手反拔佩剑，向韦达脖子上一割，割下一颗脑袋来。欣然大叫道："俺也斩得贼将回来了。"勤王军顿时欢呼起来。

伍柱见四将出马，大获全胜，便传令冲阵，立刻全军反攻。赤虹白壮手舞月牙铲，骤动赤骝驹，长须乱拂，双眼圆睁，大呼当先突阵。汉军中周模、王森、常惠森、龙标领兵斜刺里冲来，四马齐出。白壮猛喝："贼子闪开！不要挡爷的大道。"猛然将铲一扫，龙标正碰着铲锷，被打落在马下。常惠森上前相救，被白壮起手一铲，铲落头颅，军卒早将龙标捆了。周模急挥笔挝迎面截拦，王森也挺双短戈，帮同横截。白壮乱舞铁铲，恣意酣斗。袁祺、左仁随后赶到，便纠作一团，五骑马团团厮杀。霎时间，秦源、孙孝、于佐、卫颖一齐冲上。汉军中倪鸿、朱恒、孙镗、黄超、韦兴、韦弘齐出迎敌。

倪鸿、朱恒都是汉军勇将，一可当百。勤王军弓诚、弓敬加入战场，混斗汉将，喊杀作一团。邓华见这边热闹，便也策马过来，正在倪鸿身后，便觑定倪鸿后腰，挺着凤翎枪，尽力突刺。不料倪鸿功夫深湛，觉着脑后风声，连忙夹马一让。邓华突刺太猛，连身并马突然冲近倪鸿身旁。倪鸿抡钺便剁。金光起处，云钺猛下。邓华抡枪横架，已来不及，正在这呼吸性命之间，那边弓敬见倪鸿一心在剁邓华，便乘空挺枪直刺倪鸿左肋，倪鸿也没防着。这一来，倪鸿、邓华只有同时送命，万无可救。但听得同声大喝，钺、刺都要杀人的一刹那间，陡然一人将金钺、长刺一齐抓住，却向倪鸿怒喝道："逆徒，你竟至死不悟吗？"倪鸿大惊，急转眼瞅时，正是业师飞侠凌云子，一手握住自己的金钺，一手抓住弓敬的长刺，不觉吓得一身冷汗，急切里无词可答。凌云子又喝道："逆贼，你利令智昏，到这时，还敢倔强吗？"倪鸿陡然想着：师父既抓住那人的长刺，仍有救我性命之心，必不肯杀我，不如赶紧请罪，或者还有生路！便翻滚下马来弃了金钺，伏地不起。凌云子放了长刺，向弓敬、邓华道："这是俺的门徒，交俺带去吧。"弓、邓二人就马上躬身拱答："谨遵师叔吩咐！"凌云子便喝令倪鸿："起来！拿着你的家伙随俺来！"倪鸿只得拾起金钺，牵着坐骑，垂头丧气，随着凌云子闪向阵后山林中来。凌云子倚身树上，怒喝道："只为你这不争气的东西，几乎使俺无颜立于人世。你瞧武当、五台宗派门下谁曾从逆附叛？独有俺不该收你们这班黔蛮，弄得俺素来嘴响的竟致开口不得！俺怎生教导你们来？怎么一离开俺就忘了个干净？你难道连俺传道教你设誓的言辞都忘干净了吗？畜生，今日还有何话说！"倪鸿泣拜道："师

274

父容弟子说明苦衷，弟子情愿领死！"凌云子愤然说道："你说！瞧你还有什么说的？哼！强词夺理，总抵不了缴脑袋！"倪鸿伏地诉说道："弟子自出黔寻师，不料水土不服，困在渝城，辗转投托，才得蒙藩湘镖局管事的乌龙黄超救助，寄居了半载，因无路可走，才和黄超同受汉王礼聘。当时并不知汉王勾番结教，到得明白，后悔已迟。汉王素性多疑，将弟子派在密库当差，不容外出。虚有教头之名，并无一兵一卒。非随扈不能随军，以致无从脱身。此心耿耿，总求能于无可奈何中得安寸心。所以汉王委令监制云梯战车，弟子暗中延误，稍加弊料。此后如与汉逆军车相遇，便知弟子的苦心。总之，弟子自知误入歧途，懦弱因循不能自拔，甘受师父严惩。只求师父事后向鲁朗查询，便知弟子实始终不敢违背师父。"凌云子叹道："俺没杀你的意思，不过独有俺门下为汉逆诱致，使俺太伤心了。如今鲁朗、阎炎等，虽都表明心迹，归顺过来，却是都曾立功自白。你今日对邓华下那般毒手，就是俺做师父的能饶你，旁人肯吗？黄超是造云梯战车的独才，你既和他好，便快去招降他，将功折罪。如他不降，你就取他首级来，也是除却强敌，一般算是功劳。倘或徇情纵放，便不必空手再来见俺，赶快自刎头来，再没话说了。"倪鸿应声："遵命！"爬起来道，"弟子马上就去，求师父稍待片时，弟子立刻就到。"凌云子点了点头，倪鸿便执钺乘马，如飞而去。

这时汉军中军、左军、右军以及丁威、邓天梁、石彪等各军皆被勤王军的先锋、中军、后军及河中的运军四面逼来，会作一处。两边共百多员战将，混战得撕拉不开，于谦亲自督中军各将兜捉朱高煦。朱高煦却正被勤王左军伍柱等截住，杀作一团。朱高煦亲自督将冲杀，他部下的御林军已经七零八落。周模、王森见势头不对，便抛却白壮，斜刺里冲去想就此脱身。哪知刚闪入兵丛，忽听得有人大叫："白脸儿这时还不过来吗？"周模忙回头一望，正是黄礼、车宜两个师兄弟。正待答话，又有两骑马驰来。近前瞧时，却是弓诚、弓敬兄弟二人。大声叫道："周哥！我们督师特命奉请。"车宜也说："于督师久仰大哥威名，特嘱诸将留心，不许误伤，又使兄弟们来奉请。大哥过来吧，弟兄也好长聚一处。大哥单扶叛王，总究没个归宿，兄弟切劝大哥，大哥只看兄弟，自从归顺一般看待，何况大哥才情高兄弟百倍？鱼水相投，春风得意，不强似与一班小贼为伍吗？"黄礼道："俺知大哥是最明白的，曾命兄弟勿错路数，大哥岂有反而自错的道理？大哥一定另有苦衷，却是兄弟已曾想过，曾经陈明督师允许，无不设法，大哥甭迟疑了！待兄弟给大哥带马！"说着，便拉住周模坐马嚼环，回头便走。车宜、弓诚、弓敬一齐拍手欢呼，簇拥归队。周模只得插下笔挝，赤手归，王森乘众人劝周模时，掉头便走，慌慌张张，忙不择路，不提防冲入了草丛，绊马索起，人马齐翻。草中闯出一将，却是傻狮子王通，见是王森，便喝从兵："闪开，休得得罪！"忙转身道："原来是王摩云长兄！敝督师特令奉迎，就请升骑！"说着只收了王森的双戈和佩剑，却亲自牵马伺候，王森无奈，只得含着羞拱手相谢。王通便和他并马而去。

汉军中诸将越战越少，弄得军无斗志，将失雄心。朱高煦见强飞、严丰飞马过前，便喝令他二人向河边开路。强飞、严丰连忙口称"遵旨！"转向河边突杀。恰值黑大郎孙安、猛大虫庹健双骑杀出，后面兵如涛涌。俏二哥骆朴、石灵龟归瑞随上。一声喊，将强、严二人团团围住。孙安首先拔取背囊中插带的小槊标射强飞，一下提醒了归、骆、庹三人，各拔背囊中的小枪、小镰、小叉一同抛掷。强飞、严丰一时防不胜防，连中几支枪、叉、镰、槊，痛不可当。手中解数散乱，被四将拥上，一阵攒刺，成为肉泥，只剩得两颗血头悬在鞍侧。

四将斩了两寇，督兵进剿。朱高煦已亲自杀到河边，上船抢渡。汉军乱夺舟船，自相残杀。扳舟被斩的手指盈舱，朱高煦催舟急遁。勤王军中军、运军登舟追赶。河中混战，楫折舟翻，直杀到对岸。朱高煦率残兵败将，抢登彼岸，逃入城中。紧闭城门，发炮据守。于谦亲督中军直薄城下，下令围城。

这时汉军中军还有一部没来得及渡河，战将开山虎汤铭、后军朱恒、中军黄裳、云车总管黄超和石彪、邓天梁两军都被截在河岸。勤王军先锋军十六将裹住汉军左路邓天梁、黄婉；陈克和右军石彪、王忠皓、王忠吉两军混战。只有石彪见机，跳入河中，泅水逃往对岸。邓天梁想要逃走，被季寿、钟强两人拦住，戈矛并举。邓天梁心烦意乱，略不留心，被季寿一戈打翻，钟强补一矛刺死，枭首弃尸。黄婉、陈克失了主将，挡不住勤王军先锋军尽是精选上将，越战越怯，被魏光挥刀斩了黄婉，庹忠刺剁陈克，灭了一军。王忠皓老奸巨猾，见风头不顺，便要只身逃去。王忠吉随行，却被范广、聊昂双双裹住；王忠皓年老力衰，手脚迟钝，被范广抢三尖两刃刀劈于马下。王忠吉一惊，被聊昂抢青龙偃月刀横砍为两段。朱恒舍命突围，遇着施威，由后面一枪，挑个对通，举枪一甩，把个朱恒甩入半空，落地成为一具碎骨尸。士卒上前割取了首级。

正杀得起劲，镇南天汤新见汉军中一将云盔翠甲，白马钢戈，战得十分起劲。便横冲过去，抬头一瞅，但见那将阔额翻腮，浓眉环眼，短项猬须，肥身壮腿，不觉大震。原来那将状貌竟和自己的哥哥形象一般无二，忍不住脱口高叫："来的可是德哥了？"汤铭见有人唤着自己的乳名，连忙定睛觑时，瞥见汤新那无常面相，确是自己的亲兄弟，连忙停戈问道："你可是道儿兄弟？为甚却在此地？"汤新知是不误，便连张两手，高声大叫："这是俺哥，快别乱动。"又回头向汤铭道："兄弟俺也是由那边过来的，哥快答应过来吧，包哥不吃亏。哥快答应，好使他们放心，有话回头再细说。"汤铭便插戈扬手，以示降顺。汤新便护着他向丑赫跟前去陈说。

这时只剩黄裳被围，冲突不出。勤王众将大声招降。黄裳前后一想，满心愤懑。一时气急，拔剑自刎。勤王军将见黄裳毅然自尽，反而生一种怜悯之心。文义吩咐军卒："好好保住这尸首，休叫人马踏坏。待禀过督师，从优殓葬。"丑赫并率众将下马，向黄裳尸身拱手致敬。军卒上前扛起，仍驮在他的坐骑上，招降了汉军兵卒，便和汤铭一同收兵渡河会师。

方到河边，遇着三骑马如飞而来。近前相会时，才见是凌云子，率领两员顶盔贯甲的大将。凌云子给前锋军众将引见，才知这两人：一个是凌云子嫡传门人过山龙金钺倪鸿，一个是凌云子方才收得的弟子善造云梯雷车的乌龙黄超。彼此见礼已毕，便一同渡河。

这时勤王军左、右、中、后四军均已先后渡河会师。运军任着驾舟载运之职，往来迎送。于谦身坐中军，听众将一一报功：计擒敌将五，收降敌将五，阵斩敌将二十一。计收降及被擒自愿投降的是：

燕儿飞白脸儿周模、摩云王森、过山龙金钺倪鸿、乌龙黄超、开山虎汤铭、白云王玉。

其余马洪、闻人希超等不愿投降，一律处斩，枭首示众。收降汉军兵卒计五万人，都归入新卒队，教训候派。

不知如何攻破乐安，是否能生擒朱高煦，下文详叙。

第四十章

叙亲情手足欣聚首
做间谍股肱变初心

　　话说于谦亲统中军首先渡河，直薄乐安城下。待各军逐敌来到，便将乐安团团围住。宣德帝心中忧急，得知大胜渡河，御容大悦。立刻钦差中官王德赍旨嘉奖，赐库帑犒军，一面便降谕御营都督总兵移营渡河。于谦亲自觐见，面陈克敌情形。宣德帝嘉奖出力将士，择优特奖，降将黄超、倪鸿、周模、王森、汤铭、王玉六人仍发交于督师分拨各军效力，待立功再行升赏。于谦谢恩辞驾，回到本营。

　　当时传令：开山虎汤铭发交前军暂充军将；摩云王森一同发交中军暂充军将；调前锋军将镇巫山韩欣归左军；金钺倪鸿发交右军充当军将；燕儿飞周模发交中军充旗令使，兼管驿报；乌龙黄超发交后军暂充军将，过天星梅亮、毛头星梅瑜仍发回运军充当军将；白云王玉发交中军暂充军将，均着即日归队。所有此役受流矢冷箭暗箭等伤，及渡河水战受伤之刘勃、施威、岳文、唐冲、于佐、金亮、华菱儿、鲁朗等一律交医官沈刚悉心医治。并召黄超、倪鸿商量制造云梯、雷车及挖地道攻城的方法。方商量停当，忽接宣德帝谕旨："此次渡河，诸将士踊跃用命，劳苦功高，转战竟日，未尝稍息，朕深念焉！着即休兵三日，优予犒劳，俾资慰藉，用示宽仁。钦此！"当即密传各营，共仰恩旨。并着谨守严密，毋许泄露，仍时为戒备，免逆敌乘隙来攻。各军均分别饬知所属遵照。

　　这一天，汤铭新承宠命，谢过督师，随着中军官黄礼，来到前部先

279

锋军中，见过统领丑赫、文义，验过衣甲械马，改换本军军将旗牌印信。并将新卒队中拨来的训成兵卒，加列一队，交汤铭统率。汤铭见主将相待如兄弟，众军将更似素熟良友，毫无猜忌，诸事一例，与汉军中亲疏各别、上下隔阂的情形，大是两样，心下大安。觉得两面相交，有天渊之别，从此死心塌地，安身立命，再不作他想。丑赫、文义领到犒军钱物，便合营欢宴，并在军帐里大摆筵宴，给汤铭接风道贺。

席间，彼此叙谈。汤新道："俺在汉军时，就留心访察哥哥下落。四处问讯，托人访查，也有人说哥哥在汉军中，可是一直没得着实信。反因为俺查访殷勤，被钱巽那厮就机使计，迫俺诈降，却使个犯法打伤的汉子充俺哥哥叫俺来诈降，闹了一场大笑话。虽然俺因此得到这儿来，图个正当出身，却是落得如今大家还拿那件事来笑话俺——哥！您这几年到底在哪里？叫您兄弟为您受了许多亏苦，担许多忧心！"汤铭道："说来话长！反正闲着，大家当作闲磕牙儿，俺也不妨把俺这几年的辛苦说一说。

"俺那几年为着和你嫂嫂憋气，埋头一走，就出了口。在大宁时，曾托一位贩布客人带信给你，要你和你嫂嫂说，让她另外跟人去。俺那时就没了盘缠，只得自己投到马群里给人牧马。整日价在那一望无涯的草地里，守着个毡包，和几百头马做伴，十天半月也不要想说一句话。因为除却到时候有送粮的来，算是会着个人，能说两句话之外，一直没个人见面，有话和谁说去？简直就用不着言语了。俺时常想道：俺竟会来到这见不着人、甭说话的地方，过这畜类日子，真是俺做梦也不曾想到的事。这几年之中，就那么每日喝牛马乳，吃干牛肉，日游草地，夜宿孤幕。遇着热天，炎炎红日，自朝到暮晒个尽兴，四面都是火一般，连地下也是烫的，别想有一点儿闪躲处。到得秋深，又是凄风惨色，吹得你伤心，满地枯草，那景况直使你头涨脑痛。尤其是夜里，无涯的荒地，吹得飒飒乱响，也不要想很安睡。冬天更甭提了，冰天雪地，长冻不开，风儿刮得人动，冷气砭得肉裂，透心生凉，一身都僵。只好和畜生做性命朋友，窝在一处，挡挡风，过些热气。一到春来，仍如冬时情况。直到夏初，却又沙尘乱滚，昼夜在狂风沙堆里挣扎。青草一生，蛇咧狼咧，什么全来了。要不是仗着俺这一身筋骨，百炼千熬两臂膂力，死拼活挣，早做了沙砾枯骨，谁也问不着你生和死。俺是个口内去的人，更加一层思乡的念头，分外惨苦。

"那一天，汉王府派人和塞外部落往来。因为要练铁骑，和番部酋长商量，万辛千苦，送了许多布帛珍物，才得番酋允许，派两个番官：一个名叫巴卜阿图，一个名叫克乌扎布，和汉王派来的毒蛇钱带、猢狲钱策叔侄俩，到各部落里采办马匹。俺看的那一群牲口，就是巴卜阿图的。他要乘此把这群牲口卖朱高煦的善价。俺早不存好心眼儿，想逃进口来。那群牲口中有四匹龙驹，真是日行千里。俺想：带着这四匹牲口进口来，少也弄个千多银子，俺不致流落了。便早几个月就将这牲口藏在一座山洞里。到这时汉使听了巴卜阿图的言语，把俺那牧群里一千四百几十匹牲口扫数买了。这四头龙驹却是不在数内。就是巴卜阿图也只凭俺报说是豹子吃掉了，不知道仍旧还活着。那钱带来牧马时，见俺是口内人，便问俺籍贯，俺便实在告诉他。他劝俺投汉王去，并说：'汉邸里有一员裨将，练就铁布衫，也姓汤和你同乡，却不记得名字。许和你是一家人，你投去，他一定可以保你的。你能在这野地里挣扎多年，一定很有能耐的，何必埋没自己呢？况且汉王府正缺善于养马的人，你去更加合用。'俺一听知道是你投了汉王了。顿时勾起俺满心乡思，挂念手足亲情，一时也留不住了。

"却是口外规矩，客商不能带人进口，钱带是买马的，自然也算客人。俺若跟他走，番酋就得把他的银钱货物充公。捉住俺时，使两块板，钉在脚下。大长的铁钉从脚背钉下去，穿过脚心，再穿过二尺长三寸厚的包铁木板。叫你一辈子拖着，走不快，逃不掉。他又有一种药，能够叫你钉上时，不烂不死，为了这种法度，俺对钱带提也不敢提那进口的事。

"又过了一年，四匹龙驹养成了，俺平日挨饿忍饥积下的干粮也算着够路用了。便下个狠心，把那剩下的牛羊全给放了，却已没一匹马，种马是不归俺管的。漏夜带足水火干粮，扎驮在三头龙驹身上；自骑一头最强的龙驹，尽力疾跑，杀死两个巡查的番汉，打他身上搜得十几两散碎银子和腰牌等项，就换了那死人衣服。反正我几年来日晒风吹也和

281

番人一般面目，分辨不出，就此登程。仗着马快，一日夜，已经跑过围场，后面虽有人追，料他也追不上。就那么在马上吃喝，绝不停蹄，三日夜奔四千几百里，才从大宁进了口。使银子买了衣服。带有腰牌是没人问的，却是怕番人赶来，不敢耽搁，一直就到乐安来寻你。

"一到汉王藩府打听，都说你投降卧牛山强人去了。俺十分疑惑，想着：兄弟变了心，俺投去准没好处，便不去会钱带，回到北京来卖牲口，卖了三头给一位做过布政的弓爷，得着一千五百两银子，便在北京住下来了。整日闲着没事，总是瞧个戏，逛个庙，这么混着。要访你是没访处，想到卧牛山打听，又怕出口遇着番人追捉，不敢冒昧。

"去年，钱带进京探事，在西山遇着俺，俺急问：'那个练铁布衫的汤姓裨将怎样了？'他说：'名字是查着了，叫"镇南天汤新"只可惜已经尽忠了。'俺这一下，真吓得真魂出窍。忙问他：'不是投降卧牛山吗？'他毅然决然地说：'哪有那般事，汤新舍身诈降，被于谦识破，斩首示众了。'接着就说你如何诈降，如何被识破，却没说弄个人装作俺受刑骗降的事。俺半信半疑，想着，俺兄弟有铁布衫功夫，除却药杀，或是刺脐死后，才能枭头；怎说'斩在军前，万目共见'呢？他使俺到乐安去问。并说：'汉王正找汤将军的亲友，要格外提拔。'

"俺就跟他重到乐安，朱高煦那厮真狡，做尽哀悼形容，并给俺一千两银子，叫俺去开封刺于御史。俺因为朱高煦身为藩王，应当不说谎话，因此相信了，便在汉邸中住下。钱带又和钱巽说了，命俺抵你的缺。直到上个月，俺闻得曾经跟过你的兵卒——名叫山皎的，将真情告诉俺，俺才知你在此地。便想阵上或可见着，才和钱带说明白，随中军出战。原想有机缘得会一面，如今总算天从人愿了。"

文义道："汤大哥在汉军中多时了，他人力究竟如何，谅必是很清楚的。据大哥瞧，朱高煦这次是不是可以就擒呢？"汤铭道："汉军中不是没人，只是不会用人。朱高煦确有招贤纳士之心，有名有力的人，他没个不设法拉拢的。只是他手下的人太坏了！除却是朱高煦特请来的人以外，有人投奔到汉邸，非有宠信的人竭力吹嘘说项，就得不到好处。要是没人相识就得费尽心机送钱纳贿，才得收录。试想天下有几个光明正大的英雄豪杰肯花钱钻营的呢？所以收的都是些邪僻无聊的人。真有能耐才情的反而屏诸门外，甚至屈在下位。就如俺在那里，接统一队人时，有一个山皎——就是曾经告诉俺舍弟没死的，是犯了杀人罪逃走在外，没处可托身的。论他本领，就是充一员战将也可以去得。却是因为穷得身没分文，投奔汉邸时，竟不收录。后来是有个门军见他可怜，才引他补得一份口粮，充当军卒。你道可惜不可惜？"

丑赫忙问："这山皎是怎样个人？他家中可有甚亲友？"汤铭反问道："统将认识此人吗？"丑赫摇头道："不认识。不过昔年咱家在北地游荡时，曾经在晋城一家姓山的人家打住过半年。深知他家传武艺，兼是书香门第，历代都有出名的人物。不知这人是不是那一家子的？"汤铭道："听他口音，似是山西人，却不知是不是晋城，不曾根问。只知他是因为和土霸争一座土山，被那土霸诬告他擅毁官道抄家照赔。他父母因此急饿交迫，同时身死。他立意报仇，弃家学武，得遇名师——他也不曾说出是谁，练得高来高去的本领，悄地回乡，把土霸一家杀死，插刀留柬，逃走在江湖上。后来，官司发海捕公文，四处查拿。他没处容身，才到乐安，求暂时心身安住的。"丑赫道："于督师最能破格用人。竟是咱武当门下也素来不分彼此，不论出身。譬如俏二哥骆朴，现在不是中军帐前大将吗？从前不过是青草山中一个没名的喽啰罢了。一旦显出本领，马上就列入咱班中。周师叔还收他为弟子，传他剑术。咱们一直称哥叫弟，直到如今，谁也不曾存着半点儿异心。如果这个姓山的确有本领，给于督师知道了，一定得不次拔擢的。"汤铭笑道："只可惜他如今还是屈在汉军卒伍中，没法使于督师赏识他。即使咱们竭力保荐，怎奈如今是敌国相对，消息莫通，这也只好听之任之，再待机缘了。"说着，举座为之叹嗟不已。

当时席散。汤铭便和汤新同榻夜话。次日伍柱来知单，为黄超、鲁朗等一班新到朋友设宴聚会，接风洗尘，兼贺就任。当日宴席设在中军，并恭请督师首座。席间叙旧谈心，十分欢洽。酒席将阑，于谦起身更衣。暗着黄礼、张楚密密通知各军主将："小心逆敌乘虚来攻。"众将也因大敌当前，围城未下，不可不时时提防，便渐渐散回营伍。

前部先锋丑赫，先率薛禄、武全、茅能、王森、汤铭、汤新一同回营。方将身上袍服卸去，薛禄便取甲胄检视有无伤损。丑赫也想着渡河大战之后，还没察视过刀马衣甲，便也仔细检视一遍。文义方率魏光、庾忠、范广、聊昂、武全等回营。彼此方起身相见，陡然听得震天一声响，顿时喧哗震耳。

丑赫大惊，连忙提刀出营。方出帐，只见燕儿飞周模策马如飞，口中大呼："粮台失火。奉督师令：诸军速即整装，毋稍违误！"丑赫大叫："取咱衣甲来。"校尉连忙并剑马送上。众将也迅即整装，方才装束完毕，陡然一声呐喊，但见汉将丁威、钱策统兵杀入营来，见人便砍，如同疯虎狂狮。

丑赫大怒，大叫道："气死咱家了！"文义见本营被蹋，顿时顷濾塞胸，热血灌脑，顿喉大叫："好贼子！竟敢来送死！"气一急，再也叫不出声来。只得和丑赫一同当先，两口三尖两刃刀，并头飞出。前锋诸将也有才装束好的，也有不及衣甲的，却无不人人奋勇，个个争先，分头截杀汉兵。

正混战间，只见红光冲天，黑烟四漫。仔细瞧时，竟有三四处火头腾空乱炽。中军官黄礼自火焰中冲出，大呼道："有奸细放火，风大火速。督师有令：未着火的，迅速拔营后退，已着火的弃营快退，以河岸为止。如逆敌进迫，即背水反攻。不许渡河！不许屯驻不退！违令者斩！"丑赫忙传令："遵令拔营速退。"各营一齐拔寨退动时，季寿的帐篷已经着火，茅能部下的营寨，也因火球火星乘风飞堕，呼啦啦，立时烧得一片红光。

丑赫、文义且战且走。没多远便遇着杨洪、马智护着尤弼、成抚、罗和、郝绍四人——都是烧得焦头烂额的——夹在乱兵丛里，如流水般奔退，反把先锋军截作两段。转眼间，伍柱、白壮督着友鹿门下八山弟子和左仁、秦源等如风卷残云般退来。立刻将后军冲作两段。于是前、左、后三军纠作一团，越闹越不得顺序，直闹成一团糟。汉兵乘机突杀，霎时间，死尸满地。

王师是否就此一败涂地，待下章分解。

第四十一章

清内奸升帐鞫三将
破地窟开城袭右军

话说汉军由枚青督兵四处追杀。所有勤王军的粮台、械库及俘虏营、新卒队等处，无不被汉兵攻进。尤其奇怪的是，汉军将到之先，无不是骤然起火，蓬蓬勃勃，烧得映天通红。各军、各队中也都同时哗噪失伍，营幕焚拆，好似汉兵有天助一般。各军退兵时，往往遇着一彪人马，瞧不清楚时，便大呼口号。那边所答口号竟是一丝不误。及至近前时，来的却是汉兵。因此全军大慌，不知汉军怎么知道这边的口号的。便相率不敢对口号，不料为着不对口号，无从避让，六军人纠作一个大团，撕拉不开，腾挪不得。汉兵便得其所哉，叫跳哗笑，恣意屠戮。

似这般混战了多时，于谦大急，诚恐因溃散全军，一来国家就算完了；二来有何面目见那练成这支擎天义兵的英雄好汉和各位大师。一面饬令强弓硬弩，护着御营绕道退到河边，并舣舟候渡。然后亲自仗着黄金钺，骤闪电驹直上高岗大呼道："各军所有将卒，以炮为号，一律掉脸朝东杀去，倘有错向，不论将卒皆立时处斩！"又命黄礼、张楚、车宜、阎炎、周模各策快马照此传令。又命都护卫刘福燃放信炮。"咕隆咚"一声响，一丝红光直向天空冲上。刘福一连放了几个信炮。勤王军全军将卒才一同掉脸向东，冲杀过去。这一来，大家一致同一方向，既不夺路，又无截隔，立时把个解不开的大结解开，立时把个撕拉不得的大混团排成无数行直队，齐向汉兵斗杀，自己伙里再不纠缠了。

这一来，勤王军六军一齐着力反攻，汉军虽已逼近御营，却没法近前了，被勤王军一阵冲突，只得转进为退，掉转头来，向乐安城里奔回。勤王军因为混乱已甚，损伤太多，且要顾着救火，不能追逐，只得力求自保，分头扑灭火焰。于谦传令："就地安营，各军各营，快悬本军本营号灯。将卒各向号灯归队。"将卒们遵令照办才把队伍分列清楚，将余火浇熄。当时查点，计损兵三千七百余人，以运军损失为最重。各军军将幸无死亡，却被火灼箭射，受伤的男女共五十一员，连医官沈刚也中一箭，伤在左股心。粮台被烧却七仓，甲仗被烧却六库，都是由内起火，只剩抢救得的三仓粮草、四库甲仗。各军帐营棚用具等项，烧损遗失，一时尚查不出数目。

火熄后，安营既毕。各军将领纷纷到御营请安，到中军请罪。于谦觐见宣德帝，免冠求罚。宣德帝温谕道："胜败乃兵家之常，卿不必引咎，众将也无罪过。只是朕闻火发自内，恐有奸细混入军中。卿可严查降将降卒，毋使奸宄混迹。"于谦领旨回营。

众将正在中军等待，一见于谦回来，都免胄请罪。于谦将天子温谕宣过，便查降将降卒。各军主将会同严查。据查降将中，除周模抢救最力查得保粮仓二座，阎炎传令出力，右军得仗其力而减少损伤，可证无关之外，还有汤铭因奋勇挡杀，左手无名指被逆将韦兴剁去，倪鸿抢救甲仗库，被逆军攒刺，甲碎髓伤；鲁朗、曾铮却身随主将章怡寸步未离；伏逊、关颜正在中军值夜，可免究问。王森有丑赫、文义担保，确系此次出力拦战人员；杨辉尚在调伤不能行动，应一并免究。尚有黄超、朱泽、王玉三人，交中军官，暂时悬留听候查问。

于谦传令："大开宝帐，会集众将。"一面奏闻天子，奉旨派中官张吉会同究问。张吉捧旨到中军，于谦接旨已毕，便命击鼓升帐。都护卫刘福率同带刀护卫李隆、李青、欧弘、徐建各负锤鞭斧锏，手捧雪亮的红巾金锷大叶锁环刀，排列帐前。中军官黄礼、张楚全身戎装，仗剑侍立案侧；旗令使车宜、阎炎披挂齐整，挺立阶前。驿报总管周模顶盔贯甲，帐外候令。中军火将龙飞、归瑞、凌翔、凤舞、王通、孙安、骆朴、庹建，各个严装，背囊分插载、枪、戈、矛、刺、槊、镰、叉八般小军器，手持八般大军器，分列两旁。三通鼓罢，督师于谦头戴镏金嵌璧狮鹤盔，身披镏金细砌羽鳞甲，罩着大红凤翎凤兜，披着盘螭披风；白玉带，虎头靴，腰佩蛟龙剑，手捧敕令旗，缓步升座。威仪济济，静肃无声；太监张吉陪同并坐。

霎时，亲兵队里拥进黄超、朱泽、王玉三人，侍立帐外。于谦先点朱泽。帐前、阶下，接声呼名。朱泽镇定心神，伛偻进见。亲兵吆喝"威武"，声喧处，朱泽暗觉胆寒，忙定神自思，幸而没有不法行为，略为安宁，便坦然步到帐前，打参侍立，报道："末将朱泽参见督师，进见公公！"于谦问："逆军来偷营时，你在哪里？"朱泽答道："正在后军本营教训校尉、弁目。"于谦道："难道后军没设宴犒军吗？"朱泽道："后军杨统将因恐有意外事情生出，宴席散得很早。并且密令全军将卒：'只许在营歇息，不许外出闲逛。'末将本想到医药营去瞧同门杨辉，因已奉令不许离营，只得在营训士。"于谦道："你既遵令在营，为甚你的统将不替你陈说呢？"朱泽道："督师明鉴！末将自拔来归，便特蒙知遇，派管放令，一晌在中军当差。调到后军才只数日，统将虽知末将无他，究竟聚处日浅。曾嘱咐末将：'你既问心无愧，还是亲到大营，当众辩明，以免背后有人说你。'所以末将恭诣帐下，谨候诘察。只是末将还有下情伏求督师明鉴：一是末将是由良西庄斩逆效顺，投托帐下，并非由汉军投诚。与汉逆军中素无来往，从前也没到过逆藩府中，纵令末将谋为不轨，也无从交接。二是良西庄虽附从逆藩，究系另外一支土霸，逆藩一时利其在京畿附近，嗾使谋叛，并非逆军本支。即令黑鹰苏同犹在，也必受逆藩猜忌，末将手刃苏同，明反逆军，更何能得逆藩信任？末将纵有不肖何致自投死路？三是末将不在良西庄助逆立功，图邀藩逆青睐，而毅然诛魁效顺，何致到今日身受恩霖，且在大胜之后，残敌将灭之时反为逆作伥之理？四是末将本是飞侠门下，倘有不肖，家师必不容末将败坏宗风，早已处死。即由良西庄自拔也是凛于师戒，自问良心，才下那般坚决的毒手。伏望督师询问家师，便知末将此头可断，此志不移！伏惟督师明察！"于谦点头道："知道了。"便回问张吉。张吉大声道："这位将官漂亮极了！这还有什么说的？将官儿，你是好的，你是咱们主子的忠臣！咱家一定向主子保荐你，你回去歇着

287

吧！"于谦也说："没你的事，归班吧！"朱泽谢过，便归入阶前后军诸将班列中一同站立。

次传黄超上帐。张吉闪眼一瞧，见黄超生得突睛翻腮，凸额阔口，颏下浓髯，鬓角帚眉，十分难看，再衬着一身镔铁铠甲、乌角带儿战靴，真似灶君降凡，瘟神显灵，心中十分不快。便喝道："瞅你，这模样儿就不是个好东西！你怎样私通朱高煦的？快快照实供来！"黄超参见毕，昂然伫立，亢声答道："黄超虽出身微贱，幼承父训，长受师规，粗知义礼，谨行忠孝，自立身行世以来，自问不曾做丧良蔑理之事。昨夜之事，是否为黄超所为，谨列事证，为督师、钦使陈之。当黄超陷身逆巢之际，逆藩知黄超曾受名师真传，素习云雷绝技，即迫黄超为制云梯雷车。黄超自思："无故兴戎，生灵涂炭。是非曲直，即使不论，其如伤害无辜，于心何忍？是以居逆巢经年，仅为造平常云梯百架，并未尽能竭智以为之，与木匠所造者无异。后因雷车限迫，黄超为保身计，造雷车百辆，但其中关轴钥匙尽在黄超手中，随身携带从未稍泄消息。前者隔河为阵尚可，云雷车不易渡河。昨夜逆军倾巢来犯，何以不驶雷车突犯？其缘故实因轴匙已由黄超随带来此，即使能知配制，亦非半月不可。此虽未敢居功，或能聊告无罪。黄超归顺以来，为时不过数日，仰承督师钧旨，督率工匠，制造曲折云梯已有二百架。黄超亲执斧凿，昼夜不辍，差幸再有三日可告全成。黄超在本军七日之所做，已超在逆巢一年之工数倍。此皆可查实，毋可谎饰者。今日斩黄超，固可徇军，黄超亦无所惜！但重欣逆敌之心，窃为钧台不取！黄超如有亏心，早已逃避，岂肯坐以待刑？今日之敢于恭候追查，实为深知钧台秦镜高悬，故敢求明察！"张吉初时还怒，后来越听越喜，渐渐面色欢欣，听毕时，探身伸颈竖起右手大拇指道："好的！真不错！咱家错怪你了！瞅你这气概，真是个英雄汉子！"又回头问于谦道："他现在什么职事？"于谦道："暂充军将。"张吉道："甭暂充哪，就算军将也够料呀！于先生！这人真有种！真有好心眼儿，是主子的好臣子！您给他升一升吧。"于谦向黄超道："你归班吧，着即补授军将，仍兼云雷都管。"黄超谢过，归入后军诸将班中。众人都暗地里给他来道贺。

帐上点到王玉。王玉低头入帐,一般打参毕,默然侍立。于谦问道:"夜来逆军偷营,你在哪里?"王玉道:"随同伏逊巡营。"于谦便叫伏逊上帐问道:"逆军来时,王玉可是随你巡营?"伏逊答道:"王玉确曾和伏逊同行。因为昨夜请伏逊宿卫,便中巡查营伍。王玉忽来,同行一周,即告分手。逆敌来时,伏逊正在中军营门,与关颜共同守望。"于谦点头,命:"退在一旁!"回问王玉道:"你和伏逊同行在先,何以说寇来时还和他同行呢?"王玉道:"末将方和伏逊分手,回队只有片时,寇兵就来到了。"伏逊在一旁,微笑不语。于谦喝问伏逊:"可是如他所说?"伏逊道:"启禀督师,伏逊巡毕回营约有二三刻时,才见火起。火起后又有二刻光景,贼寇才到。"于谦再问王玉道:"你为甚说是片时呢?"王玉辩道:"因为末将和伏逊分手后,来做一事,所以只记得说这一事。实在末将那时是在营里。"于谦厉声问道:"火是怎么起的,你可知道?"王玉一惊,忙镇住道:"听说是兵卒不小心,末将未曾亲见,不敢乱说。"于谦又追问道:"大军抵敌时,怎不见你?"王玉道:"末将在乱军之中,冲突不出。"于谦问:"谁曾见来?"王玉道:"遇着几位军将,只是末将归队日浅,各军还不曾拜会,不能说出姓名来。"于谦道:"面貌、衣甲、军器、马匹,可应该记得呀?"王玉道:"混战之际,不曾瞧得清楚。但见是白马使枪的。"于谦道:"就只一人吗,还是几人都是白马使枪呢?"王玉道:"黑马使刀的也有。"

张吉拍案大骂道:"你这厮满嘴胡说!不知嚼些什么,尽是牛头不对马嘴的话!来!给我绑了!"四护卫便上前将王玉绑了。王玉扑通跪倒,泪如雨下,哀告道:"昨日蒙恩犒赏设宴贺功。末将该死,已经酒醉。糊里糊涂,各事都不明白,一时情急随口乱答,伏乞恩施格外!末将情愿具甘结受管束,以后如果离营一刻,即请处死!"于谦点头道:"你当面具结来。"便吩咐松绑。四护卫解去绳索,王玉伏地具结。于谦吩咐:"王玉交中军官严加管束!倘敢私行离营,格杀勿论。"王玉顿时变色,战兢兢地叩谢起身,浑身抖擞。张吉喝道:"且饶你不死,你自己要明白才好!"王玉只有称谢,不敢言语。

于谦传集众将,切实劝勉一番。张吉也代天子宣谕,嘱众将严查奸细。于谦兼颁令："如有查获奸细来报，予以不次超升；倘系兵卒，立授为将校。知情不报，一同坐罪！将此传谕全军咸知！"众将领令。于谦遂偕张吉退休。众将各自归营。张吉暗地问："可能查出奸细？"于谦道："奸细总不出降卒之外。我已秘选干卒，密布侦伺，既是奸细，绝不一次而止。我有防备，必能破获！请公公代奏万岁，日内必能拿得奸细，上舒宸念。"张吉道："主子常说老先儿是千古奇人，这点儿小事没有办不来的。咱家不过讨教几句回奏的言语罢了。老先儿歇着吧，咱家回复主子去了。"便起身告辞，于谦照钦使礼，恭送如仪。

于谦将军营重新整顿，催齐粮草甲仗。命运军改为铁骑军，嘱章怡仔细考究，将甲铠受攻之处，设法改造，务使前后一般能御矢石，防刀剑。又命各军严查补缺降卒，责令互具连环保结。如有奸细，同保友坐。其余琐屑诸事都责成各军统将、副将，迅速料理。营务已具眉目，渐复旧观，便规划攻城。一面命黄超火速造成云梯，再造雷车。命地方官征集铁工，优给口粮工银，交黄超监工调用；一面命倪鸿挑选健壮兵卒，置备畚箕锹锄等物，挖掘地道：预备埋藏火药轰城。当将全军重复开到乐安城下，下令围城。

倪鸿急于建功，日间恐城上窥见，不便动工，夜间就本营中，就地掘下。用勾股算法，量定地道尺寸方向。并亲自督工，全夜挖土，直到天明才罢。一连挖了数日，计算地道已挖至城下，计算大功指日可成。倪鸿心中暗喜。

这一日，天色黎明，倪鸿方令歇工，和一班挖土、挑工的兵卒在帐中歇息，猛听得探马飞报："逆军陡然开城出战。"倪鸿大惊，忙命列队，连忙披挂持钺上马。然自己挖的地窟中猛然拥出许多人来，尽是汉军装束。倪鸿又恨又气，顿时如狂如疯，挥动大钺排头砍去。无奈窟中人越来越多，来不及砍杀，终被拥上许多人来。兵卒因系担土挖泥的，军器都不在手边，只有短锹、短锄、竹担等物，不能抵拒，只得纷纷乱逃出帐外。倪鸿一面抵敌，一面让到帐外。乘空掏出呼哨，塞在口里乱吹。哪知这时逆军从东门出城正攻勤王军右军。程豪、孔纯正在挥兵堵战。徐奎等十四员军将也都在努力截拦逆军，本军一时没人前来应援。

直待邻近驻扎的后军闻警，遣派马智统尤弼、覃拯、查仪、秦馥前来相助，才把地窟中出来的汉兵杀散，却是地窟已全被毁塌。窟内出来的汉兵，都奔入由城门出来的汉兵队中。两军鏖战了约莫半个时辰，勤王军四面来援，才把汉军杀退。

要知汉军何以由地窟出来，下章分解。

第四十二章

睹情生疑二将告密
见机擒谍一侠建功

话说勤王军将汉兵逐入城内，倪鸿当时即将本营未曾死伤的兵卒，全都扣置营内，请主将程豪暂时派人看管，自己便和程豪、孔纯一同来到中军，请见主帅。于谦传入，程豪、孔纯先进见陈说："末将治军无状，不能严守秘密，致有泄露，足见有奸细混在部下。末将愚蒙，事先既不能察觉预防，事后又不能查得首犯，拿获申解，末将实不堪职任，有负栽培！误国误军之罪犹无可逭！谨纳还恩命，诣辕待罪，伏乞钧台即刻遴选干员接统整顿，治末将等以应得之罪，庶彰法纪，而儆效尤。末将虽伏诛而死尤为荣幸！"接着，倪鸿免盔卸甲，自缚入帐，伏地禀道："末将泄机误事，罪该万死！通敌奸细，亦在末将部下。末将未能查获主名，只得将未曾阵亡的卒尉一并看管，求钧台将末将部下全营扫数处斩，以免后患。更求将末将枭首徇军，以为不忠不慎者戒！末将虽死，犹沐恩施！"

于谦连忙搀住程豪、孔纯，拉起倪鸿道："你三位不必引咎。现在奸细已将要破获，我已经知道是谁。只待得着铁证，就要揭破严办，使他死而无怨。你三位都无罪，就是部下士卒也绝无奸细在内，不可冤屈好人。须知如果有奸细在你们部下，你们早已被刺身死，大军也早已一败涂地，决不致到今日才有这事生出。你们放心回营，火速将士卒释放归队。有伤的送往医药营调理。部下死亡缺额，向新卒中挑选征募的卫所壮丁充当，降卒暂时不必拣补，以防万一。"孔纯再禀道："钧台不惩误事败军之将，朝臣必疑钧台庇护同门，徇私毁法。千万勿惜末将等微命，尽法惩治，以平众愤，且杜谗口。"程豪也道："'得将不难'何况庸才如末将？更属车载斗量，俯拾即是。军纪法纪一有宽纵，即从此废弛，为黜者援例挟持，永无复振之日。所以末将宁愿领罚，绝不敢苟且偷生，累钧台毁法！"倪鸿忙赢言道："这事和主将无关，挖隧道的事，是钧令指派末将独负责成的，事与右军无涉。那么，因隧道消息泄露，致遭逆敌袭攻，自然仍是末将的责成，怎么能累及不在事内的两位主将呢？伏求钧台将末将一人明正典刑，法正情当，末将甘心瞑目！却是绝不敢贪生苟活，累害无辜！"

于谦道："你们却不必这般！我深知道这一役绝不是你们的罪过，怎能处治你们呢？即使有人疵议，也只这一时之间，大可以置之不理，将来奸细破获，自有恍然大白之日。何况我敢信，决没人疵议到你们三人咧。至于护驾文武朝臣，更不关事。皇上命我督师时，就命我专管。军营以内，他人不得过问；原是为专责成，利戎事。此际我作主张，谁敢乱说？你们都是本军大将，心事久已共见共闻，何嫌何疑？更何能以小事尽泯心功？尤不能无端自损心腹股肱之将！你们说求将不难，自是你们在将言将的客气话，须知求得一将，难如登天。若被敌兵袭攻一次，或是小败一次，便斩杀统兵大将，以警以徇，那还成个军伍吗？军家胜负无常，似这般时，只要连败几仗，军中大将不待敌杀，都被自家因败执法，斩杀完了，岂不是大大的笑话吗？将帅原为一体，辅车相依，唇亡齿寒，非至万不得已时，尚不肯稍离，怎轻易说到斩杀？国家大将，天下所关，绝不是拿来示威立法的。我非商鞅之徒，深服诸葛之训，你们千万不要呆读古书，误解执法，自视太轻。"

程豪、孔纯、倪鸿都顿首无词。于谦重复温言抚慰，劝谕回营，善抚部下，千万不要张皇。程豪等顿首谢过，便告辞回营。倪鸿将部众释放，顿时欢声雷动，都感督师宽仁。程豪、孔纯也将于谦的言语告诉众将，并密令严密察访奸细。众将遵令各自留心。

一霎时，中军旗令使燕儿飞周模来到。程豪迎着，进帐相见已毕。周模道："奉钧旨：钦遵圣旨：颁给新近归队诸将金带、锦袍，并赏赐全军将士人各金花一带、银缰一条、玉珮一件、翠环一事。"当即点出十七份，交给程豪。程豪望旨谢恩毕，留周模小坐。谈到此次赏赐，周模道："兵败受赏，委实惭愧！尤其是咱新来的，居然和各位劳苦功高的前辈一般，同邀金带、锦袍之荣，更觉不安。"程豪道："您这话太客气了！我们不过早入伍几天，又有什么了不得的功劳在那里？前几天站班时，我见几位初来的，五金带锦袍，深觉服饰不齐，为各位抱屈。如今彼此一样，绝没轩轾，仰见圣上公道持平、一视同仁的圣意。"周模道："咱只有永感天恩而已。只是今日张老公捧旨来到时，按册清点恩物，恰缺一份。仔细查时，圣上发来名单内，单单没有王白云的名字。后来督师和张老公到后帐说了半晌。张老公立刻回御营去了一趟，回头来才颁发，却连王玉也有了。这不知究竟为着什么？"程豪道："王白云听鞫时，张老公就极不高兴。也许就是张老公在圣上跟前说了王白云的坏言语，所以单不赐他，要不然几次摘赏恩赐颁发时，从来没发过什么名单不名单。总是份数全照人数，一到就发。为什么这次忽然有名单呢？"周模点头道："这话有理。王白云武艺是不错，只可惜太不图活了，嘴头上爱得罪人。在乐安时，也是不讨人欢喜。但是不知道他和朱高煦是什么缘法？十分相投，真似君臣鱼水。朱高煦那么坏的性子，却从来不曾给钉子给王白云碰过，大小事，一说一个准，一禀一个灵，几乎和小宋濂一般。如今碰在张老公手里，也算他倒霉了。"程豪沉吟道："他和朱高煦真有这般好，那他就不应该投降了，一个人总不能负知己。即使觉得朱高煦万无可望，也应该先尽力劝谏，使他悔悟，以报知己。实在劝不动，到事不可为时，不能全义，也应远遁，不再闻问，这才算得是丈夫汉子！若只图自己，不顾一切，世上还谈什么朋友交情呢？"周模道："咱也是这般想。不是咱自己护自己短，似咱在汉邸时，并没受什么厚恩深惠，只不过是得他一份银粮，给他教几个子弟，原和守庄、护院、保镖、走道、当朋友、做教师没甚分别。他既造反，咱就得设法脱身，不能拿着祖宗清名、父母遗体去换一月几两银子的身俸。咱又没个谏阻的位份，说也不会见信，终究不过一走。与其他灭亡后，咱无缘无故当逃犯，自然是早抽身的好。王白云却不比咱，他是喝过血酒，参与密计的。"程豪道："那么据您瞧，王白云是实心实意降了吗？"周模听了这话，沉思一会儿多才道："这就很难讲了！"程豪道："如果他生了异心，甚至竟是诈降，再说得厉害些，就算是朱高煦差他来卧底的，那么咱们不要吃他的大苦吗？"周模猛然一惊道："……这真难说了！只是咱周模却敢盟誓，决没半点儿异心，若有半丝不诚实，叫天雷击顶！"程豪忙陪话道："大哥千万不要错想，做兄弟的有一万个心，也不敢和大哥您生一分心！大老虎、万里虹和弓氏弟兄都确说大哥千忠万义，我们再敢生心，不是拿同道老友当浑蛋吗？大哥原是咱同道：咱武当以仁义相交，怎能瞎疑呢？老实说：做兄弟的对王白云是有一点儿不放心，却是也没敢对旁人提过。就是孔虎头，朝夕相聚，因为他是以诚待人的，我连他跟前都没露半字。方才听得大哥您说起来朱高煦对王白云的好处，触起我心中影子，这也是不敢拿大哥当外人，才率直说了出来。大哥千万别歪想才好！"

周模这才放下心肠，想了一想道："程哥，这话越想越有道理。您说应不应该报明督师呢？"程豪道："督师似乎已经明白几分了，却不知有没有派人密查。"周模道："咱越想越险。估量着王白云和朱高煦太亲密了，所以比您更急，还是去报明吧。不过咱没和督师深谈过，不敢说这紧要机密的事，还是请您代报吧。就算没这事，提防着点儿也好。"程豪低头想了一想道："好！咱俩同去一趟吧。"说着，二人一同起身，程豪叮嘱孔纯当心守营，便一同向大营来。

周模紧随着程豪，来到大营。周模先去寻着刘福说："右军程统将和咱俩有机密军情大事，求面见。"刘福摇头道："不成，这会儿正在见客。"周模问道："这时有甚客来哪？"刘福道："俺也不知道夹闹里从哪儿忽然跑来那么一个肥肥白白的俏皮小姑子。许是督师亲戚吧，一到就见，还带着满口钱塘话。"周模跌脚道："糟啦！偏这般不遇巧。"刘福道："别着急，待着吧。刚才差李隆去叫黄超去了。黄乌龙来时，俺得陪进去，给您代问一声吧。"周模只得耐心等待着。

一霎时，果见李隆引黄超来了，彼此招呼过，刘福便引黄超进去了。片刻，刘福站在门口，一手掀帘，一手向程、周两人招手。程豪便和周模一同进去。于督师起身颔首为礼。程豪待要施礼，于谦忙止住道："我原说私见论私交，不必行公见礼。程哥忘了吗？"程豪回忆着时，只得依遵谕言，微笑着和周模一同坐下。

于谦先和黄超说话。程豪闪眼瞧时，果见于谦坐前的书案那一横头坐着个带发尼姑，眉清目秀，十分幽静。于谦先和黄超谈说雷车，并问雷车开来，如何御止？黄超仔仔细细说了个明白。于谦点头，叫他且退。

回头问程、周二人有甚事故，程豪便开口道："因为降将中有个白云王玉……"于谦连忙摇手止住，程豪连忙缩口不语。于谦便叫刘福看好外面，不许有人近前，然后悄声向程豪道："你是说王玉做逆藩奸细，是不是？"程豪忙应声"是！"便低声将周模所疑的话都和于谦说了。于谦点头道："我先没得凭据，不好惊动他。如今得着真凭实据了。"说着，便指着那小尼道："这是家师醉比丘的随侍弟子，名叫郑澈。这趟家师由南化缘北来，原为助我暗访贼党，沿途已有所得。便差这位郑师妹前来通知我，好早些防备。不料郑师妹因为避却运兵道路，是绕道来的。打乐安城边走过，才是天色微曙，四无人影，忽见一将弯弓一箭射上城去，心中吃惊。以为如是攻城，这将不应不披挂。如不是攻城，因甚射箭？便悄地跟踪那将。合该那将倒霉，走没几步，草中穿起一只大鸟。他手中有弓矢，顺手一箭，正中那鸟，却笑说：'这一卦卜准了。'便回了营。郑师妹见营帐顶有'王'字旗，认定了便在营后窥探。没多久，忽又见有一个兵卒，慌慌张张，奔到城下。顿时城上有人探头下望，便两下里拍手相答。接着，便见城上丢下一个纸包来。城下草丛中闪出一个小卒，拾着就跑。郑师妹悄地暗随着到僻处，把小卒拘住，搜得纸包儿，并见腰牌是我军中的，便把小卒绑着，扔在乡下菜窖里。先把那纸包儿带来见我。你们瞧，就是这个。"说着，便将书案上一卷纸儿展开来，取了中间一张字纸递给众人瞧时，却是一张字帖儿，上面写着：

今夜三更由北门出城，以雷车冲阵。准如约照红灯追逐，以期一鼓成擒；但灯宜多备，以免临时有毁损时，可立即补悬，则不致漏网。

众人传观毕。程豪道："这字帖儿无名无姓，自然是封密书了。钧台虽然知道是王玉那厮捣鬼，末将们也都想得到。只是没个有名有姓的铁凭硬据，还恐那厮倔强不供，便怎么办呢？"

于谦微笑道："有活口为证还怕他赖吗？"程豪恍然知道那姓郑的小娘擒住的小卒必是王玉手下的；而且必是已经捉解到了，便不再言语。周模心里却想：既是真凭实据都已抓住了，怎么还不把那厮拿来呢？……恰值于谦给郑澈引见，周模连忙起身，彼此施礼相见，郑澈自说："奉师父大通尼之命前来效力的。"于谦并将郑澈的出身告诉众人。原来是醉比丘大通尼在钱塘收得的孤女。因全家往普陀烧香，遇风覆舟，恰值大通尼乘舟路过，打捞得这女孩，那时才只六岁。全家既已尽没，大通尼带她回钱塘，也没人可交，便收她做个随侍女徒。后来见她秉性聪敏，才传给武艺剑术。周癫子曾见郑女剑法精通，许为大通尼门下传人，代为命名"郑澈"，给号"漫天虹"。近日剑术大成，水性也习得能出入香屑泥中不稍沾滞。醉比尼又收得两个随侍弟子，不愿埋没郑澈这一身本领，便写信荐到于谦处，并函嘱章怡照应。

正说着郑澈远来的来历，猛然听得外面喧声。仔细听时，是凤舞的声口，嚷道："还敢倔强吗？这地方是你撒野的吗？"又听得骆朴的声口叫道："浑小子！自家做的好事！你强上哪儿去！"接着便是孙安、王通、归瑞、庾健异口同声齐叫："揍！揍！揍！揍死拉倒！"随即有一种"嘭咚""嘭咚咚"似在打人的声响，夹着有人狂叫："俺没犯法，你们为什么打俺？"却正是王玉的声口。于谦目视周模道："给我提那厮进来！"

周模应声起身出房，只见帐前八将簇拥着王玉，王玉项挂铁索，手套钢铐，却硬挣扎着不肯走。龙飞等八将推推搡搡，夹着擂擂打打，硬要弄他进房。王玉抵死不肯动，便闹得一片声喧。周模便高声叫道："奉钧旨：命周模提犯官王玉进见！"龙飞等连忙住手。王玉瞪眼嚷道：

"谁是犯官？白脸儿别猖狂，须知你和俺是一样的失节狗！"周模怒道："你是好汉，就为你不失节，才叫你犯官！你不要得意，凭据全找得啦，你还犟些什么？'谁是犯官'吗？本来嘛，你简直是奸细，叫你犯官，就太瞧起你了！"说着，冲过去，一把拉住王玉项上铁链，顺手使劲一拖，瞪眼顿喉大叫："狗奸细，进来吧！此时还躲得了吗？"王玉猛不防，被周模拖得一个跟跄，跌进房内。接着，被周模照定王玉腿弯一脚踢得屈膝跪倒。王玉急得回头向周模怒目而视，咬牙恨道："哼！瞧你荣华富贵，步步高升！"周模冷笑一声，道："你顾着口供吧，小心皮肉吃苦，狂些什么？"于谦奋威大喝："刁贼！敢这般放肆！"王玉顿时如闻狮吼，毛骨悚然，遍身冷汗。于谦回顾刘福："将李斯仁带上来。"刘福应声去了。一会儿，带着两个亲兵扛抬着一个捆得粽子似的小卒撂在地下。于谦问道："王玉，你可认识这人？"王玉瞧一眼，已经满心小鹿儿乱撞，只得咬牙硬说："不认得。"于谦微笑道："你不认得吗？他是你部下，而且是你由逆军里带来的亲随呀！他倒认识你呀！"便命刘福："把李斯仁的腰牌拿来！"刘福便取腰牌奉上。于谦掷给王玉道："你瞧，这是什么？你能再说不认识吗？"王玉瞧时，跟前地下一块腰牌上面写着：

中军玉字营亲随兵一名　李斯仁

年二十一岁　沂州民籍　左二　右三　斗

王玉瞧毕说道："这李斯仁曾偷末将的银钱，被末将责罚过，故此捏词诬陷，求钧台明察！"于谦道："你弄错了，不是他报的。他也是受你的累，才被擒的。你听着，我叫他说给你听。李斯仁！你怎么到这里来的，快照实情供说一遍！"李斯仁供道："小的是王将爷的亲随，并没错过事，将爷也很欢喜小的。从汉军中过来，一直都当自己亲人看待，所以将爷叫小的干的事，小的只知道尽心地干，并不知道是犯法的。小的奉将爷命，每日在城外草里待着，若城上有人抛下什么来，就赶紧接着，乘没人时，悄地拿回营来，送给将爷，每拾得一件有一两银子赏号。小的来没多时，只得着五两银子，大概是只拾得五次吧。这一趟拾着一个纸包，不料给一位小姑娘窥破了，擒住小的，捆绑了，扔在菜窖子里，纸包被夺去了。不知是什么东西。方才另有几位将爷，到窖里把小的扛到这营后，歇了好半晌，才又扛到此地来的。"

王玉大喝道："胡说！你自己私和城上往来，连累得俺也受罪，你还要黑心，全推到俺身上吗？"于谦笑道："你还放刁吗——好！我还有叫你心服的凭据。黄礼、张楚回来了没有？"外面黄、张二人问应道："回来了。"便进房来参见。

于谦问道："可搜得什么？"黄礼道："末将奉命会同王森到玉字营时，王玉已经解走。适张楚会同倪鸿来到，便仔细搜寻。抄得各件，敬谨列呈。"于谦瞧时，是一大包文书字纸，另外一张单子。写着：

朱高煦亲笔谕许戴罪图功，事成不次升赏帖子一纸（有王玉名字）；

钱巽询问师期书信一封（有王玉名字）；

不具姓名约同举火焚营为号帖子一纸；

不具姓名嘱再查明地窟所在，火急报明帖子一纸；

钱策请试约同陷诸将共谋，以厚力量书信一件（有王玉名字）。

于谦便命黄礼一一读给王玉听。读毕，才问道："王玉，你还有什么说的？"王玉低头叹道："完了！也甭多说了！你们怎么办就怎么办俺！白云王玉终不含糊就是了！"

王玉究竟是生是死，且待下回分解。

第四十三章

擒良将女侠初出马
获莽夫小卒独除凶

话说于谦传令升帐。鼓鸣炮响，队列班排，于谦严装升帐，手捧尚
方剑，喝令："提叛将王玉！"都护卫将王玉提到。于谦当众将王玉沟
通逆藩，暗递信息，以致粮台被焚，隧道被毁等罪行宣布，说："按军
律应立即处死！"当即将王玉褫去衣甲，五花大绑，押出营前枭首，并
命不必悬示。随即又提李斯仁，姑念无知受愚，尚非有心谋叛，发交当
地地方官派差起解，充发沙门岛。处办毕，诸将无不悦服。新降将卒见
奸细已除，已可免嫌，也都格外心安。顿时全军欢声雷动，如同大获全
胜一般。

于谦将案情处置完毕，便传中军诸将到后帐，仔细吩咐："王玉虽
斩，若再无奸细，则逆军必不得知，将仍照王玉所约，驱车来攻。若竟
不来攻，那么本军中必定还有如王玉的人仍在暗通消息，再当察访。现
在严为戒备，毋使逆军得逞。"当即调黄超来中军，并留郑澈在中军帮
同防守。

一霎时，中军众将都暗中布置。于谦责令黄超破毁汉军雷车。黄超
心中暗想：幸亏我没把十全的雷车传给汉军，如今大概他们已配成钥匙
了。我今日尽力把它拿过来改造一下，可省许多材料，并且本军可以早
得车用。当下便取一纸字帖，双手递给于谦道："照这上面所写的方法
防御，就可以不惧逆军的雷车了。"于谦知雷车原是黄超独擅绝技，他
说的话，自然可信，便转知中军诸将，照字帖所述加紧防护。

这天夜里，果然和前次一般，汉军突然开城突出。原来是朱高煦接得王玉的密书，便摩拳擦掌，只待夜晚出城厮杀。挨到起更时分，朱高煦便驱雷车，开城径行突阵。这时勤王军中军正堵在乐安北门，时刻预备着。及见城门一开，一只一只硕大无朋的猛兽蹒跚出城，直向勤王军冲来。赵佑、唐冲、邵学、关颜四人瞅见，连忙照那字帖儿上说的，下令两面跑开，顿时闪出数条大路，那雷车径入军中，车内矢石飞进猛射不已。赵佑知这家伙不是刀枪能对付得了的，便只顾闪躲。

黄超听得雷车出城，连忙跑到前军一瞧，果然是雷车来了。却是一辆辆行走不快，不似造成试演时那般灵活。黄超心中明白是钥匙配得不对，心中暗喜：这东西是全该送归原主了！只是连护卫汉府的车共有五十三辆。如今约有二十多辆。军中只十辆车，既来了这许多车，一定是连护府的车全开出来了，作为背城一战。我不如待他全数放出来再收尽他的。便传令各军卒尽量分散。霎时间一军人分得七零八落，雷车却越出越多。

雷车隆隆进攻，矢石乱飞，却是伤不着这边的将卒。黄超猜想日间预备的地方差不多到了，便叫军卒退走。军卒呐一声喊，往后疾跑。汉军驱动雷车猛追。哪知雷车并排着向前冲行，不到五六十步远，忽然嗵隆隆一阵乱响，几十辆雷车同时塌入陷坑。原来草地里底下全是挖成的坑，上面铺着薄板，仍盖上草皮。雷车前行，车马杂进，薄板自然载不住，板断车陷，一齐不能动了。勤王军中黄超跃马而出，率军卒将各车围住，缴去刀枪弓矢，俘获车卒，逐渐将车起去。

城上汉军见了，立时发炮，立刻烟雾漫天，红光匝地，火弹横飞，响声震野。勤王军骤然遭此，失了主张，却直败退起来。城上朱高煦见勤王军卒真果弃城抛弓地逃走，满心大喜。便督着孙镗、石亨、石彪、丁威等诸将一同出城追杀，并携带小炮跟踪猛放。

于谦见朱高煦亲自来追，心中忽然触起一事，便向随身八将——龙飞、孙安及郑澈等低声说了几句。诸将会意，护着于谦，挺身向前迎敌。朱高煦见了于谦，仇人相见，分外眼红，大喝一声，将手中镰一摆，直取于谦。于谦挥钺相迎。龙飞等八将便和石亨等捉对厮杀。孙镗却在后安炮放射，前面战得十分起劲，炮也打得十分起劲。

孙镗一心向前发炮，忽然觉得身后有风声。忙回头时，只见一个年少俊俏女子率领两个顶盔贯甲的将士，如飞来到。孙镗正待放一炮，见了这三人，觉着奇怪，便待放手起身迎敌。却不道这三人马快，霎时已到。那女子一撒手，放出一把红罗丝网，孙镗来不及躲避，早被网住，提过马去。那女子一伸腿，连孙镗的坐骑也钩住，一同转身。那两将当先开路，杀出汉兵层外，直骋回勤王军来。原来正是漫天虹郑澈奉于谦之命，率伏逊、关颜干了这场功劳。

于谦见郑澈已经成功，便向龙飞等八将大叫道："擒叛捣巢，在此一举。众将努力呀！"八将一齐接应，着力猛攻。霎时间变退为进，杀得汉将四散奔逃，汉兵纷纷乱窜。朱高煦没法督率，只得虚晃一镰，拍马便走。于谦拍马急追，两马相逐，一般快蹄，直追到城下。

朱高煦飞身上了吊桥，立即入城。勤王军追到城外，截住汉军大杀一阵。只剩丁威、石亨、石彪等一班将官，逃入城内。军卒三停折了两停。城门紧闭，一时攻打不开。勤王军中军才沿着城垣团团布满，扎成许多营帐。

于谦收兵归营，查点人马。郑澈解到孙镗。于谦亲解缚绳，扶令坐下，切实开导，阐明顺逆，劝孙镗归顺天子。孙镗初时以为炮轰大军，记仇的多，不肯相容，后经于谦诚恳说明所有降将都是一视同仁，决不计较前事。伏逊、关颜、黄超都帮同切劝。孙镗才慨然应允，投降效力。

于谦便命：漫天虹郑澈归铁骑军充军将，平地雷孙镗发前锋充当军将；碧蟒关颜拨往左军充当军将；铁将军伏逊拨往右军充当军将；没毛虎董安暂拨后军充当军将。前、左、右、后及铁骑军各增一营。

诸军分派已定，便急求克复乐安，以免劳师费财。连日在中军帐中聚将商议，拟定一鼓而下使逆藩无所逃死的绝计。诸将日有所陈，俱因不能有十分把握，诚恐一旦破城，不能捉获朱高煦时，留遗后患，又得费事，因此日在集议之中。一面促倪鸿督挖地道，黄超制造雷车云梯，预备攻城。营中匠作，昼夜不息。

汉军连败几阵，将卒死伤极多。钱巽以为孤城难守，不如弃城远遁。能占得要地，便占几时；不能占地，便做流寇。朱高煦虽也觉得这拳大的城池难于死守。却是终不肯抛却藩王封地，去做流寇。总想有一日能够大大地打个胜仗，挽回颓势重整军容。因此，每天把将士传到府中，切劝重奖，望他们拼命效死，军中兵卒缺乏，便在城内抽丁，把壮丁通通抽来，交石亨、石彪教训，以备背城一战，转弱为强。

　　这时，城外四面都是勤王军层层围裹。城内虽然有历年存积的粮草可以持久，但是这坐困孤城，终究不易防守。朱高煦深恐将卒懈怠，一时大意，被人攻入，失却根本重地，便将城防划为四段，每段设置重兵，派大将一人督率防守。自己不时登陴察视，不许稍懈。

　　这一天，朱高煦方查过粮仓，见还可支持数月，不必征搜民粮，心中稍觉放宽。便和钱巽、钱带、钱策等一同上城，沿着北城行到东城察视。朱高煦见东城上旌旗整肃，垛口铁炮排列整齐，触想起：造炮的人已不知去向。倘或炮有损坏，不就成了废铁吗！……不觉叹道："孙镗素来忠直，不似黄超藏奸。你瞧：铁铣钢炮造成多少！而且很能济用。那黄超造的云梯，并没奇巧。雷车更是行动笨滞，一阵失完，而且也都造成有限得很！显见得黄超那厮久怀异志。这也是朕一时不明，致受鼠辈之欺。只可惜孙镗失陷，折朕股肱。想他那般心性，未必就屈节肯降，这时多半是性命不保了。唉！对朕忠心耿耿、至死不变的，总算王玉、孙镗了。朕得天下时，首当破格抚他们的后人，以慰烈魂，且借以劝忠……"

　　话未毕，忽见勤王军后军大旗的旁边，"呼啦！啦……轧扎扎！扎！"陡然竖起一架云梯来。朱高煦陡地一惊，忙闪身近垛口，躺在砖堞后细瞅，见那云梯可煞作怪，并不倚靠着那里，竟是凭空地矗竖。瞧梯底时，却是使曲角铁板折钉在一座大车上。那云梯是六折的，有一条铁索，锁着六折接榫处的六只铁环。铁索的一端，却锁在车后一根铁桩套着的轴轳上，轴轳外面另有个挽手。只需将挽手渐渐攀紧，便绞动了铁索；铁索一拉，拉动梯上铁环，梯子便一折一折地依次伸直竖起。六折尽竖时，足有七丈来高。一霎时，见下面将挽手渐渐放松，梯子便一

303

折一折地逐渐倒叠，终致倒折横摞在那驾着两马的长板车面上，只似一辆大车装叠着大叠梯子。任什么道路——只要马能走过的路，这车就能拉去。朱高煦定睛瞅着，那云梯一连升起叠倒好几次。那梯子全升起时，那第五折离城头极近，第六折竟比垛口还高。明明瞧见梯柱上刻着大字是：

"右军军将云雷都管乌龙黄超监造，第十九号"一行篆文。朱高煦气得握拳捶胸，恨声道："朕不杀黄超，誓不为人！"钱策忙问："陛下因甚生气？"朱高煦指着那云梯道："你瞧黄超那厮，朕厚币专差，聘他来造梯造车。那厮竟造些平常竹梯敷衍。造了雷车，又把钥匙藏过，车子又是走不快的。哪知那厮投降过去后，你瞧：这梯了造得多巧！这不是成心冤人吗？朕只恨于谦那厮，不知那厮有甚妖法，能使在朕这里的人不实心给朕出力；一有机会，叛降过去了，就把本领全使出来了！朕直恨透了！开城，出队！杀那忘恩负义的恶贼去！"

钱巽连忙苦劝："现在敌势正锐，开城，徒然授敌以机；出城，徒然多受损伤，无益于事，望陛下暂息雷霆之怒。逆军背水列阵，锐气一挫，万无不败之理。陛下何必于此时去争一日之短长，致误万年之大业。"朱高煦瞪目咬牙，半晌才说了一句："朕就是忍不下这一口气啊！"钱巽恐朱高煦一时愤激，冒昧出战，便向钱带、钱策使眼色，力劝朱高煦向西城巡视。

朱高煦无奈，只得就城上迤逦西行。刚步到南城角上，忽见城外报马陆续纷驰。一会儿，城下号角呜呜，便见旌旗移动，将卒整装。接着一阵鼓声，如急雨骤雹。陡听得呐喊声震天动地，陡见城下右军大旗摩空一绞，将卒顿时分成两队：一队仍围城不动，一队却掉头反奔，向原野间呐喊奔突。忙朝远处看，果有黑丛丛的大群蝼蚁似的蜿蜿蜒蜒，正在走动。

霎时间，只见勤王军已奔近那丛人马，喊声大震，顿时纠作一团。朱高煦仔细凝神瞭望着，直到那丛人马离了山口，滚滚来到原野中时，才瞧得清那军旗上斗大的"大汉济南侯招讨大元帅"十个大字。朱高煦顿时满心如饮醇醪，如灌醍醐，浃髓生快，透顶皆凉，大叫："天相寡人，大事济矣！"回头向钱巽道："靳元帅兵到，难道还不该开城接应吗？"钱巽道："理应开城会攻。"便急忙传令：全军出战，接应济南军马。

朱高煦便带同众将杀出城来。当时由南门开城杀出，万马如涛，戈旗蔽日。因为是接应城外救兵，更加精神百倍，狂突猛奔。勤王军右军见了，立时撤开，四散奔逃。朱高煦急于要会合济南军马，无暇顾及利害，挥镰催逼将卒速进。众将卒也都骤马挺械，眼瞅着城外原野，尽力猛跑。

不料马疾力沉，才突过围城原线时，乍听得震天一声怪响，当先几员大将：侯海、石彪、韦兴、丁威一齐跌入浮草陷坑之中。随后兵卒刹不住地向前冲。后面的队伍又急于要出城争功，更催得前队不能立足，硬逼得一层层跌入坑中。顿时将偌长一条陷坑填得尽是人马。

落坑将卒中，丁威身手强健，就那跌陷下去时，心中一机灵，急忙两腿一使劲，噌地蹿起，跃出坑外，只弃一匹战马，本身丝毫没伤。便连忙将手中斧一挟，掉头便跑，不敢进城，向城脚僻处走去。行了百来步远近，陡瞧见一个本军兵卒上前说道："丁将爷，你老的坐骑呢？"丁威道："失落了。"那小卒道："将爷没坐骑怎打仗呢？小的前次阵上弄得一匹，隐着没报上去，原想有便时卖几两银子，如今既是将爷失落了坐骑，拿去使唤就得啦。回头事完了，将爷随意赏几两银子，小的就有得好日子过了。"丁威喜道："你既有战马，俺回头不仅多给银子给你，还得另眼看待你，给你升一升哪！"那小卒更加欣悦，千恩万谢，感不绝口，径引着丁威向城外一座破屋子里来。

丁威一脚跨进，眼见满是败瓦颓垣，凄凉万状，便问道："你的牲口在哪里？快牵来，俺还杀敌去啦。"那小卒诺诺连声，连忙转身向那倒却半段的泥墙根下，拉出一骑高头骏马，遍体乌黑，没半茎杂毛。蹄如小盏，颈似螳螂，齿幼身强，腰长腹细，委实是一头绝好的牲口。兼之鞍辔齐全，丝鞭斜挂，立刻可用。丁威更加中意，连忙向那小卒道："难得你有这般好心，俺一定提拔你当个亲随。"那小卒只口中称谢，却不跪拜。丁威只道他是新抽壮丁，不知礼节，也不追究。

那小卒右手拢住嚼环，左手将缰绳递给丁威道："这家伙烈得很，爷先逮住缰绳。"丁威只得把手中大斧交给那小卒，腾出手来，预备上马后，两手分缰，制住了马，再行取斧。当即向鞍际一按，左脚踏上踏镫，说时迟，那时快，那小卒右手一横，突地一斧正砍在丁威左腿肚上。丁威猛不防受这一下，顿时腿折倒地。那小卒便按住丁威，捆了个结实，又割取丁威的战袍，把他嘴给塞了。才起身，把破屋的门关着，搬块大石堵住，回身来坐在丁威对面，瞅着他点头微笑。丁威动弹不得，作声不得，只好瞪着两眼瞅定那小卒，心里痛恨不已，却是毫没法想，奈何他不得。

要知丁威是被何人擒获，且待下章分解。

第四十四章

重整六师再展经纶
告诫百将誓俘凶逆

话说靳荣统率部下鲁杰、章子正、田中璧、邵圭生，纠合黄河大盗赛尉迟袁大泽、绵里针龚珠、黑旗宋钧等，串结卫所反兵、江湖流寇，共计二十余万，将济南城中搜抢一空，又裹着一众贫民悍匪，径趋乐安。号称五十万人马，实在三十万还不满。靳荣曾受朱高煦重贿，约定同反，出兵攻取京师。不料京中有备，大兵回援，计不得逞，便到乐安来，希图会合朱高煦，骚扰河东、山右，成则为王，败则为寇，毋奈人马众多，又系乌合之众，行军滞塞，延迟多日。待到一路突冲，滚到将近乐安时，朱高煦已是大败之后，困守孤城，正是日薄西山，看看待尽之时。在朱高煦自然深喜有这支救兵壮壮威风，或可挽回颓势。在靳荣却是孤军远出，丝毫得不着朱高煦的帮助，反而成为逆党，处处被攻。却是两人都在并无别路可行的绝境中，不得不引为同调，且相携手。

这日，正是龚珠统前部十万人直指乐安，被勤王军右军分兵一半抵敌着，截在城外大战。朱高煦急忙带兵开城出救，又被右军孔纯统徐奎、徐斗、周吉、蒋庄、种元、王济、何雄、伏逊领一半人马堵住。孔纯记得营后已遵督师挖有地道，便忙挥令将卒散逃。汉军兵将纷纷冲入陷坑。除却丁威跳出以外，侯海随后跳起，被王济迎头一挝，击得头开脑溅，死在坑中。韦兴被伏逊使戟挑上坑来，掷地绑了。韦弘被徐斗一镋打死。朱高煦幸而退得快，得逃入城中，依旧闭门紧守。朱向煦却仍不放心，拉着钱巽、石彪等登陴遥望，想瞧见济南军得胜时便再杀出去。

这时，靳荣督大部人马来到。于谦得报，密调先锋、铁骑两军分左、右前往接应右军，并令后军将黄超统率已改造停当的雷车助阵。

这一道令下，铁骑军统将章怡正因铁骑已经练就，兵、马、甲胄都改成套叶连环，全身罩满，不似汉军铁骑，背后束甲处空虚，授敌以隙。可是还不曾临阵冲突过，究竟怎样，不敢自信。这时，奉到援应右军之命，立时会同越嵋，点起全军军将，计有：邵铭、魏明、凌波、奚定、李松、丽菁、姬云儿、钮雪、史晋、华菱儿、杨辉、鲁朗、曾铮、郑澈、梅瑜、梅亮十六员一同上马，将部下十八营铁骑，排成十八条铁链一般，各随本营大将之后。一声号角，十八骑马冲动。这十八队铁骑就如同十八条长虫，每一将马后牵着一条，飘忽往来，如同织锦。满地里只见无数黑线织来织去，耀得人眼花，也分不出究有多少。

那些济南惰卒、山河匪众混合成的乌合之众，哪曾见过这般军容？头领早已心寒胆战，兵卒还当穿得好耍子。转眼间，十八条铁蛇都跑顺了，忽地一声炮响，十八队一齐向济南军阵中冲来。顿时撞着便死，碰着便倒。任凭矢石如蝗，铁骑毫不理会，一味地踹营踏阵，如入无人之境。只要一将来到，背后就千骑如潮，贯串如链，一拥而至，拦无可拦，敌无从敌。不到一盏茶时，二十多万的济南军，已被冲得落花流水，四面散开。如沙一般，再也聚不拢。

这时，济南军的前部先锋绵里针龚珠，领十万人马，正待冲过勤王军兵营，向乐安城下会师。不料一声炮响，勤王军营门齐开，每一门里拥出一辆车子。当面瞅去，就是一只硕大无朋的怪兽，也有像狮头的，也有像龙头的，也有像虎头的，也有像麟头的；还有一座特大的，俨似螭形排在中间。但听得鼓声渊渊，那些怪兽就如奔雷掣电，向前直冲。那怪兽的七窍两腮中，顿时分发出矢、石、炮、镖、刀、弹和火弩、火球、毒汁九种家伙，三面分射，沾着即死，碰着即倒。若被车子撞着，更是顿时碾成肉泥。济南军哪曾见过这家伙？吓得哭喊连天，抱头乱窜。无奈雷车绝迅，逃避不及，十万人立刻被擂成遍地死尸。

原来那雷车是两旁铁翅护着八匹骏马，车内藏着四个健卒。车中有个大轴。一经绞动，九孔中就分射出九种家伙，能激射得数十步远。车内是一人专管绞轴，一人高立，望方向；两人分驾两旁马匹。那马都有眼壳，只见前面，专朝前奔，所以其快无比。全车是钢皮包藤制成，火攻不入，刀矢不破，坚固异常。不过只怕窄路，或陷坑，或石径，就要阻滞难行。似这般原野，正是逞威之时。一阵狂驰，已把济南军前部十万，荡作飞灰，连龚珠也死在徐奎锐下。

勤王军前锋和右军两军合围，四路堵截逃兵溃卒，见着衣服不同的就砍杀俘擒，不放一人走脱。铁骑军夹着雷车，八方奔驰，逐得那伙兵卒无处躲藏。在战场的，都被车骑荡尽；逃在四方的，又被前、右两军堵斩。虽然济南军人马众多，也只得一整日——巳牌到申牌，就干净无踪，走脱得很少很少。

酉初收军时，朱高煦已在城头瞧得，恨彻骨髓，却是越恨越舍不得不瞧，直瞧到济南军全军覆没时，气填胸脑，顿时跌倒城头。钱巽等大惊，连忙将朱高煦扶入宫内，传太医赶急调伤，一面传令各门严守。

城外，勤王军收兵，众将上帐报功：计有徐奎斩得龚珠；吉喆阵斩章子正；火济杀毙田中璧；徐斗打死韦弘；伏逊擒得韦兴；王济击死侯海；钟强杀死袁大泽；汤新刺杀宋钧；铁骑军冲死邵圭生，鲁杰尸成肉泥。聊昂、范广双擒靳荣；另有汤新引投降小卒山皎擒得丁威，均解到帐前。

当时于谦升帐，先询山皎哪里人氏，如何擒得丁威。山皎禀道："小的原出身书香门第，是晋朝山涛的后人。流寓河南，历代耕读为生，兼习武艺。小的幼年曾得名师指点，学得一身武艺。自以为不足，远走五台求师。拜在五台宗派、降龙头陀座下学剑。得成剑诀，回转家乡。愤土霸陷人，挺身行刺，杀死人命，逃走在江湖上，官司紧急，不得已，投入汉邸充当小卒，聊以托身。小的习艺成时，曾立'怒狮子山振邦'的名号。如今痛悔前事，改名'山皎'。小的在汉军中，亲见汉军纳贿卖官，要想上升，非钱不可。小的弓马在本营里曾考过六次第一，连个小头目也不曾巴上。小的因此灰心，想投顺过来，后来见汉王所做的事，无不狠毒；手下官员攫钱、掳女，夺产占业，无所不为。小的想着：要是这汉王做了皇帝，这些人做了官，那还了得！不是天下人都要没命了吗？前不多几时，汤将爷告诉小的说：'汉王本不该得天下的，他却偏要动兵，想杀自己的兄弟、侄儿，终究害得百姓不得安宁。'小的更加明白汤将爷和小的是一般的心思。小的就暗自立志，跟着汤将爷走。前几天，汤将爷过来了，小的不曾知道，没跟上。便想着来找汤将爷，却是小的没立寸功，难保不被疑为细作，并且也不得出城。今日幸而汉军出战，小的下城墙时，就存心要乘今天机会自拔。恰巧小的自己那头牲口，是第五次考第一时，得赏赐的红彩，鞍辔鞦鞯都很精致。小的出城后，就系在一所荒屋里，预备去放火烧断汉军归路，再飞马来寻汤将爷。不料正遇着本营统将丁威落坑失马，小的就借着献马为名，骗那丁威到荒屋里，诳得他斧子到手，便剁断他小腿，捆绑了他，给堵上嘴，原想鏖战急时，断没人有暇进这荒屋。小的堵上门，专待外面平静，就出来寻哨卒带见汤将爷。哪知一会儿，墙外喧闹得一片声响，小的诚恐有失，爬在墙头一瞅，正是汤将爷得胜，追逐汉兵进了城，回身转来。小的大喜，忍不住高声大叫。汤将爷见了小的，也觉欢喜。问得了仔细，便带小的回营，连丁威也扛到营里。可是汤将爷中了流矢，急于裹创。才托这位小汤将爷领着小的，押解丁威前来叩见。小的只求补得一份口粮，能够过活，官府不再追捉——强似从逆做贼几千倍，小的永戴鸿恩！"

于谦道："据你所说的，你很能明道理，识顺逆，不愧是书香子弟！而且你是降龙大师的门下，降龙师就是了了大师的及门弟子。武当论同宗，异师不论辈；你和我原是同道。就是本军众将——虽也有出身他派的，却多已在卧牛山改拜五台、武当门下，可说尽是同宗一系，和你都不是外人。你在逆藩那里，非纳贿不能为将，在我这里却是非有本领不能为将。能有本领，不论什么出身，一样为将。你是降龙师门下，想来剑术武艺都很好。你且展施一两样最得意的本领，如够得上，我马上任你充一员军将。如果还不够，就论你生擒丁威的功劳、毅然效顺的志气，也可以授一名都尉；待将来艺进功高，再行升奖。"

山皎口称："遵谕！"并说道："求赏给大石一方、硬弓两张、羽箭五支。"于谦便命照给。刘福领人抬来一方三尺长、二尺宽、一尺厚的大石；又取得二百斤重的角弓两张，配着五支竹竿白羽箭。山皎先将石头向手中掂了一掂，约有七八百斤重。又取一张弓试一试，便撅下沉吟着。于谦问："可是太轻？"山皎答道："大石还能对付，角弓还欠硬。"于谦正待叫人将自己的弓抬来。赵佑已上前一步，拔身旁弓递给山皎道："您试试瞧还能对付吗？"山皎接过拉了一拉，知道这弓有五百斤分量，等闲人是不会有这弓的，不觉瞅着赵佑，暗自佩服。唐冲接着将弓拔出，递给山皎道："您不是要两张吗？只咱家这家伙勉强和赵哥使用的配得上对儿。"山皎暗自惊奇，诧异着想：不道这军中有这许多奇人……接弓拉着，果然和赵佑那弓是一般斤量，不觉得佩服到十二分，便向赵、唐两人俯首屈身，说道："两位将爷，真是天神！小的也混了八九年，走过万多里，从来不曾见过这般分量的弓。两位将爷真可称'盖世英雄'了！"赵、唐二人连忙道谢。于谦急向山皎道："这两位是四海闻名的赛由基、赛李广，堪称弓矢无敌，旁人很难及得来的。这两张弓除他两位也没人能使。你不必存客气，若强自使用，伤了筋骨时，反为不美。我的弓只三百斤，且有一对，拿来给你使吧。"

山皎道："待小的且试一试瞧。"说着取两弓在手，一手握双弓，一手拉双弦；搭上两支箭，尽劲喊一声，两箭齐出，那方大石一声响，被射成三段。众人齐声喝彩。山皎忙说道："这是小的蛮力，侥幸，并不是真正功夫。因为，一来离得只有二十步，二来两弓的斤量大，所以容易中石碎石。照小的平时是用二百五十斤硬弓两张，同发五支箭，可以百步碎石。射过后，仍如没射一般，心神无恙。今日这两箭的确是勉强射出。这时心荡手疲，大是两样。在此地，小的自不敢混说大话欺人，这是实在的情况。小的真佩服两位将爷，能随便使这么大弓！就让小的再练上十年，也不要想得这般神勇！"

唐冲道："见笑了！咱家也不过自幼练得腕力，比旁人略强些儿个罢了！"赵佑也道："俺倒不是非开硬弓不可，不过斤量重，射得远些。在平常时就是三五十斤的耍哥儿弓，也能应急对付。"唐冲接言道："一定要限弓力，是考武场的笨法子。实在是看弓使力——见什么弓，使多大劲，没个不中的。"山皎听了，恍然大悟，道："小的学射十年，今日才闻妙谛！始知习射，并不须首加弓力，只需相度弓力，善为使用。这真是不磨名论，那一切射书都为武场所误！怪不得武师们多说：武举射箭是死的，射书是害人的，原来确有这道理！"

又转身向于谦道："小的除性喜习射之外就只剑、铲二般军器。此外一无所能。"于谦便命他舞剑。当即向刘福借得佩剑一口，立定身躯，耍开长剑。腾挪闪躲，挑拨架刺，一时将武当剑法使完。众人都是内家，见他确已学全，并且纯熟，都加赞赏，于谦更为欣悦。

山皎舞毕，面色不红，气息不促，巍然屹峙，收剑行礼毕，说了声："小的放肆！"于谦道："我原说过，本军用人以才艺为先。你既是同道，艺也不在人下，自当破格录用；而且你是擒将来降的，也毋庸再经暂充，即可补授军将。我即下令调董安回中军，就将后军中董安暂管的一营交你统率，定名'皎字营'，你即日归队吧。衣甲兵仗，可自去甲仗库挑选。马匹自有，也须报中军入册。待我奏闻圣上再将王玉的袍带环珮移赐给你，奖你擒捉丁威的功劳。"山皎喜出望外，立即叩谢。众将也都说量才使用，极为公允。

大帐散班后，山皎即辞过于谦，偕同中军官张楚往后军，先见过主将杨洪。杨洪便请马智陪着山皎前往董安营中，所有兵卒、甲仗、马匹、粮草等项，一一照册点收。董安交卸毕，便全营改换旗帜腰牌。山皎和董安一同随马智复报主将。然后山皎归营，董安随张楚往中军报到。所有山皎的衣甲、袍铠、佩剑、钢耙、弓矢、军囊以及旗令符节等项，自有甲仗库承应。从此汉军一小卒，凭本领功劳博得一员军将一般地顶盔贯甲，束带蹬靴，哪有个不死心塌地尽力报效之理？

于谦自破获内奸王玉以后，所有由汉军投降的将卒，非有确实凭证，都不轻易收纳，擒获的韦兴等人，都一律枭斩。因为这伙人跟从朱高煦作恶已久，决不能洗心革面、真忱报国的。不如斩却，除去一个，少一个祸患。至于汉军降卒，都挑选精壮，使具联保，拨入新卒队教训后再分拨入伍。自出征以来，士卒颇多死亡。便以新卒补缺，直到军将增多，运军又改练铁骑，仍须兼护粮运。乐安城池广大，兵少了，照顾难周，便将教训的新卒和阵获的马匹牲口，一律分拨各军。其中老弱伤废的兵卒，优给抚恤金，分遣回籍，并移交各该地方官设法安置，毋使失所。马匹中，剔除伤损，并将骡驴分拨雷车粮运听用。通盘筹算，共有本军二万二千四百人，内有新补一半，马匹完健者一万四千匹；连驮骡四百头，驴九百头。新卒队中三万六千人，俘获马匹二万零六百头，另驮骡一千头，驮驴一千二百头。合共旧新兵卒五万八千四百名，另募六百名，足成六万名，每军分拨一万人。马匹三万四千六百匹，另行采办四百匹，足成三万五千匹，每军分拨五千匹；唯铁骑军全军皆骑卒，应另加拨五千匹。采办驮骡六百，足成二千头，交雷车云梯应用。不敷时，随时征集或采办。驮驴二千一百头，概充粮运。前、左、右、后四军，每军中正、副将各统本营马步卒一千名，军将每员各统本营马步卒五百名，其有因时宜，需全用马卒，或全用步军之时，得随时更调。铁骑军中，正、副将各统本营铁骑一千名，军将每员各统本营铁骑五百名。中军战将每员各统本营马步卒五百名。中军护卫营马步军各一千名，由两中军官护卫。旗令密驿马步军五百名。医药营马步军五百名。各军将官随带亲兵、随马，每员以十人十骑为限，并各军"事兵""刑兵"各有定额，皆不入营伍数内。雷车兵，按车数另行募教，常时归中军节制，战阵时随时听调拨，归入各军，由主将指挥。统着二日内调补完竣，候令攻城。

令下后，倪鸿、黄超、孙铠会同上帐禀告，各请挑选部卒，以便教训。倪鸿首先陈明："请允许于新卒队挑选体强身矮、善于挑掘的健卒五百人，编为本营。战阵时，充马步卒。挖地道时，便充土工。"孙铠也说："请准挑选精细灵敏知书识字的健卒及曾做铁匠的兵弁五百名，为本营马步卒，以便平常就教令制药造炮。"黄超却是禀请："将招来的匠作及地方官募送的工匠四百余，全数派充部下本营马步卒。以便制造雷车云梯，且免得多募民丁。"于谦都予准行。因为工匠拨充，兵卒已少缺数，便通知中军官只募雷车壮士，毋庸招募新卒。如各军不敷调配，就地设法召充，免得移文地方，惊扰百姓。并谕知兼隧道总管倪鸿、兼云雷都管黄超、兼火炮都管孙铠："所有兼充工匠各卒优加粮饷半份。"同时，通知医药都管沈刚、谍驿都管周模、战马都管何雄："所有调伤制药、密探走报、调教战马的士卒，都是技属专长，任兼工战，一体增给粮饷半份。"令颁全军，顷刻照办，经这一番整饬，军容更盛，比出征时尤觉威武庄严。于谦知士气可用，便奏明宣德帝，定期攻城。

全军整肃，诸将咸报按制完成。于谦亲往各军营巡查检视，见都按军令，绝无浮滥虚缺等弊病，心中甚喜，嘉奖众将，犒赏诸军，宣扬帝德，严整军威。只休兵三日，已全军改色，壁垒一新。恰值六都管会同上帐，报明：伤将均已痊愈，战马配拨完竣；敌情惊慌失措，兵力日薄，士气日馁；我军云梯已成百架，雷车共得八十辆；火炮已成十六尊，小铳制六百管；隧道已挖通城脚，火药正在装埋，本日可竟。于谦深为嘉慰，便命六都管各自归队，听候密令。

六都管辞出后，于谦也不升帐，只命旗令使车宜、阎炎，分赴各军密召正将、副将及首将同来听令，且不许泄露。不多时，前锋正将丑赫、副将文义，偕同首将魏光；右军正将程豪、副将孔纯，偕同首将徐奎，同时来到。接着，后军杨洪、马智、尤弼，右军伍柱、白壮、钱迈，铁骑军章怡、越嶒、邵铭，先后到齐。中军官黄礼、张楚和龙飞、凤舞、凌翔、归瑞、王通、孙安、骆朴、庹健八员战将都集中在中军后帐。这时护卫布在四周，真是苍蝇也不能飞近一只。

于谦向诸将道："今请众位到此，所为的就是要一鼓而下乐安，大概诸位都是明白的。今日之战，不比往日之战。往日阵战，只需擒斩逆将，逐杀逆兵，就算得胜。今日是要攻克乐安，生擒逆藩，才算得此战不虚。须知逆藩虽困在乐安，势力却布满四海，连番部鞑靼都有勾连。若不就此擒获，仍被他逃脱，便是放虎出柙，纵狼归山，其为祸之烈，不堪设想！甚至再费却比此次亲征再加百十倍的力量，也不见得能平定。所以今日必须擒得逆藩，方能上慰天子，下安群黎；若擒不得逆藩，不但前功尽弃，你我都成百死莫赎的罪人。我今日是生死以之，决于此战。胜而擒渠，愿与诸同道高唱凯歌，共饮御酒。如果逆藩逃遁得生，我决定刎颈自罚，不忍再见圣主忧危，苍生苦痛；将来绥靖之功，只好俟诸贤者。我并不是以死要挟诸同道；我也深知诸同道不用切嘱都能敌忾同仇，舍命杀贼，不过我鉴于历次战阵，将官多狃于斩获为功之积习，而轻纵渠魁。深恐今日再蹈此辙，前途真不堪设想！此处有密计弥封在此，请众位同道照着签上题名，各自领去。队伍出动时，再行拆阅。除却严密留意，无论如何不使逆藩遁脱外，概照密计行事。如能一丝不误，我相信'虽不中，不远矣！'愿与诸同道共勉之！"众将起初是肃然静听，渐渐是低语微唔；继而是气概轩昂，直欲吞贼，终致愤然而起，齐声郑重说道："今日逆藩得脱，末将等决不偷生人世！且敢代各军军将设誓，断不致误却半丝！请督师放心。即请中军官升炮出队！"说毕，便起身告辞回军整队。

众将各回本军，先传集本部军将，整饬各营，然后查看战马、兵械、衣甲以及弓矢、刀剑、暗器、佩囊等等事物，务求完全无缺，然后饱餐战饭，裹足干粮，设誓："不擒逆藩，誓不回马。"一霎时，云梯、雷车"轰隆隆"首先出动。接着，中军帐内"轰隆隆——隆！"一通炮响。霎时间，六阵同时拔寨都起。欻地旌旗展闪处，没一盏茶时已经将官立马，兵卒列阵，队伍严整，金鼓喧传的威武阵容。

接连二次炮响，督师于谦手秉金钺，立马中军，督促将卒，分隔攻城。"哗啦啦"云梯上升，兵卒鱼贯而上。城头汉军见了，乱放矢石。虽然相离甚近，梯上人被矢石纷纷打下，却仍是前跌后继，络绎不绝。

城楼上朱高煦见王师这般猛攻，便传令石亨、石彪、陈刚分守三门，自守北门。钱巽、钱带、钱策分头督促民夫，挑土运石，四面接应。并令城下人民烧煮滚水，挑集粪秽，向城外不断地淋泼，使攻城军不易近前。

白额大虫陈刚身上伤痕尚未痊愈，勉强支持，精神已是不济。无奈汉军已无大将，各军营将官都是新由兵卒中挑拔而来。虽然都经过考验，很有膂力，也有武艺高强的，怎奈都没统过兵，挡过阵，未免心慌。守了一个时辰，渐渐已感觉抵御不足，正没做理会处，猛然震天一声响，城头上人飞石舞；城根下兵仰马翻，顿时惨声刺耳，响声震天。

要知是什么事故发生，且待下章接叙。

第四十五章

扫穴犁庭大功告竣
诛从擒首元帅班师

话说陈刚在城头上正督着兵卒努力防御守城。猛然间震天一声响，城上兵卒震得凭空抛起，如落叶一般重行飘落；连城根下攻城的兵马也震得人仰马翻。朱高煦在北城听得这一响，以为是城垣被轰陷了，大惊失色。连忙命钱巽代守北城，自己亲来瞧察，预想：如果是城墙轰陷了，非朕亲到，抵不住那些冲缺的狠汉。钱带也随后跟行。

急奔近瞅时，城头上只毁碎几个垛口，兵卒躺倒十几个，陈刚已被震死在地。急查问时，裨将答道："是正中垛口的钢炮炸了。那炮原本坏了膛子，陈将军见敌兵攻急，硬逼着多装火药，多塞铁丸；塞灌满了，还叫加多。不料一炮开出，炮筒、炮座全炸得粉碎。近在炮旁的二十来个人全都死了，震伤的也有四五十个。"

朱高煦方待开口叫骂，猛然耳旁又是震天一响，比炸炮的一声还要猛烈，连地都震得抛动起来。立刻见西角上布满半天浓雾般的黄尘，许多砖石土块，还夹着些似乎是人臂、人腿的东西，就在那黄尘里面冲起跌落。接着，喊声大震。夹着刀枪环锷摇响，闹得震天动地。朱高煦大怒道："又不知是哪个要多灌药！又弄炸了，这般没见识，怎么得了！——唉！朕只恨孙镗那恶贼，没得着他好处，反而害事！"

话没说完，一连"轰隆隆——嗵！——轰隆嗵——轰！"巨响不绝。朱高煦只得叫钱带且守北城，自己挺着双钩镰，向那黄尘涌起处奔来，跑了个转弯，猝然望见那面城垣已缺了一大片，城外兵将如蚁如蜂

316

直向缺口处涌入城里。旌旗招展，戈戟森列，竟如大路行军般，也不知进来了多少。那边城外却仍是炮声隆隆，雷车济济，布满遍地，汉军兵将别想逃出一人。

朱高煦仰天大叫："完了，完了！朕不要命了！"正待冲过去拼命，猝然有人一把拉住，叫道："陛下！忘记汉高祖七十二败吗？"朱高煦心中一急，刚要挣脱奔过那边去，那后面的人又大叫道："陛下当保龙体，以慰天下之望，区区胜败，何足介意！"朱高煦这才回头瞧时，却是小宋濂钱巽，便怒道："你不让朕去杀贼，难道待贼来杀朕吗？"钱巽道："孤城已破，万不能坚守在这里，趁这时西城尚可逃走，离了此地，任到哪里，都可以重整再兴。这时和那厮们在这破城里死拼，有何益处？"朱高煦略一沉思道："朕一人很容易脱身，内有宫眷，外有臣民，如何是好！"

钱巽正待答言，猝听得有人厉声高喝："天讨叛逆，还敢逃死吗？"声响中突地一条蓼叶枪直向朱高煦腋下刺来。钱巽大惊，急忙抱头斜窜。骤遇着一个女子叫道："这厮是构乱罪魁！孩子们快拿，别让他逃走了。"立刻见那垛堞里，跳出一对十多岁的童子，俏应一声，嘻着小嘴儿，径奔钱巽。钱巽见朱高煦已被归瑞裹住，料想不能来救自己，却想着这两个粉嫩的小孩儿，不见得有什么能耐，待我打翻他逃走吧。便抡拳抬腿，向俩童子装腔作势地打来。那站在前面的绿衣童子，嘻嘻笑道："你这拳脚只好回家去吓你的爸爸，别在这儿丢人吧！"那后面的黄衣童子抢上前道："你爱打吗？好！你打吧，瞧小爷皱皱眉就不算汉子！"说着，果然迎面堵住钱巽。任钱巽拳打脚踢，终是半步不退，一丝不让。钱巽的拳脚打在他身上，不但不见他嚷痛，钱巽反而骨痛筋疲，好似打在铁石上一般，竟致不敢出手。绿衣童子叫道："哥！哪有工夫和他歪缠！带他去吧。"黄衣童子答应一声："好！"猛然蹿过来，将钱巽拦腰抱住，向肩上一扛，撒腿就跑。

朱高煦正和归瑞斗时，邵学冲到，抡起青龙偃月刀拦头便剁。朱高煦力敌两将，还可支持，心中并不惊慌，且不时抽空回望各处情形及见钱巽被童子擒去，顿时烈焰腾烧，一心要去抢救，便无心恋战，忙舞双

317

镰向邵、归二人分刺。待二人招架时，忽地掣回双镰，合着镰头向前一冲，突开一条狭长的夹道，纵马要去抢救钱巽。邵学、归瑞趁朱高煦冲过身旁时，刀、枪齐下，同声喝声："着！"朱高煦舍生忘死，冒头冲过，仗着马快，只被邵学的刀削去几片金甲。归瑞的枪却扎了个空，便掉转枪来随后猛追。

朱高煦料想城头上已全是敌军，不如下城去，保着宫眷，杀条血路，逃出敌围，再做道理！主意已定，便飞马下城，径向宫里奔来。才到半途，骤遇着石亨、钱带、枚青三人保着宫眷数百骑，横冲直撞，迎面而来。枚青大叫："陛下快回马一同杀出城去。宫中已经着火了。"朱高煦抬头一望，只见东角上黑烟乱涌，火球纷飞，不觉长叹一声，掉转马头，和石亨一同开道。

步过一条大街，突见一大队铁骑迎面而来。当先两员大将，正是杨辉、郑澈，劈面堵截，挥兵冲杀。石亨连忙挺镰突杀，郑澈挥锐接住；朱高煦骤马助战，杨辉将大砍刀一横，架镰回砍，顿时纠作一团。朱高煦正想奋勇夺路，猛见那街侧胡同中杀出一彪人马，当先两将是山皎、罗和。瞥见朱高煦在此，二人大喜。山皎高叫："奉令不许放走叛逆，弟兄们努力呀！"便领着本营五百马步卒，抢起钢耙，向朱高煦围来。罗和便转向右翼来帮战石亨。

这时，郑澈遇着朱高煦，恐他逃走，便遣亲兵飞报主将。主将章怡得报，知道各军正在加紧搜寻不着的朱高煦已有了下落。满心欣喜，诚恐郑澈、杨辉兵力单薄，不是对手，被勇悍的朱高煦脱逃。便急忙下令：全军出动，分三方包截。顿时铁骑全军分向三方狂奔猛突，近万的甲马就如近万的怪兽觅人吞噬一般，穿街越巷，都向城中包抄。

朱高煦正在奋勇冲突：杨辉、山皎虽是勇将，却都不敌朱高煦天生神力，两骑马越杀越退，看看要被他突破阵脚。山皎心中着慌，急叫："擒贼必擒王！众弟兄快来这边捉逆藩吧！那些小贼别理会，免误正事呀！"郑澈听得，连忙抛却石亨，挥锐拨马，来助斗朱高煦。朱高煦挺身拦战，毫无畏怯，一心挡住王师，不容得近宫眷。直斗得尘飞沙滚，地惨天愁。

正紧急时，忽然铁骑齐到，四面乱冲，任朱高煦有"赛霸王"的威风，也没法挺住。十八队铁骑穿梭般一阵冲去突来，早将汉兵宫眷冲得七零八落，石亨被山皎、罗和裹入深巷；枚青、钱带连同宫眷，被曾铮、鲁朗、郑澈、杨辉截入街尾，排头儿按个擒拿。枚青想逃，被郑澈反手一锐打翻，立时捆绑。钱带夹入乱军、太监之中，被鲁朗认出，提来捆了。所有朱高煦的家口——自封的皇后、太子、诸王、宫妃以及女官、宫女、掌宫太监等，都被铁骑围捉干净，一个也不曾走脱。

朱高煦这时被魏明、邵铭、凌波、姬云儿截入街头，恰值后军朱泽、黄超驱着雷车十辆，拦街堵住。虽因两军混战，雷车不能发射——恐伤自家人，却是堵住街口，如铜墙铁壁，万不能逃过，只得拨马斜冲。心中记挂宫眷，不觉恼怒交集，勇气陡涨。摆动两支钢镰，横七竖八，一阵猛刺猛扎。四女将竭力阻挡，并马防截，毋奈朱高煦人强马壮，奋起雄威，大喝一声，两踝一紧，那马霍地平地跃起，四蹄悬空，竟从兵围顶上跃出圈外。噗的一声，神驹落地，展蹄就跑。四女将吃一大惊，却恐朱高煦就此逃脱，连忙定心凝神，回马急追。

那边石亨被山皎、罗和逼入深巷。石亨只得背墙死拼，想要杀退这两人，好逃性命。不料山皎、罗和耙刀并举，越逼越紧，占不着半点儿便宜。恰遇马智率领郝绍、金亮同入巷内，来接应山、罗二人，马智一见石亨，便挺矛径扎。郝绍、金亮双刺同施。三般兵刃的尖儿齐向石亨腰肋扎来。石亨这时被逼得背靠堵墙，无可闪躲，心如火烧，想着：如此万分危急之时，只有绝处求生了！乘矛、刺尚没近身的一刹那间，猛然翻手使镰柄向那堵墙猛搠，只听得哗啦啦一声响，墙头扑倒一段，砖瓦纷纷向山皎、马智等五人砸来。砸得五人肌肤生疼，眼睛也被墙倒的灰沙迷漫，急切里睁不开来，只得一同后退几步。石亨大喜，狂叫"俺去也！"飞身离鞍，弃了战马，跃入墙缺。待马智等忍痛再行合围时，只掳得一匹赤红战马。

石亨跳上墙缺，满心欣快，喜不可言，暗想：俺就此走吧。却是灰雾迷漫，不知墙外高低，便抓住镰头向墙外试探。想试得深浅，再望下跳，镰柄刚伸下去，猛不防有人抓住，突然强拉。石亨万不提防有这一下，一个大意，竟被拉得镰刃勒破手掌，脚跟同时把持不住，一个踉跄倒撞下地，吧嗒一声巨响，直挺挺摔躺地下。说时迟，那时快，立刻便有个黄衣童子由墙根下蹦出来，哈哈笑叫道："我的乖乖！等你半天了，干吗挨到这时才来呢？"一面说着，一面踊身一跳，跨在石亨身上，掏出丝绳，捆了个结实。才起身站定，抱起石亨向肩上一扛，再拾起钩镰，当拐杖般拄着，迈步便走。石亨虽已清醒过来，已没法挣扎，只有愤恼灌顶，瞑目待死。

这时朱高煦因为没了宫眷牵挂，只需自顾自，仗着他天生臂力，马又载得他起，耍开一对钩镰，横冲竖突。铁骑虽然厉害，也不奈他何。于谦这时已经入城，分派六军；以四军分守四方各城门，中军任城外巡缉，铁骑任城内巡缉——这都是于谦事先授予各将的密计，城破时，便是照此方法布置的。朱高煦初在西门，遇着铁骑和后军夹攻，好容易跃马出险，便径向南门狂奔。

刚到南大街，顶头遇徐奎、徐斗双锐齐举，恶狠狠地挡住厮杀，朱高煦深知仇人见面，必不肯放松，不愿恋战。只一连耍刺几镰，渐渐移了个方向。瞅那城墙，轰成一缺，离地不过一丈来高。心中大喜，暗地祝告道："马儿！马儿！你再救朕一救吧！"便两踝紧紧一夹，那马果然低头竖耳，猛然一跃，便上了城墙，霍地一纵，便到了城外。朱高煦这一喜真不亚于登基为帝。

徐奎、徐斗满心大怒，挥锐直冲出城来赶杀。王济、火济正在守城，闻讯也策马同追。出了城洞一拐弯，便见朱高煦伏在鞍上，沿着护城河飞逃。徐奎便拔下呼哨狂吹狂赶；徐斗乱打坐马，和王济、火济飞突疾奔。

忽闻得四面呼哨乱响，河岸下突然出现八员战将，各抽背插小军器，迎着朱高煦抛掷。顿时满空中小枪、小槊……乱飞乱闪。朱高煦不敢冒冲，深知这种家伙比镖箭厉害，深恐无意中着一下，不是丢命也得成残疾。便带马伴紧城根，靠定边岸，一面舞镰招架，一面策马疾行。看看将要抹过城角，便要转到东门，就能上奔盐山的大道：可图脱身到盐山，再谋大举。

心中正在思索，马已行近城墙拐角处。忽然那马吃惊打跌，刹蹄后退。朱高煦大惊，暗想这神驹一定知道前面有陷坑。便带缰向外移动，猛然见城墙那一方，正是赵佑、唐冲双双并马，昂然而立。手中正各拈着五百斤角弓，搭着二尺长翎箭，好似等待着谁一般，吓得连忙带马闪缩。赵佑、唐冲大喝一声，两箭同发。朱高煦急忙挥镰隔架，却一矢中腿，一矢中肘，顿时痛彻心脾，咬牙怪吼，猛向赵、唐二人扑来。

不料这两箭提醒了善射的徐奎、徐斗，乘朱高煦前扑时，急忙抽弓拔箭，尽力猛射。只听得朱高煦一声怪叫，如狮吼龙吟，左右肩头各插一箭。朱高煦心中恼极，愤然想着：死吧！不要再受辱了！便耸身跃离雕鞍，侧躯向护城河撞去。赵、唐、二徐并后面的王济、火济一齐大叫："不好了！"急忙各跳下马，一齐向河下奔去。

朱高煦倒冲下河——他原不识水性——头向水中撞入，忽然觉得被人卡头箍住，急要挣扎时，毋奈两臂伤痛，又在水中，不能施展。略一迟疑，又觉得被人一把抱出水面，便听得有个极清脆的声音笑喝道："小子，还犟吗？再请你喝一点儿。"朱高煦正待撑拄，陡然又被人按捺得头入水中，万憋不住，一连喝了许多水，既叫不出来，又阻闭不住，心中又气又悔，却全没法子。

这时，赵佑、唐冲、徐奎、徐斗、王济、火济都到了滩边。瞅见一个着黑色水衣的少年女子，提起朱高煦，说了一句什么——听不大明白，又把朱高煦按入水中。便齐声大叫："快住手，不能弄死他！"赵佑接着高声说道："姊姊是哪路英雄？快请将这逆藩解上岸来，千万留他性命！他是钦犯哪！"那女子冒出水面答道："我知道。我奉师命专来拿这小子的。这小子倔强，不请他多喝些，他要调皮的。"唐冲见这女子憨得可笑，便道："快拉他上来，您师父在城门口待着哪！"那女子连忙一把抱起朱高煦来，大叫道："真的吗？快领我见师父去！我没误事，办到了！得问问师父，徒儿究竟行不行？哈哈……啊哈！"一路笑着，划着水，把一个浸得不能说话的朱高煦拉上滩来。

唐冲等连忙接着，先取绳链锁绑了朱高煦双手，才给他控水。一面问那女子是哪一路差来的，那女子笑嘻嘻地答道："我本名刘炳，现在改叫'辟水珠吕霞'了。你们知道有个花枪刘八吗？那就是我族里长辈。"赵佑连顿头道："知道，知道。花枪刘八就是铁枪刘勃，和俺们是最好的朋友。只是你为什么姓刘又姓吕呢？"吕霞笑道："您真麻烦！我是钱伯伯引荐，拜在醉比丘门下的。师父欢喜我，叫我承继她。您不知道醉比丘是姓吕吗？我自然也姓吕了。我还有个师父叫飞侠，他姓华，他没要我承继，所以我不姓华。"唐冲听了要笑却不好要得，只强忍住道："咱们押这钦犯进城吧，别耽搁久了出岔子。"吕霞也道："好！我正要去见师父啦！"

众人便叫兵卒抬着朱高煦径进城来，就将朱高煦的马暂给吕霞骑了。徐奎听吕霞说见师父，料想是大通尼来了，便问道："吕师妹，师父同您来的吗？可还有旁人同来呀？"吕霞听了一怔，道："您怎叫我师妹呀？您是华师父的弟子吗？"徐奎道："我是醉比丘门下。您不是师妹吗？"吕霞摇头道："我同我俩弟兄——穿水鱼刘仁、闹海蛟刘真一同来的。他俩是王师叔弟子，丈身师伯也领过他们。这趟是醉比丘师父叫我三个到北方来投于督师。说是：'军前虽不缺人，你们小孩子灵便些，有些事是小孩子干最相宜的。如今擎天寨里几个孩子都长大了，你们都去吧，也许能中用，干些功劳。'还给我几封信，都是给师兄弟的，也许有两位徐师兄吧！还有陈师兄、林师兄……很多的，全在我兄弟身上带着。我们走到山东，遇着华师父，她说：'朱高煦就要了结了，你们甭去得。'我说：'师父有信要交到的。'华师父才约在离乐安四十里的崔庄相见。我们一到，华师父夜里来了。她说：'乐安围住了，你们投去也不中用了。'我就说：'我们进城去刺杀朱高煦去。'华师父笑我傻，说：'城关了许多日月了，你们能进去，早就有人进去了，还等你们来吗？你们要立功，还是待着吧。待到捉朱高煦时，出其不意，干那么一两件惊人的大功。不过，这时不必露面，须立了功再进营，多有脸面！就不知道你三个孩子行不行。'我就和华师父赌赛：要不行就不进营。再回去学艺三年；要行，华师父把随身带的剑传给我。华师父说：'要剑尽有。擎天寨里还存有好几口和这口一般样的。你们要都行，俺给每人给你们一口；要不行，跟俺上塞外再学三年，不许离开俺。'

我们一想：行不行都合算，行就得剑；不行还有本领可学，哪一门子不好？就此在崔庄住下。直到昨日，华师父才和于督师讨取腰牌、令旗，问得口号，来告诉我们，带我们乘夜到乐安，叫我伏在城外；华师父带着我俩兄弟漏夜伏在城下，待城破时进城。说是：'每人给你们一个所在伏着。朱高煦要逃，决躲不过这三处。如果他竟逃脱了，你们就太不行了。你们不必问俺，俺总不离开你们。你们如果斗不过朱高煦时，只需向东跑，俺自来助捉。'我们依言照办。我待了差不离一整天了，又没事做，闷不过，下河洗澡耍子，不料这小子会送上门来！——哈哈……啊！这真合该我有一口好剑，这小子真识趣！"

这时，吕霞觉着越走人越多。闪眼瞧时，却是八员大将领着许多兵卒两旁夹着行走。忙问徐奎："这是甚人？"徐奎便代为引见，才知是于督师帐前八将，便一同押着朱高煦向汉王府走来。刚走过南大街，突见茅能、刘勃、聊昂、范广四个押定一员矮黑浓髯的将官到来。两下相遇，彼此问讯，才知是茅能擒得的汉将石彪。

这时于谦已入汉王邸中，众将纷纷来报。计擒获钱巽、石亨，其余钱策、钱带、枚青等或已炸死，或被阵斩，都有下落。只差朱高煦、石彪。不多时宫眷解到，刘仁、刘真进见。于谦特加抚慰。转眼间，八将会同右军和吕霞解到朱高煦，前锋解到石彪。全功告成，于谦大喜。恰值周模、车宜、阎炎一连三报：圣驾已到。

于谦便传令六军正副将随同接驾。所有中军诸将及各军军将，现在中军者一同站班。大炮九鸣，御林军拥着圣驾入城，直入汉邸，便在正殿升帐。于谦先奏报削平逆藩情形，宣德帝温谕嘉勉，并命报明有功将士听候封赏。又传谕："逆藩作乱，罪在一人。所有附从，准其悔过输诚。唯钱巽助逆勾番，罪在不赦，应与逆藩案内先后所获暗结逆藩之诸都督、指挥六百四十七人及助逆官民一千五百七十人，一同处斩。所有都督、副总兵、指挥遗缺，即由护驾从征将领中遴补。"又降谕改乐安为武定州，命兵部尚书张本会同留镇。又命："废高煦为庶人。于京师西安门内逍遥城，筑石室囚锢朱高煦及其妻子。俟到京告太庙后，即行移禁。"于谦当率众将谢恩。

退朝后，于谦回营与众将计议："现在以北番、西苗为最猖獗。尚有余孽太湖罗七余党，及潼关土贼袁森发，均须一一讨平。容俟奏明天子，分头剿伐。目前以养马练兵为最要，武定州有朱高煦整备的练兵场，塞外有卧牛镇，均最适宜为练兵之地，拟奏闻天子，移兵两处训教备用。降将盖关西石亨交前锋任教头；铁棍石彪发后军任教头。武当来投弟子穿水鱼刘仁任左军教头；闹海蛟刘真任右军教头；辟水珠吕霞任铁骑军教头；中军改调同于各军，以黄礼、张楚代任正副将，阎炎任教头。车宜、周模及龙飞等八将、赵佑等六将俱暂充军将，并分别调派。医药营仍附在中军。都卫随督师当差，与各军一同训教。各将领正副将实授都督，军将分别以都督同知充总兵官；或都督签事充副总兵官。女将除随夫封赠外，一律请授县君。前、右、后三军出塞，设立卧牛镇，由杨洪督率；中、左、铁三军留武定州，由伍柱督率。汉军俘降卒马及石亨、石彪部下都分拨各军补定，每军一万二千，正副主将各统马步兵二千名，军将统马步一千名。限于二年内选征增补至每军三万六千名，以为征番之备。"众将恭谨听命，欢欣致谢。

图书在版编目（CIP）数据

碧血丹心·平藩传／文公直著. — 北京：中国文
史出版社，2020.3

（民国武侠小说典藏文库·文公直卷）

ISBN 978 – 7 – 5205 – 1412 – 5

Ⅰ.①碧… Ⅱ.①文… Ⅲ.①侠义小说 – 小说集 – 中
国 – 现代 Ⅳ.①I246.5

中国版本图书馆 CIP 数据核字（2019）第 245054 号

责任编辑：卢祥秋

出版发行：**中国文史出版社**

社　　址：北京市海淀区西八里庄 69 号院　　邮编：100142

电　　话：010 – 81136606　　81136602　　81136603（发行部）

传　　真：010 – 81136655

印　　装：北京东君印刷有限公司

经　　销：全国新华书店

开　　本：720 × 1020　　1/16

印　　张：21.25　　　字数：292 千字

版　　次：2020 年 3 月第 1 版

印　　次：2020 年 3 月第 1 次印刷

定　　价：66.00 元